나의
나쁜 연하남

MY BAD YOUNG MAN

나의 나쁜 연하남 2

2020년 6월 1일 초판 1쇄 인쇄
2020년 6월 4일 초판 1쇄 발행

지은이 윤초아
발행인 이종주

기획 편집 주종숙 정시연 송영경
경영 지원 배진경
마케팅 김정수

발행처 (주)로크미디어
출판등록 2003년 3월 24일
주소 서울시 마포구 성암로 330 DMC첨단산업센터 318호
구입문의 (02)3273-5135 **편집문의** (070)7863-0342
홈페이지 rokmedia.blog.me
E-mail romance@rokmedia.com

ⓒ 윤초아, 2020

값 10,000원

ISBN 979-11-354-8321-9 04810 (2권)
ISBN 979-11-354-8319-6 04810 (세트)

윤초아 장편소설

vol.2

나의
나쁜 연하남

MY BAD YOUNG MAN

CONTENTS

14.

"더 해 줘."

솔은 눈을 빛냈다. 깍지 낀 그의 손을 꼭 쥐며 재촉했다. 벗은 가슴을 그에게 바짝 붙이고는 아이처럼 졸랐다. 그녀의 머리를 쓸어 주던 주혁이 미소 지었다.

"단지 어리다는 이유로 지원 사업에서 배제한다는 건 부당하다는 편지를 보내기 시작했어. 난 정당하게 통과했으니까. 상대는 법적으로 가기를 원했을 거야. 그건 시간도 오래 걸리고 나에게 불리한 싸움이 되었을 테니까. 하지만 난 고작 18살이었고, 할 수 있는 건 거의 없었어. 자필 편지만 수백 통은 보냈을 거야."

"그래서 받아 냈어?"

"아니. 편지는 어김없이 반송됐어. 반협박이나 다름없는 합의서만 변호사를 통해 보내고. 그래서 그날부터 한스 회장 자택 앞에 서 있었어. 물도, 음식도 먹지 않고 그냥 서 있었어. 경호원이 끌어내도 또 가고, 또 가고 그랬지. 5분만 만나게 해 달라고…… 한 3, 4일

7

쯤 되었을 때."

"만났어?"

"경찰을 만났지. 수갑을 채우고 경찰차에 구겨 넣더라고. 결국, 아버지가 엄청난 돈을 내고 풀려났어. 도리어 난 오기가 생겼지."

홍. 코웃음을 치며 주혁이 솔의 가슴에 얼굴을 묻었다. 진한 섹스의 여운으로 나긋해진 젖가슴에 콧날을 찔러 넣었다.

아이처럼 비벼 대며 그는 만족스럽게 목울대를 울렸다. 왜 이런 시시한 이야기 따위를 듣고 싶어 하는지 모르겠다. 어린 시절 이야기를 해 달라는 말에 시작된 대화는 자꾸만 끊겼다. 한차례 파정한 페니스가 다시 부푼 건 오래진이었다.

주혁은 그저 밤새 그녀를 안고 싶었다. 만족할 수 있을 때까지 물고 먹어치울 수만 있다면.

그러면 뭔지 모를 이 허전함이 사라지지 않을까……. 그는 확신할 수가 없었다. 몸서리치게 좋은 이 시간마저도 그는 초조했다.

왜 이렇게 불안한지 모르겠다. 이미 이 여자는 가졌는데. 왜 불안해서 미칠 거 같나.

선홍색 유두를 반쯤 입에 넣고 그는 탐욕스럽게 빨았다. 아아……. 눈을 감고서 솔은 아픈 사람처럼 몸을 뒤틀었다. 그 모습이 좋아서 주혁은 섬뜩하게 웃었다.

그래. 아파라.

차라리 나 때문에 아파 죽어라. 죽어도 놔주지 않을 테니 나만큼 너도 미쳐 봐.

내가 그 긴 세월을 널 생각하며 산 것처럼 제발 너도 나 때문에 돌아 버려. 왜. 왜 너는 제정신인 거야. 나는 지금도 죽겠는데. 일분 일초도 아까운데. 왜 나만큼 원하지 않는 거야.

자꾸만 뒤로 빼는 솔을 바짝 끌어당기고는 그가 입안에 차 있는 귀여운 유두를 굴렸다.

생각 같아서는 물고 다니고 싶었다. 아무 데도 못 가게, 아무 남자도 보지 못하게 그만이 아는 곳에 가두고 싶었다.

주혁은 마지못해 입을 열었다. 잔뜩 문 살점 사이로 목소리는 불확실하게 울렸다.

"경찰서에서 세 번째 꺼내 주던 날, 아버지가 계좌를 열어 주셨어. 운영하던 사업을 정리하신 거야. 성공해서 갚아라. 딱 한마디만 하셨지."

"멋있다, 네 아버지."

"난 그 돈을 자선단체에 기부했어. 그 기부증과 함께 다시 메일을 보내기 시작했고. 난 돈이 없어 지원을 받으려는 게 아니다. 약속받은 정당한 내 권리를 찾겠다는 것이다. 그런 뜻이었어."

"……."

"지금이라면 그렇게 못해. 우리 집의 전 재산이었으니까. 난 어렸고 건방져서 다른 건 생각하지 않았어. 다행히 한스 회장이 먼저 손을 들었어. 아마도 내게 무릎 꿇었다기보단, 인종차별이란 여론이 형성되기 시작한 걸 의식한 걸 테지. 어지간히 못마땅했는지 직접 만나 주지는 않고 영상 하나를 변호사를 통해 보냈어."

"영상?"

"걸쭉한 입을 가진 분이시더군. 욕설이 대부분이었지만 정리하자면 모든 메일과 접근을 중단하면 계좌를 열어 주겠다는 확답. 성공할 것을 믿지만 그렇지 않더라도 한번 맺은 인연은 끝까지 가지고 가는 사람이라고 호탕하게 웃는 자신의 자식과 잘 어울릴 거 같다는 협박으로 마무리했지."

솔은 얼굴을 찡그렸다. 잘 알지 못하지만, 세계적인 투자 기업의 가족이 된다는 건 엄청난 일인 거라는 건 짐작했다. 그게 왜 협박이지?

그녀의 의문을 알아챈 주혁은 웃었다. 입안에서 빠져나간 유두는 금세 그의 손가락에 잡혔다. 엄지로 그것을 비비는 그 순간에 그는 안정되고 행복했다.

"한스 회장에겐 아들밖에 없어. 남자를 좋아하고 난잡한 파티를 즐기기로 유명한 놈. 성별을 떠나서 내가 좋아하는 타입도 아니고. 그래서 더 죽기 살기로 일만 했나 봐. 무서웠거든."

황당해하는 솔을 보며 주혁은 어깨까지 들썩이며 웃었다. 그의 얼굴이 파묻힌 목덜미에 따뜻한 숨결이 파고들었다.

"생각처럼 쉬운 일은 아니었어. 나만 믿고 무보수로 일하던 직원들 보기가 미안할 정도로 어려웠던 적도 있고, 끼니를 때우지 못할 정도의 위기도 있었어. 하지만 난 무엇보다 아버지 돈을 갚고 싶었거든. 어쨌든 운이 좋았어. 한스 회장도 물밑으로 적극적으로 후원했으니까."

솔은 주혁의 머리를 매만졌다. 다른 사람들이 보는 그는 탄탄대로만 달려온 운 좋고 성공한 사업가일지는 몰라도 그녀는 18살의 어리다면 어린 그가 보였다. 그가 가져야 했을 책임감은 그녀가 상상하지도 못할 만큼 무거웠을 테지.

"힘들었겠다. 우리 주혁이."

"전혀. 그런 기회가 아무한테 오는 건 아니잖아. 난 운이 좋았어."

"네가 한 거야. 네가 노력했으니까 기회도, 운도 잡은 거야. 난 잘 모르지만 멋있는 거 같아. 멋있어, 너."

주혁은 말없이 그녀를 보았다.

지겨울 만큼 들어왔던 칭찬들, 혹은 아부들. 뒤에선 어떤 생각과 시기 섞인 말들이 오가는지 뻔히 아는데도 앞에선 항상 그를 추켜세우던 사람들. 하지만 조금이라도 틈을 보이면 은근히 비웃던 세상이었다.

가족같이 여기는 일부를 제외하고 그는 사람을 쉽게 믿지 않았다. 그녀에게는 말하지 못한 수많은 배신과 좌절들이 머릿속에 떠오르며 또한 빠르게 사라져 갔다.

멋있다……라.

그 단순한 칭찬에 주혁은 으쓱해졌다. 자신이 갑자기 대단한 사람이 된 것 같았다.

아무런 계산 없는 눈이 꾸밈없는 칭찬을 담고 마주 보고 있다는 건 정말이지 가슴 뛰게 행복한 기분이었다.

깊어진 그의 눈길이 솔은 어색한지 눈을 굴렸다. 그녀가 쭈뼛거리며 다시 입을 연 것은 그의 갑작스러운 키스가 간신히 끝난 후였다. 얼얼해진 입술에 침을 바르며 솔은 물었다.

"나, 물어볼 거 있는데……."

"말해."

"대답해 줄 거야?"

뭐든지. 네가 원한다면 지어내서라도.

"궁금한 게 뭔데?"

"음……. 좋았어?"

그의 눈썹이 보기 좋게 올라갔다. 심장이 못 견디게 간지러워졌다.

"난 정말 좋았거든."

참지 못하고 그는 웃었다. 대답 대신 주혁은 그녀의 온 얼굴에 입

맞추기 시작했다.

솔은 그의 머리를 억지로 잡아서 눈을 맞췄다. 빨개진 얼굴로 기어이 대답을 들어야겠다는 듯 다시 물었다.

"왜 대답 안 해? 넌 안 좋았어?"

"그런 질문은 대부분 남자가 하는 거 아냐?"

"그런 게 어딨어. 궁금한 사람이 묻는 거지."

구겨진 시트 위에 그녀의 머리카락이 펼쳐져 있었다. 발그레한 볼과 동그란 눈이 재촉했다. 지독하게 야한 모습이란 걸 알지도 못하면서.

"완전 좋았지?"

사랑스러워 미치겠다. 귀여워서 죽겠다.

주혁은 솔을 안고 그대로 몸을 굴렸다. 어어 소리를 지르며 균형을 잡기 위해 솔은 그의 목을 꽉 안았다. 순식간에 주혁의 몸 위에 앉은 그녀의 머리카락이 그의 얼굴로 쏟아져 내렸다.

"기억이 안 나는데……. 다시 하면 기억이 날지도."

길게 그는 입을 맞췄다. 밀착된 느낌이 못 견디도록 달콤했다. 그녀의 여린 살점을 부드럽게 훑으며 그는 그 순간을 즐겼다. 제법 예쁘고도 수줍게 그에게 응하는 말랑한 혀가 좋았다. 깨물어 주고 싶을 만큼. 정말 꽉 깨물고 싶을 만큼.

"악!"

솔이 입술로 두 손을 가져갔을 때 주혁은 진짜로 그 생각을 행동에 옮겼다는 것을 깨달았다.

"이게…… 또. 너, 상습범이구나!"

미안하단 말보다 웃음이 먼저 터졌다. 참아 보려고 주먹으로 입을 가렸지만, 웃음은 멈추지 않았다.

혀를 내밀고 손을 파닥이던 솔이 고개를 휙 돌려 그를 째려보았다.

"미안. 어디 봐."

솔은 주혁을 계속 흘겼다.

"아파! 겁나 아파! 진짜 개야? 왜 또 물어."

"내밀어 봐. 피는 안 나는데? 살짝 깨물었어."

"얼마나 아픈지 알아?"

"내 것도 물어."

그녀처럼 주혁은 혀를 길게 내밀었다. 솔은 질겁하더니 그의 입을 찰싹 때렸다.

"보기 싫어 진짜."

크크크. 웃고 있는 그를 보며 솔은 헛웃음을 한번 토하며 이불 속으로 쏙 들어갔다. 그러더니 또다시 주혁을 힐끔거렸다.

"……대답해야지."

"대답했잖아."

"언제?"

"키스했잖아."

"치. 남자들이란……. 말로 하면 될 걸 굳이 행동으로 하지."

투덜대면서도 솔은 환하게 웃었다. 손가락으로 주혁의 가슴에 원을 그리며 그녀는 자꾸만 웃었다. 그 웃음은 전염되어 주혁도 따스하게 웃었다.

"찬이 내쫓고 우리 둘이 살까?"

농담 반 진담 반으로 내뱉은 말에 솔은 장난질하던 손가락을 멈췄다. 그녀는 심각한 얼굴이 되어 진지하게 고민을 하고 있었다.

"말만 해. 이 집 뺏는 건 일도 아냐."

"음……."

"동생이라 좀 그런가?"

"반대하는 건 아냐. 생각 좀 해 보고."

솔은 마치 그가 계획을 접을까 겁내는 것처럼 손사래를 쳤다. 실없는 농담들이 즐거웠다.

주혁은 한쪽 팔을 길게 뻗었다. 눈치를 보던 솔이 냉큼 그 팔 위로 머리를 대며 그의 가슴에 푹 안겼다.

어떻게 하지. 그녀의 머리를 쓰다듬으며 주혁은 생각에 잠겼다.

널 어쩌면 좋지. 왜 이렇게 예쁠까. 그걸 왜 몰랐을까.

보기만 해도 아까운 네가 가진 상처는 뭘까. 난 그것이 알고 싶은데.

주혁은 신중하게 입을 열었다.

"언젠가 말해 주고 싶을 때……."

끝없이 그의 품으로 파고들던 그녀의 몸짓이 멈췄다. 주혁은 그녀의 머리에 입술을 꾹 눌렀다.

"말하기 싫으면 안 해도 상관없어."

"우리 아빠가 왜 그러는지 궁금해?"

입장을 바꾼다면 자신이라도 궁금했을 것이다. 그녀는 얼굴을 들고 배시시 웃었다. 후회할 거라는 건 알고 있었다. 비밀을 털어놓는 자신도, 듣는 그도 후회할 테지.

하지만……. 네가 좋아.

욕심이 가득 찬 눈을 들키지 않기 위해 그녀는 시선을 깔았다.

나는 네가 좋아. 가슴이 터질 것처럼 좋아. 언제까지나 이렇게 다정했으면 좋겠어. 화내지도 않고 그저 잠자리만 원하는 것처럼 느껴지지도 않고. 어쩐지 진심으로 나를…… 아껴 주는 것만 같아서. 잠시라 해도 그게 너무 좋고 고마워서.

그러니 이건 그에게 공평한 일이 아니라고 그녀는 생각했다. 적어도 그는 정직했다. 에둘러 넘기지 않고 분명히 자신이 느끼는 감정이 욕정임을 인정했다. 그런데도 마치 사랑하는 연인을 대하는 듯한 그에게 감사했다. 적어도 주혁이 이 순간만은 자신에게 집중한다는 것을 믿었다.

아니, 다 핑계였다. 너는, 지금의 너는 어쩌면 나를 비난하지 않을 것만 같아서. 냉정하고 못된 네가 그저 몹쓸 꿈이었다고 말해 준다면 어쩌면 나도 믿을 수 있을 것 같아서.

"괜한 소리를 했나 보다. 그냥 아무 때나 말할 상대가 필요하면……."

"우리 아빠는 말이야."

솔은 느릿하게 말을 이었다.

"엄마를 기적이라고 불렀어. 아빠의 인생에 단 하나의 행운의 부적 같은 존재. 나이도 많고 가진 것 없는 아빠에게 엄마는 천사였을 거야."

애가 타도록 느리게 흐르는 말에 주혁은 집중했다. 그녀가 언급하는 엄마가 아까 뵜었던 그분이 아니란 것을 그도 알았다.

"아빠는 행복했던 거야. 그저 조그만 가게 하나에 아끼고 저축하고 그렇게 쪼들려 살았던 것 같은 그 시간이 아빠에겐 전부였던 거야. 정말로 엄마를 사랑하셨어. 그래서……. 아빠는 나를 미워할 수밖에 없는 거야."

솔은 옅게 웃었다. 누구에게도 하지 못했던 말이었다. 자신의 입으로 차마 꺼낼 수가 없었다. 지우고자 안간힘을 썼지만 결국 단 하루도 잊을 수가 없었던 자신의 죄.

담담하고 부드럽게 그녀는 속삭였다.

"내가 엄마를 죽였으니까."

이건 무슨 소리지? 주혁의 이마에 순간 깊은 주름이 잡혔다. 그녀가 하는 말이 쉽게 이해되지 않았다. 은유적인 표현인가?

— 지 어미도 잡아먹은 게.

왜 솔이 그녀의 아버지와 같은 소리를 하는지 그는 어리둥절했다. 그녀는 졸린 것처럼 눈을 감고 고요하게 숨을 몰아쉬고 있었다. 주혁은 상체를 세우고 앉았다. 헝클어진 그녀의 머리를 쓸어 올리며 조금은 엄하고 단호하게 말했다.

"네 입으로도 말했잖아. 네 아버지 술에 취해서 그러신 거라고. 나도 들었지만 그건 그런 의미가 아니…….."

"아니야. 아빠는 사실을 말한 거야."

귀찮은 듯 주혁의 손에서 빠져나온 그녀가 베개를 끌어당겼다. 마치 보호막처럼 베개에 얼굴을 묻은 그녀가 흐릿하게 말을 이었다.

"내가 엄마를 밨어……. 그런데도 멈추지 않았어."

솔은 간신히 눈을 떴다. 졸음이 가득한 얼굴엔 멍한 미소가 아릿하게 걸렸다.

"난 7살이었고, 다 기억하지는 못해."

목소리가 알아들을 수 없을 만큼 작아져 있었기에 주혁은 그녀의 말을 놓치지 않으려 숨까지 죽여야 했다.

"시커먼 차에서 쏟아지는 불빛. 엄마의 놀란 얼굴. 날 꼭 안았던 심장의 박동 소리. 나는 너무 무서웠어. 금방이라도 차에 깔릴까 봐 겁이 났어. 빨리 도망가야 하는데 엄마가 나를 놔주지 않으니까……

엄마를 밀었어. 온 힘을…… 다해서 엄마를 밀어 버렸어. 엄마는 뒤로 넘어지면서도 나를, 나를 길가로 던졌나 봐. 내 무릎이 깨져서 피가 났는데, 그 피가 멈추지 않았어. 영원히 멈추지 않을 것만 같았어. 그 장면이 머릿속에 박혀서 되풀이돼. 까맣고, 붉은색이 뒤섞인 난해한 영상이 되어 꿈에서 끊임없이 재생이 돼."

"자, 잠깐만."

주혁은 진심으로 당황했다. 그는 다급하게 솔의 입을 막으려 했지만, 솔의 말은 이어졌다.

"그 후로는 기억이 없어. 생각나는 건 죽은 듯 누워만 있는 엄마 모습. 병원 냄새. 엄마는 다시는 깨지 못하셨지. 그대로 인형처럼 잠만 자고 있었어."

"……."

"얼마 뒤에 내가 큰 대회에서 상을 받게 됐거든. 난 정말 정말 열심히 했어. 엄마한테 보여 주고 싶었거든. 엄마가 너무 좋아서 깨어날 거라고 믿었나 봐. 그러면서 미안하다고 말해야지. 잘못했다고 해야지. 엄마, 아프지 마세요, 라고 말해야지……. 그런데 시상식에 온 건 엄마가 아니라 아빠였어."

솔은 잠시 말을 끊었다. 신중하게 말을 고르는 것처럼, 혹은 무슨 말을 해야 하는지 모르는 것처럼 그녀는 몇 번이고 머뭇거렸다.

"그리고……. 그리고 나를 때렸어."

거의 속삭이는 음성이었다.

수많은 사람들이 모여 있는 그곳에 뛰어 들어온 아빠는 망설임 없이 그녀의 뺨을 후려쳤었다. 바닥으로 나동그라지면서도 어린 그녀는 그것이 무슨 뜻인지 깨달았다.

엄마가 죽었구나. 영원히 가 버렸구나. 그래서 아빠가 화가 난 거로구나.

그것이 7살 된 딸에게, 엄마 잃은 아이에게 할 수 있는 행동이 아니란 건 어른이 된 후에야 알았다.

– 네가 엄마를 죽였다! 네년이 엄마를 죽였어!

엄마가 죽었다는 것보다, 악을 쓰는 아빠보다, 솔은 모여 있는 사람들이 무서웠다. 그녀에게 쏟아진 수백 개의 눈동자가 비난을 퍼붓는 것만 같았다.

누군가가 신고를 했는지 경찰이 왔을 때 그녀는 벌벌 떨었다. 자신을 잡으러 온 것이라고 생각했다. 엄마를 죽였으니까. 모든 사람이 그녀가 한 짓을 알게 됐으니까.

계속해서 토하며 울었다. 몇 날 며칠을 정신을 잃고 깨기를 반복했었다. 잠에서 깨면 우리 솔이 나쁜 꿈을 꿨구나– 엄마가 상냥하게 웃으며 안아 주길 바라고 바랐다.

잊고 싶었으나 한순간도 잊을 수가 없었다. 술 취한 아버지는 그녀를 언제나 7살 공포에 질린 그 시간으로 돌려놓았다.

"아빠는 날 미워할 만해. 그렇다고 아빠가 노력하지 않은 건 아니야. 새어머니는 정말 좋은 분이거든. 아빠를 모시고 여러 병원에 다니셨어. 의사 선생님이 아빠의 증상을 어쩌고저쩌고 새어머니께 설명하는 걸 몰래 들었는데, 어려워서 알아듣지는 못했지만, 홧병이라는 뜻이었나 봐."

솔은 웅얼거렸다. 잠에 취한 목소리는 뜨문뜨문 이어졌다.

"있잖아, 주혁아."

"……."

"나는 우리 아빠가 너무 불쌍해. 나만 없었더라면 엄마는 살아 있었을 테고 아빠도 술을 마시지 않았을 텐데. 나는 아빠의 인생도 망쳐 버렸어. 그래서…… 나도 내가 미워."

믿기지 않게도 그 말을 끝으로 솔은 잠이 들었다. 아이처럼 웅크린 채 새근새근 숨을 쉬며 깊은 잠속으로 빠졌다.

주혁은 감히 그녀를 깨울 수가 없었다. 말문이 막혀 그저 잠든 솔을 바라만 보았다. 그녀의 손을 잡아 주지도, 안아 줄 생각도 하지 못했다.

차츰 몸이 싸늘히 식었다.

'지금 너, 네 입으로 무슨 말을 했는지 알고…….'

아버님이 한 말은 비유나 과장이 아니었던 거다. 진심으로 딸이 아내를 죽였다고 생각했기에 그런 눈빛을 할 수 있었던 거였다. 그래서 딸을 보는 눈에 악의가 번득였던 거다. 그 긴 세월을 솔은 그런 눈빛을 감당하며 살았던 거다. 오로지 자신을 탓하며.

"하지만, 하지만……."

주혁은 차츰 치밀어 오르는 분노를 느꼈다. 그녀를 바라보는 그의 눈은 어둡게 이글거렸다. 앞뒤 자른 간단한 설명에도 그는 알 수 있었다.

그런 건 '사고'라고 부르는 거다.

뭐가 되었든, 엄마를 잃은 소녀에게 뒤집어씌우기엔 가혹하고 잔인한 일이 아닌가. 그것도 어른이, 마땅히 자식을 보살펴야 할 아빠란 사람이. 아픔을 나눠야 하는 가족이.

"어떻게……."

그는 이해할 수도 이해하기도 싫었다.

"……우리 바다는 갈 거지?"

잠꼬대처럼 중얼거리는 말도 그는 듣지 못했다.

❀

아파트를 나서자 스산한 새벽바람이 차게 불어왔다. 리모컨으로 시동 버튼을 누르고 주혁은 전화기를 들었다.

착잡했다. 몇 년 전 끊은 담배 한 개비가 절실히 생각나는 시간이었다. 하아— 깊숙한 곳에서 터져 나온 숨이 쌀쌀한 새벽 공기와 뒤섞여 담배 연기처럼 하얗게 부서졌다.

새벽 3시. 목적지까지 1시간 반이면 도착할 수 있는 한적한 시간. 고요하고, 평화로운 시공간 안에서 오직 그의 마음만이 조급하고 소란스러웠다.

영원히 울릴 것만 같은 상대방의 연결음이 초조해 끊임없이 서성거릴 때.

[……뭐야? 이 시간에, 무슨 일이야?]

수화기 너머 들려온 낮은 목소리엔 깨지 못한 잠이 묻어 나왔다. 그 평온한 음성이 기가 차서 주혁은 잠시 할 말을 잊었다. 목 끝까지 차오른 욕설을 밀어 넣고 담담하게 말하기 위해 그는 이를 악물었다.

"나 좀 보자."

[지금? 너 어딘데?]

"내가 갈 테니까 주소, 문자로 보내."

[무슨 일인데? 누나한테 무슨 일 있어?]

그제야 찬의 목소리가 또렷해졌다.

그래, 누나. 네 누나 때문에.

주혁은 불 꺼진 아파트 창문을 올려다보았다.

세상모르고 자고 있을 그녀. 가족이 맹수처럼 찢어 벌린 상처에 울지도 못하고 웃기만 하는 네 누나 때문에! 모든 걸 자신의 탓으로 돌리며 죄책감에 멍이 든 바보 같은 여자 때문에!

아니다. 그녀 때문이 아니다.

내가 알지 못했던 수많은 밤을, 어쩌면 오늘 밤도 한숨도 못 자고 가슴만 쓸어내렸을 그녀를 두고 편하게 잠을 자는 네놈 때문에. 그녀를 멋대로 평가하고 유치하게 괴롭히던 내가 한심해서 미치도록 화가 난다.

전화기를 잡은 손에 힘이 바짝 들어갔다.

"도착하면 전화할게."

[별일 아니면 아침에 보지? 밥만 먹고 올라갈 거야.]

"아니, 지금 만나."

대답을 듣지도 않고 주혁은 운전석에 앉아 전화기를 집어 던졌다.

화가 나서 못 견디겠다. 가슴이 답답해서 잠시도 기다릴 수가 없었다. 어떻게 된 일인지, 그녀가 어떤 마음으로 살아왔는지 그는 당장 알아야 했다.

고요한 적막을 깨고 차가 출발했다.

❀

나는 엑스우먼이다. 원더우먼, 초능력자다. 너는 몰랐지?

시동을 거는 차 소리가 창문을 타고 불 꺼진 방 안으로 흘러 들어왔을 때 솔은 작게 중얼거렸다.

멀리서 들리는 이 작은 소리가 너의 차 소리란 걸 알아챘단 말이지. 나에게서 도망치는 네 마음을 알아냈어. 진짜 대단하지? 나는 너처럼 무감각한 사람은 아니란 말이야.

빠른 입은 언제나 방정이다. 그건 만고의 진리다. 후회할 걸 알면서도 분위기에 취해 그따위 고해를 하다니. 주혁은 다른 남자와 다를 거라고 멋대로 판단한 대가는 씁쓸했다.

이 부끄러움을 어찌할 거야. 이 민망함을 어쩐단 말이야.

침대에 웅크린 몸이 간헐적으로 떨렸다. 추웠다. 그가 나가면서 꼼꼼하게 여며 준 이불도 남자의 체온이 빠져나간 한기를 채우지 못했다. 솔은 더욱 동그랗게 몸을 말았다.

'제발 안아 줘라. 꼭 안아 줘. 오늘 밤은 혼자 두지 마. 그냥 내 곁에만 있어 주라.'

잠든 척 등을 돌린 그녀의 마음속 애원을 짓밟으며 그는 무심하게 방을 나갔다. 곧 거실 욕실에서 샤워 소리가 들렸다. 솔은 옅게 웃었다.

언제든 물어보라니까. 못 이기는 척 나도 같이 샤워해 줄 수 있었을 텐데. 날이면 날마다 오는 싸구려 기회는 아닌데, 그걸 놓치네. 바보.

물소리는 오래도록 계속되었다. 그 소리가 솔이 닿은 구석구석을 남김없이 닦아 내는 것처럼 느껴져 그녀는 조금 슬퍼졌다.

그래도 샤워가 끝나면 돌아올지도 몰라. 조용히 내 옆에 누워 따듯하게 안아 줄 거야. 그러면 내가 농담한 거라고 안심시켜 줘야지. 아침엔 바다로 날 데려가 줄 거야.

어쩌면, 유달리 총명한 그는 내가 듣고 싶어 하는 말을 해 줄지도 모르지. 기억이 잘못된 거라고. 꿈을 꾼 거라고. 그런 일은 없었다고.

사실이라 하더라도……. 내 잘못은 아니라고. 나는 너무 어렸다고. 이제 그만 아파해도 된다고. 무조건 내 편을 들어줄 수도 있다. 누구도 해 주지 않았던 말을 해 줄지도 모른다.

주제도 모르는 욕심이었다.

그가 원하는 건 단지 뒤끝 없는 관계라는 것을 알면서도 솔은 주혁이 무작정 탐이 났다. 갖고 싶었다. 믿지 못할 만큼 따뜻해서, 그녀에게 보냈던 미소가 못 견디게 사랑스러워서 욕심을 부렸다. 그의 품에서 소중하게 여겨지는 것만 같아 조바심을 냈다.

띠리릭.

도어록이 잠기는 소리에 솔은 눈을 감았다.

그는 결국 돌아오지 않았다. 얼마 뒤 희미한 차 소리를 들을 때까지 솔의 표정은 변화가 없었다. 말갛게 뜬 눈을 깜빡이며 그녀는 천천히 미소를 지었다.

왜 이래, 겁쟁이처럼.

무섭니? 너도 구질구질한 내가 부담스럽니? 난 위험한 사람이 아닌데. 하룻밤쯤 같이 있어도 해치지 않아. 아빠 말처럼 옆에 두면 재수가 없는 년이 아니야.

그렇지만 네 입장에선 찝찝할 수도 있겠지. 부담스러울 수도 있지. 그러면 가라…….

염치없는 욕심이 나를 삼켜 널 묶어 버리기 전에. 책임지라고 난동 부리고 진상 떨며 질척이기 전에, 지금처럼 도망가.

볼일 다 본 사람처럼 떠나 버려. 너에게 나란 여자의 가치는 고작 그것뿐이란 걸 내가 잊어버리지 않도록 계속, 계속 알려 줘. 아까 같은 희망 따위는 주지 마.

솔은 침대에서 벌떡 일어났다. 화장대로 자리를 옮긴 그녀는 기운차게 머리를 빗기 시작했다. 정신을 차린 눈이 반짝였다.

내가 얼마나 잘하는지 알면 너는 깜짝 놀랄걸. 상처를 숨기고 감추는 거, 감정을 들키지 않는 거.

난 프로야. 20년을 넘게 단련하며 길러 온 내 단 하나의 특기야. 너무너무 쉬워. 그냥 실없이 웃으면 되거든. 그럴 때면 사람들은 나를 속도 없다고 해. 단순하고 멍청해서 상처받는 일도 없었을 거라고 해. 얼마나 무서운 죄를 지었는지도 모르고 나를 웃음 많은 착하고 실없는 여자라고 생각해.

그래, 그게 내가 원하는 거야. 너도 나를 그런 가벼운 여자로 여겨 주는 거. 너에 대한 이 부끄러운 욕심을 결코 들키지 않는 거. 자신 있어. 아프지 않은 척, 상처받지 않은 척하는 분야에선 나는 엑스 우먼급 막강한 능력자거든. 나 자신도 속여 넘길 수 있을 만큼.

화장대에 빗을 내려놓으며 솔은 큰 소리로 말했다.

"에잇! 나쁜 놈!"

인적 없는 동네 놀이터에서 찬은 작은 그네를 타고 있었다. 천진한 아이 같은 행동이었지만, 정작 그의 얼굴에는 웃음기 하나 없었다.

뭔가 이상했다. 그는 곰곰이 곱씹었다.

그가 아는 주혁은 분명 집요한 면이 있다. 풀리지 않은 문제가 있으면 새벽에도 선생님 집까지 찾아가 기어이 궁금증을 해결해야만 하는 녀석이었다. 처음엔 대견해하던 선생님들조차 질려 한 그의 악바리 같은 성격이 사업가로 큰 성공을 거두는 데 한몫을 했다는 건 확실했다.

하지만 개인적으로 찬은 주혁의 그런 면을 그리 좋아하지는 않았다. 조금은 쉽게 넘어갈 수도 있는 일도 주혁은 집착했다. 예를 들면 여자 문제 같은 거였다. 고작 16살 때 풋사랑을 못 잊는 집착은 아무리 생각해도 비정상이었다.

─ 내가 여자를 만나지 못하는 건, 그 여자 때문이야. 날 우습게 보던 눈빛이 잊히질 않아. 어떤 여자를 만나도 그 눈이 떠오른단 말이지. 결국, 안을 수도 없게 만들어. 그 여자는 잊었을 텐데. 날 이렇게 만들고 다른 남자 만나 잘살고 있을 걸 생각하면 화가 나. 한 번쯤은 만나야지. 갚아 줘야지. 꼭 다시 만나서 복수를 하든, 가지든……. 꼭!

캐나다 작은 술집에서 주혁은 술에 취해 말했었다. 그가 연애를 하지 않는 이유를 물었던 찬은 솔직히 조금 놀랐었다. 소름마저 돋았었다. 뭐 이런 집요한 성격이 다 있나, 오싹했다. 어린 나이에 거절 한번 했다고 녀석에게 한으로 남은 그 여자, 윤세나도 딱했다. 주혁이라면 기필코 찾아내 복수라도 할 것 같았기 때문이었다.

친구로서는 괜찮은 놈이지만, 아는 여자에겐 소개해 주기 싫은 녀석. 사랑한다는 이유로 자신 안에 가둬 두기만 할 것 같은 녀석.

찬이 보기엔 그랬다. 오는 여자 안 막고 가는 여자 안 잡는 자유로운 연애를 즐기는 그로서는 이해 못 할 외골수의 면이 주혁에겐 있었다.

그런 녀석이 지금 온다. 아직 동이 트지 않은 새벽이었다.

왜?

찬은 직감적으로 어젯밤 일과 관련 있음을 알았다.

'그래. 친구로서 궁금하겠지. 단순한 술주정은 아니었으니까.'

그렇게 이해하려 해도 찜찜함은 남았다. 이건 엄연히 가정 문제였기에 친구라 해도 분명 지켜야 할 선이란 게 있다. 그리고 그가 아는 주혁이라면 찬이 먼저 얘기를 꺼내지 않는 한 모른 척해야 했다. 그렇게 살뜰하지도, 관련 없는 일에 뻔뻔하게 호기심을 드러낼 만큼 저급하지도 않은 녀석이니까.

그런데 왜일까. 왜 그 녀석은 이 새벽길을 달려 자신을 만나려 하는 걸까. 이건 그가 오늘 밤 안에 풀어야만 하는 수학 문제가 아닐 텐데도. 무엇이 못 견디게 답답해서 그를 이 새벽에 움직이게 하는가.

설마…….

여기까지 생각한 찬은 갑자기 피식 웃었다. 자신이 생각해도 우스웠지만, 입가는 이내 굳었다. 그는 좀 더 세게 그네를 밀었다.

아니겠지. 아니길 바랐다.

다른 여자도 아닌 솔이라면 특히 안 될 일이다. 솔에게 주혁은 결코 좋은 남자가 될 수 없다. 그는 모든 것을 통제하는 것에 익숙한 남자다. 제 여자라고 생각되면 더할 것이다. 솔이라면 절대 감당하지 못할 마초 근성. 찬은 솔이 또다시 누군가에게 휘둘리며 사는 걸 두고 볼 생각은 조금도 없었다.

'근데 왜 안 와. 다 왔다고 한 지가 언젠데.'

잡다한 생각을 집어치우고 찬은 짜증스럽게 고개를 들었다. 때마침 골목을 돌아오는 주혁이 보였다.

"여기!"

찬은 손을 번쩍 들다가 주춤했다. 어스름한 어둠에 묻힌 주혁의 얼굴은 분명해 보이지는 않았어도 단단히 힘이 들어간 어깨에서 뿜어지는 심상치 않은 기운을 어렵지 않게 눈치챘다.

"어?"

찬을 발견한 주혁의 걸음이 빨라졌다. 어둠 속에서도 그의 눈이 번쩍였다.

"어라, 어?"

왜 저래? 왜 전속력으로 뛰어와? 달려와 안아 줄 것처럼?

"너, 이 새끼!"

달려온 주혁은 그대로 주먹을 날렸다. 허공에서 매서운 바람 소리가 나는가 싶더니 퍽─ 찬의 턱이 제대로 돌아갔다. 다음 순간 찬은 모래밭으로 나동그라졌다.

순식간에 입안에서 피 맛이 돌았다. 정신을 수습하기도 전에 그는 멱살이 잡혀 사납게 일으켜졌다. 주혁이 주먹이 다시 올라갔다.

"너 좀 맞자! 이 새끼야!"

주혁이 연거푸 주먹을 날리는데도 찬은 맥없이 맞아야 했다. 정신을 차리려 찬은 고개를 세차게 흔들었다. 아픈 것보다 황당함이 더했다. 그 역시 화가 치밀기 시작했다.

"이, 이 미친 자식이! 왜 이래!"

다년간의 운동으로 단련된 찬의 무릎이 주혁의 배를 가격했다. 주혁이 억! 소리를 내며 주춤한 사이 찬은 벌떡 몸을 세웠다. 그리고 재빠르게 뒤로 물러서며 주혁과의 거리를 쟀다.

"너 미쳤냐?! 왜 이래! 아, 아파……. 씨!"

이가 나간 것이 분명했다. 턱 안에서 덜그럭 소리가 났고 입속에 핏물이 고여 있었다. 핏물을 퉤퉤 뱉으며 잠시 방심한 사이 주혁이 다시 몸을 날렸다.

"그래! 미쳤다, 이 새끼야!"

주혁과 찬은 동시에 모래밭으로 굴렀다. 번개처럼 찬의 위에 올라앉은 주혁이 그의 얼굴을 후려쳤다. 찬도 곧장 머리로 주혁의 이마를 들이받았다. 빡– 이마와 이마가 부딪치며 깨지는 소리와 함께 눈앞에서 불꽃이 튀었다.

정신이 혼미해질 만큼 너무도 아파서 찬은 잠시 말도 할 수가 없었다. 주혁 역시 마찬가지인 것 같았지만 그들은 서로의 멱살을 움켜쥔 손을 풀지 않았다. 혹시 먼저 놓을세라 힘을 준 주먹이 부들거렸다.

간신히 아픔이 사그라들자 찬은 매섭게 뿌리치며 뒤로 물러났다. 거칠어진 숨은 하얀 입김으로 바뀌어 공기 중에 맴돌았다. 찬은 버럭버럭 소리를 치기 시작했다.

"왜 이러는 건데?! 그리고 왜 같은 데만 때려, 이 미친놈아! 이유나 알고 맞자!"

"이유? 나부터 좀 알자! 너 뭐 하는 놈이야! 이렇게 커다란 게 누나가 그런 꼴을 당하고 사는 걸 보고만 있었냐? 왜!"

찬은 저도 모르게 헛웃음을 터트렸다.

역시 그 이유다. 하지만 납득할 수가 없었다. 왜 남의 가정사에 저렇게 열을 낸단 말인가. 세상 냉정한 척하던 놈이 무엇 때문에 이성을 잃고 이 난동을 부리는가 말이다. 찬도 날 서게 반응하기 시작했다.

"뭐라는 거야, 이 새끼가! 어젯밤 일 때문에 그래? 그게 너와 무슨 상관인데! 우리 집안일이야! 별일도 아니고 저러다 말 문제라고. 아빠가 누나한테 사과하면 끝날 일이야. 여태 그랬어! 주제넘게 왜 나서, 너!"

"사과하면 끝날 일?"

주혁은 억누른 음성으로 말했다.

"여태 그랬다고? 네 누나 보고도 그런 말이 나와? 상처 주고 만신창이 만들어 놓고 사과하면 그뿐이라고? 넌 그래? 그럼 너도 오늘 나한테 죽을 만큼 맞자. 내가 내일 사과할 테니까 오늘은 그냥 처맞아, 새끼야!"

"아버지 술버릇이 그런 걸 어쩌라고! 누나도 이해하는 일인데 네가 뭔데 이래!"

"이해해서, 그래서 그런 소리를 하나? 자기가 엄마를 죽였다고. 차로 밀어 죽여 버렸다고. 그러니 아버지가 저러는 게 당연하다는 소리를 해? 네가 보기엔 그게 괜찮은 거냐?"

"뭐……?"

찬은 벼락을 맞은 듯 굳었다.

"뭐라고 했다고?"

주혁이 힘껏 움켜쥔 주먹에서 힘줄이 퍼렇게 돋아났다. 잔뜩 누른 소리로 그는 한 마디 한 마디 힘주며 으르렁거렸다.

"그게 왜 그 여자 잘못이야. 그런 건 사고잖아. 그걸 왜 그 여자가 떠안고 살게 했어. 넌, 동생이란 놈이 뭐 했어. 왜 그런 끔찍한 기억을 아버지 입으로 되풀이하게 했어. 창피하지도 않아? 혹시 너도 그렇게 생각한 거냐? 그 여자가 죄책감으로 괴로워하는 게 당연하다고 여겼어?!"

"……무슨 소리야."

찬은 멍하니 주혁을 보았다.

주변 주택 불이 하나둘 켜지고 이미 주위에는 기웃거리는 사람들이 모여들었지만, 그들은 개의치 않았다.

"그런 게 가족이냐. 난 네 아버지보다 지금껏 방관한 네놈이 더 이해가 안 돼."

"무슨 소리냐고. 우리 엄마는…… 사고로 돌아가신 게 아니야."

"뭐?"

"암으로……."

찬의 눈이 흔들렸다.

"말기였어."

구경 나온 사람들을 정리한 후 찬은 벤치에 털썩 앉아 입을 다물 었다. 제법 시간이 흘렀다.

일그러지는 그의 표정 못지않게 주혁의 머릿속도 복잡하기만 했 다. 차 사고였다는 솔과 암이라는 찬. 그가 이해하기엔 남매의 기억 의 간극이 너무나 컸다.

솔이 거짓을 말했을 리는 없을 것이다. 담담한 어조로 포장했지 만 비참한 고통까진 숨기지 못했으니. 충격을 받은 것이 분명한 찬 역시 마찬가지다. 주혁은 그저 찬의 입이 열리기만 기다릴 수밖에 없었다.

문득 고개를 든 찬이 핏물을 퉤 뱉었다. 모래 틈 사이로 제법 많 은 양의 피가 스며들어 검붉은 얼룩을 만들었다. 무심히 그것을 응 시하다 찬은 쓸쓸하게 웃었다.

"범생인 줄만 알았더니, 손이 제법 맵다, 너."

이죽거리던 그는 다시 고개를 떨궜다. 낮지만 비통함이 느껴지는 목소리가 흘렀다.

"다시 말해 봐라. 누나가…… 했다는 말."

"……."

"아니다. 됐다."

찬은 사납게 머리를 털었다. 마른세수를 두어 번 하더니 뜻 모를 욕설을 뱉었다. 혼란에 빠졌던 표정이 조금씩 구겨져 갔다.

찬찬히 그를 살피던 주혁은 찬이 뭔가를 깨달았다는 것을 확신했다. 다그치는 대신 잠자코 응시했다. 찬에게도 시간이 필요할 거라는 판단 때문이었다. 하지만 불편한 침묵 끝에 나온 말에 주혁은 와락 인상을 구겼다.

"넌 신경 꺼."

담담한 어조였다.

"오늘 일은 잊자. 덕분에 정신이 확 들었으니 오히려 고맙기도 하고. 나 같은 놈은 진즉 맞았어야 했지."

"……."

"네 말이 맞아. 창피해서 죽겠다, 내가…… 아버지의 화풀이 대상이 누나여서 다행이라고 생각한 적도 있었다. 비겁하게……. 내가 그렇게 살았다. 씨발, 병신같이."

그의 입가에 자조 섞인 비웃음이 걸렸다.

"불쌍한 척하지 마. 솔이 한 말이 무슨 뜻인지나 말해."

"몰라, 나도 모르겠다."

찬은 진심으로 괴로워 보였지만 주혁은 냉정하게 지적했다.

"아니, 넌 알아. 몰랐다고 해도 방금 넌 뭔가를 깨달았어. 타인인 내 앞에서도 네 아버지는 거침없으셨어. 다른 사람이 없을 때는 더 심했겠지. 그 이유를 깨달았으니까 너도 지금 괴로워하는 걸 테고."

"모른다고!"

울분과 혼란으로 벌게진 고개를 치켜들며 찬은 사납게 소리쳤다.

"모른다고, 새끼야! 누나가 왜 그딴 말을 했는지 내가 어떻게 알아! 엄마가 돌아가신 건 내가 고작 3살 때였어. 암으로 돌아가셨다니까 그런가 보다 했지. 아빠도, 누나도 사고 얘기는 없었다고!"

"그걸 변명이라고 해! 네 누나 보는 네 아버지 눈빛이 정상이라고 생각해? 단순히 미워하는 수준이 아니란 걸 처음 보는 나도 눈치챘는데. 머리가 달렸으면 너도 뭔가 이상하다는 건 알아챘을 거 아냐! 알아냈어야지!"

"네가 뭔데 이 난리야!"

찬은 벌떡 일어서며 외쳤다.

"나도 복잡해 죽겠으니까 닥쳐!"

그는 격양된 감정을 추스르기도 힘겨워 보였다. 빠른 걸음으로 서성이던 그는 갑자기 고개를 돌려 비아냥거렸다.

"한주혁. 너 지금 굉장히 골 때리는 건 아냐?"

"……."

"왜 이래? 무슨 권리로. 이건 우리 가족 일이야. 너하고 상관없잖아?"

"상관있고 없고는 내가 결정해. 몰랐으면 모를까 이제 나도 알아야겠다."

"하! 너 오지라퍼였냐? 넌 제삼자야. 그러니까."

찬은 성큼 걸어와 주혁의 앞에 똑바로 섰다.

"신경 끄란 말이다."

이죽거리던 찬의 눈빛은 어느새 싸늘해져 있었다.

"이건 경고야."

차가운 그의 눈빛을 피하지 않는 주혁을 보며 찬은 한 마디 한 마디 힘을 주며 말했다.

"여기까지만 해. 우리 누나는 너 같은 남자와는 어울리지 않아. 넌 절대 안 돼. 그러니, 감정 접어."

훅 들어온 말에 주혁은 순간 숨을 멈췄다. 정확하게 주혁의 감정을 읽어 낸 찬은 더는 돌려 말하지 않았다.

"넌 네가 제일 잘난 놈이지. 주목받는 게 당연한 놈. 실패란 걸 겪어 보지도 않은 인간. 도에 넘는 승부욕, 병적인 집착. 그게 너잖아. 우리 누나는 너 감당하지 못해. 다 떠나서 넌 죽어도 못 잊는 여자까지 있잖아. 오지랖 떨기 전에 네 트라우마나 해결해."

"……."

"그새 잊었냐? 너 윤세나 찾을 거라며. 첫사랑을 못 잊어서 10년도 넘게 다른 여자도 못 만난다던 놈이 왜 갑자기 우리 누나를 신경써."

허공에서 마주친 시선이 팽팽했다. 한 치의 양보도 없이 서로를 바라보는 두 남자의 머릿속은 각자의 이유로 시끄러웠다. 날카롭게 대립하던 시선을 먼저 거둔 건 찬이었다. 그는 갑자기 피식 웃었다.

"야, 야! 이게 다 뭐냐! 친구끼리 볼썽사납게. 미안하다. 넌 단순히 친구 누나를 걱정하는 마음이었을 텐데. 내가 오바 했네."

찬은 주혁의 어깨를 툭툭 쳤다. 주혁은 자신의 어깨 위에 올라간 찬의 손을 무표정으로 바라보았다. 말투와 달리 잔뜩 힘을 주어 누르며 찬이 부드럽게 덧붙였다.

"그리고 이제 우리 집에서 나가라. 너 돈 많잖아."

"그렇게는 못 하겠는데."

주혁은 찬의 손을 잡아 내렸다. 우두둑 소리가 날 만큼 강한 악력이었는데도 찬은 표정 변화 없이 그의 손을 뿌리치며 어이없다는 듯 웃었다.

"이거 웃기는 자식일세. 집주인이 나가라는데 못 나가? 나가. 나는 아버지와 할 얘기가 있으니까 너 먼저 올라가서 짐부터 **빼**."

"나갈 때 나가더라도 혼자는 안 나간다."

찬의 얼굴에서 미소가 사라졌다. 불끈 쥔 주먹에 돋은 힘줄마저 하얗게 불거졌다. 험악해진 얼굴로 그는 낮게 말했다.

"후회할 말 하지 말고 입 닥쳐."

"나, 솔이한테 관심 있다."

주혁은 무심하게 선언했다. 그 당당함이 기가 막혀 찬은 더 일그러졌다.

"입 닥치라고."

"정확하게 말해 줘야 알아들을까? 난 네 누나가 좋다. 빌어먹을 정도로 신경이 쓰여."

"이 새끼가……."

"그래서 내가 지금 눈에 보이는 게 없어. 왜 그 여자가 그런 소리까지 해야 했는지 알아야겠어."

"너, 이 새끼. 완전히 돌았구나?"

찬은 거의 이를 갈았다. 그 여자? 감히 그 여자? 곱씹어 뱉는 말투가 사나워졌다.

"좋아, 하나만 묻자. 둘이 같은 감정이냐? 누나가 너 이러는 거 알아?"

그가 아는 누나라면 주혁은 절대 가까이하지 않을 타입의 남자였다. 그녀가 만나 왔던 순하고 점잖기만 하던 남자들과는 주혁은 근본적으로 달랐다.

주혁의 표정이 미묘하게 변하는 것을 본 찬은 자신이 정곡을 찔렀다는 것을 알았다. 즉각 그는 이죽거렸다.

"사람은 변하지 않는다더니. 어릴 때나 지금이나 다른 사람 감정 따위 신경 쓰지 않는 건 여전하네. 안 그래? 윤세나가 너를 찼을 때는 그만한 이유가 있었겠지. 넌 그것도 인정하지 않았어. 네가 좋다고 하면 모든 여자가 다 너를 좋아할 거라고 생각했냐? 끝내 찾아내겠다고 이를 갈 때부터 알아봤다. 그게 불과 얼마 전 일이야. 그런데 갑자기 우리 솔이가 좋다고? 누나 감정 따윈 상관 않고 너만 좋으면 이따위로 굴어도 되는 권리가 생기는 거 같아? 왜, 우리 누나가 불쌍해 보여서 동정심이라도 생겼냐? 네가 좋다고 하면 넙죽 넘어올 만큼 우스워 보였어?"

하. 찬은 허공에 대고 혀를 찼다.

"그래서 너는 안 된다는 거야. 다른 사람은 다 돼도 너만은 안 돼. 내가 허락 못 해. 나도 정확하게 말해 주지."

"……."

"남들 눈에 넌 퍽 예의 바르고 괜찮은 사람으로 보이지. 근데 너도 알잖아. 너는 근본적으로 난폭한 놈이야. 포장된 이미지 밑에 사나운 심성을 숨기고 있지. 상대의 입장, 생각, 고민 따윈 너에게 중요하지 않아. 그러니 갖고 싶으면 갖겠다? 그러다 안 되면, 끝내 네가 싫다면 어쩔 거야?"

"……."

"넌 억누르겠지. 빠져나가지 못하게 세뇌시키겠지. 네 입맛에 맞게 휘두르면서도 그걸 잘못이라고 생각도 못 할 놈이다, 너는. 미안하지만 솔이는 너 같은 남자에게 너무도 오랫동안 고통받으며 살았어."

옅게 웃는 것이 분명한데도 비통해 보이는 얼굴을 하고 찬이 말했다.

"넌 그 남자를 너무 닮았어. 귀 막고 눈 감고 자기 생각만 옳고 중요하다고 여기는 우리 아버지. 솔이 과연 그런 너를 남자로 좋아할 것 같아?"

주혁의 몸이 굳었다. 반박하지 못하는 그를 보며 찬은 입매를 비틀었다. 분명 그가 보기엔 아버지와 주혁은 비슷한 기질이 있었다. 자기중심적인 사고와 보수적인 성향. 그러니 안 될 일이었다.

찬은 일부러 그러는 것이 티 나도록 장난스러운 어조로 바꿨다.

"그만하자, 응? 난 다 이해한다. 모태솔로인 네가 솔이처럼 예쁘고 착한 여자랑 한집에 살다 보니 혹했겠지. 그건 내 잘못이다. 우리가 혈기왕성한 호르몬이 날뛰는 나이란 걸 간과했어. 나 지금 너무 놀라서 심장이 막 벌렁거려. 친구 사이에 못 볼 꼴 보이지 말고 좋게 좋게 나가라. 알았지?"

특유의 유쾌한 몸짓으로 찬은 웃었다.

"배웅은 못 하겠다. 운전 조심해서 가고, 짐 싸서 나가는 거 잊지 말고."

툭툭. 주혁의 어깨를 두어 번 두들기던 찬은 몸을 돌렸다. 한두 걸음 걷다가 고개를 튼 그의 입가에 쓴웃음이 걸려 있었다.

"그리고. 누나라고 불러, 새끼야."

살벌한 경고였다. 찬은 더는 말을 섞기도 싫다는 듯 곧장 앞으로 걷기 시작했다. 이미 찬의 눈은 차갑게 가라앉아 있었다. 그는 당장 아버지를 만나야 했다. 아버지가 말끝마다 '지 어미를 죽인 년'이라고 했던 말을 왜 그냥 흘렸을까. 도대체 솔이 왜 그런 말을 했는지, 그걸 왜 주혁에게 말했는지도 혼란스러웠다. 심장이 무겁게 뛰고, 뭐라도 집어 던지고 싶을 만큼 답답했다. 그의 마음은 그렇게 바쁘기만 했다.

그때, 무서운 힘이 그의 어깨를 잡았다. 순식간에 찬의 몸이 돌려 세워졌다. 주혁은 양손으로 찬의 어깨를 짚고 얼굴을 들이밀었다. 무표정한 얼굴이 오히려 살벌했다. 저도 모르게 찬은 움찔 어깨를 올렸다.

"헛소리 한 번만 더 해 봐. 동정? 난 그런 거 몰라. 그런 감정을 헷갈릴 만큼 덜떨어지지는 않았다."

찬은 똑바로 서 있기 위해 애를 써야만 했다. 그의 어깨를 파고드 는 주혁의 악력은 그만큼 강했다.

"그래도 그 말은 인정하지. 내가 다른 사람 감정 따위 신경 안 쓴 다는 말. 맞아. 난 그래."

"……"

"그 여자가 날 좋아하든 말든 상관 안 해. 좋아하게 만들면 그뿐 이야."

"하……."

"네 허락 따위도 필요 없다. 네 입으로 인정했잖아. 누나 뒤에서 비겁하게 살았다고. 그것만으로도 넌 권리가 없어."

"야!"

"친구로서는 미안하다. 처음부터 말하지 못해서 찝찝했어. 난 예 전부터 네 누나에게 관심 있었거든. 네 집에 온 것도 그 때문이고."

전혀 미안하지 않은 얼굴로 주혁은 찬을 밀쳤다. 찬은 비틀거리 면서도 기가 막혀 그를 뚫어지게 바라보았다.

"너, 이 자식……."

"동생으로서 권리 찾고 싶으면 제대로 해. 이제라도 이유를 알아 내라고. 더는 쪽팔리게 살지 말고 알아내서 네가 해결해. 그 여자가 더는 그런 취급 받지 않게 할 사람은 지금 너밖에 없잖아. 진즉 그랬어야 할 일이고."

"……."

"네가 못한다면 내가 할 거다. 차라리 난 그게 더 좋다."

할 말을 잃은 찬에게 주혁은 덧붙였다.

"그리고, 너나 누나라고 제대로 불러. 나한테 솔은 누나가 아닌 여자니까."

주혁은 곧장 몸을 돌리고 걸어갔다. 멀어지는 주혁의 뒷모습을 바라보는 찬의 얼굴이 조금씩 구겨져 갔다.

15.

"야! 이거라도 마셔 봐."

뜨거운 유자차를 가져온 혜주가 한바탕 잔소리를 퍼부었다.

"잘하는 짓이다. 침대에서 같이 뒹군 놈 귀에 대고 '내가 엄마를 죽였다!!' 에로를 찍다가 호러물로 바꾼 주제에 뭘 잘했다고 감기까지 걸려 와!"

솔은 가볍게 혜주를 흘기며 몸을 일으켰다. 혜주의 집 소파에 누워 한숨 자고 난 후였다.

"창피하니까 더는 말하지 마."

"하룻밤에 만리장성을 서너 번이나 쌓은 능력자를 불능이란 오명이나 뒤집어씌운 주제에 그런 말까지 하니 안 도망가고 배겨?"

솔은 흘러내리는 콧물을 큼. 들이마시며 고개를 돌렸다. 뒷일 생각 안 하고 먼저 열리는 몹쓸 주둥이가 참으로 원망스러운 날이다. 어젯밤도. 오늘도.

왜 혜주한테 쓸데없는 고해성사를 한 건지. 뜨거운 유자차를 호호 불어 마시며 후회했다. 바닷가에서 실연당한 여자 티를 맘껏 내며 있다 보니 한껏 센티해진 탓이었다. 때마침 걸려 온 혜주의 전화에 울컥했고, 걱정해 주는 얼굴을 직접 보니 설움이 올라와 입이 먼저 나불거렸다.

"속상했으면 곧장 나한테 왔어야지. 청승맞게 새벽부터 바다는 왜 가! 얼굴이 이게 다 뭐냐고."

쿨럭쿨럭 기침하는 솔을 보며 혜주는 제 가슴을 탕탕 쳤다.

"박찬, 네 동생이 제일 문제야. 술 마시면 네 아빠가 너한테 어떻게 하는지 뻔히 알면서 집에는 왜 모시고 와! 생각이 있는 놈이니? 네 동생?"

"찬이 욕하지 마."

"으이구, 속 터져."

너무나 속이 상해서 혜주는 눈물마저 찔끔 나왔다. 하얗게 질린 솔을 본 순간부터 그랬다. 솔이 볼세라 등을 돌린 혜주는 재빨리 눈물을 찍어 냈다.

흘끔거리며 혜주의 눈치를 보던 솔이 배시시 웃으며 말했다.

"사랑해, 혜주야."

"지랄하지 말고 다 처먹어!"

군말 없이 유자차를 마시는 솔을 혜주는 꼼꼼하게 살폈다. 추운 바닷가에 얼마나 오래 있었는지 뽀얀 얼굴에 얼룩덜룩 생긴 홍조가 좀처럼 가라앉지 않고 있었다. 심상치 않은 기침을 연신 쏟으면서도 맛있다고 혜주의 기분을 풀어 주려 하는 모습도 보기 싫었다.

솔은 매번 이런 식이다. 언제나 대충 넘어가려 했다. 다른 사람한테는 바락바락 대들기도 잘하고 못된 소리도 곧잘 하면서 정작 제 아빠, 제 동생 홍이라면 입도 떼지 못하게 했다.

혜주가 보기엔 절대 끝나지 않을 일이었다. 상처 주고 다음 날 싹싹 빌고, 폭력 남편과 다를 게 뭐가 있나. 남편이라면 이혼이라도 하지. 아는 사이면 신고하면 그뿐이지. 부모와 자식 간 끊어 내지도 못하는 천륜을 어쩌면 좋단 말인가. 답이 없는 고약한 상황에 속만 답답했다.

"네 아버지 알코올 문제, 다시 치료해야 하는 거 아니니? 찬이 돈 많잖아. 혹시 그런 문제면 내가 병원비 댈 테니까 아버지 모시고 병원 가자. 아니다. 내가 찬이 좀 만나야겠다. 이건 널 위한 게 아니라 아버지를 위한 거야. 네 아버지도 한평생 저게 뭐야. 네 새어머니 인생은 또 뭐냐고."

"……1절만 해라. 뭔 큰일이라고. 자주 보는 것도 아니고 잠깐만 참으면 되는데."

"그래서 참아지디? 참아져서 주혁이한테 그런 말까지 했어? 너 바보야? 주혁이한테 하소연할 게 아니라 아버지한테 대들었어야지. 네가 다 네 탓을 하니까 아버지가 더 저러시는 거 아냐."

"그만하라고!"

솔은 벌떡 일어섰다. 너무 창피해서, 주혁이 자신을 팽개치고 볼 일 다 본 것처럼 가 버린 것이 너무 속상해서 찾아온 건데, 혜주의 잔소리에 울컥했다.

혜주는 엄하게 외쳤다.

"앉아!"

솔은 냉큼 앉았다. 곧장 솔을 소파에 누인 혜주는 담요를 꾹꾹 둘러 주었다.

"내가 잔소리하지 않게 생겼어? 강한빈은 뭔 죄니. 네가 주혁이 좋아하는 줄 알았으면 그런 자리 만들지도 않았지. 왜 평생 숨겨 놨던 끼를 한빈 씨에게 흘려서는 괜한 남자 설레게나 만들고."

"그때는 욱해서. 나한테 관심 있을 줄 알았나. 그리고 내가 언제 주혁이를 좋아했다고……."

"자꾸 거짓말할래? 죽는다, 진짜."

솔은 입을 꾹 닫았다. 쉽게 발각될 만큼 어느새 자라난 감정이 부끄러웠다.

"그래도 그건 다행이다."

"뭐가?"

"주혁이가 멀쩡한 사내라는 거 말야. 너무 아까워서 내가 잠까지 설쳤잖아. 그건 좋다."

"허…… 네가 왜 잠을 설치고 네가 왜 좋냐."

"이젠 네 남자라 이거냐?"

혜주는 낄낄댔다.

"남의 거면 어때. 대리만족이지. 어땠어? 좋았어? 막 좋아 죽겠디?"

벌게진 얼굴로 솔은 새침하게 고개를 끄덕였다. 둘은 동시에 킥킥 웃었다. 혜주가 분위기를 바꾸려고 실없는 소리를 한다는 걸 아는 솔은 먹먹했다.

자신이 불편하지 않게 일요일 저녁에 남편과 딸을 시댁으로 쫓아보낸 것도 알고 있었다. 갑자기 마음이 따뜻해졌다. 혜주가 타 준 유자차가 온몸을 돌며 설움을 가라앉혀 주는 기분이다.

이렇게 가까이 내 편이 있는데도……. 뭐가 서럽다고 울었을까. 친구 하나 잘 만나도 성공한 인생이지. 억센 말을 퍼부었던 혜주의 눈이 한참 전부터 젖어 있다는 걸 솔은 알면서도 모른 척했다. 어느새 진지해진 혜주가 조곤조곤 말했다.

"나, 솔직히 지금 기분이 그래. 질투하나 봐. 너랑 친구 먹고 그 사실 알게 된 건 15년도 지난 후였어. 진수가 떠들어 대지 않았으면 아직도 몰랐을 거고. 안 지 얼마 되지 않은 남자에게 네가 그렇게 쉽게 마음을 열었다는 게 짜증 나."

"그런 거 아니야. 분위기에 홀린 거야. 그래서 지금 후회하는 거고."

"아냐, 잘했어. 담고만 있으면 마음이 곪아. 고쳐 쓰지도 못할 만큼 마음이 썩을 거라고. 분위기에 홀렸다고 하지만 넌 주혁이를 그 순간에 믿은 거야. 그만큼 좋아한 거야. 네가 너를 몰라? 넌 그렇게 쉽게 마음을 주는 사람 아니잖아."

"……."

"넌 주혁이를 사랑하는 거야."

사랑? 웬 사랑? 솔은 화들짝 놀라며 손사래를 쳤다.

"아니야. 만난 지 얼마나 됐다고 사랑이래. 우리 그런 사이 아니야. 주혁이도 머리 아프니까 바로 도망간 것 봐. 내가 진짜 좋았으면 같이 있어 줬겠지. 나도 그 정도는 알아. 아, 몰라. 그냥 우린 몸, 몸만……. 합의하고."

"섹스 파트너라고? 네가?"

혜주의 입으로 들으니 자신이 몹시 문란하고 닳아빠진 여자가 된 기분이다. 솔은 벌게진 얼굴로 고개를 숙였다.

"나 좀 봐."

혜주가 솔의 손을 잡아 주었다. 까칠한 그녀가 좀처럼 보이는 행동이 아니었기에 괜히 가슴이 뜨끔했다. 혜주는 담백하게 솔의 눈을 보았다.

"너, 주혁이 좋아하잖아. 그것도 아주 많이. 맞지?"

"……."

"너는 가볍게 관계나 하자고 남자 만날 만큼 대찬 애가 아니야. 나쁘다는 소리가 아니고 네 성격이 그렇다는 거야. 처음부터 끌렸고, 좋았으니까 잔 거야. 그치?"

"……."

"그래서 난 걱정이 돼. 솔직히 나는 주혁이 별로야."

"왜?"

"하는 행동 보면 뻔하지. 섹스만 하자고 합의했다는 것도 걸리고. 뭣보다 어젯밤 널 두고 가 버린 것이 너무 괘씸해. 그런 얘기를 들었으면 옆에 있어 줬어야지."

"……."

"아무튼, 난 네가 너를 훨씬 좋아해 주는 사람을 만났으면 좋겠어. 넌 그런 말을 털어놓을 만큼 마음을 보였는데 홀랑 도망갔다는 게 화가 나. 못된 놈 같으니라고."

"……."

"하긴 잘생긴 데다가 나쁜 남자는 매력 있지. 끌리지. 알면서도 속수무책 빠지는 여자들은 한결같은 착각을 해. 나는 다른 여자랑 다를 거라는 믿음. 자기애가 만든 착각이지. 근데 아니야. 나쁜 놈은 나쁜 놈일 뿐이야. 그런 놈들에겐 여자는 똑같은 여자일 뿐이고. 기대처럼 네가 특별해지지는 않아. 왜 네가 그런 남자를 만나야 해?"

혜주는 빤히 솔을 보았다.

"조급해하지 마. 언젠간 만날 거야. 너만 보고, 네 모든 걸 사랑해 주는 사람."

"……."

"아니다. 아니야. 내가 무슨 소리를 하는 거냐. 남자가 다 뭔 소용이냐. 그것들은 그저 종족 보존을 위해 존재하는 하찮은 것들이야. 중요한 건 남자가 아니고……."

혜주는 문득 말을 멈췄다. 어느새 솔은 울 것 같은 얼굴을 하고 있었다. 짧게 한숨을 쉰 혜주가 웃었다.

"미안. 내가 이래. 쓸데없는 오지랖만 늘었어."

"……."

"부러워서 그랬어. 주혁이 객관적으로 멋지잖아. 그래서 심술 좀 부렸다. 좋아하면 만나야지. 그냥 다치지 않을 정도만 마음 주고 가볍게 만나 봐. 단, 강한빈은 깔끔하게 정리하자. 난 내 친구가 양다리 걸치는 꼴은 못 봐."

"양다리는 무슨. 한 다리도 제대로 못 걸쳤는데."

솔은 피식 웃었다.

"요즘 내가 뭐에 씌웠나 봐. 혼자 북 치고 장구 치고 다 한 기분이네. 근데 걱정하지 마. 난 괜찮아."

뭐긴 뭐겠어. 사랑의 콩깍지가 씐 거지. 할 말을 꾹 참고는 혜주는 싱긋 웃었다.

"당연히 괜찮지! 뭐 대단한 일이라고!"

아버지의 일로도 충분히 힘들었을 솔을 더는 다그치고 싶지 않았다.

"내가 맛있는 거 해 놨어. 밥 먹고 오늘은 여기서 자고 가. 오랜만에 우리, 진수랑 민지. 그 진상들 욕 좀 할까? 요즘도 진수가 자꾸 연락해? 계속 씹고 있는 거 맞지?"

혜주는 솜씨 좋게 화제를 돌렸다.

＊

주혁은 전화기를 조수석으로 던졌다. 집으로 오는 내내 솔에게 전화를 했지만, 그녀는 받지 않았다.

운전석을 젖히고 깊게 몸을 묻었다. 보기 좋은 이마에 찬이 남긴 상처가 욱신거렸다.

돌대가리. 피식 웃음이 나왔다.

나도 그 녀석 못지않은 돌대가리지. 대체 왜 그랬을까.

주혁은 자신의 행동을 곰곰이 곱씹었다. 그곳으로 갔을 때만 해도 찬에게 주먹질을 할 생각은 없었다. 하지만 밝게 반기는 찬의 모습에 한순간 이성을 잃었다. 그렇지만 찬을 패 준 것도, 솔에 대한 감정을 선언한 것도 후회하는 건 아니다.

하지만 주먹부터 휘두른 자신이 한심했고, 찬이 했던 말도 여전히 귓가에 맴돌았다.

너와는 상관없으니 신경을 꺼라…….

차갑게 일갈하던 찬을 떠올리며 주혁은 쓴웃음을 지었다.

말처럼 간단하다면 여기까지 오지도 않았을 테지. 처음부터, 이미 오래전부터 그녀가 자신에게 단순한 친구 누나가 아니었단 걸 인정했더라면 쉬웠을 수도 있겠다.

복수라든가, 호기심이라든가, 치기 어린 변명으로 자신을 이해시켰던 것이 실수라면 실수였다. 주혁이 후회하는 것은 그것이었다.

그녀를 다시 만나는 순간 집착이라고 여겼던 감정은 단번에 정체를 드러냈다. 그때, 인정해야 했다고 주혁은 그것을 후회했다. 순수하지 못했던 자신의 의도를 안다면 그 여자는 상처받을 텐데.

낯선 죄책감이었다. 주혁은 복잡했다. 그리고 초조했다. 그녀는 자신을 어떻게 생각할까.

　– 둘이 같은 감정이야? 아니지!

　찬의 말을 곧바로 되받아칠 수가 없었다. 그는 솔의 감정을 확신하지 못했다. 그녀가 생각할 틈도 없이 몰아붙인 건 자신임을 알기에 더욱 그랬다.

　단지 그녀는 자신에게 휘둘렸을 뿐인가. 대수롭지 않은 문제였지만 지금은 달라졌다. 심지어 그녀는 자신을 섹스 파트너라고 정의했다.

　주혁은 관자놀이를 꾹 누르며 상황을 간단하게 정리하기로 했다.

　한 번도 원하는 걸 갖지 못한 적은 없다. 그의 노력으로, 재능으로 언제나 쉽게 차지했다.

　그러니 솔도 다를 건 없다고. 가지고 싶으니 가지면 그뿐이다. 찬의 말대로 주혁에겐 무엇보다 자신의 감정이 우선했다. 찬도, 솔의 환경도, 심지어 그녀의 감정마저도 그에게 중요한 문제는 아니었다.

　그래서 주혁은 앞으로도 솔에게 감정을 돌아볼 시간 따위를 줄 생각은 없었다. 그런 위험부담을 떠안을 만큼 그는 친절한 사람이 아니다.

　차에서 내린 주혁은 고개를 들어 그녀의 방 창문을 올려 보았다.

　그래, 자신이 좋아하면 그뿐이다. 그녀가 자신을 좋아하게 만들 거라는 말도 단순한 오기는 아니었다. 그는 자신 있었다. 그리고 누구보다 잘해 줄 자신도 있었다. 적어도 그런 말을 듣고 살지는 않도록.

　주혁은 시간을 확인했다. 아직 점심때도 되지 않았다. 그녀를 바다에 데려갈 시간이야 충분했다. 그런 다음 고백을 하면 되겠지.

간단하게 정리하자 마음이 후련해졌다. 집으로 올라가는 발걸음엔 망설임 따윈 없었다.

하지만 그 오만함이 지옥 같은 초조함으로 바뀐 건 고작 몇 시간 후였다. 하루가 지나 다음 날 동이 틀 때까지 솔은 전화를 받지도, 집에 오지도 않았다.

– 내가 엄마를 죽였거든. 나도, 내가 미워.

그 말을 할 때, 그녀의 목소리에 담긴 스스로에 향한 경멸의 깊이를 기억해 낸 주혁은 굳어졌다. 막 어둠이 가신 새벽에 기어이 밖으로 뛰어나온 주혁은 희게 질린 얼굴로 그녀를 찾아 차를 몰기 시작했다.

월요일 아침.

직원들은 휴게실에 모여 티타임을 가지고 있었다. 옹기종기 모여 앉아 지난 주말의 이야기를 나누는 직원들 사이를 솔의 눈이 바쁘게 두리번거렸다.

"솔이 씨! 여기!"

미리 자리를 잡아 둔 모양인지 송 대리가 옆자리를 두드리며 한 손을 번쩍 들었다.

좋아 죽네, 아주. 입 찢어지시겠어요.

김 부장과 송 대리 사이에 앉아 있던 엠마가 보이지 않게 눈을 흘겼다.

"우리 밥솥. 얼굴 보기가 왜 이리 힘드냐."

김 부장이 냉큼 솔의 옆으로 자리를 옮기며 반가워했다. 너무나도 자연스럽게 김 부장과 송 대리 사이에 솔이 앉자 송 대리는 준비해 놨던 허브차를 그녀에게 밀어 줬다. 고맙다는 말도 없이 홀짝이는 모습을 보자니 엠마의 심기는 더욱 불편해졌다.

가만 보면 공주잖아. 알게 모르게 공주 대접을 받고 있었어. 꼴보기 싫어 죽겠다.

"엠마, 이거 먹어."

솔은 엠마에게 뭔가를 내밀었다. 양옆에서 오매불망 눈길 한 번주길 바라는 김 부장과 송 대리는 안중에도 없어 보였다.

"뭐예요?"

엠마가 시큰둥하게 물었다.

"내가 구웠어. 친구가 거의 다 하긴 했지만. 먹어 봐."

예쁘게 포장한 쿠키였다. 종이가방 가득 들어 있는 쿠키를 꺼내김 부장과 송 대리에게도 나눠주면서 솔은 연신 쿨럭거렸다. 몸이좋지 않은지 안색은 파리한 주제에 또 열심히도 웃었다.

"우리 솔이 씨가 직접? 너무 예쁘다. 아까워서 이걸 어떻게 먹어."

도가 넘치게 감동하는 송 대리와,

"탈 나거나 그런 건 아니지? 미리 먹어 봤지? 그런데 어디 아픈가? 병원 가 봐야 하는 거 아냐?"

떨떠름한 척하면서도 걱정부터 하는 김 부장을 번갈아 보는 엠마의 눈이 샐쭉해졌다.

"요즘 이런 걸 누가 만들어 먹는다고. 근처 카페만 가도 싸고 맛

있는 게 얼마나 많은데."

저도 모르게 엠마는 톡 쏘았다.

"다 같이 먹으면 좋잖아. 우리가 중간에 들어와서 다른 부서 사람들도 고생하니까 하나씩 주려고."

솔은 모여 있는 직원들 사이를 돌며 쿠키를 돌리기 시작했다. 다른 건 몰라도 박솔은 성격 하나는 밝아서 이미 회사 내에서도 친한 사람이 제법 생긴 눈치다. 낙하산으로 들어와 포지션까지 애매한 그들의 입지를 다지는 데 그녀의 성격이 한몫하는 건 사실이었다.

시시덕거리며 다른 직원들과 수다를 떠는 솔을 노려보던 엠마의 어깨가 축 처졌다.

착하다는 건 사회생활에 아무 쓸모가 없다고 생각했는데, 불시에 막강한 파워를 자랑한다. 분하지만 사실 엠마도 개인적으로는 솔을 좋아하니 말이다. 갑작스레 무기력감에 빠진 엠마는 힘없이 눈만 껌뻑였다.

"솔이 씨 일은 어때? 어렵지 않아?"

자리에 돌아온 솔에게 김 부장이 물었다.

"저야 뭐, 못하는 게 있어야 말이죠. 하나 알려 주면 열을 알잖아요. 완전 복덩어리지. 김 부장님은 어때요?"

"나? 나는……."

김 부장은 기운 없이 웃었다. 자신에 비해 젊은 송 대리는 의외로 사람들과도 잘 어울리고 업무 매뉴얼도 잘 이해할뿐더러 본인도 알지 못했던 문서 작성에 탁월한 재능까지 발굴해 내며 승승장구인 데 비해 어중간한 나이의 김 부장은 그렇지 않았다.

직책이 없는 회사 분위기도 그에게 큰 스트레스였다. 조카 같은 녀석들에게 이름으로 불릴 때마다 어쩔 수 없는 자괴감이 들었다.

게다가 낙하산으로 들어왔다는 자격지심은 날로 커졌다. 솔과 한 대표의 알 수 없는 관계 때문에 어부지리로 자리를 꿰차고 있다는 것이 불편하기만 한 김 부장은 숱 없는 머리를 쓸어 넘기며 웃었다.

과연 이곳에서 눈칫밥을 먹으며 얼마나 버틸 것인가. 그게 최선인가. 쉰이 넘은 나이에 그는 뒤늦은 진로 고민을 하는 중이었다.

김 부장의 씁쓸한 표정을 읽어 낸 솔은 바로 발끈했다.

"왜요? 누가 괴롭혀요?"

"그건 아니고……."

"뭣 때문에? 나이가 많다고? 말이 많다고요? 누가 그래요. 혹시 따돌려요?"

"그냥 확성기에 대고 떠들어라."

김 부장은 구시렁거리며 입을 닫았다. 솔이 재차 채근하려는 순간 엠마가 불쑥 끼어들었다.

"언니, 주말엔 뭐 했어요?"

"응? 나?"

"날씨가 좋았잖아요. 혹시……. 저번에 말했던 남자와 데이트라도 했나 싶어서."

송 대리가 잽싸게 고개를 들었다. 잔뜩 긴장한 얼굴이 더 동그래졌다. 다행인지 불행인지 그런 그를 눈치챈 사람은 엠마뿐이었다.

"내 팔자에 데이트는 무슨. 토요일에는 부모님이 오셨고, 어제는 친구랑 놀았어. 엠마는 뭐 했어?"

"나는……."

엠마는 잠시 망설였다. 주말 내내 주혁은 연락이 되지 않았다. 혹시나 박솔과 같이 있는 걸까? 그녀는 초조하고 불안했었다. 솔의 대답으로 안심은 했지만 이쯤에서 자신의 존재감을 어필하는 것도 나

51

쁘지 않을 것 같았다.

엠마는 살짝 눈을 내리깔고 익숙지 않은 거짓말을 꺼냈다.

"데이트했어요."

"어머! 엠마, 남자 친구 생겼어?"

"아니요. 제, 제임스가 굳이 영화를 보자고 해서."

세 사람은 동시에 엠마를 쳐다보았다. 엠마는 눈을 굴려 애써 시선을 피해야 했다. 김 부장이 소스라치게 놀라며 물었다.

"엠마 씨. 우리 대표랑 사귀는 거야?"

송 대리는 눈을 끔뻑거렸고 솔은 굳었다. 그녀의 동공이 불안하게 흔들리는 것을 엠마는 예리하게 바라보았다.

'괜찮아. 이 정도 거짓말은 해도 돼. 언니도 제임스와 무슨 사이인지 말 안 해 줬잖아. 뭐가 됐든 내가 더 제임스와 가까운 사이란 걸 알려 줘야 해.'

엠마는 살짝 미소를 지었다.

"사귄다기보다는 친해요. 대표와 직원을 떠나서 우린 원래 사적으로 아주, 아주! 친한 사이예요. 친구인데도 사람들이 안 믿고 자꾸 잘 어울린다고. 호호호. 어머! 왜들 놀라지? 몰랐구나?"

엠마의 어색한 웃음을 끊으며 김 부장이 한술 더 떴다.

"에이, 사귀지도 않는데 단둘이 영화를 봐? 그냥 사실대로 말해 봐. 진짜 둘이 잘 어울리기는 해. 그렇지 송 대리?"

"맞아요. 둘 다 미남미녀라. 잘 어울려요."

"남녀 사이에 친구가 어딨나. 난 그런 거 안 믿어. 말만 친구고 사실은 애인 사이 아니야?"

다분히 아부 섞인 김 부장의 말을 흘려들으며 솔은 고개를 숙였다.

엠마의 시선이 탐색하듯 따라붙었지만, 머리가 하얗게 비어 버린 솔은 아무 생각도 할 수가 없었다.

심장이 쿵 떨어지고, 배신감이 밀려왔다. 뒤통수를 맞은 듯한 서운함도. 그리고 가슴이 아팠다. 누군가 제 심장을 쥐고 꾹꾹 쥐어짜는 듯한 아픔.

어떻게 그럴 수가 있지.

그렇게 나간 후에 엠마와 영화를 봤단 말이야? 나랑 바다에 가기로 해 놓고……. 어떻게 그럴 수가 있나.

약으로 가라앉힌 두통이 다시 시작됐다. 생각은 마구 엉켰고 기분은 엉망진창이었다. 좌절했다가 분노했다가 슬펐다가 웃음이 났다. 눈물마저 핑 돌았지만, 솔은 진정하려 애썼다.

이건 아무 일도 아니다. 그녀와 주혁의 사이가 아무것도 아닌 것처럼. 누구와 영화를 보든, 잠을 자든 그건 주혁의 선택이고 자유다. 이럴 것에 대비해 그는 그토록 강력하게 그들의 관계를 사귀는 것이 아니라고 정의했나?

나쁜 놈은 맞지만, 기대한 것도, 뜬금없는 과거 고백으로 부담을 준 것도 자신이다. 주혁이 좋아한다고 말한 적도 없는데, 배신감은 이럴 때 쓰는 단어가 아니다. 자신이 스스로 제 뒤통수를 후려친 것뿐.

솔은 입술을 꼭 깨물었다.

"그러고 보니 엠마 씨랑 한 대표가 닮았네. 둘 다 키도 크고 이목구비도 뚜렷하고. 원래 결혼은 닮은 사람들이 해야 잘 살아. 보기도 좋고. 안 그래, 박솔?"

"그게 무슨 말씀이세요, 부장님!"

이 정도 발끈하는 건 괜찮다고 솔은 스스로 우겼다. 이 정도 심술

53

쯤이야 낼 권리가 있다고.

"그러면 연애란 걸 왜 해요? 컴퓨터로 돌려서 내 얼굴과 싱크로율 뛰어난 사람 찾아내면 되지. 내가 잘생긴 배우랑 결혼하고 싶으면 확 다 얼굴 뜯어고쳐서 똑같은 얼굴로 만들어 들이밀면 되겠네."

"뭘…… 그렇게 까칠하게."

"그렇잖아요. 부장님 생각이 너무 올드 하다구요. 남녀 사이에 친구가 왜 없어요? 그렇게 따지면 나랑 송 대리님도 친하니까 사귀어야겠네? 그게 말이 돼요? 송 대리님이랑 내가 그렇고 그런 사이가 되는 게 상상이나 되냐고요."

송 대리의 고개가 슬프게 떨어졌다.

엠마는 천천히 팔짱을 꼈다. 그녀는 싸늘하게 말했다.

"나도 김 부장님과 같은 생각이에요. 남녀 사이 친구는 그냥 허울이에요. 친구라 해도 언제든 달라질 가능성이 있으니까요. 솔직히 멋진 남자라면 아무리 친구라 해도 한 번쯤 설레지 않을 여자가 있을까요? 그러다 보면 친구가 연인이 될 수도 있죠."

솔도 엠마를 따라 팔짱을 꼈다. 삐딱하게 고쳐 앉으며 그녀가 비웃었다.

"아니, 난 그런 적 없어. 성별을 떠나서 친구는 친구야. 감정이 있었다면 처음부터 친구가 되지도 않았겠지. 흑심을 품고 친구로 가장해서 기회나 살피는 건 친구라고 칠 수도 없고. 오랫동안 친구 사이였다면 답은 나온 거야. 진짜 친구. 엠마와 대표님처럼."

"생각보다 고지식하시네. 역시 나이가 문제인가? 난 생각이 달라요. 오래된 친구 사이는 그 둘만의 시간들과 추억이 있죠. 거기에 불씨 하나 던져 주면 활활 타오르는 건 순간이에요. 친구로 오래 지냈다는 것 자체가 그 둘이 잘 맞는다는 증거고요."

"그건 한쪽이 불순한 생각을 숨기고 친구를 가장했을 때 벌어질 수 있는 일이라고. 그것도 아니라면 둘 다 결혼을 못 할 때를 대비해서 이름만 친구일 뿐 사실은 비상용 신랑, 신부로 쟁여 둔 사이겠지. 뭐든 너무 치사하지 않나? 친구인 척 위장해서 그런 기회를 엿본다는 거 말이야. 역시 나이가 어려서인가? 도덕이 없구나!"

"말이 심하다? 언니."

"나이 얘기는 너부터 꺼냈잖아!"

그녀들의 시선이 불꽃을 뿜으며 부딪혔다. 핑퐁처럼 오가는 그녀들의 드러난 적의에 송 대리와 김 부장은 한없이 움츠러들고 있다.

'둘이 뭐 하냐? 왜 저러냐?'

'모, 몰라요. 무서워요.'

송 대리와 김 부장은 텔레파시처럼 시선만 주고받았다.

"언니."

으스스한 목소리를 내는 엠마의 눈이 가느다랗게 변해 있었다.

"나한테 할 말 있죠."

"그래, 있다!"

두 여자가 벌떡 자리에서 일어섰다. 그때였다. 입구 쪽이 소란해졌다.

"대표님 오셨어요."

"대표님 안녕하세요."

솔과 엠마는 깜짝 놀라 서로를 바라보다 고개를 휙 돌렸다.

여기저기서 인사하는 소리가 들렸다. 주혁은 회사의 대표였지만, 동시에 직원들의 스타와도 같은 존재였다. 그가 나타나는 자리엔 어김없이 웅성거리는 소리와 동경하는 시선이 따라왔다. 항상 바쁜 탓에 같은 회사 내에 있어도 대표의 얼굴을 보는 일이 드물었기 때문에 더 그럴지도 몰랐다.

직원들의 인사를 건성으로 받으며 주혁은 휴게실 안을 빠르게 훑고 있었다. 이내 그의 시선이 솔에게서 딱 멎었다. 솔이 재빨리 고개를 숙이며 김 부장 뒤로 엉거주춤 숨었을 때 주혁의 얼굴이 일그러지기 시작했다.

술 취한 아버지를 피할 때처럼 겁먹은 눈동자로. 갑자기 사라져 사람 미치게 하더니 이제는 자신을 보고 숨는다.

주혁은 정말로 겁이 났었다. 평생 이토록 겁이 난 적이 있었을까 싶을 정도로 허둥거렸었다. 혹시나 무슨 사고가 난 것인지, 아니면 나쁜 생각이라도 한 건 아닐까. 당황한 그는 진심으로 정신을 차릴 수가 없었다.

그런데……. 그런 자신을 비웃기라도 하듯 웃고 떠드는 그녀를 발견할 줄은 몰랐다. 그래도 보는 순간 좋았다. 아, 이제 살겠다 싶을 만큼 마음이 안도감으로 일렁였다.

그것도 잠시, 이제는 화가 치밀기 시작했다.

왜 이렇게 걱정을 시키나. 그런 얼굴로, 그런 말을 해 놓고 사라져 사람을 미치게 만드나. 마치 머릿속 전구가 나간 것만 같았다. 지금껏 그녀를 찾아 헤맨 그는 걷잡을 수 없을 만큼 분노했다.

굳이 표정을 관리할 생각도 하지 않았다. 영문을 모르는 직원들의 술렁임을 헤치고 그는 솔에게로 직진했다.

"박솔."

목소리는 낮았고 잔뜩 갈라져 있었다.

"네? 네!"

솔은 즉각 대답했다. 험악한 표정의 주혁이 화가 난 상태라는 건 솔이 아닌 누구도 알 수 있었다. 그녀는 잔뜩 긴장한 채 마른침을 꿀꺽 삼켰다.

회사에 오면 마주칠 것은 알았지만, 이런 무서운 얼굴을 예상한 건 아니었기에 그녀는 당황했다. 이유가 궁금하기보다는 다른 직원들의 시선이 못 견디도록 불편하기만 했다.

"네, 대표님. 하실 말씀이라도……."

"너……. 너 왜 사람 돌게 만들어."

"네?"

"나와!"

정신을 차리기도 전에 주혁은 솔의 손목을 잡았다. 반사적으로 솔은 엠마를 보았다. 엠마는 밀랍처럼 하얗게 굳어 있었다. 그 옆에 선 송 대리의 입에서는 쿠키가 보기 흉하게 떨어지고 있었다.

"어, 엠마. 사실은……."

솔은 더듬거렸다. 그녀도 당황했기에 뭘 어떻게 해야 할지 몰랐다. 주혁은 곧장 솔의 손목을 잡고 걷기 시작했다. 그의 손에 잡혀 질질 끌려가다시피 한 솔은 수습을 해 보려 필사적으로 입을 열었다.

"저기, 주혁, 아니 대표님. 할 말이 있으시군요. 근데 이건 좀 놓고……. 대표님! 어멋, 주혁아! 좀 천천히. 아니, 대표님, 어머멋, 웬일이야! 어머머!"

바람처럼 그들은 사라졌다. 처음 보는 대표의 난폭한 행동에 많은 직원이 얼어붙은 것도 한순간, 일시에 주변은 소란스러워졌다.

"무슨 일이야? 뭐야?"

"분명 박솔 씨가 대표님 이름 불렀지? 주혁이라고. 둘이 무슨 사이야?"

"박솔 씨라면 얼마 전 디자인팀에 새로 온 직원이잖아? 대표님 빽으로 들어온 거였어?"

"그것보다 우리 대표님이 한 말은 뭐야? 왜 돌아 버리게 하냐고 한 거 맞아?"

당황과 놀람과 흥미가 공간을 가득 채웠다. 끝도 없는 웅성거림이 커졌을 때 모두가 아는 목소리가 날카롭게 울렸다.

"둘이 원래 아는 사이 맞습니다."

직원 모두가 아는 대표의 해바라기 엠마였다.

"오늘 박솔 씨 집에 일이 좀 생겼어요. 오해는 말아요. 우리 대표님 그 정도 공과 사 구별 못 한다고 생각하지는 않겠죠? 박솔 씨 충분히 능력 있는 분이라 스카우트한 겁니다. 다들 이제 일하세요."

하나둘 외면하는 직원들의 안쓰러운 얼굴을 향해 엠마는 도도하게 고개를 들었다.

"모두 아시다시피 우리 회사는 지금 중요한 시기예요. 이런저런 소문 돌지 않게 입단속 잘하세요."

끝내 울먹이는 목소리를 누구도 지적하지 않았다. 그녀의 설명에도 그 해명을 믿는 사람은 없었다.

"흑흑흑. 어어어허엉."

송 대리는 절절한 울음소리를 따라 비상계단 문을 열고 들어갔다. 계단에 앉아 목을 놓고 울던 엠마가 돌아보았다. 눈물로 홍건한 얼굴이 안쓰러웠다.

"뭐야. 중기 씨가 여기…… 왜?"

"나도 좀 울고 싶네."

송 대리는 가만히 그녀 옆에 쭈그려 앉았다. 엠마의 아름다운 얼굴은 눈물로 엉망이었다. 손수건을 건넸지만, 엠마가 받으려 하지 않자 그는 가만가만 그녀의 눈물을 닦아 주기 시작했다. 흠칫하던 엠마는 곧 얼굴을 맡기고 서럽게 흐느꼈다.

"중기 씨가 왜, 왜 울어요. 이깟 일로."

"내가 솔이 씨 좋아하는 거 알잖아. 고백 한 번 못 했는데 이런 것도 실연이라고 아프네. 엠마 씨처럼."

"실연이라니요. 언니랑 제임스, 그런 사이 아니거든요! 그냥 원래 아는 사이…… 별거 아닌……."

쏘아붙이던 엠마가 끝내 송 대리의 어깨에 얼굴을 묻고 울음을 터트렸다.

"허흐흥. 흑흑. 어떻게 저럴 수가 있어요. 내 마음 뻔히 알면서 내 앞에서 어떻게 저래요. 흑흑. 나쁜 놈…… 나쁜 자식."

"그러게. 한 대표 그렇게 안 봤는데 못쓰겠네. 무슨 연애를 저렇게 시끄럽게 하냐."

"우리 제임스 욕하지 마요! 언니가 나빠요! 무조건 박솔 씨가 나빠요."

"아냐. 솔이 씨는 잘못 없어. 대표가 잘못한 거야. 그 사람 웃긴 인간이야. 생각이 없잖아. 자기는 대표지만 솔이 씨는 앞으로 회사 생활 어떻게 하라고. 똑똑하다는 것도 다 과장된 소문인가 봐."

"……맞아. 나쁜 새끼야. 씨X놈. 개새끼. XX하고 XXX나 해서 죽어 버려라."

엠마는 갑자기 욕을 퍼붓기 시작했다. 여자가 그렇게 걸쭉한 욕을 하는 걸 처음 듣는 송 대리는 당황했지만 애써 천장으로 시선을 고정하며 모른 척했다. 그가 중얼거렸다.

"우리 솔이 씨 어쩌냐……. 가뜩이나 남의 시선 받는 거 질색하는데. 직원들 지금 난리야."

"아! 진짜! 지금 박솔 씨 걱정을 왜 해요! 왜! 왜! 다들 언니만 걱정해!"

"아, 미안……. 계속해."

한참이나 이어지는 생전 처음 듣는 욕설에 송 대리는 파리해졌지만 그래도 열심히 엠마의 어깨를 다독였다.

자신도 이렇게 괴로운데, 주혁을 따라 한국에 왔다는 엠마는 오죽할까. 짝사랑의 아픔을 아는 송 대리는 엠마를 이해했다. 그는 다정하게 말했다.

"근데 그거 알아? 우리 엠마 씨는 욕하는 것도 참 예쁘다. 영어가 간간이 섞여서 욕도 멋있게 들려."

우리 엠마라고? 엠마는 코를 훌쩍이며 송 대리를 흘깃 보았다. 기분이 나쁘지는 않았다.

"내가 욕은 좀 해요. 흑, 흑. 더 잘하는데 지금은 생각나는 게 몇 종류 안 돼요."

"천천히 해. 내가 다 들어 줄 테니까."

"흑흑. 개자식, 콱!! 죽어 버려라. 대표란 게 공사도 분간 못 하고…… 등신. 어흐흑, 늦바람이 무섭다더니. 한번 빠지니까 뵈는 게 없냐! 그래도 흑흑. 박솔 씨 입장도 생각해야지. 병신같이, 좋아하는 여자를 그따위로 막 끌고 가고……. 어흐흑 손을 막 이렇게 잡고……."

엠마는 오열했다. 그녀는 두 손을 들어 송 대리에게 내밀었다. 알아들을 수도 없는 넋두리가 울음에 섞여 쏟아졌다.

"나도, 나도 손이 예쁘다고 소문났는데……. 나는 막 끌려가도 괜찮은데……. 왜 언니만, 언니 손만! 내 손은 한 번도 안 잡아 줬다고요. 내가 어디가 박솔보다 못해서. 어흐흑. 내 손은 잡고 싶지 않게 생겼어요? 중기 씨가 봐도 그래요? 흑 예쁘지 않아요? 막 쭈물쭈물하기 좋게 생겼잖아. 그죠? 어흐흑."

"응. 예뻐. 쭈물쭈물하기 좋게 딱 예뻐."

"근데 왜 내 손은 안 잡아 주냐고……."

송 대리의 어깨가 엠마의 눈물로 흠뻑 젖어 갔다.

복잡한 도심을 빠져나온 차는 고속도로에 들어서자 속도를 높였다. 날카로운 소리를 내며 쉴 새 없이 뒤로 사라지는 차들의 형상이 어지러웠다.

솔은 말없이 정면을 응시하고 있었다. 차 안은 충분히 따뜻한데도 자꾸만 몸이 떨려 왔다. 축축 처지는 몸은 빈속에 밀어 넣은 감기약 때문만은 아니었다. 그녀는 입술을 꽉 깨물었지만, 멀미처럼 올라오는 설움을 참기 힘들었다.

이게 도대체 무슨 일일까. 잔잔하고 평화롭던 내 일상에 왜 말도 안 되는 이런 일들이 자꾸 생기냔 말야.

주혁의 손에 끌려 차에 탄 그녀는 아무런 설명조차 듣지 못했다. 솔은 이해하기를 포기했다.

무엇보다 그녀를 비참하게 하는 것은 이런 무례한 행동을 하는 사람이 주혁이라는 것이었다. 서늘한 얼굴과 무례한 손으로 그는 그녀를 함부로 대하고 있다. 또다시 말이다. 희망을 주고는 다음 순간

부숴 버리는, 반복되는 그의 종잡을 수 없는 태도가 솔은 슬펐다.

"벨트 매요."

그 말을 끝으로 주혁은 침묵했다. 거침없이 핸들을 돌리는 그는 바위처럼 보였다. 선뜩할 만치 단단한 모습에 솔도 입을 닫았다. 문득 이 상황이 우습게 느껴졌다. 현실 같지 않은 느낌. 한주혁이라는 남자가 낯설었다.

이 남자는 누구지……. 나는 왜 이 시간, 이곳에 어떤 의미로 이 남자 옆에 있는 거야.

무슨 권리로 그는 이토록 나에게 당당한 걸까…….

바보냐, 박솔?

솔은 자신을 비웃었다.

진짜 몰라? 알잖아. 그 권리란 걸 덥석 넘긴 사람이 바로 나잖아.

얼마나 얼간이 같았을까. 첫사랑에 빠진 바보처럼 설레는 감정을 감추지도 못했고, 그를 마주 볼 때면 통통 튀는 마음을 숨기지도 못했다.

그가 보이는 관심에 어쭙잖게 우쭐거렸다. 여자가 된 느낌, 그 설렘이 눈물 나도록 고마웠다. 그래서 놓치기 싫었다. 좋아서, 그가 너무 좋아져 버려서…….

진심으로 그를 뿌리친 적이 있었던가. 자존심과 바꿔 먹은 착각이 결국 날 이렇게 만든 거지.

그렇다고, 아무리 그래도 이런 식으로 포대 자루 취급을 하면 안 되는 거잖아. 그럼 너는 정말 나쁜 놈인 거잖아.

솔은 반쯤 포기한 한숨을 내쉬었다.

올해는 정말이지 망신살이 제대로 뻗친 해다. 지금쯤 난리가 났을 회사를 생각하니 얼굴마저 화끈거렸다.

낙하산 여직원과 스타 대표와의 요상한 관계라……. B급 에로 영화 제목으로 딱 맞네. 상표권이라도 등록해 놔야겠어.

솔은 심술궂게 생각했다.

온갖 추측과 뒷말이 오가고 있을 시간. 솔의 귀는 쓸데없는 예민함을 자랑하며 간질거렸다. 아마도 오래오래 그럴 것이다. 술자리마다 올라가서 씹혀질 안줏거리가 돼 버렸으니.

상관없다. 동료라고 부르기도 이른 관계들까지 신경 쓰기엔 솔은 지금 머리가 너무 아팠다.

하지만 엠마…….

엠마를 떠올리자 씁쓸함이 신물처럼 넘어왔다. 능력도 없이 의뭉스럽게 들어온 그들을 따뜻하게 받아 주고 다른 직원들과 자연스럽게 어울리도록 애써 주던 그녀. 자신에게 먼저 다가와 마음을 열어 주었던 엠마에 대한 미안함에 솔은 부끄러워 딱 죽고만 싶었다.

엠마가 짝사랑하는 남자가 주혁이란 걸 알았을 때 적어도 주혁과 아는 사이란 것쯤은 말해 줬어야 했는데. 망연하게 그들을 따라오던 엠마의 눈동자가 머리를 쿡쿡 쪼아 대는 것만 같았다.

다 엉망진창이야. 솔은 눈을 감아 버렸다.

얼마나 시간이 지났을까. 달라진 바람 소리에 솔은 슬그머니 눈을 떴다. 어느 틈엔가 고속도로를 내려온 차는 한가한 외곽 길을 달리고 있었다.

"주혁아."

크게 숨을 한 번 고른 솔이 조심스럽게 입을 열었다. 어차피 대화는 해야 했다. 다행히도 담담한 목소리가 흘러나왔다.

"우리 얘기 좀 하자."

"……."

주혁은 대꾸조차 없었다. 그는 여전히 화가 나 있었고 그것을 감추려는 노력조차 보이지 않고 있었다. 민망함에 솔은 귓불까지 달아올랐다. 결국, 그녀도 날 선 반응을 보이기 시작했다.

"대답도 안 해? 왜 이래, 정말. 너 지금 화났지? 근데 난 네가 왜화가 났는지 도무지 모르겠어. 난 그래, 난 멍청해서 하나하나 설명해 주지 않으면 몰라. 근데 묻지도 마? 나랑 얘기하기도 싫어? 아니, 그럼 왜 잡아 온 건데? 이유는 알려 줘야 할 거 아냐."

"……."

"너, 왜 이렇게 함부로 굴어? 오늘 나한테 무슨 짓을 했는지 알기나 알아? 모르지? 넌 처음부터 사장이었으니까 사회생활 모르지? 나 같은 일개 직원에겐 직장은 정말 큰 문제란 말야. 전부일 수도 있다고. 안 그래도 눈치 보이는데, 거기서 그런 식으로 나오면 나는? 나는 뭐가 돼? 앞으로 어떻게 회사 생활을 하냔 말이야. 무슨 생각인 거야? 생각이 있긴 해? 내 입장은 손톱만큼도 생각 안 하지. 그렇잖아!"

"……입 다물어."

거의 열리지도 않은 입술을 비집고 잔뜩 눌러 나온 음성은 험악했다.

솔은 울컥했다. 이건 도무지 무슨 경우인지. 멋대로 굴어 놓고 왜자기가 더 혼란스러운 낯짝을 하냔 말이다.

"뭘 다물어? 왜 맨날 다물래. 내 입을 네가 뭔데 다물라 말라 하는 건데?"

"……잠시만, 좀."

"아니, 지금 얘기해! 너는 왜, 왜 매번 이런 식이야? 민지 파티도, 소개팅까지 쫓아와서도 멋대로 굴어 놓고 내 입장은 신경 쓰지도 않았잖아. 지난 일은 그렇다 치자. 오늘은 나도 못 참겠어. 왜 그러는데? 왜 화가 났는데? 왜 네 화를 나한테 푸는 건데! 나, 동네북 아니라고 했지! 안 들려? 귀 안 팠어? 내가 파 줄까? 너 때문에 당한 망신이 벌써……. 허억! 주혁아! 어, 엄마얏!"

속사포처럼 쏘아 대던 솔은 외마디 비명을 질렀다. 충격으로 커진 그녀의 눈은 이내 질끈 감겼다. 솔의 말이 채 끝나기도 전에 그들을 태운 차가 거의 한쪽 바퀴를 들며 크게 회전을 했기 때문이었다.

끼이익―

듣기 싫은 소음을 내며 차는 갓길로 멈췄다. 급정차로 인한 반동에 앞으로 튕겨 나간 솔의 머리카락이 사방으로 헝클어졌다.

이러려고 안전벨트 꼭 집어 강조했나 봐. 솔은 멍하니 생각했다. 아닌 게 아니라 벨트가 아니었으면 지금 차 앞 유리창에 자신의 머리가 뚫고 나가 박혔을 수도 있었겠다는 생각이 제일 먼저 들었다. 너무 놀란 나머지 정신마저 혼미해진 솔은 숨을 헐떡이기 시작했다.

사이드브레이크를 거칠게 올린 주혁은 밖으로 나가 버렸다.

"으아아…… 쟤, 뭐야. 뭐야…… 미친 거야?"

놀란 마음을 추스르기도 전에 쾅! 큰 소리가 나며 차가 요동쳤다. 솔은 또 한 번 소스라쳤다.

열린 차 문밖으로 보닛을 내리친 주혁이 보였다. 이마를 짚고는 잔뜩 구겨진 인상으로 서 있는 그는 정말이지 거대해 보였다.

예고 없는 두려움이 그녀를 관통한 건 그 순간이었다. 솔의 얼굴에서 핏기가 빠르게 사라져 갔다. 흉포한 모습에서 그녀가 아는 한 남자가 겹쳐 보이기 시작했다.

솔은 창백해졌다. 놀라서 흉하게 벌어졌던 입은 다른 의미로 벌벌 떨기 시작했다.

저 남자…… 감정을 자제하지 못해. 화를 억누르지 못한다.

"아빠처럼……."

솔은 중얼거렸다. 그리고 느닷없이 몰려든 공포가 머릿속을 하얀 백지로 만들었다. 머리보다 똑똑한 몸이 본능적으로 굳어졌다.

때릴지도 몰라. 날 때릴 거야! 대들었으니까!

알고 있었다. 저런 눈빛을 하는 남자가 끝내 어떻게 변하는지. 이런 상황에서 솔은 자신의 위치를 정확하게 알고 있었다.

그녀는 약자였다. 때리는 대로, 손에 잡히는 모든 것이 그녀의 몸에 내리꽂히는 대로 비명 한 번 제대로 내지 못하고 망가졌던 기억들.

그녀를 더 겁먹게 하는 건 그런 일을 당해도 사랑을 멈추지 못하는 자신이었다. 이런 취급을 받으면서도 어떻게든 옆에 있으려 발버둥 치게 될 자신의 모습은 너무도 뻔했다. 이미 그녀는 비참한 전력이 있지 않은가.

자존심이고 뭐고 비굴하게 붙어만 있으면 언젠가 괜찮아질 거라 믿으며, 어떻게든 사랑받고 싶어 아무렇지 않은 척 살던 그때와 마찬가지로.

손쓸 새도 없이 덮쳐 온 공포였다.

솔은 자신이 공황 상태로 빠져들고 있다는 것도 몰랐다. 그저 온몸이 뻣뻣해졌다. 맞기 싫어. 무서워! 오직 그 생각뿐이었다.

도망가야 해. 무작정 벨트를 풀기 시작했다. 손이 와들와들 떨렸다. 그러다 문득 솔은 고개를 들었다. 자신을 향한 주혁과 시선이 마주쳤을 때 그녀는 공포영화 주인공처럼 비명을 질렀다.

알 수 없는 눈빛으로 바라보던 주혁은 다음 순간 그녀의 의도를 파악한 듯했다. 재빨리 차 안으로 들어온 주혁은 그녀의 어깨를 잡았다. 강한 힘은 아니었다고 해도 그 간단한 동작은 솔을 더욱 겁에 질리게 했다.

그녀는 화가 난 그의 얼굴을, 단단한 손을, 끔찍한 허리띠를 겁에 질린 눈으로 보았다. 저런 것들이 살갗에 닿는 느낌을 생생하게 기억하기에 치가 떨렸다.

차가운 버클이 몸을 찍고 억센 가죽이 피부를 찢어 놓겠지. 네 잘못이니 맞아야 한다고 소리치겠지.

"놔!!"

그녀는 발버둥 치기 시작했다.

"놔! 이거 놔!"

"그래, 얘기 좀 해 봐. 어디 있었어? 대체 왜 전화는 안 받아! 그런 말까지 해 놓고 사라져 버리면 난……."

"놓으란 말야!"

"내가 걱정할 거란 생각은 못 했나? 무슨 상상까지 한 줄 알아?"

"제발!"

솔은 미친 듯이 고개를 저었다. 어느 틈엔가 주혁은 그녀의 손목을 쥐고 있었다. 남자의 손에서 벗어나기 위해 솔은 안간힘을 썼다. 토할 것만 같았다.

"걱정했어! 한숨도 못 잤어. 전화만 받았어도 내가……."

"싫어!"

솔은 날카롭게 외쳤다. 주혁은 우뚝 멈췄다. 그것은 그의 의지가 아니었다. 비명과도 같은 절박한 음성에 그는 순간 놀랐다.

"이러지 마, 하지 마! 소리 지르지 마! 싫어!"

기를 쓰고 그에게 떨어지려고 하는 기세가 너무도 맹렬해서 주혁은 다시금 놀랐다.

재빨리 그녀의 손을 놓고 뒤로 물러서며 주혁은 솔을 보았다. 솔은 두 손으로 감싼 머리를 막무가내로 무릎 안에 구겨 넣었다. 그녀는 끝내 비명을 질렀다.

"잘못했어요!!"

주혁은 숨을 멈췄다. 듣고도 믿지 못하는 그의 눈동자가 격렬하게 흔들렸다.

솔의 가늘게 떨리는 하얀 손목은 붉어져 있었다. 그것이 제가 남긴 흔적임을 깨달았지만, 부끄러워할 새도 없었다. 파도처럼 밀려온 충격이 그를 덮쳤다.

"……뭐라고?"

대체 내가 뭐 하는 짓인가, 인지하기도 전에 그녀를 끌고 나왔다. 정신을 차리고 보니 그녀를 차에 태운 후였다. 울 것 같은 얼굴을 한 솔을 마주 보기엔 그도 적잖이 당황한 상태였다.

감정이 널뛰었다. 걱정되었다, 화가 났다, 부끄러웠고, 머릿속은 요란하기만 했다.

그래서 그랬다. 왜 그랬나 왜. 왜 사람을 걱정시키고는 너는 이렇게 멀쩡한지 묻고 싶었다.

그러니 그녀는 화를 낼 수 있었다. 자신의 뺨을 한 대 후려쳤어도 당연했다.

하지만 잘못했다는 말은 나올 수 있는 말이 아니었다. 그녀는 그 말을 해서는 안 됐다.

사라지고 싶은 사람처럼 조그맣게 몸을 말고 또 말며 솔은 와들와들 떨었다. 도무지 믿을 수가 없었다.

"박솔."

그가 어깨를 짚으려 하자 그녀는 움찔하며 강하게 거부했다.

"손대지 마!"

"……."

"아, 아파……."

손으로 얼굴을 가리며 그녀는 더듬거렸다. 주혁이 간과한 힘의 흔적이 붉게 남은 손목이 덜덜 떨렸다. 그녀는 자신이 무슨 말을 했는지조차 잊은 듯했다.

"화내지 마. 난, 난 잘못한 게 없는데…… 왜 자꾸 화를 내."

"……."

"무서워."

그의 눈동자가 흔들림과 동시에 솔은 울기 시작했다.

"……무섭단 말이야."

울면서도 머리를 숙여 자신을 보호하려 했다. 좁은 차 안에서 최대한 거리를 두려 애쓰며 계속 계속 울었다. 그녀의 울음소리가 커질수록 주혁의 얼굴도 굳어 갔다.

빌어먹게도 이 몸짓의 의미를 그는 정확하게 이해했다. 그녀가 저도 모르게 잘못했다는 말을 외치는 순간 모든 상황을 알아차렸다.

그가 후원하던 보육원에서 어렵지 않게 볼 수 있던 몸짓. 익숙한 표정. 단순한 움직임에도 움찔거리던 아이들. 그저 맞지 않기 위해 잘못했다고 뜻도 모르고 빌던 그들.

그들과 닮은 모습으로 그녀가 울었다. 똑같은 말을 했다. 얼굴을 감싼 손가락 사이에선 쉴 새 없이 눈물이 흘러내렸다.

– 나 때리면 신고할 거야.

– 놀라라. 때리는 줄 알았네.

– 아빠가 갑자기 나를 때렸어.

대수롭지 않게 지나갔던 그녀의 말들이 총알처럼 뇌리를 관통했다. 거친 행동을 보일 때면 과하게 겁을 내던 모습도 연결된 고리처럼 따라왔다.

주혁의 입안이 서걱하게 말랐다. 울고 있는 솔도, 열린 창문으로 들어오는 바람도, 그의 심장도 한순간에 정지한 듯했다.

주혁은 멍하니 물었다.

"……너 맞았어?"

그의 목소리가 차 문을 튕기고 다시 그의 귓가에 부딪혔다. 마치 대답처럼.

"당신…… 그렇게 살았어?"

솔의 들썩이던 어깨가 거짓말처럼 우뚝 멈췄다.

멈췄던 주혁의 심장이 다시 뛰기 시작했다. 맹렬하게 뛰는 심장 한가운데로 그녀의 아버지 얼굴이 칼날처럼 박혔다.

그날 본 것이 다가 아니었다. 그녀가 당한 건 언어폭력만이 아니었다.

그녀는…….

박솔은 학대당했다.

16.

"맞은 적 있냐고! 그래?"

주혁은 솔의 얼굴을 가린 손을 잡아 내렸다.

엉망이 된 얼굴이 그를 향했다. 멍한 눈동자에 비친 제 모습이 험상궂었지만, 신경 쓰지 않았다.

"아니잖아, 그렇지?"

솔은 뚝뚝 떨어지는 눈물도 의식하지 못하고 그를 멍하니 쳐다만 보았다. 주혁은 이를 갈 듯이 다그쳤다.

"너 그렇게 살았냐고!"

탁했던 그녀의 눈이 한순간 또렷해졌다.

더 커질 수 없을 만큼 크게 열린 눈동자는 다음 순간 그를 무섭게 노려보기 시작했다. 작은 몸 전체에서 적의란 것이 불꽃처럼 타오르는 것만 같았다.

"누가…… 그래."

적의를 드러내며 솔은 작게 말했다.

"누가 맞고 살았다고 그래."

주혁은 무너지듯 뒤로 물러섰다. 하아……. 막을 새도 없이 탄식이 흘러나왔다.

그 자식을 더 패 줬어야 했다. 끝까지 다물었던 찬의 입을 어떻게든 열게 해야 했다. 늦은 후회와 당혹감으로 주혁은 말문마저 막혔다.

"……나쁜 자식."

솔은 거의 속삭였다.

"사람을 어떻게 보고…… 그따위 소리를……."

"아니라고 해야지!"

주혁은 성마르게 소리쳤다.

"아니라고 대답했어야지! 너, 너…… 대체 뭐야!"

그 표정은 뭐야! 그 빌어먹을 몸짓은 뭐야!

참지 못하고 그녀의 어깨를 움켜쥔 손을 솔은 차갑게 뿌리쳤다. 격한 움직임에 고여 있던 눈물이 후드득 떨어졌다.

"아니야."

대답은 지나치게 빠르고 단호했다. 그녀는 또박또박 되풀이했다.

"아니야. 그런 적 없어."

"……."

"이게 무슨 짓이야. 너야말로 무슨 소리를 하는 거야."

날이 잔뜩 선 목소리에선 냉기가 흘렀다. 얼굴은 눈물범벅이었지만 솔은 창백한 턱을 치켜들며 사납게 말했다.

"내가 그런 모습 한 번 보였다고 상상이 막 날뛰어? 날 어디까지 몰아가는 거야. 지금…… 지금 중요한 건 그게 아닌데!"

하지만 사나운 말투와는 다르게 솔은 주혁의 눈도 마주 보지 못했다. 꽉 쥔 작은 주먹이 벌벌 떨리는 것도 감추지 못했다.

그녀는 창피해하고 있었다. 수치심을 숨겨 보려 당황한 눈을 이리저리 굴리면서 꼿꼿하게 허리를 펴며 애를 썼다.

"사과부터 해야 하는 거 아냐? 너, 너 상황 파악이 안 돼? 네가 무섭게 굴었잖아!"

어느 틈엔가 솔의 목소리는 걷잡을 수 없게 떨리고 있었다.

그녀는 자신이 모르길 원한다. 설사 알았다고 해도 모른 척해 주기를 바라는 거라는 걸 주혁은 퍼뜩 깨달았다. 그녀가 막무가내로 보내고 있는 신호를 읽어 버린 그는 그만 무력해졌다.

"멋대로…… 이렇게 멋대로 사람을 끌고 오는 거. 그거 범죄야. 제대로 사과부터 하란 말이야."

금방이라도 숨이 넘어갈 것처럼 희게 질린 얼굴을 주혁은 보고만 있었다. 당황한 솔은 위태로워 보였고 그는 도무지 자신이 어떻게 해야 하는지도 알 수가 없었다.

다만 이건 그가 넘어서는 안 되는 한계선이란 것만 인정했다. 적어도 지금은. 주혁의 머리는 차츰 차가워져 갔다.

"그리고, 그리고 설사, 내가 어디 가서 맞고 다니든, 패고 다니든 네가 상관할 거 없어."

"……."

"우리가 무슨 사이라고. 착각하지 마. 나한테 너는…… 아무것도 아니야. 이럴 권리…… 너, 없어."

단순하다고 생각했다. 감정을 쉽게 들키는 그녀는 그에게 단순하고 쉬운 여자였다.

하지만 솔은 그가 아는 누구보다 복잡하고 생각의 갈래가 엉켜 있는 사람이라는 걸 주혁은 뒤늦게 알 것 같았다.

최소한의 자존심을 지키려 지금 안간힘을 쓰고 있는 저 머릿속에
선 얼마나 많은 생각이 오가고 있을지 그는 감히 짐작도 할 수 없었
다.

아마도 계속, 계속 이 여자는 이렇게 애를 써 왔을 테지. 아니라
고 우기고 다른 사람도, 자신도 속이며 살아왔을 테지.

"이럴 권리 없다고…… 너와 상관없으니까."

울먹이는 목소리를 들으며 주혁은 질끈 눈을 감았다. 무력감이
몰려들었다. 어떻게 해야 할지 알 수도 없었다. 입술이 조금씩 비틀
어졌다.

씨발. 우습게 됐구나, 한주혁.

하지만 이런 식으로 그녀에게서 밀려날 수는 없다고 주혁은 숨을
가다듬었다. 한참 후에야 그는 천천히 입을 열었다.

"그렇지 않아. 난 상관있어."

더 이상 숨길 수가 없었다. 숨기지 않기로 했다. 올곧이 그녀를
응시하며 그는 자신에게 말하듯 흔들림 없이 말했다.

"널 좋아하니까."

솔의 붉게 충혈된 눈이 그를 곧장 그를 향했다. 믿을 수 없다는
듯 그 눈이 커지며 크게 흔들렸다.

"좋아한다. 박솔."

조용한 차 안에 거칠게 뛰는 그의 심장 소리만 요란하게 울리는
것 같았다.

그가 이럴 수는 없다. 정말 이럴 수는 없다.

좋아한다니……. 지금, 이 상황에.

흔들리던 솔의 동공이 빠르게 가라앉았다. 그녀는 입술을 꼭 깨물었다.

"너 때문에 걱정돼서 돌아 버리는 줄 알았어."

"……."

"그래, 내가 잘못했어. 미안해. 하지만 상관없다는 말로 나를 밀어내지 마."

이게 뭔가. 이 거지 같은 타이밍에 이건 무슨 고약한 고백이란 말인가.

"널 좋아해. 좋아한다, 박솔."

그래서 어쩌라고 이 거짓말쟁이야.

더 이상 최악일 수 없는 상황에 헛웃음마저 터지려 해서 그녀는 고개를 숙였다.

울지 마. 울면 안 돼. 더는 울지 마. 그녀는 이를 악물었다.

힘들게 털어놓은 밤, 불길한 것을 떨쳐 내듯 내팽개쳐 놓고 사라진 주제에.

설레던 데이트 날도, 위로처럼 아름다웠던 그 밤에도 끝끝내 해주지 않았던 말을 이 상황에서야 하는 그가 정말이지 미웠다. 자연스럽게 진수의 모습이 오버랩 되었다.

― 차라리 끝까지 숨기지 그랬어. 왜 그딴 명을 들켰어. 부끄러운지도 모르고, 결국 불쌍해서 헤어지지도 못하겠더라.

추악한 모습 죄다 보이니까 좋아한다고? 그도 내가 불쌍해서 동정처럼 고백을 던지는 건가. 그것이 최소한의 인간적인 모습이라 생각하나.

알 게 뭐야. 아무래도 좋아, 이젠. 솔은 아프게 손을 꽉 쥐었다. 손톱이 파고들어 벌겋게 변해 가는 주먹을 바라보며 그녀는 참담함을 꿀꺽꿀꺽 삼켰다.

별 거지 같은 남자가 별 거지 같은 상황으로 몰아놓고 별 거지 같은 고백을 한다. 종잡을 수 없는 남자가 종잡을 수 없는 말을 하며 답을 바라듯 바라본다. 어쩌라고. 고맙다고 해 주길 바라나?

"좋아해."

개새끼.

진수보다도 나쁜 새끼.

그녀는 더는 울지 않기 위해 안간힘을 썼다. 잘난 그의 얼굴을 한 대 때리고 싶은 충동을 억지로 눌렀다.

"우리…… 사귀자."

하지만 결국 그녀의 얼굴도, 마음도 처참하게 구겨지기 시작했다.

멀어지는 차의 뒷모습을 솔은 오래도록 보고 있었다. 한참이 지난 후에야 그녀는 터벅거리며 걷기 시작했다.

주혁은 어렵지 않게 모든 것을 눈치챘다. 총기 있는 눈으로 모르는 척했다. 그녀 역시 들킨 것을 알면서도 들키지 않은 척 굴었다.

그와 자신 사이엔 진실이란 없다.

그의 고약한 고백에 대한 답을 솔은 끝내 하지 않았고 외면했다. 짧은 한숨과 함께 집으로 데려다준 주혁은 나직이 말했다.

– 오늘은 집에서 쉬어. 회사는 신경 쓰지 말고.

만신창이가 된 기분으로 따가운 시선까지 감당하는 것은 무리였기에 솔은 거절하지 않았다.

당당히 회사에 가서 설명하고, 소란 피운 걸 사과하고, 정리하고 싶지 않았다. 그러기엔 그녀는 너무나 지쳐 있었다. 그리고 모든 사람이 그런 걸크러시를 뽐내는 건 아니다. 솔은 숨는 것에 익숙한 사람이었다. 반푼이처럼……

못나게 쭈글쭈글 찌그러져 있다가 주혁이 멋지게 정리해 주면 짠! 하고 나가 모른 척 일만 하면 그뿐이다. 그래야 못난 박솔답지.

– 장난으로 하는 말 아니야. 여자에게 이런 고백 하는 것도 처음이고. 가볍게 생각하지 말고 대답해 줘요. 기다릴 테니까.

가볍게 생각하지 말라는 그의 '처음'을 정작 그녀에게 헤프게 풀었다는 걸 그는 인지나 하고 있을까. 첫 동정을 자신에게 바치고, 거지 같던 첫 고백의 상대도 자신이란다. 그녀가 원한 것도 아닌데.

어째서 너의 처음을 나에게 헤프게 퍼 주는 거야. 공짜도 아니면서……

그의 '처음'은 '책임'이라는 유료 옵션을 달고 강제로 던져졌다. 또 다른 게임인지, 어쭙잖은 동정인지 알 수 없는 무게감도 따라왔다. 그 무게감에 발을 질질 끌며 솔은 걸었다.

대체 너의 처음이 뭐가 그리 특별한 거라고 강조하나.

좋아한다는 말, 사랑한다는 말쯤은 주혁이 아닌 다른 남자들에게도 들었다. 솔도 고스란히 상대에게 되돌려 주었었다.

그것은 처음이 아닌가. 적어도 연애를 시작하는 두 사람에게는 처음이었을 고백. 그러니 주혁의 첫 고백도 전혀 특별할 게 없다. 묵직하게 받아들이라고 다그칠 권리가 없단 말이다.

모두에게 쑥스러웠을 첫 고백들이 사랑한다는 말로 바뀌는 시간. 그 시간만이 특별하고 행복하다. 솔은 연애할 때마다 최선을 다해 사랑하려 노력했다. 단 한 번도 그녀가 먼저 이별을 고한 적은 없다.

하지만 네가 아니면 죽을 것 같다는 말을 퍼붓던 그놈들은 아무도 죽지 않았다. 진수와의 이별 후 세상이 무너졌던 솔도 살아남았다.

처음인 것이 헌것이 되듯, 설렘은 바래지고 고백했을 때의 감정은 시들해진다. 딱 그만큼의 힘듦. 괴로움. 후회와 그리움. 사실 이별이란 죽을 만큼 힘든 일이 결코 아니었다.

그러니……

낯 뜨거운 그 고백들은 결국 유효기간이 있는 한정적인 문장일 뿐이었다. 진심이라 믿었고, 그래서 가슴 뛰게 좋았던 고백을 하던 사람들과의 이별도 아무것도 아니었는데. 이런 고약한 고백을 한 녀는 뭐가 그리 잘났기에 당당한가. 굉장한 것을 베푼 듯 처음을 강조하나.

어쩌면 주혁은 돌아가는 차 안에서 이미 후회를 하고 있을지 모른다. 그 감정이 사실이라고 해도 믿음을 주지 못한 건 그의 잘못이다. 타이밍을 거지같이 맞춘 그 녀석의 실수다.

숨을 쉬기가 버거울 만큼 가슴이 답답해서 솔은 걸음을 멈추고 숨을 몰아쉬었다. 언제부터인지 다시 눈물이 흐르고 있었다. 거지같았다. 비참함은 차츰 분노로 바뀌었다.

그래, 타이밍도 못 맞추는 멍청이 너 때문이야. 진심이라면, 며칠 전에만, 하루 전에만, 아니 적어도 내가 정신줄을 놓고 울고불고 부끄러운 과거를 온몸으로 알려 준 비참한 그 시간 전에는 그 말을 해야 했다.

무엇이 서러운지도 모르겠다.

창피해 죽을 것 같은 과거를 거의 자백했다는 것과 그 후에 동정 섞인 고백을 받은 것, 둘 중에 무엇이 이렇게 아픈지 모르겠다.

해를 등지고 선 그녀의 긴 그림자 위로 눈물이 뚝뚝 떨어졌다.

– 당신…… 그렇게 살았어?

사실은 알고 있었다. 그의 까만 눈동자에 묻어 나온 당혹감, 안쓰러움이 비참해서다. 그 눈에 비친 제 모습이 초라하고 한심해서 서러웠다.

잊으려고 노력하는데도 잊지 못하는 저 자신이 미웠다. 그 자리에서 주혁의 뺨을 후려치고 너, 따위는 싫다고 답하지 못한 미련한 사랑이 가여웠다. 진정성 없는 고백에도 쿵쿵 뛰던 등신 같은 심장이 끔찍했다.

아파서 죽을 것 같아…….

눈물이 후드득 떨어졌다.

약이 있었으면……. 한 알만 먹으면 가슴 통증이 사라지는 약이 있으면 좋겠어. 엄마를 밀던 그 끔찍한 기억부터 주혁을 만난 오늘까지 한 알로 다 지워 버리는 약이 있으면 영혼이라도 팔 텐데. 아니, 다만 오늘 일만이라도 잊을 수만 있다면…….

솔은 두 손으로 얼굴을 묻고 흐느꼈다. 눈물이 손가락 사이로 줄 줄 흘렀다.

한참을 흐느낀 솔은 주먹으로 눈물을 쓱쓱 닦았다.

아무것도 아니야. 약이 필요하면 먹으면 돼. 약 먹자. 약 먹으면
괜찮아져.

그녀는 방향을 틀어 상가 안 작은 약국으로 들어갔다. 화려한 건
망증을 자랑하는 약사 아주머니가 솔을 반겼다. 그녀는 솔이 몇 번
이나 미혼임을 밝혔는데도 볼 때마다 새댁이라고 불렀다.

"새댁이 낮부터 웬일이야? 회사는 어쩌고?"

자신이 판매하는 약 몇 알만 집어 먹어도 저 정도 건망증은 나을
텐데. 그런 면에서 이 약국을 신뢰할 수 없었지만 지쳐 버린 솔은 훌
쩍이며 말했다.

"철분 약 주세요."

"철분 약? 어머 새댁! 애 들어섰어?"

그녀의 인생은 신파고, 마음은 절절한 통속극 같은데 현실은 B급
코미디다. 그래도 아주머니의 밝은 목소리가 좋아서 솔은 희미하게
웃었다.

"아뇨. 먹고 철 좀 들려고요. 제일 비싼 거로 하나 주세요."

응? 하는 약사 아주머니를 외면하며 솔은 남은 콧물을 들이켰다.
고약한 고백의 뒷맛까지 목 안으로 삼켰다. 구불구불한 장을 통과해
내일 아침이면 소용돌이치는 변기 물에 씻겨 내려갈 수 있도록.

"이쯤일 텐데."

찬은 핸드폰에 담긴 사진을 보며 주위를 두리번거렸다.

번화한 상가 지대에서도 인적이 드문 골목 구석에 그가 서 있었다. 마침내 그의 눈에 사진과 똑같은 간판이 들어왔다.

상호도 없이 〈꽃〉이라고만 커다랗게 쓰인 간판 아래 아주 작은 가게가 보였다.

문 앞에 진열된 나무 탁자 위로 작은 화분들이 아기자기하게 놓여 있었지만, 지나가는 사람이 없어 어쩐지 외로워 보이는 허름한 꽃집.

"찾았다."

찬은 빙그레 웃었다. 그리고 천천히 발걸음을 옮기며 주혁을 생각했다. 입을 꾹 다문 아버지와의 대화는 비록 실패로 돌아갔지만, 당장 마음에 걸리는 일부터 하나씩 해결하기 위해 종일 매달려 알아낸 주소였다.

한주혁, 너는 인마, 나한테 엄청 고마워해야 할 거다. 생각보다 알아내는 것이 쉽지 않았으니까.

주혁을 떠올리자 얻어맞은 턱이 다시 욱신거리는 것 같아 찬은 인상을 구겼다. 무식하게 힘만 좋은 녀석은 턱뿐만이 아니라 눈 밑에도 커다랗고 검붉은 멍을 새겨 놓았다.

그 나이에 싸움이나 하고 다니냐며 상사는 잔소리를 퍼부었지만, 그의 얼굴에 난 상처까지 멋있다며 소곤거리는 여직원들의 반응을 훔쳐본 후라 기분은 그다지 나쁘지 않았다.

그래도 첫인상이 이래서야 좋을 것이 없을 텐데.

찬은 옷매무새를 점검하며 새삼 주혁에게 욕을 퍼부었다.

한주혁. 네가 감히 우리 누나를 어쩌고 어째?

웃기고 있네. 그런 음흉한 생각을 할 줄 알았다면 처음부터 집에 들이지도 않았을 텐데. 죽어도 잊지 못한다는 여자까지도 있는 놈이 어디서 감히!

거의 이를 갈며 찬은 가게 문을 열었다. 문에 달린 앙증맞은 종이 내는 딸랑 소리에 꼬여 있던 기분이 조금 풀리는 듯했다.

"어서 오세요."

건조한 음성이 그를 맞았다. 손님 두세 명 들어오면 꽉 찰 것 같은 비좁은 가게 안은 밖에서 보는 것과 그리 다를 바가 없었다.

아무렇게나 놓은 플라스틱 테이블 위에 질서 없이 꽂아 둔 꽃들. 구석구석 잔뜩 쌓여 있는 재료들과 정체 모를 상자들.

가게는 꽃가게라기보다는 허름한 창고 같았다. 그래도 여기저기 놓인 커다란 화분에서 퍼지는 향기는 나름 나쁘지 않았다. 빠르게 가게를 둘러본 찬은 여자에게 시선을 돌렸다.

"천천히 보세요."

주인인 듯 보이는 여자가 성의 없이 말했다. 고개조차 들지 않고 무언가에 열중하고 있는 모습이 손님을 대하는 태도라고 생각할 수 없을 만큼 무심했다.

"저기."

찬은 그 여자가 자신이 찾는 사람이 맞는지 확신을 할 수가 없어 머뭇거렸다.

가게 자체도 좀 생각 외긴 했다. 예쁜 건 둘째 치고, 공부도 웬만큼 했고 착하고 사교성 좋기로 유명한 그녀였으니 적어도 이것보다는 근사하게 살고 있을 거라고 예상했었다.

초라한 가게, 아무렇게나 입은 차림새의 여자 모습에 그는 조금 당황하고 있었다. 하지만.

'예, 예쁘다!'

어린 시절에도 범상치 않은 외모였지만 성숙한 여인이 된 그녀는 학창 시절과는 전혀 다른 분위기를 풍기고 있었다. 화장기 하나 없는 피곤한 얼굴엔 묘하게도 터질 듯한 관능마저 엿보였다. 찬은 말을 잇지 못하고 침을 꿀꺽 삼켰다.

"어험…… 흠흠."

그는 덜컥 내려앉은 심장을 무시하며 요란스럽게 기침을 했다. 그 소리에 여자가 고개를 들어 그제야 그를 보았다.

찬은 준비한 미소를 뻔뻔하게 지었다. 세련되고 나름 성공한 남자의 여유로움이 묻어나며 적당히 선을 긋는 미소.

하지만 여자는 갑자기 웃는 그를 보자 가늘게 눈을 뜨며 경계했다. 그 모습에 찬은 서둘러 입을 열었다. 가볍지 않게, 매력적인 중저음이 돋보이도록 목소리를 다듬어 가며 그는 말했다.

"오랜만이네."

"네?"

"나 모르겠어? 너랑 꽤 여러 번 같은 반이었는데."

못마땅하게 좁아진 눈이 찬을 아래위로 훑어 내렸다.

무례할 만큼 구석구석 살펴본 그녀의 눈이 다시 찬의 얼굴로 돌아왔을 때, 그는 어색함에 흠흠 잔기침을 했다. 기억을 헤매는 듯한 눈이 느리게 두어 번 깜빡였다.

"……찬?"

머쓱함에 먼저 입을 열려는 순간, 여자가 머뭇머뭇 그의 이름을 내뱉었다. 찬이 눈을 빛내며 고개를 크게 끄덕였다. 장난스럽게 입꼬리를 올리자 여자가 갑자기 환하게 웃었다.

지치고 어두웠던 그녀의 표정이 단번에 날아갔다. 미소 하나로 세월을 거스른 듯 그녀는 아름다움을 찾았다. 또다시 멍해진 찬은 여자가 그의 손을 덥석 잡을 때까지 그녀의 얼굴을 보고만 있었다.

"정말이야? 찬! 박찬! 맞지? 그지?"

그의 손을 잡고 어린애처럼 발을 동동 구르는 여자는 생각보다 자신을 잘 기억하는 모양이었다. 하지만 그의 손을 꽉 잡은 손이 유난히 거칠어 찬은 저도 모르게 인상을 찌푸렸다.

"와. 진짜 박찬, 맞구나."

불편하고 묘한 느낌에도 찬은 미소를 되돌렸다. 초롱초롱한 얼굴에 화색까지 돌아 그녀는 마치 여신처럼 보였다. 얼떨떨하게 웃고 있는 찬의 손을 잡은 손길은 거칠지만 따뜻했다.

"넌 여전히 예쁘구나."

"너두! 너두 하나도 안 변했어."

그의 손을 아이처럼 잡고 넘치게 웃고 있는 여자의 얼굴은 정말 아름다웠다.

예쁘거나 말거나, 뭐 아무려면 어때.

찬은 어깨를 으쓱하며 그녀의 장단에 맞춰 신나게 손을 흔들기 시작했다.

"으하하. 반갑지? 나도 정말 반갑다!"

해맑게 웃는 그녀를 향한 찬의 미소도 깊어졌다. 사심이 들어가긴 했지만, 친구를 위해 이런 수고를 한 자신이 뿌듯해 죽겠다. 주혁과 잘 어울리겠네.

윤세나.

주혁의 그녀. 잊지 못한다는 첫사랑이었다.

세나는 문밖으로 나가 영업 종료 문패를 걸고 안으로 들어왔다.

근처 편의점에서 사 온 소주와 땅콩이 올려진 탁자를 바라보며 찬은 작게 찌푸렸다.

여자와 첫 만남에 소주 한 병을 나눠 먹는 건 처음 있는 일이라 그는 조금은 당황스러웠다.

"내가 맛있는 거 사 준다니까."

"난 괜찮아. 점심을 늦게 먹었거든. 혹시 너 배고프니? 라면 하나 끓여 줄까?"

라면과 소주와 땅콩이라. 찬은 웃으며 고개를 내저었다.

"나도 생각 없어. 이것도 좋네."

생각보다 과한 환대가 찬은 놀라웠다. 같은 반을 몇 번 했다고 하지만 그다지 친하게 지낸 기억이 없는 관계였으니까. 능숙하게 소주병을 기울이며 술을 따른 세나는 그의 앞으로 잔을 밀었다.

"나, 동창 만나는 거 정말 오랜만이거든. 사실, 고등학교 친구를 만나는 건 졸업하고 처음인 거 같아."

"그래?"

주혁이 캐나다로 떠나고 6개월쯤 지났을까, 세나는 갑자기 학교에 나오지 않았다. 인사도 없이 전학을 갔다고 했다. 세나의 연락처를 수소문하면서 그녀의 소식을 아는 친구들이 하나도 없다는 것이 찬은 의아했다.

외모 하나로도 엄청난 존재감을 자랑했고 주위에 친구들도 많았던 아이였는데, 정말이지 하루아침에 증발해 버린 것처럼 그녀의 소식을 아는 사람이 없었다. 우연히 이 꽃집에서 그녀를 본 거 같다는 말을 듣고 찾아낸 것도 행운이라면 행운이었다. 어쩐지 그는 조금 어색했지만, 세나는 상기된 얼굴로 연신 웃고 있었다.

내가 엄청 반갑나 보네. 의아하면서도 그는 우쭐해졌다.

"가게는 언제부터 한 거야? 우리 집하고 멀지도 않은데 진작 알았으면 좋았을걸."

"얼마 안 됐어. 사실 내 가게도 아니야. 아는 분이 하는 건데 밤에만 도와주고 있어. 낮에는 다른 일 하거든."

"그랬구나, 어쩐지. 무슨 일 하는데?"

이것저것. 말을 얼버무리며 세나는 술을 들이켰다.

들이마시는 폼에 비해 두 잔이 채 들어가기도 전에 붉어지는 얼굴을 보면 주량이 그리 센 편도 아닌 거 같았다. 딱 석 잔째에 빈약했던 화제도 떨어졌다.

주혁이 이야기를 어떻게 꺼내나 고민하고 있을 때였다.

"너, 한주혁이랑 친하지 않았니?"

어라? 수줍기까지 한 표정으로 세나가 빙글빙글 술잔을 돌리며 먼저 주혁의 이름을 꺼낼 거라는 건 예상하지 못했다. 찬은 눈썹을 들어 올렸다.

"친하지. 엄청 친해. 지금도 같이 살고 있어."

"주혁이가 한국 왔어?"

"응."

"언제? 아주 온 거야? 이제 캐나다로 다신 안 간대?"

"부모님이 아직 그곳에 사시니까 가끔 들락날락하겠지만, 다 정리하고 들어온 거로 아는데."

아. 조그맣게 탄식하며 세나는 잠시 뜸을 들였다. 뭔가를 물어볼 듯 말 듯 망설이는 모습으로 입술을 잘근잘근 깨물었다.

이건 무슨 전개지? 정말 이번에 나 제대로 뚜쟁이 역할 하는 건가? 기대하지 않은 전개였지만 일단 말이 나왔으니 찬은 용건으로 바로 넘어갔다.

"한번 만나 볼래? 주혁이가 너 보고 싶어 하던데."

"주혁이가 나를?"

세나는 눈을 동그랗게 떴다.

"진짜? 날 기억하고 있어?"

뼛속까지 사무치게 기억하고 이를 갈고 있다고 말해 주고 싶은 마음이 굴뚝같았지만.

"당연하지. 네 얘기 많이 했어. 한번 보고 싶다고."

"정말?"

"주혁이가 그때 너를……. 아니, 아니다. 아무튼, 언제 한번 같이 볼까?"

세나가 배시시 웃었다.

"그때 주혁이가 나 좋아했지?"

"알고 있었어?"

"그걸 어떻게 몰라. 친구들이 날 얼마나 부러워했는데. 걔 좋아하던 여자애들이 많았거든. 귀엽고 똑똑하고 멋있었잖아. 그때는 나도 어리고 예뻤는데……."

씁쓸해지는 목소리에 찬은 초라한 가게를 슬쩍 다시 훑었다.

"지금도 예뻐."

세나의 광대 부근이 불그스레 달아올랐다.

"됐거든. 아무튼. 나 사실, 2년 전쯤에 캐나다 갔던 적이 있었어. 그때 잡지에서 주혁이 기사를 봤어. 한번 만나 볼까 싶어서 찾아갔는데 출장을 가서 한참 후에야 온다고 하더라. 꼭 보고 싶었는데."

"나는 안 보고 싶었냐?"

불쑥 말해 놓고도 찬은 제가 더 놀랐다. 깜짝 놀란 세나가 얼굴마저 붉히자 더 민망해졌다.

"……너는 나랑 안 친했잖아. 내 이름도 모를 거라고 생각했는데……."

"그게 무슨 소리야? 학교에서 윤세나를 모르는 애가 어딨었다고. 암튼 나는 너, 엄청 보고 싶었거든. 다른 동창들은 몇 번 만났는데 이상하게 네 소식 아는 애들은 없더라고."

찬은 서둘러 수습했다.

"그래서 주혁이 언제 볼래? 내가 약속 잡을게."

"난 아무 때나 시간 괜찮아. 나 시간 정말 많아."

세나는 고개를 크게 끄덕이며 환하게 웃었지만 이상하게도 찬의 기분은 자꾸만 묘해져 갔다.

"이게 끝이야."

엠마가 새침하게 말했다. 한 무더기의 서류를 주혁의 책상에 패대기치듯 내려놓은 후였다.

"그래도 능력 하나는 인정. 약속 펑크 냈다고 강 회장 엄청 열 받았던데. 어떻게 달랜 거야? 당장 투자금 뺄 것처럼 펄펄 뛰더니, 돌아갈 때 보니까 좋아 죽던데?"

"이해득실 따져서 본인에게 유리하니까 못 이긴 척 사과받아 준 거야."

주혁은 모니터에서 눈을 떼지도 않았다.

"발 뺀다고 해도 우리 쪽에 크게 영향을 미칠 규모가 아니고."

"그 회장 소문 별로야. 제 마음에 안 들면 뒤로 작업하고 사사건건 일 방해하는 거로 유명해."

"알아."

"그 회장 때문에 넘어간 회사가 많은 것도 알아? 작정하고 루머 퍼트리고, 그래서 어려움에 처한 작은 회사들은 적은 돈으로 인수한다지. 그런 회사들을 잘게 잘게 조각내 되판다는 거야. 그 자금으로 지금 투자회사 만든 거고. 투자는 핑계고 컴퍼니 헌터가 본업이란 말도 있어. 사실이라면 아주 악질이야."

"안다고."

주혁은 무심히 대답했다.

"알아? 알면서 애초에 왜 참여시킨 거야? 찜찜하게."

"이번엔 충분히 조사할 시간이 없었어. 직접투자도 아니고 한 다리 건너 들어온 거라. 대비는 하고 있으니까 걱정하지 마."

무섭게 일에 몰두하는 주혁을 보며 엠마는 긴 한숨을 내쉬었다. 점심시간을 훌쩍 지나 돌아온 그는 혼자였다. 주혁은 곧장 직원들을 모아 아침의 일을 사과했다. 박솔은 집안일로 조퇴 처리가 되었다.

오전에 주혁과 미팅을 하기로 한 강 회장이란 투자자가 자신을 우습게 보냐며 한참이나 난동을 부렸었고, 그것을 수습하느라 솔과 주혁의 일은 흐지부지 넘어갔지만, 여전히 엠마는 심란했다.

나의 제임스에게 대체 무슨 일이 일어나고 있는 걸까. 물끄러미 자신을 바라보는 시선에 주혁이 마지못해 고개를 들었다.

"네가 왜 쓸데없이 그런 것까지 신경 써?"

"나, 기획 개발 총책임자 아니었어? 두루두루 신경 써야지."

으스대며 멋대로 갖다 붙인 직함에 주혁이 피식 웃었다.

"한가한가 보네. 디자인 쪽은 차질 없이 진행되는 거 맞아?"

"매일 회의하고, 매시간 체크하면서 왜 물어? 잘 돼 가고 있어."

"베타버전 출시 얼마 남지 않았어. 이번엔 작정하고 지켜보는 눈이 많아. 실수가 있어선…….”

“그렇게 잘 아는 인간이!!”

엠마는 꽥 소리를 질렀다. 주혁은 눈 하나 꿈쩍 않고 다시 모니터로 시선을 옮겼다. 부아가 끓었다.

“그렇게 잘 아는 인간이 그게 무슨 짓이야! 회사 사람들 다 놀라서 사망각이었어! 도대체 무슨 생각인 거야? 이 중요한 시기에 연애놀음을 하고 싶어? 무슨 대표가 그래?!”

“…….”

“적어도, 적어도 나한테만은 미안한 척이라도 해야 하잖아…….”

거의 울먹이며 엠마가 애원했다.

“제임스, 정말 요즘 왜 그래. 이러지 마. 직원들이야 제임스를 믿고 넘어갔지만, 강 회장은 투자자야. 약속을 잊다니…… 이건 아니잖아.”

“신경 쓰게 해서 미안하다.”

“미안해하지 마!”

엠마는 책상을 빠르게 돌아 주혁의 옆에 바짝 섰다. 입을 비쭉거리며 발을 굴렀다.

“미안해할 거 없어. 그냥 연애만 하지 않으면 돼. 하지 마, 연애하지 마! 일에만 미쳐 있던 제임스로 돌아와!”

“싫어.”

주혁은 단정하게 답했다. 아주 몹시 단호한 어조로. 확 한 대 때려 주고 싶을 만큼 말끔하고 단호하게.

“나, 박솔 씨 좋아한다.”

“그딴 말 안 해도 알아. 제임스가 대놓고 흘리고 다녔잖아! 대충 넘어가는 척해도 회사 사람들도 다 안다고!”

"그건 내가 바라는 바고."

"허……."

엠마는 탄식했다. 자꾸만 울고 싶어졌다.

"왜 이렇게 제멋대로야. 제임스 이런 면도 있었어? 좋아한다는 박솔 씨 입장은 생각해 봤어?"

주혁은 장난꾸러기처럼 눈을 빛내며 의자를 빙글빙글 돌렸다. 시원하게 올라간 미소가 평소보다 더 섹시해 보였다.

"네 잔소리, 오랜만이다? 좋네. 넌 그게 매력이야. 애교 부리고 강아지처럼 따라다니는 건 너답지 않았어."

솜씨 좋게 말을 돌리는 주혁을 쏘아보다 우물쭈물 엠마가 입술을 달싹였다.

"그럼…… 키스해 줘."

웃고 있던 입술이 단박에 내려갔다. 주혁은 못마땅한 듯 한쪽 눈썹을 쓱 올렸다.

"해 줘. 해 주라. 그럼 잔소리 더 해 줄게. 딱 한 번만. 키스해 줘."

주혁은 절레절레 고개를 저으며 서류를 검토하기 시작했다. 확인해 볼 것이 있어서 그래. 내뱉지 못한 말을 삼키며 엠마는 막무가내로 졸랐다.

"딱 한 번만 해 보자, 응?"

어쩌면 그와의 관계가 지지부진했던 건 스킨십 부족이었을지도 모른다. 아니, 그랬으면 좋겠다고 엠마는 생각했다. 기다림이 너무 길었다. 진즉에 본격적으로 유혹을 했어야만 했다. 물론 칼처럼 선을 긋는 그의 곁에 있으려면 어쩔 수 없는 선택이었지만, 초조한 적은 없었다.

왜냐면……. 왜냐면 주혁은 일에만 미친 놈이었으니까!

그래서 안심하고 있었던 것이 실수라면 실수였다. 이렇게 느닷없이 나타난 여자로 인해 그가 흔들릴 거라고는 상상한 적도 없었다.

그래, 키스 한 번! 제대로 된 깊고 진한 어른의 키스를 해 보자. 너는 남자고, 나는 여자라는 걸 구석구석 깨닫게 하는 키스.

덜떨어진 개구리처럼 변한 주혁이 혹시 그 키스 한 번에 제임스라는 멋진 왕자로 다시 돌아올 수도 있는 것 아니겠어?

자존심을 집어던질 만큼 엠마는 절실했다. 주혁이 결코 깊은 감정에 빠진 게 아니라는 확신이 필요했다. 나하고의 키스도 가능하다면, 그렇게 깊은 감정이 아니라면.

참을 수 있다. 가슴이 쓰리지만 가벼운 연애 정도는 눈감아 줄 수 있다. 얼마든지 기다리고 무시할 수 있다.

"딱 한 번만!"

"그만해."

주혁은 엄한 눈빛으로 그녀를 바라볼 뿐이었다.

"네가 이러는 거 받아 주는 것도 오늘까지야. 그리고 여기 한국이다. 이제 인사도 키스로 하지 마. 안 돼."

"뭐!"

엠마는 기겁했다.

"그런 게 어딨어? 그건 그냥 인사인데!"

"다른 사람한테 하는 건 상관없어."

"뭐!!"

"선 넘지 마. 이건 부탁이야."

주혁은 단호했다. 허튼 말이 아니라는 듯 한 마디 한 마디 힘을 주며 강조했다.

이럴 수가…….

엠마는 비틀거리는 정신을 부여잡고 비척비척 소파로 걸어가 풀썩 주저앉았다.

그녀도 알고는 있었다. 끊임없이 애정을 표현했음에도 그가 자신을 정리하지 않은 이유. 도를 넘지 않는 선에서만 장난처럼 표현했기 때문이라는 걸. 적당한 거리를 둔 상태에서 그는 엠마에게 언제나 관대하고 다정했다. 친구로서, 동료로서 그녀를 좋아했기 때문이었다.

하지만 지금의 주혁은 달랐다. 차갑고 멀었다. ……충격이었다.

엠마는 두 손으로 얼굴을 묻었다.

"이러지 마, 제임스."

"……."

"알았어. 해, 연애하고 싶으면 해도 돼. 하지만 그렇게 차갑게 말하지 마. 다른 사람도 아니고 나한테 이러면…… 안 돼."

"내 연애에 네 허락은 필요 없어."

주혁은 가차 없이 즉각 응수했다.

"그리고 다른 사람과 네가 뭐가 달라. 착각하지 마."

그가 이렇듯 못된 말을 하는 이유도 자신을 단념시키려는 것임을 알지만 참을 수가 없었다. 사납게 고개를 든 엠마가 빈정거리기 시작했다.

"우와, 박솔 씨, 정말 대단하구나. 얌전한 얼굴로 정말 대단해."

"……."

"얼마나 매력이 넘치면 한주혁을 이런 머저리로 만들 수가 있는 거지? 재주 좋네."

더는 자존심 구기지 말자, 이쯤에서 물러나야 친구 관계라도 유지한다. 알면서도 못난 말들이 계속 터졌다.

"박솔 씨가 그렇게 좋아? 10년이 넘은 우리 사이를 망가뜨릴 만큼 대단해? 어떻게 그럴 수 있어. 그 여자 알게 된 지 얼마나 되었다고! 너무 성급하다고 생각하지 않아?"

솔의 이름이 나오자 주혁의 얼굴이 미세하게 변했다. 얼어 있던 표정에 따듯함 한 방울을 떨어뜨린 듯 그것은 서서히 미소로 번졌다.

기가 막혔다. 의자에 몸을 묻은 그는 잠시 복잡한 표정을 지었지만 무엇을 떠올리는지 입술 끝은 조금씩 올라갔다.

"십⋯⋯이 년."

"뭐? 지금 욕했어?!"

주혁은 인상을 쓰며 혀를 찼다.

"한 번에 알아들어라."

"방금 그랬잖아, 이년이라고⋯⋯."

"12년. 박솔, 그 여자를 다시 만나길 기다린 시간이야."

"그게 무슨 소리야? 캐나다 오기 전부터 알고 지냈다는 소리야?"

"알게 된 것만 따지면 훨씬 길어. 인연이 짧지 않단 소리다. 다시 볼 때까지 12년을 참았어. 네 말처럼 가벼운 감정이 아니야."

엠마는 입을 다물었다. 12년이란 긴 인연의 시간에 주눅 든 건 아니었다. 박솔을 떠올리는 주혁의 표정에 그녀는 할 말을 모두 잃어버렸다.

저렇게 꿈을 꾸는 듯이 부드러운 표정이라니.

엠마는 여태껏 다른 여자를 경쟁 상대로 인정한 경우가 없었다. 그녀의 라이벌은 주혁의 '일 중독증' 그거 하나였다. 하지만 그가 그토록 사랑해 마지않던 일에서 큰 성과를 냈을 때조차 그에게서 저런 표정을 본 적이 없었다.

떨리는 목소리로 마침내 엠마는 인정했다.

"정말 박솔 씨를 좋아하는구나, 제임스…… 진짜 연애를 하는 거였어."

"아직은 아니야. 대답을 듣지 못했거든."

게다가 일방통행? 그런데도 저런 자신만만한 태도라니. 막무가내로 여자를 잡아끌고 나가더니. 실패라곤 겪어 보지 못한 인간만이 가질 수 있는 오만함에 엠마는 그저 헛웃음이 나왔다.

집에 가자…….

너덜거리는 가슴을 부여잡고 엠마는 일어섰다. 말도 통하지 않는 남자와 이러고 있느니 집에 가서 기도하는 편이 나으리라는 판단이 들었다. 차라리, 차라리 박솔에게 패를 거는 편이 낫겠다는 판단. 주혁의 짝사랑이라고 하니, 박솔이 확 차 버렸으면. 제발 확 차 버려라.

자신이 아니더라도 누군가는 이 남자에게 좌절감이란 걸 안겨 줬으면 소원이 없겠다. 갖고 싶다고 다 가질 수 있는 건 아니라는 걸 알려 줬으면 좋겠다.

"아, 잠깐. 부탁이 있어."

비틀거리며 나가는 엠마를 주혁이 서둘러 잡았다. 조금은 곤란한 표정으로 그는 엠마를 바라보았다.

"조만간 나도 오피스텔로 들어갈 거야."

"……청소라도 해 줘?"

"아니."

잠시 뜸을 들인 주혁은 뻔뻔스럽게 말했다.

"너, 이사 가라."

"……."

"이사 가. 집은 내가 알아서 해 줄 테니까 마음에 드는 곳 알아 봐."

"왜?"

"너와 옆집에 사는 거 알면 그 여자 신경이 쓰일 거야. 괜한 의심 받기 싫어."

이쑤시개가 아니라 칼로 푹푹 찔러도 들어가지 않을 만큼 단단하고 견고한 잔인함.

엠마는 우뚝 서서 하하하 웃기 시작했다. 기가 막히고 서러워 저도 모르게 웃음만 나왔다.

그를 바라보며 산 세월이 주마등처럼 스쳤다. 바람기 많은 엄마에게 반항하며 집을 나와 길거리에서 껌을 씹고 캐리커처를 그려 용돈이나 벌던 그녀에게 같이 일해 보자며 웃어 주던 주혁. 그때 그의 등 뒤로 후광을 봤었다. 한눈에 반했었다. 그와 같이 일을 하게 되어 꿈처럼 행복했었다.

제길. 다 헛짓이었어. 못나게도 눈물이 찔끔 나왔지만, 엠마는 도도함을 잃고 싶진 않았다. 이미 너무 넝마 같은 모습을 보여 준 후였다.

"여자가 한을 품으면……."

그 말을 끝으로 엠마는 또각또각 문을 향해 걸었다. 우아한 자태로 허리를 세우고 퇴장했다. 내뱉지 못한 막말이 입 끝에서 아우성쳤지만, 더 가면 저 남자는 자신을 영원히 내치고도 남을 인간이란 것을 알고 있었다.

'나쁜 놈……. 절대 도와주지 않을 거야.'

닫힌 문에 기대서서 엠마는 눈물을 꼭꼭 찍어 눌렀다. 그가 던진 말들이 칼날이 되어 존재조차 몰랐던 자신의 악함을 터트린 기분이었다.

"두고 봐. 못된 여자가 되겠어. 악랄하게 굴어 주지. 절대 조언해 주지 않을 거야. 적어도 당분간은……."

네 욕심으로 그 여자를 거둔 회사라는 울타리가 그녀를 비참하게 할 수도 있다는 걸.

이미 수군거리는 몇몇 직원들에겐 솔에 대한 적개심이 보였다. 그런 일을 목격했으니 당연한 일이었다. 아침에 그 일은 박솔에게 이미 꼬리표를 달았고, 아무리 잘하더라도 시기 어린 비아냥을 들어야 할 처지가 되었다. 못하면 못하는 대로 욕을 먹겠지. 자신처럼 멘탈이 강한 사람이면 모를까. 엠마가 겪어 본 박솔은 분명 힘들어할 것이 뻔했다.

얼마 가지 못할걸. 제임스, 너는 사랑에 눈이 멀어 모르겠지만 사회에서는 이런 걸 추문이라고 불러. 종국엔 약자만이 상처를 받고 떠나게 되겠지. 뭐 연애란 걸 해 봤어야지 이런 디테일 한 걸 알지.

결혼까지 가지 않는다면 피해는 고스란히 일개 직원인 솔에게 갈 테지. 적어도 이 회사 안에서 그녀는 꽤나 힘들 거야. 그러면 그녀는 너를 미워할 수도 있다는 말이야. 진심으로 그랬으면 좋겠다.

그러기 전에 내 화가 풀리길 바라. 조금이라도 풀리면 그땐 귀띔 정도는 해 줄 수도 있을 테니까.

어느새 양 볼에 흐르는 눈물을 닦으며 엠마는 회사를 나갔다.

17.

띠링.

베개 밑 전화기가 울렸다. 잠들지 못하고 뒤척이던 솔은 시간부터 확인했다. 새벽 2시 반이었다.

[자?]

간단한 메시지였다. 하지만 심장이 쿵 떨어지게 하는 힘을 가진 메시지.

솔은 반쯤 몸을 일으켜 주혁의 방을 향해 시선을 돌렸다.

새벽 2시 넘어 '자?'라는 톡을 보내다니……. 이런 건 헤어진 전 남친이나 하는 수작이 아닌가. 혹은 썸을 타거나 불타오르는 연인들끼리나 해야 하는 거.

적어도 너와 나 사이는 이런 짓을 하면 안 되지. 그런 일이 있고 고작 몇 시간도 지나지 않았는데.

솔은 풀썩 베개에 머리를 누이며 앓는 소리를 냈다. 하긴 주혁은 저돌성 하나는 갑이었으니. 처음부터 그랬잖는가. 멈추는 법을 배우지 못한 사람같이.

'기 빨린다, 진짜.'

한숨이 나는데도 속절없이 뛰기 시작한 심장을 억누를 수가 없다. 그러는 중에도 전화기는 메시지를 연속해서 토해 냈다.

[나, 지금 집에 왔어요.]
[잠깐 얼굴 보여 주면 안 되나?]
[자요?]

"답장 없으면 자든가, 대화할 의지가 없다든가 그쯤 이해하고 넘어가라. 좀."

솔은 전화기를 침대 구석으로 던져 버렸다. 이불을 뒤집어쓰고는 괴로워했다. 연속적으로 벌어진 일에 그녀는 몸도 마음도 지쳐 있었다.

서럽다가, 창피했다가, 분했다가 퍼뜩 정신을 차리고 보면 그의 고백을 되새김질하는 못난 자신을 발견했다.

무시해야지. 진심이 아닌 말에 흔들리지 말아야지. 이미 혜주의 예언대로 꼴사나운 꼴은 죄다 보였지만 이제라도 정신을 차려야 했다.

다짐이 무색하게 그녀의 온 감각은 전화기와 벽 너머에 있을 남자에게로 넘어간 지 오래다.

처음부터 불공정한 게임이었다. 솔이 아마추어라면 주혁은 억대 연봉을 받고 스카우트 될 만큼의 밀당의 귀재인 것 같았다. 간단한 메시지 하나로 또다시 설레게 만들고 혼란스럽게 한다. 이러니 이미 자신은 패배자였다.

　그때 다시 문자음이 들렸다. 어느새 구석에 있던 전화기를 번개처럼 낚아챈 손이 떨렸다.

　[보고 싶어.]

　솔은 멍해졌다. 이 정도면 완패였다.

　― 우리 사귀자.

　문자의 내용과 그의 말이 겹쳐서 보이기 시작했다.
　그 말을 할 때 그의 눈빛은 정직하지 않았나. 어쩌면 진심일 수도 있지 않나. 심장이 제대로 미친 것만 같았다.

　[내일 얘기해.]

　결국 짧은 답을 보내고서 솔은 무릎 사이로 얼굴을 묻었다.
　한집에서 벽 하나를 사이에 두고 문자를 나누는 기분은 야릇하기도 하고, 부끄럽기도 했다. 귀를 기울이면 그의 작은 움직임 소리라도 들을 수 있을까 봐 솔은 숨도 죽였다.
　그러다 문득 그녀는 피식 웃었다.
　'진심이면 뭐가 달라져. 그래서 사귈래? 또 언제 변덕을 부려 못되게 굴지도 모르는 남자와? 불쌍해서 떡 하나 주듯 고백을 던졌을지도 모르는데. 아니면 처음 맛본 열락의 세계에 눈이 뒤집혀서 고

백을 가장하고 내 몸만⋯⋯. 응?'

똑똑 작은 노크 소리가 들리나 싶더니, 손잡이가 돌아갔다. 화들짝 놀란 솔은 이불을 뒤집어썼다.

역시나 주혁이었다. 조용히 들어온 그는 잠시 서 있었다. 이불 사이로 눈을 빼꼼 내밀어 바라본 그는 솔을 응시하고 있었다. 창문으로 들어오는 달빛에 그의 셔츠가 은빛으로 물들었다. 아직 옷도 갈아입지 않았는지 낮에 보았던 그 차림 그대로다.

그는 소리도 없이 걸어와 침대 끝에 걸터앉았다.

"안 자는 거 알아."

솔은 이불을 살짝 내리고 느리게 두어 번 눈을 깜빡였다. 달빛을 머금어 부드러워진 입술로 그가 미소 지었다.

"약은 먹었어요?"

그 난리 통에도 그는 솔에게 열이 있다는 걸 알았던 모양이다. 그래서 집에서 쉬라고 한 건가. 솔은 머뭇거리다가 작게 고개를 끄덕였다. 비록 철분 환약이지만 먹긴 했으니.

주혁은 방 안을 둘러보다 건조하네, 중얼거리더니 거실에 있는 가습기를 가지고 왔다. 새로 물을 갈아 넣고 온도를 맞추는 그는 다정해 보였다.

솔은 갑자기 혼란스러웠다.

이래도 되는 건가.

아침, 숨 막혔던 차 안의 공기가 아직도 생생했다. 그녀는 누구에게도 그런 식으로 선명한 감정을 폭발시킨 적이 없었다. 두 번은 못할 짓이었다. 온몸을 두들겨 맞은 것처럼 피곤하고 아팠다. 그리고 그 순간만큼은 주혁이 진심으로 미웠다. 다시 보고 싶지도 않았다.

그런데도⋯⋯.

솔은 주혁을 빤히 보기 시작했다.

어떻게 하나도 어색하지 않을까. 그가 살뜰하게 자신을 돌보는 이 시간이 이토록 편안할 수가 있나.

소리를 지르고 울고불고했던 아침의 기억이 오히려 꿈같았다. 차라리 꿈이면 좋을 텐데. 늘 꾸던 악몽 중 하나라면 좋겠다.

솔은 한숨을 쉬었다. 거칠게 구는 주혁도 무서웠지만, 상냥해진 그는 더 무섭다. 감정을 숨길 수도 없게 만드니까.

가습기에서 뿜어지는 하얀 수증기가 구름처럼 퍼지고 이내 얼굴이 서늘해졌다. 왠지 눈물이 나올 것만 같아 솔은 눈을 감았다.

"나, 착해요?"

주혁은 장난스럽게 웃었다. 침대 맡에 앉아 솔과 눈을 맞추고 그는 말을 이어 갔다.

"열은 내렸나?"

"……응."

"얼굴이 아직 빨간데. 좀 재 봐도 돼요?"

웬일로 그가 순하게 물어 오자 솔은 엉겁결에 고개를 끄덕였고 주혁은 미소 지었다.

"어디 보자……."

그가 그대로 고개만 내려 이마에 이마를 맞댈 거라는 건 생각 못 했다.

솔은 즉각 얼어붙었고 그는 살짝 미간을 구기며 고개를 갸웃거렸다.

"잘 모르겠는데?"

이마와 이마가, 코와 코가 마주 닿은 채로 그는 눈을 감았다. 익숙한 그의 체취가 아찔하게 내려앉았다. 내렸던 열이 도리어 펄펄 끓는 느낌이었다.

"아직 열이 있잖아."

분명 다른 열이란 것을 알 텐데도 그는 짓궂게 말했다. 느린 숨결
이 얼굴에 뜨겁게 스며들었다. 맞댄 그의 얼굴에 콧바람을 뿜어 대
지 않기 위해 솔은 숨을 꾹 참았다.

결국 입술이 거의 붙기 직전에야 솔은 더듬거렸다.

"저, 저리 가."

확 덮쳐 버리기 전에.

"해열제 없나. 한 알 먹어야겠어요."

"무, 무슨 열을 이렇게 재……."

"맞다. 열은 입으로 재야 정확하지. 귀로 재는 건가? 체온계가 없
으니 어쩌죠?"

그는 나름 심각한 척 물었다.

"어떻게 할까."

어려운 문제를 해결해 주길 바라는 사람처럼 그윽해진 눈으로 그
녀를 내려 봤다.

"장난하지 마."

아무 일 없는 것처럼 구는 주혁의 뻔뻔함을 믿을 수가 없었다. 솔
이 노려보자 그는 그제야 큭큭 웃었다. 천천히 몸을 세운 그는 이불
을 여며 주기 시작했다.

온몸이 화끈거리는데 이불까지 꽁꽁 덮어 주니 이제는 더워서 죽
을 판이었다. 그래서 심장도 완전히 고장 난 것이 틀림없다고 솔은
생각했다. 차갑게 그를 밀어내야 하는데도 미친 듯 뛰는 걸 보면.

"얼굴만 보고 가려고 했는데. 안 되겠다. 자는 것까지 보고 갈게
요."

"네가 그러고 있는데 어떻게 자."

"보기만 할 건데? 아무 짓도 안 하고."

"……."

"이제 싫다는 건 안 해요. 화도 내지 않을 거고. 뭐든…… 하자는 대로만 할 거야."

어휴, 한숨을 쉬며 솔이 몸을 일으키려 했지만, 주혁의 손길에 다시 눕혀졌다.

그는 한동안 그녀를 쳐다보기만 했다.

그녀를 위에서 내려다보는 이런 위치가 그는 좋았다. 말간 그녀의 얼굴을 보고, 베개 위로 부드럽게 흐트러진 머리카락을 만지는 것도 좋았다. 무엇보다 그녀의 눈동자에 오롯이 자신만이 담겨 있는 것이 소름 끼치도록 좋다.

그러니……. 이제는 자신이 그녀의 속도에 맞추기로 했다. 울던 그녀의 모습이 떠올라 온종일 그는 가슴이 욱신거렸고, 해결해 주지 못하는 자신의 위치에 좌절했다. 그러니 천천히 다가가 그녀가 자신을 신뢰할 수 있을 때까지 기다리기로 했다. 언제가 되더라도 솔이 기댈 수 있는 존재가 되고 싶었으니까.

그의 짙어진 시선을 피하는 솔을 향해 흘러나온 목소리는 어느새 갈라져 있었다.

"아무래도 안 되겠다. 더 있으면 약속 못 지킬지도 몰라."

"그래, 가서 쉬어."

기다렸다는 듯 대답하는 그녀가 얄미웠지만.

"너, 얼굴 보러 온 거야. 옷만 갈아입고 다시 가야 해. 당분간은 바빠서 자주 보기 힘들 거야."

"회사에서 보면 되지."

굳이 안 봐도 되고……. 중얼거리는 말을 무시하며 주혁은 습관적으로 손을 뻗었다. 그녀의 머리를 쓸어 주려 했지만 아차 싶었는지 금세 손을 거둔다.

제자리로 돌아간 커다란 손을 아쉽게 바라보다가 솔은 작게 말했다.

"그래도, 조금이라도 자고 가. 피곤하잖아."

"같이?"

"……."

새벽 불 꺼진 방 안에서, 그것도 침대 위에서의 대화는 쓸데없이 뜨겁다. 덕분에 감기 기운의 백 배쯤 되는 열꽃이 피는 것만 같아 위험했다.

"그냥 가. 바쁘다며 얼른 가서 일해."

금세 태세 전환한 그녀의 태도에 주혁은 웃었다.

"겁쟁이."

"……."

"나는 아직 대답을 듣지 못했는데."

그녀는 주혁의 시선을 피했다. 가슴이 먹먹해졌다. 물론 지금 주혁은 너무도 다정하다. 마치, 그날 밤처럼.

하지만 그 후에 무슨 일이 있었나. 그는 자신을 버려둔 채 나갔고 영문도 모르는 그녀에게 다짜고짜 화를 냈었다.

오늘은 다정해도 내일은 또다시 바뀔지도 모르는 변덕스러운 너를 어떻게 믿어야 하나. 솔은 솔직하게 말했다.

"난…… 너를 믿을 수가 없어."

"……."

"미안해."

"혹시나."

그가 신중하게 입을 열었다.

"내가 다른 생각이 있을 거라고 생각한다면 그건 아니야."

마치 그녀의 생각을 읽어 낸 것처럼 그는 조금 더 단호하게 말했다.

"나는 당신이 불쌍하지 않아."

"……."

"그런 이유로 여자에게 고백하는 남자는 없어. 적어도 나는 그래."

거침없는 그의 말에 솔의 동공이 잘게 흔들렸다. 이불을 움켜잡은 손에도 힘이 들어갔다.

"이것만 대답해 줘요."

"……."

"내가 싫어?"

그는 반복했다.

"내가 싫어요?"

끝내 대답을 들으려는 듯 주혁은 솔과 눈을 맞췄다. 솔이 천천히 고개를 저었을 때 그는 잠시 눈을 감았다가 뜨며 숨을 길게 토해 냈다.

"하지만 나는 시간이 필요해."

솔은 동의를 구하듯 그를 바라보았다. 그간의 자신 행동을 되새겨 보면 이해하지 못할 일도 아니었다.

"생각할 시간을 줘."

"그거면 됐어."

주혁은 웃었다. 손을 뻗어 장난스럽게 솔의 머리를 헝클어뜨리고는 또다시 미소를 지었다.

12년. 그때는 이런 감정이 아니었다 해도 12년 동안 이 여자를 끊임없이 생각하고 만나기를 기다렸다. 그러니 그깟 몇 시간, 며칠 못 기다릴 이유도 없다.

솔은 머뭇머뭇 입을 열었다.

"그리고 약속 하나만 해 줘."

그녀는 어린아이처럼 새끼손가락을 내밀었다. 옅은 웃음을 지은 주혁은 무슨 약속인지 듣지도 않고 자신의 손가락을 굳게 걸었다. 무조건 들어줄 수밖에 없다는 걸 알고 있으니까. 복잡한 두 마음이 약속으로 묶였다.

"나는 네가 어려워."

솔은 속삭였다.

"그래서 생각하고, 또 생각하고, 생각해 볼 거야. 그런데도, 그래도 너와는 도저히 안 되겠다고 할 수도 있어."

"……."

"그렇다고 해도 이해해 줘. 화내지 말고, 설득하려고 하지 마."

기다리겠다고 한 건 무조건 승낙의 대답을 위한 것이었지 거절이란 것은 그의 계산 어디에도 들어 있지 않았다. 갑작스러운 당혹감으로 주혁의 기분은 빠르게 가라앉았다.

"그래 줄 수 있어?"

솔은 주혁의 눈치를 살피며 조심스럽게 물었다.

여기서 어떻게 그렇게는 못 한다고 답을 할까. 그렇다면 생각해 보지도 않고 이 자리에서 끝장을 내겠다는 건데. 그녀는 치사한 룰을 적용했다는 것을 알까. 무조건 원하는 대로 해 줄 수밖에 없다는 것은 알 텐데.

"약속해 줘."

답지 않게 단호하게 그녀가 재촉했다. 길게 부딪힌 시선 끝에 평소보다 완강한 그녀가 보였다. 침묵이 길게 늘어졌다.

"당연히."

마침내 그는 미소 지었다. 지독하게 마음에 들지는 않지만 그에게는 선택권이 없었다.

연극을 하듯 그는 심장에 손을 올렸다. 기대하는 눈빛에 보답하며 다정하게 말했다.

"약속할게."

솔은 전화기를 뚫어지게 보았다. 손가락으로 화면을 올리고 올려봐도 탁 털어놓고 말할 사람이 보이지 않았다.

혜주에게 전화하긴 어쩐지 내키지 않았다. 그러지 않아도 자신 때문에 걱정이 많은 친구에게 더는 징징거리고 싶지 않았기 때문이다. 아직 해결하지 못한 한빈 씨에 대한 미안함도 한몫했다.

그나저나 내 인간관계도 참 한정적이구나. 문득 그런 생각이 들었다.

고등학교, 대학교를 정상적으로 다니고, 짧긴 했지만, 회사를 세 번이나 갈아치운 것치고는 전화기 화면엔 알맹이가 보이지 않았다.

연락하는 친구가 적은 편도 아닌데도, 이럴 때 생각나는 사람은 혜주와 동생 찬밖에 없는 초라한 리스트가 괜스레 서글퍼졌다.

내가 선을 긋고 살긴 했지.

솔은 짧게 한숨을 쉬며 전화기를 내려놓았다. 회사 회식을 비롯

한 동창회, 대학 동호회 모임까지 빠지지 않고 참석했었고, 그 순간 만은 웃으며 즐겼었다. 그중 마음이 맞는 사람들이 없던 것도 아니었다.

하지만 거기까지였다. 알게 모르게 자신이 쳐 놓은 울타리 안에서 좁게만 살아온 것이 새삼 후회스러웠다.

몰라, 누구한테 털어놓는다고 그래? 무슨 말이 듣고 싶다고.

솔은 변기 위에서 발을 까딱까딱 흔들었다.

'누구든 답을 정해 주길 바라는 거야? 이럴 때, 남의 의견이 무슨 소용이야. 주혁이는 내가 좋다잖아. 좋아서 죽겠다잖아. 그게 내가 원하던 게 아니었어?'

꼭꼭 숨어 있던 검은 본심이 속삭였다.

만나, 사귀어 버려. 뭐가 문제야? 잘생기고 능력 있는 연하가 고백했는데, 뭘 고민하는 거야. 만나서 자빠뜨려.

아니다, 그건 이미 했지. 그럼 이제부터라도 본격적으로 나에게 더 빠지게 만들어. 혹시 알아? 끝이 해피엔딩일지. 너도 좋아하잖아. 끝까지 가 보는 거야.

변기 위에서 솔은 고민하고, 고민했다.

나는 어떤 끝을 두려워하기에 이토록 불안해하는 걸까. 못난 자격지심이란 것을 안다. 적어도 그 일만 없었더라면, 울고불고 정신 줄을 놓지만 않았더라면……

그의 고백이 연민인지, 동정인지, 진심인지를 의심하게 만든 그 사건만 없었더라도 쉬울 수도 있었겠다. 고백을 받고 이런 씁쓸한 기분을 느끼는 것도 처음이었다.

이런저런 잡생각에 머리가 어지러워진 솔은 결국 고개를 털며 일어섰다. 얼마나 오래 앉아 있었던지 종아리가 아려 와 침 묻힌 손가락으로 코를 두드렸다. 그때였다.

"내가 그 여자 이상하다고 했지!"

귀에 익은 목소리가 들려왔다. 분명 같은 회사 직원의 목소리.

"정직원만 뽑는 회사에 난데없이 계약직이 웬 말이니."

"그래도 설마."

"이 회사가 그렇게 쉽게 들어올 수 있는 곳이야? 우리도 세 번, 네 번 면접 보고 어렵게 합격했잖아. 연봉도 높고, 비전도 있고, 신생이라는 거 빼면 복지도, 자본도 탄탄하잖아. 여기 들어오고 싶어 한 애들이 얼마나 많았는데."

"그럼 정말 대표랑 그렇고 그런 사이라는 거야? 어우, 야. 그게 진짜면 우리 대표 너무 실망인데."

분명 자신과 주혁의 이야기였다. 익숙한 목소리의 주인공들은 오늘 아침에 분명 웃는 얼굴로 인사를 했던 마케팅팀의 직원들이 분명했다.

"정말 너무 싫어. 나는 믿기도 싫어. 어떻게 대표님이 그런 여자랑…… 아니, 대표님 취향 너무 이상한 거 아니니? 엠마면 또 모를까, 그 여자랑 어울리기나 해?"

아니, 안 어울릴 건 또 뭐야? 솔은 발끈했다. 최대한 기척을 내지 않고 그녀는 화장실 문에 귀를 바짝 대고 있었다.

"나이도 그 여자가 훨씬 많잖아."

고작, 네 살 차이다. 이것들아.

화장실, 언제나 이놈의 화장실이 문제다. 왜들 사람이 있는지도 확인하지 않고 저런 뒷담화를 하나 말이다.

"난 그 인간들 너무 싫어. 박솔 씨랑 같이 들어온 인간들 말이야. 능력도 없는 주제에 인맥, 인정 동원해서 자리 꿰찬 거잖아. 불쌍하지 않니? 남자 하나 잘 물어서 성공하려고 아등바등…….”

“정말 밥맛이다. 사람 좋은 척 웃고 다니더니 뒤로는 딴짓이나 하고.”

웃는 얼굴로 몸은 괜찮냐고 물어봐 놓고 뒷말하는 너희는 뭐가 다르냐! 발끈한 솔은 손잡이를 잡았다. 하지만 다음 순간 그녀는 동작을 멈춰야 했다.

“김한길 씨 알지? 박솔 씨랑 같이 들어온 나이 많은 남자 말이야.”

김 부장의 이름이 들려왔기 때문이었다.

“마케팅 1팀에서 은근슬쩍 2팀으로 보내 버렸잖아. 하필 내 옆에 앉아서는……. 정말 짜증 나 죽겠어. 몇 번을 알려 줘도 말귀를 못 알아먹어.”

“다들 말은 안 해도 피하는 눈치던데?”

“오죽하면 그러겠니. 맡은 일도 없어. 잡무나 하다가 그냥 시간 보내는 게 전부야. 나 같으면 진즉 관뒀다. 나이 먹어서 창피하지도 않나 몰라.”

요즘 들어 어두웠던 김 부장의 얼굴이 떠올랐다. 좋은 곳에 취직했다며 기뻐하셨는데. 재미있다고 하셨는데……. 솔은 슬그머니 변기 위로 다시 앉았다.

정신없다는 이유로 김 부장님과 송 대리님이 어떻게 지내는지도 신경 쓰지 않았다. 하지만, 김 부장님은 저런 소리를 들을 만큼 능력 없는 분도 아닌데. 내 잘못으로 같이 뒷말에 오를 만큼 한심한 분이 아닌데.

“아무튼, 별 거지 같은 인간들이 끼리끼리…….”

가만 안 둬! 솔은 벌떡 일어났다. 그때.

"거지 같은 인간들이요?"

또 다른 여자의 음성이 화장실 안에 울렸다. 싸늘한 목소리였다. 두 여자의 대화는 즉각 종료되었다. 이미 나가기도 뻘쭘해진 상황이었다. 솔은 숨을 죽이고 문에 귀를 대었다.

"내가 잘못 들었나요? 분명 그렇게 말하는 걸 들은 거 같은데."

평소와는 다르게 엠마의 목소리른 차가웠다.

"아니, 저. 그게 아니고요."

"그게 같은 직장 동료에게 해도 되는 말인가요?"

"아니, 하, 하지만 엠마, 너무 이상하잖아요. 그런 사람들이⋯⋯."

"이상하다고 생각하는 수정 씨가 나는 더 이상하네요. 불만이 있으면 직접 물어봤어야죠. 뒤에서⋯⋯. 이거, 뒷말이라고 하는 거죠? 정말 실망이네."

"하지만 정식으로 입사한 건지는 당연히 의문을 가질 수 있다고 생각합니다."

수정이라고 불린 여자가 뒤늦게 용기를 찾았는지 반격을 하는 모양이었다. 지금이라도 나가야 하는 거 아닐까? 좌불안석이 따로 없었다.

"그럼 정식으로 건의하고, 정식으로 항의하세요. 뒤에서 이러지 말고."

"⋯⋯."

"그리고 박솔 씨와 다른 분들, 충분히 능력 있는 분들입니다. 재량권을 가진 대표가 뛰어난 인재를 발굴해서 고용하는 게 뭐가 문제죠?"

"개인적인 친분으로 입사를 시키는 건 부, 부당하다고 생각하는데요."

수정이라는 여자의 목소리가 힘없이 흩어졌다.

"그럼, 나부터 부당하게 입사한 거군요."

"아니요! 엠마 씨는 워낙 이 업계에서 유명하신 분이고…….."

"왜요? 유명하고 말고를 떠나 나도 대표의 지인이기 때문에 연이
닿아서 이곳에서 일하는 건데. 나뿐만 아니라 우리 회사에 고용된
분들은 절반 이상이 대표님이 직접 계약하신 분들입니다. 보편적인
기준으로 우리 회사의 룰을 판단하면 안 되죠. 필요한 인재라면 앞
으로도 언제든지 이런 입사 가능합니다. 재량 평가를 위해 정직원들
과 다르게 계약직 3개월이라는 형평성도 마련했고요. 설마 그때마
다 여러분 동의를 받아야 한다는 건 아니죠?"

"……."

"알겠어요. 충분히 오해할 수 있어요. 이런 반발이 있을 수 있다
는 걸 예상 못 한 점, 임원으로서 사과할게요."

"……."

"하지만 이런 모습은 다신 보지 않았으면 해요. 귀가 많은 곳이잖
아요. 서로에게 상처가 될 수 있는 말은 조심합시다."

"죄송합니다."

"가 보세요."

부산스러운 움직임이 들리더니 이내 밖은 조용해졌다. 솔은 복잡
한 기분이 되었다. 자신의 문제에 김 부장과 송 대리는 물론, 주혁과
엠마까지 욕을 먹는다는 게 충분히 당황스럽고 창피하기까지 했다.
그녀는 눈을 감았다.

쾅쾅쾅!

그때 문에 기댄 머리가 쿵쿵 울릴 정도로 거센 노크가 이어졌다.
솔은 화들짝 놀라며 한 발 뒤로 물러섰다.

"나와요."

엠마의 목소리였다. 머뭇거리다 문을 열어 보니 어느새 엠마는 세면대 거울 앞에 서 있었다. 힐긋 솔을 보는 눈매가 담담했다.

"죄졌어요? 왜 숨어 있어요."

"……알고 있었어?"

"나만 알았을까. 저 직원들도 알고 일부러 떠든 걸 텐데요."

역시나 들으라고 한 소리였나 보다. 심술궂은 적의에도 놀랐지만, 당장 눈앞에 있는 엠마를 보니 솔은 한층 더 미안하기만 했다.

사실 제일 마음에 걸렸던 건 엠마였다. 그녀를 만나게 되면 무슨 말을 꺼내야 할까 가슴이 무겁고 답답했었다.

엠마는 쿠션을 꺼내 얼굴에 톡톡 바르고 있었다. 적어도 겉모습만은 솔보다는 차분했고, 평소와 다를 게 없었다. 아무 일도 없었다는 듯 무심해 보이기까지 했다.

"저 사람들 욕할 거 없어요. 어쨌든 빌미를 준 건 제임스와 박솔 씨니까요."

"알아."

"그렇다고 주눅 들지 말아요. 대표와 박솔 씨가 원래 아는 사이라고 말해 두었고 집안일이 생겼다고 둘러댔어요. 믿을지는 모르겠지만, 시간이 지나면 잠잠해지겠죠. 당분간 불편해도 감수해요."

"고마워, 엠마."

화장을 마친 엠마는 몸을 핑그르르 돌려 솔을 마주 보았다.

평소와 다름없다는 건 착각임을 솔은 깨달았다. 엠마는 다른 날보다 훨씬 더 화사한 모습이었다.

세심한 화장은 진하고 화려해서 그녀의 얼굴을 한층 더 아름답게 보이게 했다. 반듯한 슈트의 어깨가 당당함을 뽐내듯 각이 잡혀 있었다. 자신감이란 강력한 무기를 장착한 전사처럼 그녀의 표정은 냉정했다.

"박솔 씨 고마워하라고 한 건 아니에요. 제임스를 위해서지."

그리고 날을 세운 비수를 창날처럼 꽂았다.

"제임스의 저토록 격정적이고 저돌적인 모습, 나도 처음 봤어요."

엠마의 말투는 차가웠지만, 분한 듯 떨리는 기다란 속눈썹까지는 어쩌지 못했다.

"그래요. 인정하기 싫지만, 지금은 박솔 씨한테 빠져 있는 게 분명해 보이는군요."

생각보다 더 덤덤한 엠마의 모습에 되레 미안한 마음이 커졌다. 물론 자신도 주혁과 이런 식으로 관계가 발전될 거라고 알지 못했다 하더라도.

"엠마."

엠마가 자신에게 털어놓았던 수줍었던 비밀들, 그때마다 반짝이던 눈동자. 주혁을 바라볼 때면 빛이 나던 얼굴이 떠올라 솔은 좀처럼 입을 뗄 수가 없었다.

서늘한 표정으로 감추고 있지만, 엠마는 지금 얼마나 가슴이 아플까. 민망함과 미안함이 뒤섞여 말문을 막고 있었다. 한참 후에야 솔은 어렵게 입을 뗐다.

"미안해……."

"뭐가요?"

엠마는 즉각 되물었다.

"미리 말하지 못해서. 변명 같지만, 이미 엠마의 마음을 알고 있는 상태에서 말 꺼내기가 쉽지는 않았어."

엠마는 가볍게 코웃음을 쳤다.

"뭐예요. 설마 내가 그런 시시한 일로 화가 났을 거 같아요?"

"……."

"박솔 씨가 제임스하고 어떤 사이인지 나한테 말할 필요는 없었어요."

박솔이란 내 이름이 이렇게 슬프게 들리다니. '언니'라는 따듯한 호칭이 사라진 자리에 자리 잡은 자신의 이름이 엠마의 마음인 것처럼 딱딱하게 들렸다.

"일 얘기나 하죠."

"……."

"박솔 씨 입사한 지 얼마 되지도 않았고, 이미 회사 내에 포지션 다 정해진 상태여서 시시한 일만 하는 거 알아요. 아마 앞으로도 크게 달라지지는 않겠죠. 중요 업무는 전문 디자이너들하고 따로 진행하는 거라……. 박솔 씨가 할 수 있는 일은 홈페이지 관리가 전부이고, 그건 사실 우리 회사에서 중요한 파트가 될 수는 없어요."

그랬다. 솔이 하는 건 2D 평면 디자인이고, 이미 화려하게 만들어진 회사의 홈페이지 보수나 간단한 배너 작업에만 필요한 일이었다.

솔이 아닌, 누가 해도 할 수 있는 일. 전문적이지만 중요하지 않은 일이 대부분이었다. 그렇다고 솔이 갑자기 캐릭터를 만든다든가, 스토리를 짠다든가, 3D 디자인을 할 수는 없었다. 관심이 없는 건 아니지만, 지금껏 해 왔던 일과 성격이 다른 데다가 엠마의 말대로 이미 담당자가 정해져 있었기 때문이다.

"물론, 누구든 하긴 해야 하는 작업이죠. 다만 그게 박솔 씨 주 업무가 되었을 뿐이고."

"하고 싶은 말이 뭐야?"

"박솔 씨의 경력이나 능력과는 맞지 않은 일이잖아요. 안 그래요?"

솔은 입술을 꼭 깨물었다. 그녀는 엠마가 전하려고 하는 뜻을 알아들었다.

네가 낄 판이 아니라는 거. 그냥 이렇게 조용히 서포트 업무를 하며 월급이나 받고 만족하든지, 아니면 알아서 나가라는 거.

이건 좀 치사하다. 자존심까지 긁을 필요는 없을 텐데.

하지만 이어지는 엠마의 말에 솔은 눈을 동그랗게 떠야만 했다.

"어차피 부당하게 들어왔다고 대놓고 욕먹는 거, 더 부당하게 합시다. 죽이 되든 밥이 되든 해보자고요. 박솔 씨 가능성 있는 분이란 거 인정해요. 그러니 특혜지만 기회를 드리죠."

"······?"

"지금까지는 다 된 그림에 덧칠만 했다고 생각하고, 이제부터는 할 수 있는 건 뭐든 해요. 제가 하는 파트 중 2D 부분은 같이 해 보자고요. 일주일에 시안 무조건 10개 이상씩 가져오세요. 누구랑 경쟁해야 하는지 알고 있을 거예요. 그들은 저뿐만 아니라, 박솔 씨가 상상할 수 없는 보수를 받고 전 세계에 흩어져 일하는 진짜 프로들이에요."

"······."

"물론, 당장 뭔가를 보여 줄 거라는 생각, 나는 안 해요. 미래를 위한 투자쯤이라고 생각할 거예요. 그렇다고 봐주지는 않을 거고요. 죽기 살기로 해서 빨리 자리 잡아요. 뭔가를 보여 줘요. 이젠 알겠지만, 박솔 씨가 자리를 확실히 잡지 못하면 제임스가 욕을 먹어요. 그걸 원하지는 않겠죠?"

솔은 할 말을 잃었다. 분명 엠마는 자신이 미울 텐데 왜 이런 기회를 주려는지 이해하기 힘들었다.

"자신 없으면 지금 포기하든지. 연애도 일도 다 잡겠다는 건 너무 큰 욕심일 테니까요."

엠마는 고개를 살짝 기울이며 삐딱하게 입술을 올렸다. 그녀는 대놓고 비웃는 것이 역력한 말투로 이죽거리기 시작했다.

하지만 솔은 갑자기 먹먹해졌다. 독한 표정으로 응시하는 엠마의 얼굴 때문이었다. 거기엔.

"한 가지 더, 개인적인 충고 하나 하죠. 내가 제임스를 포기했다고는 생각 말아요."

엠마는 위협적으로 한 발 다가섰다. 솔이 고개를 젖히고 봐야 할 만큼 높은 킬힐을 신은 채로.

"난 알거든요. 당신은 아무것도 아니야."

"……."

"잠깐의 흥밋거리야. 그저 제임스에게 스쳐 지나가는 에피소드잖아요, 당신."

가슴이 욱신거렸다. 그녀의 말이 정곡을 찔렀기 때문이 아니었다. 이런 말을 하는 엠마의 심정을 누구보다 잘 알 것 같아서 가슴이 아팠다.

왜냐면…….

"엠마."

솔의 눈가가 뜨거워졌다. 맥없이 코끝이 시큰거렸다.

"그러지 마……."

"뭘요? 시작도 안 했는데."

"그렇게 독하게 말하지 마. 알아들었어. 힘들게 그러지 마."

"허! 누가 누구한테 훈계질이야. 웃기시네. 내가 왜 힘들다고 생각하죠? 다 이긴 거 같아요? 내가 박솔 씨 때문에 상처받았을 거 같아? 잘 들어요. 나는 당신보다 인정받는 디자이너고, 훨씬 예쁘기도 하죠. 아마 돈도 비교할 수 없을 만큼 내가 많을걸요. 대체 당신이 나보다 나은 게 뭐가 있다고 날 불쌍하게 보죠?"

"……."

"결국, 제임스도 나한테 와요. 꼭 그렇게 만들 거야! 잠깐 빌려준 거로 해 두죠. 즐길 수 있을 때 즐겨 두는 게 좋을걸."

엠마는 거의 눈을 번뜩였다.

"다만, 나는 내 연적이 시시한 건 못 참겠어요. 그러니까 노력해요. 빨리 자리를 잡아서 당당해져요. 멋져지시라고요. 저딴 소리 다신 듣지 않도록. 제임스까지 싸잡아서 욕먹이지 말고."

"엠마야……."

솔은 머뭇머뭇 그녀를 향해 손을 뻗었다. 자신의 얼굴 앞에 위협적으로 바짝 들이댄 엠마의 양 볼을 조심스럽게 감싸 쥐었다. 움찔하면서도 엠마는 피하지 않았다.

"그런 말은, 그런 못된 말은 울면서……. 이렇게 울면서 하면 안 되는 거야. 거짓말인 게 티가 나잖아."

엠마의 얼굴엔 눈물이 뚝뚝 흘러내리고 있었다. 아까부터 그랬다. 솔의 눈에도 그렁그렁 눈물이 맺혔다.

"미안해. 내가 주혁이를 좋아해서 미안해. 엠마가 좋아하는 사람 좋아해서 정말 미안해."

솔이 조심스럽게 눈물을 닦아 주는 대로 얼굴을 맡긴 주제에 엠마는 이죽거림을 멈추지 않았다.

"정말 웃기시네. 난 누구랑 달라서 거짓말 같은 건 못 하거든요."

"말 못 해서 미안해. 주혁이가 나를 좋아하게 만들어서 정말 미안해……."

"정말 재수 없다, 진짜! 이게 끝이 아니라고 했죠! 값싼 사과 필요 없고요. 일이나 제대로 하란 말이죠. 제대로 못 하기만 해 봐라. 막 괴롭혀 줄 거야. 두고 봐요. 나 엠마야."

"그래, 알았어. 그만 울어."

"크읍. 누가 운다는 거예요! 언니가 지금 더 울고 있잖아!!"

"코 먹겠다. 흥 할래? 휴지 줄까?"

"뭐라는 거야, 진짜!"

결국, 엠마는 눈물을 뚝뚝 흘리며 서럽게 흐느꼈다. 그런 그녀를 와락 안고 솔도 울음을 터트렸다.

"울지 마……. 미안해, 미안해, 엠마."

"내가 우스웠어요? 아무것도 모르면서…… 제임스만 바라보는 게 웃겼어?"

"그렇지 않아. 맹세해. 나는 그저."

"언니는 몰라요. 제임스는 나에게 친구고, 오빠고, 아빠 같은 존재였어요. 엄마한테 반항한다고 길거리에서 막살던 나를 잡아 제대로 살게 해 줬다고요. 10년 전에요……. 그 이후로 제임스만 보고 살았어."

"……미안해."

"그러니 내가 뭘 어쩌겠어요. 내가 좋아하는 제임스가…… 내가 좋아하는 언니를 좋아한다는데, 저렇게 행복해하는데. 내가 어쩌겠냐고요."

"……."

"아씨, 진짜! 두고 봐요. 끝난 게 아니야. 안심하고 뻐기지 말라고요."

"……."

"틈만 보여 봐. 내가 확 뺏을 거야. 언니 따윈 정말 아무것도 아니야."

다행이라고 솔은 생각했다. 어느새 오열이 흐느낌으로 바뀐 엠마의 어깨를 토닥이면서, 그녀 자신도 여전히 울고 있으면서도 마음이 따뜻했다.

다행이다. 엠마가 이렇게 좋은 사람이어서. 그녀가 다시 언니라고 불러 줘서.

참 고맙다고 생각했다.

❊

주혁은 호텔 카페에 홀로 앉아 있었다.

약속한 상대를 기다리는 중에도 그는 바쁘게 서류를 검토했다. 리필을 부탁한 커피를 종업원이 가져왔을 때야 그는 숨을 돌렸다.

그날 이후 며칠이나 지났다. 솔은 전화 한 통 없었다. 어쩌다 회사에서 눈이 마주쳐도 외면하기 일쑤였다. 기다리라는 말로 그를 옴짝달싹 못 하게 묶어 놓고는 무심하기도 했다.

정신없는 일정 속에서도 불쑥불쑥 생각나 사람 미치게 만드는 그 여자는 어쩌면 진짜 선수일지도 모른다.

그는 쓴웃음을 지으며 커피를 마셨다. 약속한 시각이 다가오자 그는 조금 초조해졌다.

"늦었습니다. 죄송합니다."

마침내 기다리던 당사자가 그의 앞에 앉았다. 고개를 끄덕인 것으로 인사를 대신한 주혁은 바로 본론으로 들어갔다.

"의뢰한 건 알아보셨습니까."

대답 대신 남자는 하얀 서류 봉투를 주혁에게 건넸다. 그 남자가 커피를 주문하는 동안 주혁은 내용물을 꺼내 살피기 시작했다.

"조사한 내용은 많지 않아요. 오래전 일이기도 하고, 워낙 경미한 사고라 기록이 거의 없더군요."

"경미한 사고요?"

주혁은 의아한 듯 한쪽 눈썹을 올렸다. 솔의 어머니는 지병이 있었다고는 하나, 차에 치여 3개월간 혼수상태가 되었다고 했다. 그 후 사망까지 이어진 사고를 어떻게 경미하다고 표현을 할 수 있나. 옷차림이 수더분한 것과는 달리 날카로운 눈매를 지닌 사설탐정은 설명했다.

"그 사고와 피해자의 사망은 연관이 없어요."

역시나, 찬의 말이 맞는 것일까. 사고는 가벼웠고, 결국 암으로 돌아가신 게 맞을지도 모르겠다고 주혁이 결론을 내릴 때였다.

"사실 사고라고 하기도 뭐한 게, 그 차에 누구도 치인 적이 없어요."

주혁의 피가 한순간에 싸늘하게 식었다.

"차에 치인 것이 아니라면?"

"아슬아슬하긴 했지만, 트럭은 제때 정지했고, 현장에 있던 아이와 어머니는 가벼운 찰과상을 입었어요. 그것도 트럭이 오기 전 넘어져서 생긴 겁니다. 애초에 그들이 넘어지지 않았다면 트럭과 사고가 날 뻔한 상황도 없었겠죠."

이해할 수가 없었다. 솔의 기억과는 분명 달랐다. 그녀는 어머니가 자신을 밀치고 차에 치이는 것과 빨간 피를 보았다고 했다. 그 강렬한 기억이 원색의 그림처럼 꿈에서까지 보인다고 말이다.

그리고 그녀의 아버지도 말했다. 분명 제 어미를 죽였다고 했다. 그 사고가 아니라면 대체 뭐가 아버지를 분노하게 한 걸까.

남자는 사무적으로 설명을 했다.

"사고가 아닌데도 기록에 남은 건 그 아버지 때문이었어요. 트럭 운전기사가 마음고생을 많이 했는지 아주 치를 떨면서 기억하더군요. 그저 급정차했을 뿐인데 신고를 했고, 경찰서에서조차 무혐의로 넘어간 일을 끝내 소송까지 걸었더라고요. 아내의 사망 원인을 사고의 후유증으로 주장하면서 말이죠. 민사소송이라는 게 원래 오래가지 않습니까. 그런데도 워낙 말도 안 되는 증거를 내밀며 소송을 진행하다 보니 증거 불충분으로 기각도 되고, 매번 트럭 기사분의 승소로 빨리 마무리가 되곤 했죠."

"매번?"

"매번 다른 소송을 걸었어요. 결국엔 트럭 기사분도 맞고소를 진행해서 얼마 있지도 않은 재산도 거의 날렸다시피 했고요. 마지막에는 딸의 실어증도 그 사고의 영향이라고 소송을 했는데……."

"잠시만요."

주혁은 숨을 들이켰다. 듣고도 믿을 수가 없어서 그는 되물어야만 했다.

"지금 뭐라고 하셨습니까? 실어증이라고."

"그때 사고 현장에 있었던 아이 말입니다. 박솔 씨라고. 지금은 어른이겠네요. 그 아이가 실어증 증상을 보였어요. 사고 직후는 아니었고 어머니의 사망 이후 충격으로 그런 거 같은데 그걸 트집 잡아 또 소송을 건 겁니다."

하아……. 주혁은 눈을 감았다.

가슴에서 무언가가 울컥 올라왔다. 두려움인지 분노인지 종잡을 수 없는 감정이 그의 머리를 강타했다.

실어증.

말을 못했다고. 그렇게 수다쟁이 여자의 말을 앗아 갈 정도로 커다란 상처가 되었다고. 사고란 것이 애초에 없었다는데도 잘못된 기억을 되새기며 어린 그녀가 그렇게 죽어 갔다고.

그가 기억하는 그녀는 언제나 웃는 얼굴이었다. 과한 웃음과 통통 튀는 장난기가 가득한 밝고도 짓궂은 여자였다. 한도 끝도 없이 조잘대는 쾌활한 성격이었다.

몰랐다. 아무도 몰랐을 것이다.

너는, 너는…… 도대체 어떤 마음으로 웃었던 것일까.

"얼마나."

주혁은 잠시 말을 끊고 물로 목을 축였다.

"얼마나 말을 못 한 겁니까."

"3년간의 병원 기록이 있어요."

"그리고 그분은 지병으로 돌아가신 게 확실하단 말이죠."

"네. 그 정도 산 것도 기적이라고 했을 만큼 상태가 좋지 않았어요. 그런데 걸리는 점은……."

주혁의 아버지 연배의 사설탐정은 말끝을 흐렸다. 시종 딱딱하고 사무적인 자세를 유지했던 그는 자신의 오지랖을 어떻게 설명해야 할지 잠시 망설였다.

한주혁이란 남자가 의뢰한 것은 그 사고뿐이었다. 하지만 엮여서 나온 그 여자아이의 병원 기록이 그는 미심쩍었다. 실어증뿐 아니고 제법 여러 가지 치료를 그녀는 꾸준히 받아 왔다.

대부분 골절이고 상해였다. 탐정은 어렵지 않게 박솔이란 아이의 상황을 눈치챌 수 있었다.

아동 학대였다. 병원 기록은 은밀하고 악질적인 폭력의 증거였다. 하지만 처벌을 피해 갈 정도의 영리한 가해이기도 했다. 상처는

125

쉽게 드러나지 않는 몸에만 집중되었고 우연이라 하기엔 너무도 잦았다.

앞에 앉은 청년의 안색은 파리했다. 핏기가 사라진 건 사고에 관해 설명을 할 때가 아니라 실어증이라는 말을 들었을 때부터였다.

강인해 보이는 청년의 손끝은 박솔의 사진이 붙어 있는 종이를 넘기지 못하고 가늘게 흔들렸다. 그는 조심스럽게 이야기를 꺼냈다.

"박솔 씨란 분 말입니다. 병원 기록이 너무 많아요. 좀 이상한 게."

"뭡니까?"

주혁의 눈매가 단번에 날카로워졌다. 굳어진 얼굴은 더 심각해졌다.

"대부분 골절, 상해 치료 기록이란 말이죠. 그것도 발생 시기가 다르면서도 규칙적인 텀을 유지한……. 이런 경우는 한 가지죠. 아무래도 아동 폭력의 피해자가 아닐까 합니다."

"아동 폭력?"

최악이었다. 그는 단지 한두 번의 손찌검을 예상했었다. 그것만으로도 그에게는 학대였다. 주혁은 거의 들리지도 않을 정도로 작은 소리로 물었다.

"폭행을…… 당했단 말입니까? 지속적으로? 치료가 필요할 만큼 심각하게?"

"상처가 심각했다기보다 그 횟수가 문제죠. 상당히 오랜 기간 학대받지 않았나 의심됩니다."

"동생이…….."

주혁은 잠시 목소리를 가다듬었다.

"동생이 하나 있습니다. 그 동생도 같은 치료를 받았나요?"

"아니요. 동생분의 기록은 평범합니다. 뭐, 감기 같은 아주 기초적인 치료 기록이 답니다. 이상한 건 아닙니다. 같은 집에 여러 명의 아이가 있어도 유독 한 아이만 타깃으로 폭행이 자행되는 일도 많아요."

탐정은 잠깐 말을 멈췄다. 청년은 무서울 정도의 냉랭함을 풍기며 박솔의 사진으로 시선을 돌렸다. 괜한 말을 꺼낸 건가. 냉정해 보이지만 어쩐지 아까보다 더 충격을 받은 모습인데.

"경찰서 기록 같은 건 없습니까. 누구라도, 한 명이라도 신고를 안 했나요."

"지금이야 뭐, 상처가 발견되면 의사나, 선생님들이 의무적으로 신고를 해야 하지만 그때는 그런 게 있었나요. 가정일이라고 쉽게 쉽게 넘어가는 분위기였으니까요."

"누구에게도…… 도움을 받지 못했다는 거군요."

주혁은 입을 꾹 다물었다.

"일단 여기까지입니다. 더 나올 것도 없고요. 원하시는 게 사고에 국한……."

"조사해 주세요."

주혁은 단호하게 말했다.

"박솔 씨에 대한 것 말입니까?"

"병원 기록이 몇 살까지 나와 있는지. 그녀의 아버지, 그녀의 동생, 그녀의 새어머니까지. 가능한 건 다 조사해 주십시오. 되도록 빠르게. 비용은 얼마가 들어도 상관없습니다."

탐정이 나간 후에도 주혁은 한동안 움직이지 않았다. 그의 시선 끝에는 어린 시절 박솔의 사진이 있었다. 메마른 얼굴이었다. 열 살쯤 되었을까. 또래의 생기라고는 하나도 보이지 않는 얼굴과 텅 빈 눈동자를 가진 여자아이였다.

사진 속 그녀의 얼굴을 매만지는 손끝에 차가움이 밀려들었다. 차가운 통증은 그의 온몸 혈관을 따라 구석구석 돌아다니며 얼어붙게 했다.

하아……. 주혁은 무너지듯 의자에 몸을 기대며 숨을 토해 냈다. 마른세수를 몇 번이나 해 보았지만 울렁이는 마음을 진정하기도 힘들었다.

알아내야겠다. 마침내 고개를 든 그의 눈빛이 차갑게 가라앉아 있었다.

네가 말해 주지 않겠다면 내가 알아내겠다. 적어도 네가 어떻게 살아왔는지는 알아야겠다.

비록 이 일로 박찬과의 관계가 틀어진다 해도.

사실 제일 이해할 수 없는 건 그 녀석이다. 어쩌면 가해를 당한 건 찬도 마찬가지가 아닐까. 제 누나를 닮아 꼭꼭 숨기는 데 익숙해서 눈치채지 못한 게 아닐까 하는 의심이 무색하게도 병원 기록은 다른 말을 했다. 오직 그녀만이 받았던 치료들의 의미는 뻔했다.

그리고 박솔 아버지의 행동에 담긴 의미도 당연히 알아챘다. 기억을 조작했다. 화풀이할 대상이 필요했던 누군가에 의해 악의적으로.

말을 잃을 만큼 어머니의 죽음에 충격을 받은 어린 딸에게 끊임없이 너 때문이라고 세뇌하며 괴롭혔겠지. 거짓된 이유로 자신의 딸에게 물리적인 폭력을 가하려면 죄책감을 심어 주는 게 편했을 테니까. 어쩌면 그것이 진짜이기를 바랐을지도 모르고. 자신의 나약함과 죄책감을 덮기 위해. 오직 솔에게만.

아주 오랜 시간이 지나서야 주혁은 굳은 얼굴로 일어섰다.

18.

[너, 강한빈 씨한테 연락 안 했어?]

마우스를 움직이던 솔은 눈을 껌뻑였다. 서서히 입이 벌어졌다.

세상에. 강한빈이란 남자를 완벽하고 잊고 있었다.

애초에 존재하지 않았던 사람처럼 기억에서 완전히 지워져 있었다. 나 좋다는 남자를 이렇게 무시하는 일도 생기다니……. 이상한 뿌듯함이 몰려왔다.

"왜? 너한테 뭐라고 해?"

[지금 우리 집에 와 있어. 아, 씨. 연락도 없이 갑자기 지훈 씨가 데리고 왔어. 회를 잔뜩 사 들고는.]

소곤거리는 혜주의 목소리를 놓칠세라 솔은 귀에 전화기를 붙였다.

[너 때문에 온 눈치야. 네가 같은 아파트에 사는 거 아니까. 지훈 씨가 자꾸 옆구리를 꾹꾹 찌른다고. 너 부르라는 거 같아.]

"설마."

[맹추야. 눈치는 엄마 배 속에 두고 태어났니? 하여간 이런 데는 둔해.]

솔은 작업용 안경을 벗고는 그 끝을 잘근잘근 씹었다. 난감했다.

엠마의 말에 자극을 받은 그녀는 며칠 동안 퇴근 후에도 집에서 디자인 시안을 뽑아내는 중이었다. 그리고 새삼 깨달았다.

그래, 이걸 잊고 있었다. 자신은 무엇보다 이런 일을 좋아했는데.

대단한 명예나 위치를 원한 적도 없었다. 다만 자신의 손에서 태어나는 새로운 그림이 좋았고, 많은 사람들이 좋아해 주는 것에 만족했다.

그래서 솔은 전단 디자인을 할 때가 더 좋았다. 까다로운 작업이 걸릴 때도 있지만, 대부분 작은 회사나 영세 가게들이 고객이었고, 그들은 조금만 신경을 써 주어도 한없이 감사해 줬다.

사람들이 무시하고, 혹은 밟으며 지나가고 종국엔 쓰레기통에 처박히는 쓰레기로 끝난다 해도 그들에겐 그 전단지는 꿈이고 희망이란 걸 알기에 한 장 한 장 최선을 다했었다.

물론 새로운 일도 재미는 있었지만, 솔은 새삼 '행복 광고기획사'의 생활이 그리워졌다. 어쨌든 오랜만에 집중하며 일하는 즐거움은 각종 잡념들을 몰아내 주었다.

그 잡념 중에 끼지도 못한 강한빈 씨.

잘생기고 훈훈한 강한빈 씨.

검사라는 근사한 직업도 가진 강한빈 씨.

하지만 자신에게 존재감 제로인 강한빈 씨.

어쩌나…….

혜주는 말을 이었다.

[잠깐 올래? 불편하면 내가 따로 자리를 만들까?]

"만나서 뭐라고 하지? 소개팅 한 번 한 건데 굳이 만나서 거절해야 해? 네가 대충 둘러대면 안 될까?"

[그럴까? 주선자인 내가 얘기하는 것도 나쁘진 않겠다.]

솔은 책상 서랍에 넣어 두었던 봉투를 꺼냈다. 그 안에 있는 해괴한 건강검진표가 양심을 꾹꾹 찔렀다.

그 남자의 건강을 낱낱이 증명한 이 증서는 어쩜담. 우편으로 보내기도 그렇고, 차마 버릴 수도 없다. 솔은 한숨을 길게 내쉬었다.

"아니다. 내가 직접 만나서 말하는 게 낫겠어."

[그래. 잘 생각했어.]

"1시간쯤 후에 B동 놀이터에서 보자고 전해 줘."

[조곤조곤 말 잘해라. 흥분해서 버벅대지 말고. 근데 나 구경 가도 되냐? 숨어서 볼게!]

제발~! 하는 혜주의 헛소리를 끊으며 솔은 자리에서 일어났다.

감기 기운도 아직 다 털어 내지 못한 몸이지만 모처럼 만의 디자인 작업은 기분 좋은 나른함을 주었다. 스트레칭을 몇 번 하고 솔은 옷을 갈아입었다. 대충 틀어 올린 머리를 정돈하면서도 시선은 자꾸만 전화기로 향했다.

게으른 전화기였다. 며칠이 지났는데도 울리지 않았다. 물론 울리긴 했지만 기대하는 사람이 아니었다.

밥은 먹었냐, 생각은 해 봤냐. 찔러는 봐야 하는 거 아닌가. 원하지 않을 때는 불도저처럼 밀어붙이더니 이럴 때는 말도 잘 듣는다. 좋아한다는 남자가 이렇게 여유로워도 되는 건가? 심기가 불편했다. 기다리라고 한 사람이 자신이란 걸 편리하게 머릿속에서 지운 솔은 심통맞게 전화기를 툭툭 쳤다.

"일을 해라, 일을! 울리란 말이야. 배터리 빵빵 채워 줬으면 전기세 값은 해야지."

혹시 고장이 났나? 좀 전에 혜주와 통화한 것도 잊고 솔은 전화기를 꼼꼼히 살폈다.

주혁은 회사에서도 좀처럼 보기가 힘들었다. 그 사건 이후 노골적으로 자신에게 냉랭해진 회사 내의 분위기를 꿋꿋한 척 견디는 건 어렵지 않았지만, 매일, 매시간 그를 볼까 긴장하고 기대하는 것이 더 힘들었다.

밤이면 불 꺼진 그의 침실에 들어가 가만히 앉아 있기도 했다. 그럴 때는 집 나간 남편을 기다리는 듯한 처량함마저 느꼈다.

여전히 복잡한 머리는 갈팡질팡하고 있었지만, 확실한 것은 그가 보고 싶다는 거였다.

그가 보고 싶다.

알고 있었다. 답은 정해져 있다는 걸. 그를 어떻게 거부할 수 있을까. 온종일 그 남자만 떠올리면서…….

솔은 길게 한숨을 쉬며 야구모자를 깊게 눌러썼다. 일단은 강한 빈 씨를 만나야 했다. 놀이터까지는 고작 3분 정도. 집을 나선 발걸음이 무거웠다. 솔에게 누군가를 거절한다는 것은 거절당하는 것보다 힘든 일이다.

서성이는 한빈을 발견했을 때 솔은 심호흡했다. 뒷모습만 봐도 그가 얼마나 긴장했는지 눈치 없는 솔도 느낄 수 있었다. 남자의 어깨는 그만큼 굳어 있었다.

'미안합니다.'

잠시 후면 더욱 처질 그 단단한 어깨에 솔은 미리 사과했다. 깔끔한 정리를 위해 떨어지지 않는 발에 힘을 주었을 때였다.

띠링. 놀던 핸드폰이 밥값을 했다.

[오늘 나랑 놀아 줘요.]

심장이 한순간에 펑 터지는 것 같았다.

[사심 없이, 건전하게 그냥 놀아요.]

몹시 불건전한 상상을 불러일으키는 이 메시지 때문에.

[보고 싶어.]

얼굴에 불이 붙은 듯 뜨거워졌고, 두근두근 심장이 요동쳤다. 불꽃놀이가 벌어진 마음은 이미 축제였다. 솔은 저도 모르게 활짝 웃었다. 손으로 입을 가리고는 팔짝팔짝 뛰었다. 자신을 기다리는 강한빈의 존재도 한순간에 날아갔다.

뭐가 문제야. 지금까지 고민했던 복잡한 생각 따위도 잊었다.

누가 누굴 더 좋아하고, 부끄러운 과거 따위가 다 무슨 상관이람. 내가 이렇게 좋은데. 문자만 봐도 행복하고 떨리는데.

웃음이 멈추지 않았다. 처음부터 밀당이란 건 솔에게 어울리지 않았다. 좋으면 만나면 되지. 끝을 미리 생각할 필요가 없다. 지금만, 지금, 이 감정만 생각하면 쉬운 일이었는데.

솔은 뛰기 시작했다. 당장이라도 주혁에게 가고 싶지만, 기적적으로 생각이 난 강한빈을 향해 달렸다.

"강한빈 씨!"

한빈이 돌아보며 근사한 미소를 지었다. 한걸음에 그의 앞에 선 솔이 숨을 헐떡였다.

"오랜만이네요, 솔이 씨. 연락 기다렸어요."

"미안해요!"

솔은 다짜고짜 한빈에게 봉투를 쥐여 주며 사과부터 했다. 건강검진표가 다시 한빈 손에 들어가자 속이 다 후련해졌다.

"이건······?"

"아주 인상적이었어요. 건강검진표를 보니 굉장히 훌륭하세요. 감동했습니다. 그러니······."

솔은 숨을 내쉬고는 목소리를 가다듬었다.

"정말 괜찮으신 분과 만나실 거예요."

"네?"

"죄송합니다. 제가 뭐라고 이렇게 좋은 분을 거절하다니."

솔은 폴더를 접듯 허리를 깊이 숙였다. 거절하는 건 생각보다 쉬웠다. 다만 미안한 마음은 진심인데도 도무지 올라간 입꼬리를 숨길 수가 없어서 그게 더 미안했다.

"그래도 좋게 봐 주셔서 감사했어요. 어쨌거나 이제 연락하지 마세요. 그럼······."

냉큼 몸을 돌린 솔이 바람처럼 뛰었다. 이미 시간이 너무 지체된 듯싶었다. 마음이 급해서 어쩔 줄을 몰랐다. 당장 문자에 답을 해 주지 않으면 주혁이 마음을 돌릴까 봐 겁이 났다. 영문도 모르고 홀로 남겨진 한빈의 얼떨떨한 표정은 알 바 아니었다.

"박솔 씨!"

한빈은 뒤늦게 솔을 불렀지만, 이미 그녀는 골목을 돌아 사라진 후였다.

이건 뭐지?

되돌아온 자신의 검진표를 보며 그가 고개를 갸웃거렸다.

설마 지금 나 차인 거냐. 저런 얼굴로 나를 찬 거라고?

믿을 수가 없었다. 이상했고 이해할 수가 없었다. 아직 사태를 파악하지 못한 한빈은 작게 인상을 찌푸렸다.

"아니, 거절은 아닌 거 아닌가? 저렇게 좋아 죽겠다는 얼굴로 무슨 거절을 해⋯⋯."

진심이 아닌 것처럼.

이것은 또 다른 컨셉인가? 얼떨떨한 한빈은 곰곰이 생각에 잠겼다.

❀

솔은 길거리 벤치에 앉아서 마음을 가라앉히려 심호흡을 두어 번 했다.

그렇게 있기를 한참, 마침내 용기를 낸 솔은 경건히 핸드폰 화면을 켰다. 주혁에게 전화를 연결하는 그 짧은 시간에도 마음이 콩닥콩닥거려서 그녀는 입술을 잘근잘근 씹었다.

인정할 수밖에 없었다. 그녀는 사랑에 빠졌다. 한주혁이라는 남자와.

"주혁아."

주혁이 전화를 받자마자 솔은 숨도 쉬지 않고 말했다.

"나, 할 말 있어."

[어디야?]

"집 근처야."

[카페에 들어가 있어요. 일 마치고 가면 1시간쯤 걸릴 거야.]

"아냐, 아냐. 나 그렇게 오래 못 기다려. 지금 말할게."

용기가 사라질까 무서웠다. 수화기 너머로 주혁이가 미소 짓는 소리가 들렸다. 미소 짓는 소리까지 듣다니. 미치긴 미쳤나 보다. 솔은 크게 숨을 들이켰다.

"나, 너랑 사귈래!"

용기가 사라지기 전에 냅다 소리쳤다. 말하고도 부끄러워 솔은 눈을 질끈 감았다.

"너랑 연애할래. 사귈 거야. 그러자."

단숨에 말했다. 몹쓸 자격지심이 또다시 그녀를 주저하게 만들기 전에 말이다.

"건전하고 사심 없는 거 말고, 불건전하게 만나겠어!"

[……]

침묵이 길어졌다. 벅찬 마음을 밀어내고 뻘쭘함이 그 자리를 메울 때까지 주혁은 말이 없었다. 솔은 전화기를 귀에서 떼어 통화 중이란 걸 다시 확인했다. 살짝 불안해졌다. 너무 재지 않고 직접적으로 말했나? 없어 보였나? 불건전하게 만나자는 말은 하지 말걸.

[30분 내로 갈게.]

이윽고 들린 음성은 낮았다. 그 기다림 동안 부정맥으로 쓰러지지 않은 게 다행이었다. 그리고 지나치게 침착한 목소리에 솔은 조금 당황했다.

"내가 한 말 들었어? 들었지?"

[확실히. 좋아요. 불건전하게……]

역시나 저 말은 하지 말걸. 솔은 얼굴을 붉히며 더듬거렸다.

"그, 그렇구나. 그냥 계속 통화하면 안 돼? 나 전화 끊으면 민망해서 죽을지도 몰라."

[돼요.]

"……진짜 조, 좋아?"

[미칠 만큼.]

그제서야 솔의 입꼬리가 올라갔다. 저절로 배시시 웃음이 터졌고 몸이 비비 꼬였다.

"진짜?"

[좋아서 미쳐 버릴 만큼. 네가 생각하는 것보다 훨씬 더.]

"미치면 안 되지……. 빨리 와. 장소는 문자로 넣을게."

조금 망설이다가 솔은 덧붙였다.

"보고 싶어."

[……다시 말해 봐.]

"뭘?"

[보고 싶다고.]

아, 솔은 눈을 감았다. 어쩌면 좋나. 이 느끼함마저 좋다. 주혁이 내뿜는 기름이라면 빠져 죽어도 상관없을 만큼 좋아 죽겠다.

"보고 싶어. 아주 많이."

그녀는 웃음을 참을 수가 없었다. 미친 여자처럼 빙빙 돌다가 주먹을 불끈 쥐기도 했다. 간신히 정신을 차린 후 그녀는 덧붙였다.

"근데 당분간은 비밀로 하자. 너와 내가 사, 사귀는 거 말이야. 찬도 그렇고, 회사에 알려지면 창피할 거 같아."

[당연하지. 비밀 연애 해요. 아무도 모를 거야. 약속할게.]

통화가 끝나고 솔은 소중히 전화기를 얼굴에 비볐다. 좋아 죽겠다. 좋아서 죽어 버리겠다.

전화기를 안고 방방 뛰는 그녀를 지나가는 사람들이 흘긋거렸지만 무슨 상관이란 말인가.

나, 연애하는데! 한주혁이 내 남자 친구인데!

오늘부터 우리 1일인데!

만세!

솔은 두 팔을 활짝 벌리고 하늘을 향해 고개를 젖혔다.

통화를 마친 주혁도 미소를 걷을 수가 없었다. 흠흠 헛기침을 해보지만, 자꾸만 입꼬리가 올라갔다. 기대하지 못한 순간에 터진 그녀의 고백은 그의 기분을 천국까지 끌어 올렸다.

"진짜……. 예뻐 죽겠네."

그는 중얼거렸다. 고개를 들자 수많은 시선들이 보였다. 모두 그를 미친놈 보듯 보고 있었다.

"오늘 회의는 여기까지 하죠."

그는 뻔뻔하기 짝이 없는 말투로 말했다.

한밤에 각 팀의 팀장들만 모인 긴급회의였다. 회의가 끝나 갈 때쯤 그녀에게 전화가 왔고 급한 마음에 대충 양해를 구하고는 그 자리에서 통화를 했다.

상대의 목소리는 전화기를 타고 조용한 회의실에 쩌렁쩌렁 울렸다. 스피커를 켜지 않았는데도 모두가 알아챌 만큼 들뜬 여자의 음성이었다. 그리고 이 자리에 있는 모두는 그 여자가 누군지 자연스럽게 알고 있었다. 요 며칠 일을 생각해 보면 눈치채지 못한다는 게 더 이상했다.

황당해하는 그들을 무시한 주혁은 뻔뻔하게 몸을 일으켰다. 서류를 덮고 재킷을 툭툭 털더니 아무렇지 않게 말했다.

"내일 봅시다."

"대표님, 너무하는 거 아닙니까?"

캐나다에서부터 주혁과 오래 일을 같이 해 왔던 홍 팀장이 웃어 대기 시작했다.

"나가서 받든가. 이거 닭살 돋아서 원. 애인 없는 사람 서러워 살 겠나. 우리가 다 듣는 거 뻔히 알면서 어떻게 그런 소리를 합니까? 비밀 연애라니……."

"연애하는 사람 처음 봐요? 뭘 그래요. 결혼까지 하신 분이."

주혁은 피식 웃으며 슈트의 버튼을 채웠다.

"다들 아무것도 못 들은 겁니다. 부탁 좀 하죠. 박솔 씨가 부끄러 움이 많아서 알면 괴로워할 겁니다."

우우! 야유를 들으며 주혁은 나갔다. 성큼성큼 걷는 걸음이 몹시 도 바빠 보였다.

"이러다가 우리 대표, 올해 결혼하는 거 아냐?"

"완전히 푹 빠진 모양이네. 한 대표의 저런 모습을 볼 거라고 상 상도 못 했는데."

모인 사람들은 대부분 오랜 시간을 주혁과 일해 온 사람들이었 다. 가족 같은 정이 있는 그들에게 주혁의 이런 모습은 놀라움이자 반가움이었다.

"일에만 미쳐서 생전 연애 못 할 줄 알았지……."

홍 팀장이 턱을 괴며 중얼거렸다. 몇몇은 웃었고 몇몇은 고개를 끄덕였다. 물론 지난번 회사에서 소란 후 못마땅해하는 반응도 존재 했고, 일에 지장이 있을까 걱정하는 분위기도 없지 않았다. 다행히 주혁이 평상시처럼 철저하게 일을 지휘했기에 그 일은 금기처럼 모두 가슴에만 묻고 있었다.

"한창 좋을 때지. 아직 20대인데 한 대표도 다른 사람처럼 연애할 때도 됐지 뭐."

"박솔 씨도 참 인상 좋게 생겼던데. 나이가 한 대표보다 더 많다고 안 했나?"

모두 기분 좋게 그들의 캡틴을 사로잡은 박솔이란 여자에 관해 이야기를 나누기 시작했을 때였다.

누군가 구석에서 뿜어 나오는 음습하고 어두운 분위기를 알아챘다. 그는 옆 사람의 옆구리를 꾹 찔렀고 하나둘 눈치를 챈 그들은 입을 닫았다.

엠마는 천천히 일어났다. 그녀는 자신의 눈을 요리조리 피하는 사람들을 시큰둥한 얼굴로 하나씩 둘러보았다. 붉은 입술이 열리고 못마땅한 목소리가 흘러나왔다.

"왜들 이래요, 촌스럽게. 실연당한 여자 첨 봐요?"

흥! 그녀는 허리를 펴고 걸어 나갔다. 또각또각 구두 굽 소리가 도도하게 울렸다.

나는 엠마다. 나는 이깟 일로 주저앉지 않는다. 되뇌던 그녀는 갑자기 송 대리를 떠올렸다.

이런 꿀꿀한 기분을 풀어 주는 건 그 남자가 참 잘하던데. 동병상련이라 그런가. 왜 갑자기 보고 싶냐. 같이 술이나 한잔할까나…….

엠마는 무심한 얼굴로 전화기를 껐다.

솔은 헐레벌떡 약국으로 뛰어 들어왔다.

"청심환! 우황청심환 주세요."

약사가 내미는 약을 계산도 않고 냉큼 꺼내 먹었다. 꼭꼭 씹으며 길게 숨을 내쉬고 들이마시길 반복했다.

처음 만나는 것도 아닌데 왜 이렇게 떨리는지 모르겠다. 아니, 갈 데까지 간 사이에 왜 이렇게 심장이 쿵쾅거리는지 모르겠다.

진정이 안 될 만큼 긴장이 되는데도 자꾸 웃음만 나는 것이 딱 미친 게 아닌가 싶다.

이상하게 쳐다보는 약사를 향해 아낌없는 웃음을 날려 줄 만큼 행복했다.

과부하에 걸린 심장은 청심환 때문인지 한결 진정이 되는 기분이었다.

그와 만나기로 한 카페의 화장실에서 야구 모자를 벗고 정돈되지 않은 머리를 요리조리 예쁘게 묶어 보았다.

이럴 줄 알았으면 머리라도 감고 나올걸. 갑작스러운 만남에 구질구질한 복장과 맨얼굴이 신경 쓰인다. 지갑만 덜렁 가지고 온 탓에 립스틱 하나 없는 것이 아쉽기만 했다.

그런데도 왜 이리 예뻐 보이나? 솔은 눈을 깜빡였다.

거울에 비친 제 얼굴은 충분히 반짝거렸다. 홍조 띤 볼과 초롱초롱한 두 눈. 이미 기대에 부푼 음흉스러운 입술.

어구, 예뻐라, 예뻐. 됐어.

감탄을 마친 솔은 카페 자리로 가 앉았다. 얼음이 녹아 물기가 흥건한 아이스 커피 잔을 들어 볼에 대었다. 얼얼할 만큼 차가워서 그제야 정신이 조금 돌아왔다.

그런데 내가 뭐라고 했더라?

– 불건전하게 만나겠어!

미친 거니? 왜 쓸데없이 정직한 거야!

또다시 뺨이 화르르 타올랐다. 아, 난 왜 밀당이란 것을 못 하는 거지. 너무 밝혔나? 그런 뜻은 맞지만, 아니라고 생각해 주면 좋겠는데…….

심각하게 고민에 빠졌다가 또 뭐가 좋다고 히죽히죽 웃었다. 확실히 제정신은 아니었다.

하지만 웃음이 나는 걸 어쩌냐고.

"어뜩해……. 아우, 어떡해."

결국, 찬바람이 필요하다고 판단한 솔은 카페 밖으로 나왔다.

어제와 같은 하늘, 같은 공기인데도 세상이 무지개색으로 보였다. 익숙한 동네마저 감탄스러울 만큼 아름다워 보였다.

"아……."

멀리서 이곳으로 향하는 주혁이 보였다. 급한 걸음이었다. 가슴이 벅찼다. 오가는 다른 사람들보다 한 뼘은 큰 키, 너무나도 준수한 얼굴, 바람직한 남자 친구의 정석인 모습.

내 애인이야. 솔은 새삼스레 부끄러워져 발끝으로 땅을 툭툭 차기 시작했다.

오늘부터는 내 남자야. 내 남자…….

아스팔트 갈라진 틈에 박힌 작은 돌멩이들이 발길에 채어 이리저리 튀었다. 그녀의 마음처럼.

"왜 나와 있어. 찬바람 맞게."

가쁜 숨이 섞인 목소리가 짜릿하게 파고들었다.

"그냥……."

조금이라도 빨리 보고 싶었다는 말까지는 차마 할 수가 없었다. 눈을 보는 것도 힘들 만큼 부끄러워 솔은 고개를 푹 숙였다.

정신 사납게 발로 땅만 쳐 대는 그녀의 어깨를 주혁이 잡았다. 허리를 접어 그녀의 눈과 높이를 맞춘 그의 눈에도 흥분과 웃음이 묻어 있었다.

"나 좀 봐."

배슬배슬 웃음도 나고 민망하기도 했다. 솔은 아주 작게 물었다.

"뛰어왔어?"

"빨리 보고 싶어서."

주혁은 가만히 솔을 끌어안았다. 솔은 그대로 그의 품에 얼굴을 묻고 그의 허리에 손을 둘렀다.

"빨리 안고 싶어서."

"……."

"마음이 바뀔까 봐."

잘생긴 입술로 어떻게 저런 예쁜 말만 할까. 그녀는 눈만 껌뻑였다. 머리 위로 쏟아지는 그의 숨결이 낮 뜨겁게 숨찼다.

"이제, 뭐 하고 놀까."

주혁은 장난기 어린 목소리로 물었다.

불건전하게 노는 걸 말하는 걸까. 제풀에 찔린 솔은 눈을 굴렸다.

"그냥, 얼굴 봤으니까……. 피곤할 텐데 오늘은 그냥 쉬든가."

말해 놓고 보니 이상했다. 그런 뜻이 아니었는데 뭔가 마구 찔렸다. 솔은 얼굴을 그의 가슴으로 한층 더 깊게 묻었다. 넓은 가슴이 웃음으로 들썩였다.

"불건전하게 쉬는 거야?"

기어이 저 말을 꺼내네. 솔은 더듬거렸다.

"아니, 그, 그게 쉬자는 말은 정말로 말 그대로, 집에 가서……."

"생각한 거 없으면 내가 정해도 되지?"

주혁은 은밀한 미소가 걸려 있는 입으로 말했다.

"나만 믿어. 지금부터 우린 싯구금으로 놀 거니까."

내가 오늘 무슨 속옷을 입었더라?

주혁의 손에 끌려 걸어가는 솔이 마지막으로 한 생각이었다.

성인인 연인 사이에만 가능한 이것.

감히 친구와도, 혼자서도 볼 수 없었던 야릇하고 뜨끈뜨끈한 에로영화. 절대 건전할 수 없는 짜릿짜릿 19금 성인 영화.

그래, 이것이 어른의 데이트다.

매표소에 서 있는 주혁을 보며 솔은 만족스럽게 웃었다.

마음에 든다. 충분히 어른스럽고 바람직한 데이트다. 넓은 주혁의 등짝이 좋은 건지, 경악스러울 만큼 핫하다는 이 영화를 남친과 단둘이 본다는 것이 좋은 건지는 모르겠지만, 솔은 마냥 흐뭇했다.

그가 서두르지 않아서 좋았다. 처음부터 그들은 많은 과정을 생략했고, 그 관계는 목구멍에 달라붙은 떡처럼 그녀에겐 답답하고 애매하게 걸려 있었다.

행여나 그가 여전히 그런 관계만을 원할까 봐 마음에 걸렸었다. 팔팔한 20대 청년에게 첫 경험이라는 불을 질러 놓고는 정석대로의 연애를 기대하는 것이 오히려 뻔뻔한 게 아닐까 하는 불안함이 있었다. 하지만 차를 몰고 극장에 오기까지 주혁은 그녀의 손도 잡지 않았다.

정신 사납게 땅을 차 대는 그녀를 안아 줬을 때 열기는 분명 뜨거웠는데, 주혁은 지극히 예의 바른 태도로 그녀를 대했다.

그렇다고 완전히 건전한 건 아니잖아?

솔은 음흉하게 웃었다.

이런 영화를, 남자와 심야에 단둘이 보다니!

세상에…… 너무너무 마음에 들어.

이런 영화를 보면서 손조차 잡지 않는다는 건 에로영화에 대한 예의가 아니다.

"들어가요."

앞장서 걷는 주혁을 따라가며 솔은 그의 손을 탐욕스럽게 주시했다. 둘러보니 심야의 관객은 대부분 커플이었고, 그들 모두 손을 잡거나, 허리를 감싸고 있거나 팔짱을 끼고 있었다. 멀뚱히 떨어져 걷는 건 주혁과 솔뿐.

내가 먼저 잡을까? 솔은 고개를 숙이고 궁리했다. 일단, 이곳은 연인이라는 새로운 관계로 온 거니까, 내가 먼저 팔짱이라도…….

고개를 푹 숙인 채 솔은 주혁을 따라잡았다. 슬쩍 그의 옷깃을 잡아당겼다.

"같이 가."

수줍게 눈을 올려 보니 모르는 남자였다. 그 옆에 노려보던 여자가 이내 성난 눈을 자신의 남자에게로 돌렸다.

"죄송합니다."

넙죽 인사하고 돌아보니 주혁이 지켜보고 있었다.

"역시, 눈을 떼면 안 되겠네."

주혁은 웃으며 그녀의 손을 잡았다. 길고 단단한 손가락이 애무하듯 마디마디 얽히며 깍지를 꼈다.

"앞으로 다른 곳 보지 말고 나만 봐."

타박 같지 않은 타박조차 설렌다. 그저 손을 잡고 같은 속도로 걷는 것뿐인데도 가슴이 터질 것처럼 행복했다. 같이 있는 것만으로도 충분한데 뭘 상상하고 기대하는 거야. 음란 박솔아.

가만히 미소 짓는 그를 보며 솔도 미소 지었다.

❋

"정말 사귀는 사이가 맞네."

조금 떨어진 곳에 서 있던 두 여자 중 키가 작은 여자, 가영이 중얼거렸다.

"그때 파티에서 대충 쇼한 줄 알았는데. 박솔, 저거 제법이네. 주제에 저런 남자는 어떻게 꼬셨대? 웃긴다, 그지?"

민지는 대답하지 않았다. 그녀는 태워 죽일 듯한 눈초리로 솔과 주혁의 뒷모습을 쏘아보고 있었다. 뻘쭘해진 가영이 별일 아니라는 듯 큰 소리로 비웃었다.

"하긴 얼마나 가겠니. 솔이 알잖아. 남자한테 맨날 차이는 거."

민지는 가영의 말을 무시했다. 앞에서는 입안의 사탕처럼 굴다가도 뒤편에선 온갖 험담을 하는 가영을 친구라고 여긴 적도 없었다. 그런데도 그녀와 영화관에 온 건 어디라도 나가 놀라는 엄마의 잔소리가 지긋지긋했기 때문이었다.

가영은 걱정하는 듯한 표정을 뒤집어쓰고는 슬쩍 물었다.

"진수는 아직도 연락이 안 돼?"

민지의 사나운 눈빛이 단박에 가영에게로 향했다. 귀찮아서 몇 번 상대해 줬더니 꼴에 친구라고 믿고 주제넘게 행동한다. 걱정이 아니라 가십거리로 퍼트릴 얘깃거리나 기대하는 주제에. 섬뜩한 민지의 기운에 가영이 어깨를 움츠렸다.

"진수 얘기 꺼내지 말랬지."

"아, 미안. 나는 걱정돼서……."

멋대로 파혼을 선언한 진수는 민지의 전화마저 차단했다. 크게 신경 쓰지는 않았다. 진수와는 헤어지고 만나기를 반복한 사이였기 때문이다.

연인으로 10년을 넘게 지내 온 동안 열 번도 넘게 헤어졌었다. 우습게도 '이별'이란 말은 항상 진수의 입에서 나왔었다. 결국에 절절하게 용서를 빌고 돌아오는 것도 진수였다.

그는 버릇처럼 헤어짐을 통보했을 뿐이니 이번에도 돌아올 거라고 생각했다.

진수가 자신의 배경을 쉽게 포기하지 못할 거라는 걸 알고 있었다. 그의 부모님 회사, 그의 직장, 모든 것은 민지의 손에 달렸다고 해도 과언이 아니었고, 그 사실을 누구보다 진수가 잘 알고 있다.

그건 진수를 붙잡을 수 있는 무기이기도 했지만, 민지를 외롭게 하는 이유이기도 했다. 진실로 사랑받는다고 느낀 적은 한 번도 없었다. 그를 갖기 위해 온갖 추문을 견뎠던 결과치고 그녀는 행복한 적이 없었다.

그래도 민지는 후회하지 않았다. 그만큼 진수를 사랑했다. 그리고 후회를 하는 순간 박솔에게 지는 거라고 생각했다.

박솔. 네가 뭔데. 네가 뭐라고…….

민지는 이미 사라진 솔의 흔적을 찾듯 시선을 돌렸다. 부들부들 어깨가 떨렸다.

이따금 쓸쓸해 보이던 진수의 눈동자에서 진드기처럼 남아 있는 솔의 흔적이 끔찍했었다. 상대할 가치가 없다고 여기면서도 굳이 솔과 비슷한 직업을 갖고 사사건건 그녀를 억누르려고 애를 쓴 이유도 그것이었다. 결국, 자신의 입김으로 솔은 첫 직장에서 쫓겨나듯 퇴사했고 그다음 회사에서도 적응하지 못했다. 그런데도 민지는 만족할 수가 없었다. 진정으로 솔을 이긴 것 같은 느낌을 받은 적이 없었으니까.

그러니 진수와 결혼해 잘 사는 것만이 박솔을 이기는 일이라고 생각했다. 손가락질하는 친구들에게 진수가 진짜 사랑한 건 자신이란 걸 알려 주고 싶었다.

하지만 진수는 그런 민지가 넌더리 난다며 소리를 질렀다.

— 박솔! 박솔! 지겹다, 정말. 내가 아니라 네가 솔을 사랑한 거 아냐? 매번 솔이 얘기를 꺼내는 건 너야. 그래, 너 때문에 더 못 잊겠더라. 매번 상기시키니 그립기까지 하던걸. 다시 보니까 눈이 확 돌아갔어! 그러니까 이제라도 잘해 보려고. 됐냐!

그 파티 이후, 싹싹 비는 대신 그는 치를 떨며 떠났다. 그 대신 그녀 앞에 무릎을 꿇고 용서를 빌던 건 진수의 부모님이었다.

가만두지 않겠다며 펄펄 뛰는 부모님을 달랜 것도, 눈물로 용서를 구걸하던 그의 부모님을 내치지 않은 것도 그가 돌아올 것이라 믿었기 때문이었다.

정작 진수는 요지부동이었다. 민지의 큰아버지 밑에서 일했던 그는 차근차근 주변을 정리하는 분위기였다.

마침내 민지는 진수가 자신을 진짜로 떠났음을 깨달았다. 참을 수 없는 모욕이었고 치욕이었다.

그 파티에 박솔, 네가 나타나지만 않았더라면……

민지는 자신이 박솔을 초대한 사실은 망각하고 모든 원망을 솔에게 쏟아붓고 있었다.

제임스라는 남자와 솔은 누가 봐도 단단히 사랑에 빠진 연인이었다. 그 둘은 서로에게서 눈도 떼지 못했다.

그래, 모두가 너만 좋아했지. 네 그림만 최고라고 난리였지. 친구도, 선생님도, 짝사랑하던 진수까지.

모두가 솔의 그림을 좋아하고, 솔의 웃음을 좋아했다. 모든 사람의 호감을 챙긴 주제에 얌전한 척, 모르는 척, 불쌍한 척 질질 흘리고 다니며 사람들을 홀리는 그녀가 싫다.

그래서 그녀의 그림을 따라 그리고, 비슷한 직업을 가지면서까지 안간힘을 썼다. 그렇게 닮은 모습을 보여서라도 진수의 사랑을 받고 싶었다.

민지는 부들부들 떨었다.

박솔, 날 보는 네 눈빛이 경멸이었다는 걸 내가 모를 줄 알았니? 그런데 너만 행복하겠다고? 절대 그 꼴은 못 보지. 내 결혼은 너 때문에 박살 났는데. 날 이런 웃음거리로 만들고 너는 뭔데 행복해!

가만두지 않을 거야. 민지는 보기 흉하게 입술을 물어뜯다가 몸을 획 돌렸다.

"어디 가? 영화 시작할 시간이 다 됐는데?"

가영이 종종 쫓아왔다.

"기분 잡쳤어. 클럽이나 가자."

"야, 기분 풀어. 그래도 진수가 솔이랑 다시 만나는 건 아니잖아."

주제를 모르는 것들은 이래서 싫다. 아빠의 부하 직원으로 있는 제 아버지를 생각한다면 이따위로 생각 없이 굴면 안 될 텐데. 머리가 나쁘면 입이라도 닥치든가.

민지는 싸늘하게 가영을 노려보았다.

"한 번만 더 진수랑 솔이랑 엮어서 말해 봐."

"아니, 나는⋯⋯."

"내려가서 시동 걸어 놔."

찍소리 못 하고 키를 들고 사라지는 가영을 본체만체, 민지는 전화기를 들었다. 사나웠던 목소리는 상대가 전화를 받자 간지럽게 변했다.

"네, 큰아버지. 저 민지예요. 너무 늦은 시간에 전화했죠⋯⋯."

제임스 한의 회사에 투자자로 참여한 큰아버지 강 회장이었다.

❀

집 앞에 주차한 차 안에서 솔은 눈을 부릅뜨며 고개를 흔들었다.

왜 이리 졸음이 쏟아지는지. 3박 4일 잠도 안 자고 밥도 안 먹고 주혁의 얼굴만 봐도 쌩쌩할 것 같은 마음과 다르게 영화 시작도 전에 그녀는 잠이 들어 버렸다.

죽은 사랑도 살려 낸다는 핫한 영화의 한 장면도 보지 못하고, 새로 생긴 남자 친구 옆에서 입을 벌리고 자다니⋯⋯.

영화가 끝난 후 그녀를 가만히 보던 주혁의 표정이 무거워 보였던 건 그 때문이었나. 꿈이었을까. 어쩐지 복잡해 보이던 눈빛이 마음에 걸렸다.

그래 놓고도 차에 타서는 또다시 꾸벅꾸벅 졸았다. 사랑을 해도 졸음을 참을 수 없다는 것이 신기할 지경이었다.

그녀는 목소리를 다듬고 전혀 피곤하지 않은 척 물었다.

"오늘도 호텔로 갈 거야?"

"당분간은. 아무래도 동선이 그게 편하니까."

아쉬운 티를 내지 않으려 솔은 애써 미소를 지었다. 주혁과 조금이라도 더 같이 있고 싶은데, 이상하게도 할 말이 생각나지 않았다. 입만 달싹거리다 결국 솔은 조용해졌다.

빤히 보는 주혁의 노골적인 시선이 어색했기 때문이기도 했다. 주혁이 손을 뻗어 왔을 때 순간적으로 움찔한 것은 그 긴장감 때문이었다.

주혁의 표정이 묘해졌고, 단순히 흐트러진 머리를 넘겨주려던 행동임을 깨달은 솔은 계면쩍게 웃었다. 주혁도 그녀를 따라 웃었다.

"걱정하지 마."

"뭘?"

"멋대로 손대지 않을 거니까."

"……."

"천천히 하자. 처음 만난 거처럼."

처음 만난 게 아니니 굳이 그럴 필요는 없는데. 조심스러운 그의 태도가 마냥 좋지도 않은 걸 보면 자신이 원하는 건 이게 아닌 것 같기도 하고.

뭐든, 연애의 시작은 남자가 여자보다 더 적극적이라던데, 얘는 뭐가 이리 느긋하나 생각하면서도.

"고마워."

자신을 배려하는 그의 마음을 모르지는 않았다.

"들어가. 이따가 전화할게."

헤어지기 싫은데 왜 자꾸 들여보내려고 하나. 흘깃 그의 눈치를 보던 솔은 아무 말이나 떠들기 시작했다.

"근데, 이 차 굉장히 좋다. 이런 건 비싸지? 너 진짜 돈 많구나! 나중에 돈 필요하면 너한테 빌리면 되겠다."

이거야 뭐, 꽃뱀도 아니고……. 자꾸 말이 헛 나왔다. 하하 웃으며 수습을 해 보려 해도 창피하기만 했다. 주혁은 진지하게 되물었다.

"돈이 필요해? 얼마나?"

"아냐, 아냐. 웃자고 하는 소리야. 그냥 어색해서……."

솔은 얼른 손사래를 쳤다.

"어색해?"

미묘하게 굳어진 주혁을 보자 점점 더 뻘쭘하고, 화끈거렸다.

주혁의 마음은 끝도 없이 복잡했다. 그녀를 만나러 오는 길은 멀었다. 차 안에서도 마음이 먼저 달렸다. 이 얼굴을 빨리 보고 싶어 미치는 줄 알았다. 보기만 해도 좋을 것 같더니 이제는 만지고 싶어 참기 힘들다.

하지만 자신의 손길에 움찔하는 솔을 보자 마음이 편치 않았다. 그는 마음이 아픈 것도 같고 찡하기도 하고 벅차기도 하고 뒤죽박죽이 됐다. 흥신소 직원을 통해 그녀의 과거를 훔쳐보던 순간부터 그랬다. 생기 잃은 표정의 작은 소녀가 머리에서 떠나지 않았다.

널 이렇게 만든 게 뭐냐고. 나에게 말해 주면 안 되겠냐고. 급한 마음을 또다시 사납게 표현하게 될까 봐 그는 두려웠다.

솔은 무릎 위 가지런히 모은 손을 보고만 있었다. 그녀의 불안함이 느껴졌다. 편하게 들어가 쉬라는 말에도 쉽게 일어나지 못하는 그녀를 위해 주혁이 어렵게 입을 열었다.

"들어가요."

내가 약속을 지키지 못하고, 또 제멋대로 너를 안기 전에.

솔은 주저하다 살짝 미소 지었다.

"조금만 더 같이 있고 싶은데……."

솔직한 그녀의 말에 그의 심장박동수가 순식간에 치솟았다.

"안아도 돼?"

결국, 묻고야 말았다.

"뭐, 사귀는 사이니까 굳이 묻지 않아도 되지 않을까?"

세상 가장 진지한 얼굴로 대답을 하는 모습이 예쁘다. 주혁은 가만히 그녀를 안았다.

솔은 품 안에 들어오면 파고드는 버릇이 있었다. 더 깊이 들어오고 싶은 것처럼 연신 그의 품에 파고들었다. 그 몸짓은 그를 뿌듯하게 만들었다.

하얀 목덜미에 얼굴을 묻고 주혁은 숨을 들이마셨다. 그녀의 체취가 좋다. 모두 빨아들일 수만 있다면 좋을 텐데.

처음부터 이렇게 만날 것을. 부질없는 후회만 늘었다. 주혁은 지금이라도 자신을 허락해 준 그녀가 고마웠다.

"매번 물어볼 필요는 없어."

솔이 작게 속삭일 때 가슴에 그녀의 숨결이 스며들어 심장까지 적셨다.

"우린 이제 사귀는 거잖아. 그러니까 매번 허락받을 필요……."

주혁은 솔을 확 당겨 그대로 입을 맞추었다. 작게 움찔거리던 솔은 이내 눈을 감고 그의 목에 손을 감았다. 말캉한 입술을 깊게 빨아들이며 주혁도 눈을 감았다.

그의 가슴이 떨렸다. 언제 너와 키스를 했었나. 기억도 나지 않은 오래전 꿈인 것만 같았다. 익숙하면서도 처음인 듯, 그녀의 촉감은 그를 강하게 흥분시켰다.

자신만큼 솔의 숨이 가쁘다는 것이 이토록 안심될 수가 없었다. 적어도 그녀가 자신을 원한다는 건 확신할 수가 있으니까.

그러니 지금은 키스만으로 만족할 수 있다. 몇 날 며칠 그녀의 입술만 물고 빨아도 질리지 않을 것 같았다. 하지만 의지를 배반한 주혁의 손은 솔의 티셔츠 안으로 들어가 브래지어를 헤집고 파고들었다. 부드러운 가슴의 감촉은 늘 그랬듯 아찔했다. 주혁은 조금 더 그녀를 바짝 당겨 안았다. 나긋한 허리가 밀착되고 그의 손안에 가슴이 뭉개졌다. 동그란 유두가 조금씩 딱딱해지고 있었다.

주혁은 갑작스레 키스를 멈췄다. 그리고 깨달았다. 키스만으로는 절대 만족할 수가 없었다. 그의 손에 쥐어진 가슴은 응당 그의 입술도 맛보아야 한다. 열기가 훅 오르며 머리가 어찔했다.

"흐음……."

솔은 보채는 아이처럼 바짝 몸을 붙여 왔다. 눈을 꼭 감고 쌕쌕 숨을 몰아쉬는 모습이 지독하게 선정적이었다. 하지만 주혁은 가슴이 철렁 내려앉았다.

그녀의 눈가에 맺힌 눈물을 보았기 때문이다. 무서울 것 없던 그는 이제 솔의 눈물에도 겁먹는 겁쟁이가 된 듯했다.

왜? 소리 없이 물으니 그녀가 다시 그의 가슴에 얼굴을 묻었다.

"너무 좋아서."

하……. 이 여자는 정말 이상하다. 밀어내다가도, 숨다가도, 도망치면서도 불시에 심장을 폭격하는 재주를 가졌다. 그조차 낯을 붉힐 만큼 솔직한 표현은 오히려 먹먹했다.

이런 그녀가 숨기고 싶은 거라면…….

주혁은 더는 알아내지 않아도 좋다고 생각했다. 헤집어 아프게만 할 상처라면, 그녀가 원하지 않는다면 미리 안달 내며 알아내지 않겠다고.

"난 기억력이 안 좋나 봐……."

솔이 웅얼거렸다.

"왜 너와 키스할 때마다 처음인 거 같지? 매번 낯설어. 손은 어디에 두어야 할지, 고개는 어떻게 했었는지 기억이 안 나. 처음처럼 떨려."

그녀를 따라 주혁도 자못 심각하게 물었다.

"그거 큰일인데."

"……."

"매일 상기시켜 줘야겠네."

"아무래도……."

솔은 고개를 들었다. 장난기 들어간 눈빛이 반짝였다.

"그게 좋겠지? 기억을 하고 있어야 발전도 있을 거니까 말이야. 매일 하면 되겠다."

뻔뻔스럽게 말해 놓고는 그녀는 어깨를 들썩이며 웃었다. 그 반동에 그의 심장도 일렁였다. 주혁은 그녀의 코를 살짝 잡고 흔들었다. 그도 웃고 있었지만, 눈빛만은 진지했다.

"오늘은 그만해, 예쁜 짓. 나 더 나쁜 짓 하기 전에."

"치."

그는 말과 다르게 갑자기 그녀를 당겨 꼭 안았다. 그리고 속삭였다.

"잘해 줄 거야."

뜬금없는 다짐이었다.

"내가 정말 잘할게. 다른 생각 안 나도록."

왠지 위로를 해 줘야 할 것 같은 음성이어서 솔은 조금 당황했다. 뭐라고 대답을 해야 할지 망설였지만, 솔도 곧 진지하게 답했다.

"나도, 나도 잘해 줄게."

"……."

"축하해."

솔은 위로하듯 그의 등을 토닥였다.

"이렇게 예쁜 여자 친구가 생겨서."

주혁이 환하게 웃었다. 솔은 가슴이 뿌듯해졌다. 다시 키스가 시작되었을 때 솔은 그런 생각을 했다. 키스만 계속하고 살래도 살 수 있을 거 같다는. 물론, 당분간은.

솔은 이불을 뒤집어쓴 채 소곤거렸다.

"나…… 남자 친구 생겼다."

[뭣!]

보지 않아도 혜주의 얼굴이 그려졌다. 눈은 휘둥그레, 콧구멍도 커지고 숨을 몰아쉬겠지. 말도 제대로 못 하고 연신 '어머, 어머! 누구? 누구?'만 내뱉고 있는 혜주를 위해 솔은 대단한 비밀을 털어놓듯 다시 한번 속삭였다.

"나, 주혁이랑 사귄다!"

그러고는 이불을 뻥뻥 차기 시작했다. 깔깔깔 방정맞은 웃음소리가 사정없이 터졌다. 전화기로 듣고 있을 혜주가 기가 차거나 말거나, 자고 있을 찬이 깨거나 말거나. 거의 굴러떨어지기 직전까지 깔깔대며 허우적대던 솔이 콜록거리기 시작했다.

[이런 미친……! 숨넘어가겠다. 한빈 씨 만난다고 가서는 주혁이랑 사귄다고? 뭔 소리야 당최!]

큼. 그제야 솔의 얼굴이 머쓱해졌다. 불쌍한 강한빈을 또 잊었다.

[안 그래도 한빈 씨가 넋 나간 사람처럼 비실비실 가길래 충격이 컸나 보다 했지. 아예 바람맞힌 거야?]

"아냐. 만나서 거절했어."

알아듣긴 했는지 모르겠지만…….

살짝 말을 흐리는 솔의 귀에 쩌렁쩌렁한 목소리가 사정없이 쏟아졌다.

[미쳐, 미쳐! 너 때문에 못 살겠다. 남녀 사이 정말 한 치 앞도 모른다고 하더니, 주혁이 놈, 이중인격 미친놈이라고 침을 튀기며 욕할 때가 엊그젠데. 말해 봐! 누가 먼저 사귀자고 한 거야?!]

이게 어디서 주혁이한테 이놈, 저놈 하는 거야?

전화기에 눈을 흘기고는 솔은 한껏 뻐겼다.

"중요한 건 이제, 내가 연애를 한다는 거지. 한주혁이랑."

솔은 자신에게 이런 시간이 정말로 필요했다는 것을 깨달았다. 누구에게든 자랑하고 싶고, 말하고 싶어서 속이 터지기 직전이었다는 걸.

혜주의 반응은 그녀를 만족시키기에 충분할 만큼 엄청났다. 마치 자신이 연애를 시작하는 사람처럼 흥분했다. 숨까지 헐떡이며 혜주는 채근했다.

[어우, 이것아. 자세히 좀 말해 봐. 어쩌다가 그렇게 된 건데? 하나도 빼지 말고 당장 말해. 아님, 나 오늘 잠 못 자.]

19.

　연애를 시작하면 아침부터 분주해진다.

　샤워 시간도 길어지고, 옷장의 옷들을 한 번씩 입어 봐야 했으며, 화장도 몇 번이나 고쳐야 한다. 비록 약속이 없는 날이라도 불시에 마주칠 때를 대비해 최고로 예쁜 모습을 갖추고 싶었다.

　그게 연애의 예의지.

　하지만 옷들은 하나같이 구질구질한 것 같고, 열심히 찍어 발라도 도무지 예뻐 보이지 않는 것이 문제였다.

　나는 뭐 이따위로 생겼을까. 내 남자 친구는 넘사벽의 외모를 자랑하는데.

　거울 속 불편한 생김새를 노려보다가 결국 다른 날보다 출근 준비가 늦어 버린 솔은 서둘렀다.

　입술이 아리도록 키스만 하다 헤어진 첫 데이트 이후 너무도 바빠진 주혁 때문에 제대로 된 데이트를 못 했다. 수시로 주고받는 문자의 내용이 달콤해진 것과 잠들기 전까지 하는 전화 통화가 달라진 것의 전부였다.

하지만 그것만으로도 못 견디게 설레는 나날이었다. 이렇게 행복해도 되나, 조금은 두렵기까지 할 정도로.

솔은 신을 신으며 머리를 굴렸다.

런칭 설명회가 다음 주로 다가왔고 그 이후엔 한가할 거라고 했으니.

여행이라도 가자고 할까? 단둘이 3박 4일 정도? 생각만으로도 좋아서 몸서리치는 그녀 곁으로 어느새 찬이 다가와 있었다.

"춥냐? 왜 몸을 떨어?"

어색하게 말을 붙이는 찬의 눈빛이 진지했다. 아버지의 방문 이후 묘하게 솔을 피하던 찬이었다.

"시간 있으면 나랑 얘기 좀 해."

"출근해야 하는데, 나중에 하면 안 돼?"

"그럼 오늘 일찍 올 수 있어? 아니면 밖에서 저녁 같이 먹을래?"

"미쳤냐? 이 아름다운 날에 내가 왜 동생이랑 밖에서……."

문득 솔은 말을 멈췄다. 못된 말이 쏙 들어갔다.

요놈, 요놈. 요 이쁜 놈.

저런 바람직한 친구를 내 앞에 데려다 놓은 착한 뚜쟁이 같은 놈.

얼마 전까지 주혁과 만나게 된 원인인 찬을 원망하던 것을 까맣게 잊고는 솔은 까치발로 서서 동생의 뺨을 잡아 흔들기 시작했다.

"이쁜 것! 알았쪄! 누나가 일찍 올게. 뭐 먹고 싶은 거 있어? 삼겹살 사 올까?"

"왜, 왜 이래? 무섭잖아!"

찬은 질겁하며 뒤로 물러났지만, 연애로 인해 너그러워진 솔은 관대하게 웃어넘겼다.

"예뻐서 그러지. 아무튼, 이따 봐. 좋은 하루 보내고!"

헤프게 웃음을 뿌리며 나간 솔의 뒤에서 찬이 멍한 표정으로 서 있었다. 닫힌 현관문 밖에서 솔의 노랫소리가 들렸다.

좋은 일이 있나?

찬도 슬그머니 미소 지었다. 솔의 웃는 모습에 답답한 마음이 조금은 풀리는 느낌이었다.

그녀의 웃음이 눈물만큼이나 믿을 수 없다는 것은 찬은 누구보다 잘 알고 있었다. 아프고 슬플 때면 유독 웃음이 많아지던 누나니까.

하지만, 그저 다른 사람에게 보이기 위한 포장된 웃음이라고 해도 찬은 솔이 웃기를 바랐다.

우는 것도, 웃는 것도 조절할 줄 아는 누나이니 어쩌면 그 모든 것이 가면일지는 몰라도.

그러니까, 어차피 보여 주기 위한 거짓이라면 우는 얼굴보다 웃는 얼굴로 살아가길 찬은 간절히 원했다.

❋

김 부장은 옥상정원 구석 난간에 기대 하늘을 보고 있었다.

"저 부르셨어요?"

다가가서 말을 걸자 고개도 돌리지 않은 채로 김 부장이 중얼거렸다.

"하늘 좀 봐라. 정말 파랗지?"

그의 말대로 선명한 하늘색은 오늘따라 유독 아름다웠다. 그들은 잠시 말없이 서 있었다.

구름이 흘러가고 선선한 바람이 머리를 날렸다. 점심시간을 지나

인적 없는 옥상정원은 평화로워서 마음마저 차분해지는 느낌이었
다.

"나, 집 내놨다."

김 부장이 불쑥 말했다. 솔이 놀라는 걸 느꼈는지 그는 멋쩍게 웃
었다. 눈가의 주름이 자글자글 깊어져 유독 나이보다 더 늙어 보였
다.

솔의 첫 회사 협력업체 직원이었던 김 부장과의 인연은 나름 깊
었다.

연달아 직장을 잃고 시름에 빠진 솔에게 먼저 손을 내밀어 준 것
도 김 부장이었다. 친했던 동료들마저도 외면했을 때 끝까지 그녀를
믿어 준 고마운 사람이기도 했다.

그때는 이렇게 이마가 훤하지 않으셨는데…….

문득 얼마 남지 않은 김 부장의 머리카락이 눈에 띄어 솔의 코끝
이 시큼해졌다.

"혼자 살기엔 너무 컸지. 1년만 있다 오겠다, 3년만 버티다 온
다……. 와이프가 귀국을 미루는 이유가 그곳에 눌러앉고 싶어서라
는 걸 알면서도, 그래도 혹시 가족이 들어왔을 때 집 하나는 있어야
하지 않나 싶어서 내가 욕심을 부렸네."

"그런데 갑자기 왜요?"

"큰아이가 결국 그곳 대학에 진학하기로 한 모양이야. 그러니 다
정리하고 나더러 들어오라고 성화야."

"……."

"하지만 내가 거기서 뭘 하겠어? 이곳에서 조금이라도 돈 벌어서
보내는 게 그나마 가장으로서의 도리지. 당장은 능력이 안 되니까
집 정리한 돈이라도 보내려고."

김 부장은 얼마 남지도 않은 머리를 괜히 쓸어넘겼다. 훤하게 드러난 앞이마에 그의 손자국이 붉게 새겨졌다가 사라졌다.

"그리고 사표도 냈어. 솔이 씨한테 면목이 없어서 이제 말하네."

"저한테 왜 면목이 없어요."

"그렇잖아. 솔이 씨 덕분에 좋은 회사 들어왔는데, 밀린 월급만 챙겨 나가는 꼴이잖아. 먹튀 같아서 마음이 안 좋아."

"왜 그런 말씀을 하세요. 그건 우리가 일하고 못 받은 돈인데 왜 먹튀예요."

"어쨌든 여기는 내가 있을 곳은 아니야. 최 사장 알지? 인쇄소 사장 말이야. 이번에 확장하면서 일손이 모자라는가 봐. 어찌나 도와 달라고 조르는지. 거기서는 나도 월급 몫은 할 수 있잖아."

솔은 울컥한 감정을 숨기려 고개를 돌렸다. 겉으로는 김 부장에게 버릇없이 굴고, 김 부장도 살갑게 대해 주진 않았지만 그만큼 서로를 잘 알기에 가능했던 그녀만의 애교였고, 친밀함의 표시였다.

자신에게 큰 의지가 되는 김 부장이 떠난다는 건 그녀에게도 쉽지 않은 이별이었다. 하지만 솔은 김 부장을 향해 슬그머니 엄지를 들어 주었다.

"역시 우리 부장님, 능력 있으시다니까."

"그렇게 생각해?"

김 부장의 얼굴이 단숨에 밝아지는 걸 보며 솔도 따라 웃었다.

"당연하죠. 스카우트 되는 건데요. 대단하세요."

"내가 다른 건 몰라도 인쇄 쪽은 꽉 잡고 있잖아."

"알아요. 그쪽 분야에선 부장님이 최고죠."

안도하는 그를 보니 말은 안 했어도 솔에게 퍽 부담감을 가졌던 모양이었다.

"여긴 월급도 많고, 좋은 회사이긴 한데……."

김 부장은 말끝을 흐렸다.

"언제 우리가 돈 보고 일했다고요. 돈보다 부장님 마음이 편해야 좋은 회사죠. 아, 그나저나 최 사장님, 섭섭하다. 왜 나는 안 부르는 거지?"

김 부장은 그제야 허허 웃었다. 그리고 마음속에만 담았던 말들을 주섬주섬 꺼내 놓았다.

아무리 젊은 회사라지만 새파란 것들이 김한길 씨라고 부르는 건 참지 못하겠다고. 자신도 어쩔 수 없는 꼰대 마인드가 있는 모양이라고.

그래도 덕분에 이런 회사가 있고, 이런 사업이란 게 있다는 것을 알게 되어서 재미있었다며 기분 좋게 웃었다. 모처럼 김 부장의 밝은 모습에 솔도 좋았다.

김 부장이 그 말을 꺼내기 전까지는.

"나는 솔이 씨가 걱정이야."

"제가 왜요? 저 일도 잘하고 적응도 잘하고 있는데?"

"잘하는 거야 알지. 우리 솔이 씨가 누구보다 착한 것도 나는 다 알고."

김 부장은 조심스럽게 솔을 바라보았다.

"하지만 그 일이 있고 난 뒤로 직원들이 솔이 씨를 대하는 눈초리도 마음에 걸리고, 무엇보다 말이야……."

주혁과의 관계를 알고 있음을 넌지시 드러내며 김 부장은 걱정스러운 눈빛이 되었다.

"우리 솔이 씨는 이곳이 좋은가?"

간단한 질문이었는데도 솔은 순간 말문이 막혔다.

"이 일이 좋아? 밥솥은 이곳에서 행복한가?"

이상하게도 목 끝에 걸린 대답은 소리가 되어 나오지 못했다.

※

'물론, 난 이 일이 좋아.'

솔은 모니터에 집중했다. 마우스를 잡은 손도 바쁘게 움직였다.

어떤 일이든 창작을 한다는 것은 그녀에게는 설레는 일이었다. 그녀가 맡은 업무가 중요한 파트가 아니란 점은 상관없었다. 오히려 마음에 들었다. 망쳐 봐야 회사에 손해를 끼치는 일이 아니니까.

언제부터 이런 겁쟁이가 되었을까. 아마도 첫 회사에서 두고두고 회자되는 프레젠테이션 기절 사건 이후일 것이다. 고작 신입이었던 그녀에게 쏟아진 과한 관심과 부담감을 이겨 내지 못한 탓이었다.

결과적으로 회사에 큰 손해를 입힌 그녀는 자의 반 타의 반으로 회사에서 나와야 했다. 그것이 전적으로 그녀의 책임이 아니었다지만 결과적으로 그녀에게는 꼬리표로 남은 사건이었다.

회사가 놓친 계약이 민지의 아버지가 운영하는 회사로 넘어갔다는 소식은 나중에야 들었다.

그 후로 갖가지 소문이 솔을 따라다녔다. 큰 병이 있다든가, 상대편 회사에서 돈을 받고 한 일이라든가, 그런 것쯤은 흘려들었다. 그래야만 했다. 제일 견디기 힘들었던 건 자신이 운이 없었다는 평가였다.

운이 없다는 건 재수가 없다는 것과 동일한 말이다. 술 취한 아버지가 저주처럼 퍼붓던 말. 재수 없는 년.

끈질기게 따라다니던 소문은 두 번째 회사에도 영향을 미쳤고 어느새 그녀는 또다시 실업자가 되어 있었다. 자신감도 잃고 좌절감으로 엉망이 되었을 때, 손을 내밀어 준 건 김 부장님이었다.

– 좋은 조건은 아니지만, 신나게 같이 일해 보자고.

영세한 회사였지만 그곳에서 솔은 안정을 찾았다. 적어도 그 일을 하는 동안 솔은 행복했다. 자신의 손끝에서 만들어진 전단이 고객들을 만족시킨다는 것은 아찔한 기쁨이었다. 폼 나는 명함이 없어도, 많은 돈을 벌지 못해도 그녀는 그 일을 사랑했다.

문제는 그녀를 바라보는 지인들의 시선이었다.

낙오자.

대학 동기들은 그녀를 보고 그렇게 수군거렸다. 학생 때 가장 주목받았던 그녀의 재능을 아까워하면서도 비웃었다. 그녀가 만족하고 있다는데도 동정의 눈빛을 보냈다.

누구는 대기업의 디자인 실장이 되었다더라. 혹은 개인전을 연다더라. 그들보다 뛰어났던 네가 왜 이런 일을 하냐. 충분히 능력이 있으니 더 가치 있는 직업을 찾을 수 있지 않냐.

원하지도 않은 독려와 기대는 그녀를 늘 지치게 했다.

지금의 엠마처럼.

엠마는 기필코 솔을 최고의 디자이너로 만들겠다는 열의에 불타는 중이었다. 하루에도 열두 번씩 시안을 재촉하고, 숙제를 내주고 분석하고 서슴없는 지적질을 했으며, 그녀의 작업물들을 알지도 못하는 제삼자에게 선보였다. 부담 백 배였다.

"언니!"

오늘도 엠마는 회사에 들어서자마자 솔부터 찾았다. 반짝이는 눈동자로 돌진하는 그녀를 보자 머리털이 쭈뼛 서며 어깨가 굳었다. 자신을 아끼던 전공 교수도 저 정도는 아니었는데. 사감이 따로 없다.

"어제 잡은 구도 말예요. 참신하다고 다들 흥미를 보이는 거 있죠?"

도대체 누가?

"물론, 아직은 습작 수준이라 평가받기도 수준 이하지만 말예요."

가슴을 난도질하는 지적질은 오늘도 계속되었다.

"다음 주에 런칭 기념 파티 있는 거 알죠? 그때 우리 쪽 디자이너들이랑 기획자들 한국으로 싹 들어올 거예요."

"그렇구나."

솔은 심드렁하게 대꾸했다.

"제가 힘 좀 썼죠. 특별히 언니를 위해 시간을 내주기로 했어요. 30분에서 1시간 정도? 얼굴도장 확실히 찍을 기회니까 준비 잘해 놔요."

"뭘 준비해야 하는데?"

자신의 의견을 묻지도 않고 진행하는 건 어쩐지 주혁과 닮아 있는 엠마였다. 불도저급 추진력도 물론이고.

내 인생에 그런 저돌적인 인간은 주혁이 하나로도 벅찬데. 솔은 지끈거리는 이마를 짚었다.

"그동안 했던 작업물 죄다 가져와 봐요. 언니가 3D 디자인에 강하다는 게 아주 장점이에요. 제품 디자인을 했던 경험이 도움이 됐나 봐요. 다듬을 거 다듬어서 보여 줍시다. 알아 두면 배울 점도 많고 이쪽 업계에서 다 도움 되는 사람들이에요. 통역은 제가 해 줄게요."

167

끙. 솔은 의자 깊숙이 몸을 묻으며 신음했다. 이럴 때마다 그녀가 느끼는 감정은 하나였다. 사라져 버렸으면. 과한 기대에 섬뜩한 결과로 갚아 준 자신의 경험 때문이었다.

대학 시절, 자신에 대한 기대를 숨기지 못했던 전공 교수에게 그랬고, 실력보다도 높게 평가해 주었던 첫 회사의 사수에게도 그랬다.

그래서 그들은 어떻게 되었던가.

교수는 그녀에게 실망했으며, 회사는 요란하게 잘렸다. 자신을 부득부득 메인 디자이너로 올려놓고 프레젠테이션 자리에 밀어 주었던 그 사수는 시말서만 수십 장 썼을 것이다.

왜 사람들은 그들의 기대치에 도달하지 못한 그녀를 실패자라고 할까. 더 높이 올라가고, 더 높이 평가되는 것이 모든 사람이 추구하는 것은 아닐 텐데. 하는 일에 만족하며 산다는 것을 왜 믿지 않지.

물론 그녀도 잘하고 싶었다. 성공을 꿈꾸는 것보다 기대하는 사람들을 만족시키고 싶은 마음에 기를 쓰고 노력해 보기도 했다.

하지만 노력을 떠나 누구나 당당한 성격을 갖는 건 아니었다. 한계란 건 개인마다 다르다. 더구나 솔은 주목받기 싫었다. 그것은 어린 시절 아빠에게 처음으로 맞았던 시상식 분위기와 수백 개의 눈동자를 떠오르게 했다.

현기증을 동반한 구토와 심할 때는 기절도 했다. 미치도록 그런 자신이 싫었지만 고쳐지지 않았다.

사람들은 솔의 증상을 그저 소심해서, 답답해서, 용기가 없어서라며 설득하려 했다. 반복되는 그녀의 증상을 이해 못 하고 점차 싸늘해지던 시선들은 악몽이었다. 하나같이 한심하다는 듯 보던 그 표정들.

그 시선이 싫으면서도 결국 떨쳐 내지 못하는 것도 내 자신이지. 싫으면 싫다, 좋으면 좋다, 제대로 말 못 하고 그저 기대를 해 주는 것만으로 고마워서 어떻게든 맞추려 하는 내가 제일 문제지.

솔은 엠마의 시선을 피했다.

"언니라면 좋은 인상 줄 수 있어요. 아, 공모전에서 상 받은 작품들도 다 가져와야 해요."

"하지만 엠마, 나는 별로 그러고 싶지 않은데."

"왜? 이게 얼마나 좋은 기횐데? 언어가 안 통할까 봐 그래요? 걱정 마요. 내가 같이 있어 줄 테니까."

왜 사람들은 항상 재주가 아깝다는 말로 자신을 채찍질하고 대중에게 내보이지 못해 안달인 거지? 내가 경매에 나가는 종마도 아닌데. 하나도 즐겁지가 않은데 뭘 고마워하라는 거냐. 정작 내가 행복하지 않다는데.

- 밥솥은 행복한가.

문득 김 부장의 말이 떠올랐다. 누구보다 솔을 잘 아는 김 부장이 걱정하는 건 이런 이유일 것이다.

솔은 천천히 하지만 단호하게 입을 열었다.

"엠마, 고맙기는 한데. 그런 일은 일단 내 의견부터 물어……."

"잠깐만요."

갑자기 울리는 전화를 받으며 엠마는 말을 끊었다.

"응, 오빠, 로비에 카페 있거든. 거기 있어. 금방 갈게."

이따 말해요. 입 모양으로 말하며 엠마는 사라졌다.

솔은 늘어지게 몸을 뉘었다가 이내 다시 꼿꼿하게 앉았다. 김 부장의 말대로 다른 직원들이 보내는 눈초리는 살벌했다. 단순히 질투나, 시기로 보기에 과한 감이 있어서 솔도 슬슬 짜증이 나는 중이었다.

다음 주면 퇴사를 하는 김 부장의 자리가 벌써 허전했다. 송 대리님은 뭐가 그리 바쁜지 얼굴 보기도 힘들고.

"그때가 참 좋았어."

김 부장님과 송 대리와 함께했던 행복 기획사에서의 기억을 떠올리며 솔은 작게 웃었다.

회사 명칭처럼 그녀를 행복하게 만들어 주던 곳. 누군가의 희망을 디자인하고, 그것으로 돈도 벌었던 생활.

맞아, 난 그 일을 참 좋아했어.

새삼스레 솔은 화려한 사무실을 둘러보았다. 누군가에게는 꿈의 직장일 수도 있지만, 그녀에게는 예쁘지만 어울리지 않는 옷 같은 곳이다. 주혁이 있다는 걸 빼고는 도무지 마음에 드는 것이 없었다.

모르겠다. 후- 한숨을 쉬며 솔이 다시 모니터에 시선을 돌릴 때였다.

[언니, 내 책상 위에 서류 하나 있거든요. 미안하지만 1층 카페로 가져다주세요.]

엠마의 문자였다. 그래, 막 부려 먹어라. 그래도 너는 고마운 사람이니까 해 준다. 투덜거리면서도 서류를 찾아 솔은 움직이기 시작했다.

꽃

"세상에……."

강한빈과 엠마의 한국 이름인 강현주. 솔은 앞에 앉은 두 사람을 번갈아 보고 있었다.

"이런 일이."

세상이 좁다 하지만 어떻게 이런 우연이 다 있을까. 솔은 난감하기만 했다. 몹시 곤란한 얼굴이 되어 그녀는 말까지 더듬거렸다.

"그러니까, 두, 두, 두 분이 남매였군요."

사촌 남매라니. 말문이 막혀 물을 들이켜는 그녀를 바라보는 한빈과 엠마의 표정도 솔 못지않게 묘하기만 했다.

"죄짓고 살면 큰일 날 세상이네요. 하하. 어떻게……. 아니 뭐 이런 인연이 다 있나요?"

벌게진 솔도, 무표정한 한빈도, 그리고 그 둘을 번갈아 보는 엠마도 복잡하기는 마찬가지였다.

'엠마의 동료였단 말이지. 제임스 한의 여자 친구이고.'

한빈은 잠자코 솔을 응시했다. 사촌 동생인 엠마를 만나러 왔더니 정작 전해 줄 서류를 놓고 왔다고 했다. 동료가 가져올 거라던 엠마는 간단하게 주의를 시켰다.

― 제임스랑 사귀는 여자야. 그러니까 내가 제임스를 좋아하네, 어쩌네. 실수라도 그런 말 꺼내지 마. 모양 빠지니까.

― 여자 친구가 있었어? 그걸 알면서도 네가 매달린 거냐?

― 아, 몰라. 말은 아니라는데 사귄 지 좀 됐나 봐.

― 질리도록 짝사랑만 하더니 결국 차였구만.

– 차인 거 아니거든! 그냥 잠시 놓아 준 거야. 기회는 틈틈이 엿보고 있어.

– 장하다. 그래야 내 동생답지.

한껏 빈정거렸지만, 제임스의 여자 친구라는 여자가 궁금하긴 했다. 동생이어서가 아니라 엠마는 퍽 괜찮은 여자였다. 외모도 성격도 능력도 좋았다. 새아버지가 세 번이나 바뀐 걸 빼고는 인간 자체로는 흠잡을 데가 없다고 생각했다. 제임스 한이 그런 문제에 신경을 쓸 속물로 보이지도 않았고. 어쨌든 그런 엠마를 마다하고 제임스 한이 빠진 여자라.

그런데 박솔이 나타났다. 그녀도 한빈을 보고 놀랐지만, 한빈의 충격은 더했다. 마치 쇠망치로 크게 한 대 얻어맞은 것만 같았다.

제임스 한과 사귀는 여자가 박솔 씨일 리가. 처음에는 부정했다. 엠마가 뭔가를 잘못 알고 있구나! 그렇게만 생각했다.

하지만 박솔은 죄지은 사람처럼 어쩔 줄 몰라 했다. 분명 뒤가 구린 범인에게서나 나올 법한 표정에 한빈은 깊은 배신감을 느꼈다.

남자 친구가 있으면서 나와 소개팅을 한 건가, 몹쓸 여자네. 내가 사람을 잘못 판단했나 보군.

기막힘은 싸늘한 실망으로 바뀌었다. 그렇지만 범인에게도 나름의 사정은 있는 법. 요리조리 피하는 그녀의 눈과 맞추기 위해 그는 집요하게 솔의 눈을 좇기 시작했다.

'이 분위기 뭐지?'

잡아먹을 듯 솔을 응시하는 한빈과 어쩔 줄 모르고 눈을 굴리는 솔을 번갈아 보던 엠마도 혼란스럽기는 마찬가지였다.

'그냥 단순히 아는 사이가 아닌데? 이거, 이거 파면 뭐가 나오겠

는걸?'

의심쩍게 한빈을 바라보니 한빈이 되레 사납게 엠마를 노려보았다. 찔끔 놀란 엠마는 딴청을 부리기 시작했다.

한편 솔은 말 그대로 뒤죽박죽인 상태였다.

'망했어…….'

한빈과 엠마가 사촌지간이라니. 뭐 이런 바람직하지 않은 우연이 다 있나. 그러면 이게 어떻게 되는 족보인가?

엠마는 주혁이에게 차였고, 한빈 씨는 내가 찼고, 지금은 주혁과 내가 사귀는 사이니까…….

세상이 좁다, 좁다 해도 이 정도인 줄은 몰랐다. 뜬금없이 착하게 살아야겠다는 생각이 들었다. 나쁜 짓 하고 살다가 정말 큰일 날, 좁디좁은 세상이란 걸 새삼 확인했다.

점점 어색해지는 분위기 속에서 솔은 고개를 푹 숙였다. 왠지 죄인이 된 느낌에 한빈의 눈도 제대로 마주 볼 수가 없었다.

강 씨 남매에게 너무 미안해 시선을 떨군 그녀의 머리 위로 싸늘한 목소리가 울려 퍼졌다.

"엠마, 넌 가라. 난 박솔 씨와 할 얘기가 있으니."

진짜 망했다. 솔은 눈을 질끈 감았다.

주혁의 사무실.

오랜만에 사무실에 나온 그는 홍 팀장과 함께 다음 주에 있을 신규게임 런칭 행사 마무리를 점검 중이었다. 홍 팀장이 입을 연 것은 일이 얼추 끝나 갈 무렵이었다.

"그런데…… 알렉스가 연락이 안 되네."

"알렉스가?"

알렉스는 메인 프로젝트 디렉터 중 한 명이었다. 다음 주 초 런칭 행사에 맞춰 내일쯤 한국에 올 일정이었다.

"언제부터요?"

"어제 아침까지 화상으로 일정 논의했는데 그 후로는 연락이 되지 않아."

별일이야 있겠어, 라고 덧붙이면서도 홍 팀장은 초조한 기색을 감추지 못했다. 오랜 시간 주혁과 함께 일해 온 그는 눈치도 빠르고 꼼꼼한 일 처리로 유명했다. 그런 그가 불안함을 느끼는 데는 이유가 있을 것이 분명했다.

"메시지와 메일을 보냈으니까 좀 기다려 보자고. 런칭 날이 얼마 남지 않아서 그런지 내가 좀 예민한 것도 같으니까."

"알렉스가 우리와 같이 진행한 프로젝트만 5건도 넘어요. 처음 실수만 빼고, 그 후엔 그런 일 없었잖습니까."

"그, 처음 실수라는 거 때문에 내가 더 느낌이 싸한 거야."

보안 유지 각서와 위약금에 대한 계약서가 워낙 탄탄하기 때문에 그런 일은 있을 수 없다고 생각하면서도 홍 팀장은 불안했다.

물론 알렉스 한 명이 빠진다고 해서 일정에 차질이 있을 정도의 타격이 있는 것은 아니었다. 이미 시범 운영까지 마친 상태이고 세심한 부분까지 점검이 되어 있었다. 그런 주혁의 자신감을 알고는 있지만 홍 팀장은 다시 한번 주의를 시켰다.

"문제는 시간이야. 하루라도 먼저 내용이 공개될 때 우리 쪽 리스크가 너무 커. 내일 오전까지 연락이 되지 않으면 아무래도 대비책을 마련해야 할 거야."

물론 이런 식의 위험은 항상 도사리고 있었기 때문에 대비책을 구비해 놓은 것도 사실이었다. 기습적으로 런칭일자를 앞당기는 것도 방법의 하나였다. 하지만 섣불리 나섰다가 믿고 있는 동료를 잃을 수도 있다는 것을 주혁은 경계했다.

이런 일이 처음도 아니었다. 몇 번의 값비싼 경험을 겪고서야 주혁도 사회의 비정함을 인정했다. 처음 배신을 했던 사람 중 하나가 알렉스였다.

그런 그를 믿고 다시 받아 주기까지 다른 팀원들의 반발이 거셌다. 홍 팀장이 걱정하는 지점은 거기에 있었다. 자칫하다간 주혁의 리더십에 타격을 줄 수도 있는 문제였다.

주혁은 곰곰이 생각에 잠겼다.

"저도 알아볼게요. 내일까지 답신이 없으면 일자를 앞당기는 방향으로 하죠."

"그래. 그렇게 알고 준비해 놓을게. 그리고 말이지……."

홍 팀장은 또다시 말끝을 흐렸다. 재촉하는 주혁의 눈짓에 그가 쭈뼛거리며 입을 열었다. 어쩐지 알렉스에 대해 보고할 때보다 어렵게 떼는 말문이었다.

"박솔 씨 말이야."

주혁은 즉각 고개를 들었다. 여기서 솔의 이름이 나올 일이 뭐가 있단 말인가. 의아한 듯 그의 눈썹이 올라갔다.

"오늘 새벽에 사내 전산망에 이상한 게 올라와서 말이지."

"자세히 말해 봐요."

"GLC애드 알지?"

이번 신규게임 출시에 가장 큰 후원을 한 업체였다. 국내 최고의 디자인 회사이기도 했고 그가 알기에는 박솔의 첫 회사이기도 했다.

"5, 6년 전 일이긴 한데, 그쪽에서 추진하던 큰 프로젝트 하나가 제대로 엎어진 일이 있었어. 그때 손해가 상당했다고 하더라고. 쉬쉬하긴 했는데 누군가 정보를 빼내서 경쟁업체에 팔았다는 설이 파다했어."

그게 도대체 솔과 무슨 관련이 있다는 건가. 싸한 기분에 주혁은 빳빳이 허리를 세웠다. 예감이 좋지 않았다.

"공교롭게도 그 시기와 박솔 씨가 GLC에서 퇴사를 한 시기가 겹쳐. 말이 퇴사지 거의 해고나 다름없었나 봐. 자연스럽게, 업계에서 정보를 넘긴 사람이 박솔 씨라는 소문이 퍼졌던 모양이야. 누가 일부러 그런 것처럼 빠르고 제법 구체적인 소문이었는데, 어쨌든 그 뒤로 말 그대로 블랙리스트에 올려진 거지. 웬만한 광고 회사나 디자인 회사에서는 박솔 씨를 받아 주지 않았어. 그런데 그 내용이 익명으로 사내 전산망에……."

"뭐라고요!"

주혁은 자리에서 벌떡 일어섰다. 이미 얼굴이 서늘하게 굳어 있었다.

"뭐가 어째요!"

이건 그녀를 믿고 안 믿고의 문제가 아니었다. 그가 아는 솔이라면 그런 일을 할 만큼 강한 배짱도 없으니 생각해 볼 가치도 없지만, 주혁이 분개하는 지점은 다른 곳에 있었다.

확실하지도 않은 그녀의 뒷말이 5, 6년도 지난 이 시기에, 그것도 자신의 회사 전산망에 떴다는 것이었다.

사내 익명 게시판은 대표인 그라도 게시자가 누군지 알아낼 수 없을 만큼 철저하게 익명이 보장되는 곳이었다. 누가 올렸는지는 경찰에 의뢰한다고 해도 쉽게 찾을 수가 없다는 얘기였다.

상상할 수 없을 정도로 불쾌하고 아찔한 일이었다. 내부에서 올린 경우를 제외한다면 보안이 뚫렸다는 말이었고 그건 알렉스의 행방이 묘연한 것보다 치명적인 위험이 될 수도 있는 일이다.

워워! 진정하라는 듯 손을 내저으며 홍 팀장이 진땀을 뺄 만큼 주혁은 사나운 분위기를 뿜어내고 있었다.

"보안이 뚫린 흔적은 아직까진 없어. 그건 내부에서 이뤄진 일이라는 거지."

홍 팀장은 서둘러 그의 걱정을 불식시키며 말을 이었다.

"문제는 직원들의 반응이야. 아무래도 예민한 시기이다 보니 박솔 씨를 대하는 분위기가 심상치가 않아. 그건 한 대표의 책임도 있으니까 너무 사적으로 열 받지는 말아. 어쨌든 대충 입막음을 해놓긴 했는데……. 제임스는 알고 있어야 할 것 같아서 말하는 거야."

홍 팀장의 말에도 주혁은 쉽게 진정할 수가 없었다. 생각만 해도 아찔하고 경악스러웠다. 솔이 보기라도 했다면……. 뒷골마저 서늘해졌다.

미적대는 홍 팀장에게 아직 남은 말이 있음을 알아챈 주혁이 간신히 마음을 가라앉혔다.

"그리고 또 뭡니까."

"눈치는……."

잠시 뜸을 들이다가 홍 팀장은 말을 이었다.

"이건, 순전히 내 노파심에서 하는 충고야. 당분간 박솔 씨와 거리를 두는 게 어떨까 해. 최소한 출시 전까지라도. 다른 걸 떠나서 GLC 측에서 불미스러운 일로 내보낸 직원이 이곳에 근무한다는 사실을 알면 좋을 건 없어. 물론 그 일이 투자에 영향을 미치지는 않겠지. 애들 장난도 아니고, 회사 대 회사로선 말이야. 하지만 사람 일은 모르는 거야. 그쪽에서 박솔 씨를 좋지 않게 보는 인사라도 있다고 하면 묘하게 될 수도 있단 말이야. 이건 박솔 씨를 위한 충고이기도……."

"그렇게 해결될 일이 아닙니다."

주혁은 딱 잘라 거절했다. 홍 팀장은 박솔과 주혁과의 관계를 의식해 이리저리 꼬며 어렵게 얘기하고 있지만 전하려는 뜻은 정확했다. 물론 주혁은 그걸 받아들일 생각이 없었다.

"숨기면 인정하는 꼴밖에 더 됩니까. 이제 우리 직원이에요. 확실하지도 않은 일로 왜 우리까지 그런 굴레를 그녀에게 씌워야 하죠. 무슨 권리로. 사내 전산망은 당장 경찰에 의뢰해서 조사하고 법적 절차를 밟을 겁니다. 나와 관련이 없는 직원이었다 해도 그렇게 처리했을 거예요."

"관련이 있으니까 문제란 거지……. 아니 뭐, 숨기자는 게 아니고 런칭 전까지만 조심을……."

"그런 일 저지를 여자 아닙니다. 그럴 배짱도 없어요."

얼마나 눈물도 많고 겁도 많은 여자인데. 울까 봐 마음껏 안지도 못하는 아깝고 아까운 여자인데. 그럴 배포라도 있으며 여태껏 이따위로 당하고 살아오지도 않았을 테지.

"박솔 씨와 관련해서 어떤 손해라도 생긴다면 책임은 내가 져요. 그러니 조사 시작하세요. 예전 일까지 모두."

그의 눈이 점점 더 날카로워졌다. 머리는 이미 빠르게 움직이고 있었다.

홍 팀장은 짧은 한숨으로 심정을 대변했다.

"시기가 너무 민감해서 그래. 확실히 이상하거든. 박솔 씨는 일개 디자이너야. 이번 우리 프로젝트엔 참여조차 안 했어. 하지만 GLC

와 관련되어 있고, 어쩌면 제법 큰 타격을 줄 수도 있는 예민한 사안이야. 그걸 도대체 누가 어떻게 알았을까? 무슨 생각으로 올린 걸까. 가장 타당한 답은 하나야. 좋지 않은 감정을 가진 사람이 연관되어 있다는 건데."

"……."

"읽어 보면 알겠지만 아주 그럴싸해. 마타하리 뺨치는 대단한 스파이로 박솔 씨를 표현해 놨더라니까."

"……."

"제대로 준비해서 올린 게 틀림없어. 탄탄한 스토리에 각종 자극적인 내용을 잘 버무려 놨어. 그냥 오다가다 주워들은 정보를 올린 수준은 아니야. 아무래도 박솔 씨에게도 알리는 편이……."

"그건 절대 안 돼요. 박솔 씨는 모르도록 홍 팀장님이 신경 써 주세요."

주혁의 눈빛이 서늘해졌다. 솔은 겁부터 집어먹을 것이 분명했다. 괜한 자격지심에 주혁을 피할 것도 뻔했다. 그는 되도록 솔이 모르게 조용히 그리고 정확하게 처리하고 싶었다.

"제임스가 보호한다고 해결될 문제는 아닐 텐데. 박솔 씨도 성인인데 자기와 관련된 어떤 이야기가 도는지도 알 권리가 있고 해명할 기회도 줘야 하는 거 아냐?"

"나중에요……."

"나중에 이 사실을 알면 박솔 씨가 가만있을까? 잘 결정해. 한 대표야 보호 차원이라고 생각하겠지만 박솔 씨 입장에서는 자존심이 상할 수도 있고 구속이라고 여길 수도 있다고."

홍 팀장의 말을 흘려들으며 주혁은 바쁘게 생각했다.

지저분한 루머. 중요한 시기에 연락이 되지 않는 알렉스. 대표인

179

자신과 관련 있는 여자에 대한 갑작스러운 제보.

사소한 듯 보이지만 잘못 대처했다가는 후원업체까지 등 돌리게 만들 수 있는 생각보다 잘 짜여진 판.

하지만 최대한의 이성을 끌어모아 냉정히 생각해도 지금 그가 유추해 낼 수 있는 건 그리 많지 않았다. 일단 익명으로 정보를 흘린 내부자부터 알아내야 했다.

그렇다고 그전까지 마냥 두고 볼 수도 없다. 한참을 골똘히 생각하던 주혁이 느리게 입을 열었다.

"강덕구 회장 말입니다."

"강덕구? 개인 투자자 강덕구 회장?"

머쓱하게 서 있던 홍 팀장이 되물었다.

"그 사람에 대해 좀 알아봐 주세요. 지금 바로."

일단 생각나는 사람은 그 사람밖에 없었다. 강 회장이 노리던 회사를 집어삼키는 방식과 시작이 닮아 있었다. 거의 본능적인 감이었다.

누구든, 뭐든……. 루머의 제공자는 확실히 밝혀야겠다. 더 이상 퍼져 그녀가 알기 전에.

주혁은 싸늘하게 굳은 얼굴로 전화기를 들었다.

불편한 침묵이었다. 한낮의 카페는 손님들도 없었기에 정적은 더욱 어색하기만 했다.

솔은 한빈의 시선을 애써 피하며 커피만 홀짝거렸다. 꿀꺽— 목넘김의 소리마저 들리는 듯해 솔은 애매하게 웃었다.

엠마가 회사로 돌아간 후 한빈은 좀처럼 입을 떼지 않았다. 싸늘한 눈으로 그저 바라볼 뿐이니 바늘방석이 따로 없었다.

소개팅한 상대를 거절하는 일이 이토록 힘들 줄 알았다면 처음부터 하지 않았을 텐데. 소개팅 두어 번 하면 시집가는 건 일도 아니겠다. 거절하는 부담감보다 그냥 사귀는 게 편할 수도 있을 것 같다.

솔은 슬쩍 한빈을 보았다. 뭔가 설명을 해야 할 것만 같은데, 그의 얼굴이 너무도 살벌해서 저도 모르게 화들짝 놀라며 다시 고개를 숙였다.

그럴수록 그는 점점 더 차갑게 굴었다. 매력적인 볼우물도 지운 그는 엄숙하고 매서운 검사의 자세였기에 자연스럽게 취조당하는 범인이 된 기분이다. 당신이 범인이지! 소리치면 네! 하고 없는 죄라도 자백해야만 할 것 같았다.

솔은 다 식어 버린 커피만 후후, 불며 마셨다. 갑자기 낮게 깔린 음성이 들려왔을 때 사레까지 들 뻔했다.

"하나만 물어봅시다."

"말씀하세요."

"나 갖고 놀았어요?"

"네?!"

솔은 기겁하며 손사래를 쳤다.

"무슨 그런 말씀을! 장난감도 아니고 사람이 사람을 어떻게 가지고 노나요."

"그럼 뭡니까."

"……."

"하나하나 짚어 봅시다. 솔이 씨는 나와 선을 봤고, 건강검진표를 요구했어요. 건강검진표에는 만족한다면서 데이트 한 번 안 해 보고 대뜸 나를 찾았습니다. 여기까지 틀린 거 있습니까?"

"아니, 그게. 건강검진표는……."

너무 억울합니다. 말하고 싶었지만, 그것까지 따질 분위기가 아니라 솔은 떨떠름하게 고개를 끄덕였다.

"물론, 마음에 안 들면 거절할 수 있습니다. 그건 이해할 수 있어요."

"……."

"하지만 제임스와 사귄 지 꽤 됐다면서요. 남자 친구까지 있는 분이 도대체 왜 소개팅을 한 겁니까. 솔직히 나는 솔이 씨가 장난을 쳤다고밖에 생각할 수가 없어요."

"억울합니다……. 그건 진짜 오햅니다."

입장을 바꿔 생각하면 당연히 화가 날 상황이었다. 소개팅 이후로 주혁과 사귀긴 하지만 어쨌든 홧김에 한 소개팅은 그녀의 잘못이다. 솔은 입을 굳게 다물고는 시선을 떨궜다.

"제임스와 싸우고 홧김에 소개팅한 건가, 그러다 화해하고 나를 정리한 건가. 짧은 시간에 별별 생각이 다 들었습니다."

난감하고 미안했다. 기분 나쁜 상황을 만든 건 자신이니 장난스럽게 대답하거나 얼버무리고 싶지는 않았다. 적어도 한빈이 놀림당했다는 오해는 풀어 주고 싶은데 화가 난 남자의 앞에서 솔은 또다시 주눅이 들었다.

"죄송해요."

결국, 솔은 가타부타 설명 없이 무조건 사과하는 것을 선택했다. 변명도 없이 고개를 떨구는 솔을 보던 한빈이 가볍게 한숨을 쉬었다.

"박솔 씨. 나는 화를 내는 게 아니에요. 정식으로 사귄 것도 아닌데 설명을 요구하는 것 자체가 우습다는 것도 압니다. 다만 나는 솔이 씨를 나쁘게 기억하고 싶지 않아요."

미미하게 눈썹을 치뜨며 솔은 슬그머니 고개를 들었다. 이 남자, 화를 내는 것이 아닌가?

"내가 모르는 상황이 있을 수도 있고, 솔이 씨 입장에서는 분명 이유가 있었을 테죠. 나는 부탁을 하는 거예요. 주제넘지만, 이유라도 알면 제 마음이 한결 가벼워지지 않겠습니까."

빤히 바라보는 솔을 위해 한빈은 옅은 미소를 지었다.

"그래야 솔이 씨도 편할 테니까요."

믿고 싶은 대로, 보이는 대로 믿고 화를 내는 것이 아닌, 자신의 설명을 기다리는 남자가 낯설었다.

"말하고 싶지 않다고 해도 이해하겠습니다. 몇 번 보지 않았지만, 솔이 씨는 사람 마음 가지고 장난치는 사람이 아니란 것쯤 모를 만큼 저도 얼뜨기는 아니라."

"한빈 씨……."

"괜찮아요."

이 남자는 냉철하다. 그리고 자신의 기분보다 상대방의 입장을 먼저 들어주겠다고 한다. 진중한 눈으로 그녀에게 용기를 주고 있다. 솔은 어쩐지 기분이 이상해졌다.

"내가 무슨 말을 해도 믿어 줄 수 있어요?"

"경우에 따라서는."

"한빈 씨 말처럼 애인이랑 싸워서 홧김에 소개팅했을 수도 있는데요?"

"그것도 이유는 이유죠. 남자 친구가 개차반이라든가, 정말 열 받은 일이 있어서 그런 거라면 더 좋겠지만, 아니어도 상관없어요. 그랬습니까?"

"홧김에 소개팅한 건 맞아요. 미안해요. 그렇지만……."

솔은 어물어물 말을 흐렸다. 속물적인 계산법으로 그를 평가한
건 자신이었는데 화를 내지도 않고 상황을 이해하려 노력하는 한빈
이란 남자는 꽤 근사하다. 어쩐지 마음이 따뜻해졌다. 세상엔 좋은
사람이 많다는 걸 누군가 알려 주는 기분이었다.

"한빈 씨는……."

솔은 고개를 들어 그와 시선을 똑바로 마주쳤다. 입가에 미소가
피어났다.

"말해요."

"좋은 사람이군요."

"네?"

뜬금없는 칭찬에 찡그리는 한빈을 보며 솔은 더 크게 미소 지었
다.

"잘은 몰라도, 좋은 검사님이실 거예요, 한빈 씨는."

이렇듯 다른 사람의 말에 먼저 귀 기울여 줄 수 있는 사람이라면.
이해하려는 마음으로 상대를 대하는 사람이라면 말이다. 역시나 아
까운 남자였다. 이렇게 좋은 사람이 호감을 보였다는 것만으로도 솔
은 자신감이 생기는 느낌이었다.

"한빈 씨를 우습게 생각한 건 절대 아니에요. 소개팅할 때 남자
친구가 있었던 건 아니지만 어쨌든, 생각 없이 나간 자리니까요. 제
가 사과할게요."

"……"

"그런 생각 들게 만들어서 죄송해요. 그리고 그런 식으로 거절한
것도 정말 미안해요."

말을 잘하는 사람들은 얼마나 좋을까. 매끄럽고, 세련되게 진심을 보여 주고 싶었지만, 이럴 때 그녀는 어떻게 해야 하는지 잘 몰랐기에 어렵고 힘들었다.

대신 솔은 일어나 정중히 허리를 숙였다.

"미안합니다."

"……."

"그리고 정말 좋은 분이세요. 한빈 씨가 좋은 사람이라서 저도 너무 좋아요."

그러다 냉큼 고개를 들고는 덧붙였다.

"그렇다고 사귀겠다는 건 아니지만요. 제겐 얼마 전에 생긴 남자친구가 있거든요."

솔은 활짝 웃었다.

❀

한빈이 소주 한 병을 다 비워 갈 즈음 도착한 지훈이 앞자리에 앉았다. 잔을 채울 시간도 없는지 한빈의 술잔을 낚아채 남은 술을 털어 넣고는 기운차게 외쳤다.

"이모! 여기 소주 한 병이랑 알탕 하나 주세요. 공깃밥도 하나 주시고."

그러고는 쑥스럽게 변명을 늘어놓았다.

"저녁을 아직 못 먹어서."

"퇴근한 지가 언젠데. 집에 밥 없어?"

"말도 마. 어젯밤에 애가 아파서 마눌님이 한잠도 못 잤거든. 대충 죽 해서 먹이고 간신히 둘 다 재우고 나왔다."

이것이 현실이란다, 지훈은 큼큼 코를 들이마셨다. 깔끔하기로 둘째가라면 억울해할 그의 옷차림도 너저분했고 머리도 헝클어져 있었다.

인정하기 싫지만, 한빈은 지훈의 그런 모습까지 부러웠다. 사랑하는 아내와 토끼 같은 딸을 가진 지훈이야말로 세상에서 가장 복받은 사내 같았다. 결혼이란 것에 관심이 없었던 자신이 이런 질투까지 하는 이유가 계절 탓인가, 외로움을 타는 건가. 아니면 박솔에게 차이고 온 서글픔 때문인가.

목 안으로 넘기는 술맛이 유난히 쓰기만 했다.

"낮에 솔이 씨 만났다며? 내가 보기엔 너희 둘 운명이야. 어떻게 솔이 씨가 네 사촌이랑 같은 회사에 다닌다냐. 확률상……."

"운명은 얼어 죽을."

"뭐야? 얘기가 잘 안 됐어? 아닌데……. 솔이 씨 그냥 한번 튕겨 보는 거라니까."

"……."

"그것보다 너 표정이 왜 그러냐? 누가 보면 실연당한 줄 알겠다. 청승맞게 혼자 술은……."

"실연당했으니까."

지훈은 코웃음으로 대꾸했다.

"실연 같은 소리. 내가 솔이 씨 잘 알아. 밀당 조금 하다가 그냥 넘어오는……."

"남자 친구 있단다."

"뭐야?!"

눈이 휘둥그레진 지훈은 곧이어 흥분했다. 당장 혜주에게 전화해서 따진다는 걸 말려야 할 정도로 펄펄 뛰었다.

186

"갑자기 애인이 어디서 생겨? 아니, 있으면서도 너랑 만났다는 거야, 뭐야!"

"갑자기 생겼단다."

"어구야."

말문이 막힌 얼굴을 하던 지훈이 이내 한빈의 술잔에 찰랑하게 술을 따랐다.

"그래, 뭐 그럴 수도 있다. 차여 본 적이 없는 너야 충격이겠지만 남녀 사이가 마음대로 되는 건 아니지."

"……."

"그렇다고 뭘 이렇게 심각한 표정이야. 고작 두어 번 만나 놓고 는."

순식간에 비어 버린 한빈의 잔에 다시 술을 따르며 지훈은 호기롭게 웃었다.

"별거 아니잖냐. 차 보기도 하고, 차여 보기도 하고. 인생의 쓴맛, 단맛 알아 가는 것도 결혼 전의 묘미지. 아무튼, 이 형님이 내일부터 소개팅 자리, 빵빵하게 마련해 줄 테니까 털어 버려."

"내가 소개팅을 왜 해?"

"응?"

알코올 한 방울 들어가지 않은 듯 멀쩡한 얼굴이 되어 한빈이 똑바로 몸을 세웠다.

"누가 포기한대?"

"뭐?"

"뭘 해 봤어야 포기를 하든 하지. 난 시작도 안 했는데."

"이 자식이 미쳤나. 남자 친구 있다잖아."

한빈은 피식 웃었고, 지훈은 허를 찼다. 씁쓸해하는 한빈의 모습

187

을 처음 본 지훈으로서는 조금 당황스러운 일이었다.

"뭘 어쩌겠다는 게 아니라 조금 기다려 보겠다는 거지."

"뭘 기다려? 솔이 씨가 군대 갔어? 왜 이래, 너답잖게."

"감이란 게 있다. 내가 촉이 좋잖아."

"감? 검사란 놈이 큰일 날 소리 하네. 다른 사람은 몰라도 우리가 믿을 건 감이 아니라 증거야, 인마."

"……."

"야, 감으로 판단할 거면 경찰이 왜 필요하고 재판을 뭐하러 해! 무당 불러다 감 오는 사람 범인으로 찍어 집어넣으면 되지! 어디 검사란 놈이 그딴 소리를 해!"

별 미친놈을 다 보겠다는 듯 잔소리를 퍼붓는 지훈을 무시하며 한빈은 천천히 술잔을 비웠다.

분명 솔은 그에게 확실한 거절의 의사를 밝혔다. 남자 친구를 언급할 때 그녀의 얼굴에 떠오른 수줍음과 설렘은 확실히 사랑에 빠진 모습이었다.

하지만…….

왜 찜찜한 걸까. 사랑을 시작한 여자치고는 주눅이 들어 보이던 모습. 무슨 말을 해도 믿어 줄 거냐며 묻는 얼굴에서 보이던 도를 넘은 감동.

조금이라도 자신이 사납게 굴었다면 금세 울음을 터트릴 것 같았단 말이지. 뒤가 구린 마음 약한 잡범들이나 짓는 표정으로. 희망 사항일지 모르겠지만.

그는 한숨을 삼키며 중얼거렸다.

"얼굴에 분명 뭐가 있었어."

"얼굴엔 원래 눈코 입이 있어."

"내 감은 냄새를 맡았다고."

"왜 냄새를 감으로 맡냐고? 코는 이쁘라고 달고 다니냐?"

지훈은 더 이죽거리고 싶은 모양이지만 한빈이 날카롭게 쏘아보자 끙 입을 닫았다.

"나, 장난 아니다. 뭐랄까……. 연애를 시작하는 것치고는 지나치게 불안해 보였단 말이지. 십중팔구 저런 표정을 짓는 놈들은 구린게 있어. 느낌이 온다. 그리고 내가 그 남자 친구란 놈을 좀 아는데, 아주 몹쓸 녀석이야. 10년이나 내 동생과 썸을 탄 놈이라고. 음흉하기 짝이 없는 놈. 그 여자하고 어울리지 않아."

질린 얼굴을 하는 지훈은 대꾸할 의지도 잃은 듯했다. 그의 표정이 알싸해져 갈수록 한빈은 지훈을 설득시켜야 할 의무가 있는 것처럼 진지해졌다.

"아예 끈을 놓지는 말고 당분간 주변에서 어슬렁거리면 뭔가 건질 거 같다. 아주 조그만 틈이라도 발견되면 그때 내가 비집고 들어가는 거지."

"우와……."

지훈은 감탄했다. 과장된 동작으로 짝짝 손뼉까지 쳤다.

"정말 남자답다! 내 친구 멋지다! 잘 만나는 애인 사이를 기웃대며 틈 벌어지길 기다린다니."

"……."

"제대로 미쳤어. 제대로 돌았단 소리야. 정신 못 차려? 스토커질로 옷 벗고 싶어!"

"그러면 어떻게 해! 반했는데!"

한빈은 버럭 소리쳤다.

"네가 한눈에 반한다는 게 무슨 느낌인지나 아냐고!"

미친 게 맞다. 그건 너무나 분명한 사실이라 짜증이 날 지경이었다.

반한다는 건 느닷없이 벼락에 맞는 것과 비슷한 거다. 판단력과 상식도 날아가 버리고 말도 안 되는 가능성을 조합하며 혼자 기대하고 있다.

그녀를 생각하며 히죽이고 설레 하던 밤들을 이렇게 허무하게 날리기는 싫었다.

좋은 사람이라고……. 정말 좋은 검사님이라고 말하던 그 예쁜 얼굴이 자꾸만 생각나는데. 아직도 떨리는데.

황당함에 얼어붙은 지훈을 앞에 두고 한빈은 술을 마셔 대기 시작했다.

20.

오랜만에 주혁이 출근한 회사는 분위기부터가 달랐다. 어차피 대표실 안에만 있어 얼굴 보기 힘든 건 똑같았는데도, 그의 존재만으로 회사는 활기에 넘쳤다. 기분 좋은 긴장감이 흐르고 분주한 움직임이 이어졌다.

슬그머니 고개를 빼들어 대표실 쪽을 살피던 솔은 작게 인상을 썼다.

뭐냐고 이게. 회사에 올 거면 미리 귀띔이나 해 주지.

솔은 손가락으로 책상을 톡톡 두들기며 생각에 잠겼다. 못마땅한 기분에 이마의 주름이 깊어졌다.

비밀 연애란 짜릿할 줄 알았다. 오다가다 마주칠 때 손끝도 살짝 대어 보고, 둘만이 아는 눈빛을 주고받으며 심장이 쫄깃해질 것 같은 기대감도 있었다.

하지만 어쩌다 마주친다 해도 주혁은 솔에게 눈길 하나 주지 않았다. 굴러가는 돌멩이를 봐도 저것보다는 인간다운 반응을 보이겠다 싶을 정도로 주혁은 무표정 그 자체였다.

어떻게 저런 포커페이스가 가능할까? 자신은 그가 있는 사무실 문만 보아도 가슴이 설레고, 얼굴이 붉어지는데. 기대했던 마음은 서운함으로 바뀌었다.

사실은 그보다 걱정스러운 마음이 더 컸다.

오랜만에 본 주혁은 피곤해 보였다. 얼굴빛은 어두웠고 발걸음도 무거워 보였다. 하긴 하루에 한두 시간 눈 붙이는 거 외에는 일에만 매달리는 나날이니 어쩔 수 없겠지만.

바쁜 것은 비단 주혁뿐만은 아니었다. 릴레이 회의에 들어가는 직원들은 전쟁이 난 것처럼 뛰어다니고 있었다. 자료를 준비하고 정리해 회의실로 보내는 옆 부서의 팀원들도 마찬가지였다.

그럼에도 그들의 얼굴은 빛나고 있었다. 기대하는 성과를 얻기 위한 공통된 간절함이 만들어 낸 열정이 그들에겐 있었다. 바쁘고 빠르게 움직이는 프레임 안에서 정지된 듯 고요한 사람은 자신뿐인 것만 같았다.

나는 무언가에 빠져서 저토록 미친 듯 해 본 적이 있던가. 과연 이곳이 자신의 자리인가. 깊은 생각에 빠지게 한다.

– 잘하는 거 하지 말고, 좋아하는 거 해. 솔이 씨는 그래야 해.

며칠 전, 조용히 회사를 그만둔 김 부장이 봉투를 내밀며 한 말이었다.

– 명예, 돈, 그런 거 욕심 없는 사람이잖나, 우리 밥솥은. 그러니 즐겁지 않으면, 내 자리가 아니다 싶으면 무리하지 마. 난 우리

솔이 씨가 그랬으면 좋겠어.

봉투엔 빳빳한 수표 이천만 원과 오만원권 수십 장이 들어 있었다. 기어이 이자까지 챙겨 준 김 부장의 마음에 울컥했다.

더 많이 줘야 하는데…… 여유 생기면 잊지 않고 이자 더 줄게, 라는 말을 남기고 김 부장은 떠났고, 솔의 마음은 스산해졌다. 송 대리의 표정도 솔과 다르지 않았다. 가끔 옥상에서 만나 차를 마시는 송 대리에게 솔은 웃으면서 말했다. 낙하산이라고 다 좋은 건 아닌가 봐요. 버티는 게 버겁네. 농담 같은 그 말엔 진심이 들어 있었다.

내 것이 아닌 자리. 굴러 들어온 돌.

사소한 업무, 곁을 내주지 않는 직원들. 그녀가 나타나면 멈추는 대화. 어색하게 눈 돌리는 사람들.

생각이 생각을 물고 와 심란해진다. 솔은 머리를 크게 저으며 마음을 다잡으려 애썼다.

당신들이 나를 받아 주지 않아도 나는 쉽게 관두지 못한다네. 왜냐면 내 남자 친구가 당신들이 맹목적으로 믿고 의지하는 대표이기 때문이지.

그러니 그에게 누가 될 수는 없었다. 믿고 뽑아 준 이상 뭔가는 보여 줘야 한다. 그래야 나중에 사귄다는 사실이 밝혀져도 주혁이 욕을 먹지 않는다. 그렇게 생각해도 여전히 일도, 연애도 그녀에게는 어렵기만 했다.

솔은 짧은 한숨으로 상념을 정리하고는 자리에서 일어났다. 벌써 퇴근 시간이 훌쩍 넘어 있었다. 가방을 챙겨 드는데 뒤통수가 뜨거웠다. 엠마의 의심쩍은 눈초리 때문이다. 한빈과 만난 그날 이후 시작된 시선이었다. 어떻게 알게 된 사이냐고 물어볼 만한데도 엠마는

193

그저 뚫어지게 보기만 했기에 오히려 미칠 노릇이었다.

먼저 갈게, 배시시 웃을 때까지 그녀는 솔에게서 시선을 떼지 않았다. 기분이 나쁘다기보다 생각이 많아진 눈이 부담스러웠다. 다른 직원들의 시선은 좀 더 노골적이었다. 처음엔 시기가 섞인 눈초리였다면 이제 그들은 대놓고 솔을 경계했다.

주혁과의 사이를 다 아는 걸까?

솔은 반사적으로 주혁의 사무실을 바라보았다. 흐지부지 잊히길 바랐지만, 그들은 아직도 휴게실에서 주혁에게 끌려갔던 그 사건을 잊지 못하는 모양이다.

대표와의 연애라는 것은 여러모로 힘이 드는 거다.

솔은 부지런히 움직였다. 할 말이 있다던 찬과 며칠째 만나지 못했다. 오늘은 꼭 봐야지 생각하며 엘리베이터에 발을 디디는 순간이었다.

"엇."

커다란 손에 어깨를 잡혔다. 순식간에 불 꺼진 복도 안으로 끌어당겨졌다.

"주혁아……."

"어딜 가. 날 두고."

반가움도 잠시, 주혁의 말에 솔은 입술을 삐죽였다. 알은척도 하지 않은 사람이 누군데. 불만을 얘기하려 솔이 입을 열었다.

"그거야 네가……. 읍!"

말을 끝맺기도 전에 그의 힘에 밀려 쿵, 벽에 등이 닿았다. 주혁이 갑자기 그녀의 입술을 삼켰다. 나오던 말도 그의 입속으로 사라졌다.

그는 이미 벌어진 그녀의 입속으로 깊이 파고들었다. 빈틈없이 몸을 끌어안으며 뒷머리를 커다란 손으로 감쌌다. 순식간에 들어온 혀가 입천장을 훑고 말캉한 혀를 잡아 눌렀다.

하아……. 본능적으로 신음이 흘렀다. 몸에 밀착된 그의 심장 소리가 전에 없이 커서 솔의 몸이 저절로 반응하고 있었다.

"아, 아직 직원들이……."

간신히 비집고 나온 말에도 그는 아랑곳하지 않았다.

"보고……싶었어."

그녀의 혀끝을 빨며 주혁은 웅얼거렸다. 숨 막힐 듯 조여 오는 악력으로 머리를 꽉 잡고는 그는 다급하게 키스했다. 무릎에 힘이 빠져 허물어지는 몸을 몇 번이나 고쳐 안으며 그는 전에 없이 다급한 듯 보였다. 머리를 쥐는 손아귀 힘이 점점 더 거세지자 그녀도 헐떡이며 더듬었다.

"하, 하지만 여긴 회사……. 사람들이."

그녀의 말은 또다시 묵살되었다. 탐색하듯 여린 살점과 입안의 모든 곳을 휘젓는 그의 키스에 어느새 솔도 눈을 감으며 매달렸다.

"하아……."

그가 물러났을 때는 이미 입술이 얼얼해진 후였다. 거칠고 맹렬한 키스에 숨을 몰아쉬는 그녀를 주혁은 와락 껴안았다. 그의 가슴에 짓눌러진 얼굴 위로 거친 심장 소리가 울렸다. 마치 아픈 사람처럼 그는 신음했다.

"안고 싶어."

"……."

"참기 싫어."

"……."

"왜 몰래 만나야 하는지 모르겠다."

그제야 솔은 주혁이 조금 이상하다는 것을 느꼈다. 지금 그는 마치 그들의 준비되지 않았던 첫날밤을 연상시켰다. 사나워지기 직전의 모습. 뭔가에 쫓기며 갈급하는 것처럼 다급하고 초조한 목소리.

또다시 그녀의 입술을 찾아 내려오는 그의 가슴을 밀다가 솔은 놀란 눈을 들었다.

그의 심장이 금방이라도 튀어나올 것처럼 거칠었기 때문이다. 물리적으로 심장이 몸 밖으로 나올 리 없다는 건 알지만. 그럴 경우는 주혁은 이미 시신일 테니까 걱정할 거는 없지만.

문득 솔은 견딜 수 없이 주혁이 사랑스러워졌다. 자신 때문에 이렇게나 심장이 뛰는 남자라니. 결국, 솔은 그의 허리에 팔을 두르고 힘껏 안아 줄 수밖에 없었다.

하아……. 정수리로 쏟아지는 불만족스러운 숨결을 느끼며 그녀는 장난스럽게 상기시켰다.

"천천히 가자고 한 건 너야."

"기억 안 나."

"차근차근하자고 네가……."

"그딴 거 난 몰라."

솔의 가슴이 묵직하도록 뻐근해졌다. 제멋대로인데도 이토록 멋있을 수가 있다니. 그동안의 서운함이 씻은 듯 날아갔다. 그가 자신을 원한다는 사실이 몸살이 날 정도로 기뻤다.

솔은 충동적으로 그에게 입을 맞췄다. 기다렸다는 듯 반응하는 그의 입안을 서툴지만, 열심히 더듬었다. 숨결이 얽히는 느낌에 아랫배가 저릿했다. 참을 수 없는 건 그녀일지도 몰랐다. 하지만 익숙하지 않은 낯선 맛을 느낀 그녀가 다음 순간 인상을 구겼다.

"너 담배 펴?"

"속상해서…… 딱 한 대만."

그가 담배를 피우는 것을 한 번도 본 적이 없었던 솔이었다. 뭐가 얼마나 속상했길래. 얼마나 힘들길래…….

솔은 단순하게 입을 열었다.

"너무 힘들면 하지 마. 내가 너 하나는 먹여 살릴 수……."

갑자기 손가락으로 솔의 입술을 막은 주혁은 엘리베이터 방향을 턱으로 가리켰다. 마지막으로 퇴근하는 무리의 소리가 들렸다.

조용— 입 모양으로 말한 주혁은 빠르게 복도를 돌아 나갔다.

"대표님, 퇴근 안 하세요?"

"먼저 가세요. 저는 할 일이 좀 남아서요."

인사 소리에 엠마의 목소리도 간간이 섞여 들려와 솔은 몸을 작게 웅크리고 최대한 숨을 죽였다.

이렇게 심장이 쫄깃하다니. 이것이 비밀 연애인가? 이제야 비밀 연애의 맛을 느끼는 건가.

와자지껄한 소음이 사라져 갔다.

딸깍.

복도의 마지막 불이 꺼지고 주혁이 다가왔다. 그는 아무 말도 없이 솔을 바라보았다. 심각한 얼굴에 솔의 미소도 사라져 갈 때쯤에야 주혁은 손을 잡았다. 뜨거운 손이었다.

"가자."

그대로 그는 성큼성큼 걷기 시작했다.

어두운 사무실은 아늑했다. 그곳에서 그들은 키스하고, 키스하고, 또 키스했다.

"하아, 하아……."

가쁜 숨을 몰아쉬면서도 솔은 꼭 감은 눈을 뜨지 않았다. 눈을 뜨면 그가 사라졌을까 봐 겁이 났다. 열기로 발그레해진 뺨이 창밖 도시의 조명에 색정적으로 빛이 나는 줄도 몰랐다. 그는 지그시 그 뺨을 감싸 쥐고 또다시 고개를 기울였다. 깊숙이 들어간 혀에 온 감각이 집중되었다. 여린 살이 뭉개지고 뜨거운 혀가 엉킬 때마다 야릇한 소리가 조용한 사무실을 울리고 있었다.

언제 이런 자세가 됐을까.

솔은 파르르 경련했다. 분명 사무실까지 걸어왔고, 문을 닫고 주혁이 보안장치를 작동시켰다. 입맞춤은 격렬했다. 갈급하게 그녀의 입을 탐하면서도 쉴 새 없이 그녀의 몸을 주무르던 손이 옷을 헤치고 들어와 젖가슴을 움켜쥔 순간 그녀의 등에 닿은 스위치가 꺼지며 사방이 어둠에 잠겼다. 자동으로 책상 위 스탠드 하나가 켜졌다. 단단한 손길에 젖꼭지가 빳빳해지고 주혁은 그녀의 입술을 물면서도 만족스럽게 웃었다.

그리고 어느 틈인지 그들은 소파 위를 뒹굴고 있었다. 숨 막히도록 아찔한 키스를 퍼붓던 주혁은 사나운 몸짓으로 넥타이를 풀어 던졌다. 뒤이어 카펫 위에 내동댕이친 옷가지와 솔의 구두가 그들의 주인처럼 겹쳐 있었다.

"주혁아……."

그녀는 목을 젖히며 그의 이름을 불렀다. 그녀가 부르는 자신의 이름이, 유혹하듯 벌어진 입술이, 조명에 반사되어 반짝이는 섞인 타액이, 부드러운 입안의 여린 점막이 주혁을 미치게 했다. 도톰하게 부풀어 오른 분홍빛 입술에서 연신 터지는 퇴폐적인 신음만으로도 그의 성기는 무섭게 부피를 키웠다.

씨발. 소리 없는 욕설이 튀어나왔다.

자제력이란 것이 있기는 했던가. 주혁은 저 자신을 믿을 수가 없었다. 바짝 달라붙은 솔의 벗은 살결을 물고 빨아 흔적을 남기고 싶은 욕망에 그는 자책했다. 그러면서도 하얀 목덜미를, 브래지어 속에 아찔하게 드러난 가슴골을 맛보지 않고는 견딜 수가 없었다. 결국, 그녀의 목덜미에 얼굴을 묻으며 그는 신음했다.

"미치겠다……."

아찔한 체향이 코끝으로 빨려들었다. 그것이 못 견디게 모자라그는 숨을 들이켜듯 목덜미의 체취를 진득하게 들이켰다. 급하게 굴지 않겠다고 해 놓고 아이처럼 보채고, 갈무리하지 못한 열정에 좌절감이 몰려들었다.

그때 부드러운 손이 주혁의 얼굴을 감싸며 눈높이를 맞췄다. 열정으로 흐려진 눈빛이 주혁을 향하자 그는 낯선 죄책감마저 느껴야했다.

오늘, 홍신소 직원에게 받은 그녀의 기록에 그는 무너졌다. 그녀의 여린 몸 구석구석 새겨졌다가 아프게 아물어 갔을 수많은 흉터가 떠올라 미칠 것 같았다.

너는 얼마나 아팠나. 어떤 마음으로 그 시간을 견뎠을까. 상처는 보이지 않아도 가슴속은 너덜거리는 흉한 상처들로 가득할 텐데도 너는 어떻게 이리도 예쁘게 미소를 지을 수가 있는 거지?

화가 났다가, 분노했다가, 또 마음이 못 견디게 쑤셨다.

알게 된 것들이 두려웠고, 알고 있다는 걸 들킬까 봐 더 두려웠다. 서툰 위로라도 하고 싶지만, 정작 위로가 필요한 건 자신인 듯했다.

"너…… 무슨 일 있지?"

눈치라곤 하나도 없는 여자가 알아챌 만큼 그의 감정은 엉망이었다. 솔은 불안한 얼굴이 되어 그를 보고 있었다.

"왜 그래? 무슨 일 있어?"

주혁은 조금의 흔들림 없이 대답했다.

"아무 일도 없어."

그래, 아무 일도 없는 거다. 자신에게 하는 말이기도 했다. 이제 그녀에게 아무 일도 없게 할 거라는 다짐이기도 했다.

"근데 표정이 왜 그래? 나 심장 떨어질 뻔했잖아."

그녀가 분위기를 바꾸려 애를 쓰고 있었다. 주혁은 그 말에 되레 그녀의 젖가슴에 얼굴을 묻었다. 얇은 브래지어 아래 뾰족이 올라온 유두를 과일처럼 베어 물자 달큼한 육즙이 배어 나오는 듯했다. 솔은 파르르 떨며 그의 머리를 안았다.

"참는 게 힘들어서."

그는 웅얼거렸다.

"하고 싶어."

그녀의 젖가슴이 붉게 달아올랐다. 보지 않아도 얼굴 또한 붉어졌으리라. 사소한 그 반응에도 그는 무섭게 흥분했다.

"……안 돼?"

주혁은 고개를 들며 애처롭게 물었다. 당황한 눈빛이 그를 향했다.

"다…… 벗겨 놓고 이제 와서 그, 그게 무슨 말이야. 당, 당연히 되지."

안도한 듯 그가 눈을 질끈 감았다가 떴다. 잔뜩 긴장한 어깨가 불빛에 가늘게 흔들렸다.

이 남자도 떠는구나……. 이렇게 강한 남자도 내 앞에서 떠는구나.

솔은 심장이 뻐근해졌다. 어쩐지 눈물이 날 것만 같아 그녀는 와락 그의 목을 끌어안았다. 그녀의 목덜미를 깨물며 그가 신음했다. 그리고 어느 순간 그의 시선이 어느 방향을 응시했다.

무의식적으로 쫓아간 그의 시선 끝에는 그저 커다란 책상이 있었다. 무엇을 보길래 이런 복잡한 눈빛이 된 걸까, 의아함이 들던 순간이었다.

책상 위를 밝힌 스탠드 불빛에 무언가가 희게 빛을 냈다. 처음엔 그것이 무언지도 몰랐다. 불빛을 받아 빛을 반사하는 그것이 하얀색 서류 봉투라는 것을 솔은 뒤늦게야 깨달았다.

뭔데?

하지만 솔의 의아함은 거기서 끝났다. 그가 그 봉투에 관심을 둔 것은 찰나였고 생각할 시간이 더는 주어지지 않았다.

그의 손이 브래지어를 밀고 들어왔다. 한참 전부터 아프도록 그의 손길을 기다리던 가슴이 순식간에 발가벗겨졌다. 짙은 분홍빛의 유두가 유혹하듯 불거졌다.

"아아……."

솔의 고개가 젖혀지며 모든 것을 잊었다. 주혁의 입안으로 빨려 들어간 젖꼭지가 강하게 빨렸다. 순간 그녀는 전율했다.

"하읏. 하……."

딱딱하게 솟아오른 유두를 입안 가득 흡입할 때마다 그의 양 볼이 홀쭉해지며 솔의 아랫배가 울컥거렸다. 쾌감과 적당한 아픔이 퍼져 나가는 몸이 순식간에 불타는 것만 같아 솔은 그에게 매달렸다.

"빨리……."

"빨리 뭘?"

그가 유두를 잘근거리며 웃었다. 이미 팬티 위를 지분거리는 손 끝에 그녀의 애액이 묻어 있었다.

"만져 줘."

솔은 헐떡였다. 입안 가득 그녀의 젖가슴을 문 채로 그는 이미 흠 뻑 젖은 그녀의 속살을 갈랐다.

"내가……."

그의 음성이 낮아질수록 솔은 자지러졌다. 그녀의 유두를 씹어 물며 내뱉는 음성 또한 외설적이었다. 긴 손가락을 세워 음순을 쓸 며 정확하게 클리토리스를 잡고 문대는 손짓에 발가락까지 움찔거 렸다.

"밤마다…… 네 방 창을 보며 서 있었던 걸 알아?"

주혁이 무슨 소리를 하는지 솔은 이해할 정신없었다. 찔걱이는 소리를 내며 손가락이 질구 안으로 빨려 들어갔다 나오기를 반복했 다. 내벽을 긁어 대는 강한 쾌감에 떨고 있는 솔에게 정신없이 입을 맞추며 주혁은 속삭였다.

"그때마다 내가 무슨 생각을 하는지 모르지."

"하으윽……."

주혁은 한 손을 이용해 자신의 바지와 드로어즈를 한 번에 벗어 던졌다. 잔뜩 커진 페니스가 튕기며 정확하게 그녀의 속살에 비벼졌 다. 급하게 찾아 입으로 뜯어낸 콘돔의 포장지도 곧 바닥으로 떨어 졌다.

"그런 날에는 호텔에 돌아와 널 생각하면서 만져……. 혼자 잡고 흔들면서 네게 박았을 때를 떠올려……. 그 얼굴, 그 소리……. 그 걸 떠올릴 때마다 난 참지 못하고 바로 싸 버려."

순간 솔의 시야가 팽그르르 돌았다. 주혁은 순식간에 솔의 몸을 위로 올렸다. 그녀의 엉덩이를 힘껏 움켜쥔 그는 조준을 하듯 자신의 위에 그녀를 앉혔다. 넓게 벌어진 다리 사이로 단단하고 뜨거운 것이 비벼졌다. 맞닿은 살덩이와 살덩이가 제자리를 찾는 듯 끊임없이 움찔거렸다.

"왜 그럴까. 왜 너에게만 그럴까, 응?"

"아흑!"

조금씩 그의 것이 밀려 들어왔다. 하으윽! 솔은 허리를 크게 휘며 고개를 젖혔다. 그의 가슴에 올려진 손톱에 힘이 들어가 단단한 가슴에 박히고 있었다. 주혁의 의도와는 관계없이 솔의 행동으로 순식간에 페니스가 질구를 꿰뚫고 쑤셔 박혔다.

"아윽!"

주혁은 서둘러 그녀의 허리를 잡아 위로 올렸다. 이를 악물어야 할 만큼 그도 아찔했지만, 그녀의 아픔이 먼저였다. 반쯤 빠진 페니스에도 후후 숨을 뱉는 솔의 얼굴이 고통스러워 보여 그는 다시 심장이 철렁했다.

"아파?"

그는 꽉 깨문 이 사이로 간신히 말을 뱉었다. 한계에 다다른 욕망을 참아 내는 그도 아프긴 마찬가지였다.

"아, 아니…… 좋아…… 빨리."

솔은 스스로 엉덩이를 움직이기 시작했다. 이마에 핏줄마저 설 정도로 참고 있던 주혁을 끌어안고 서툴게 허리를 돌렸다. 주혁의 신음 소리가 거칠어지고 있었다. 그녀의 엉덩이를 붙잡은 팔뚝엔 힘줄이 불끈불끈 솟아났다.

"더……더."

다시 허리를 세운 그녀가 그의 위에서 서투르게 움직였다. 위치를 바꾼 삽입은 강렬했다. 꽉 찬 이물감이 자궁 끝까지 닿았다가 내벽을 거칠게 마찰하며 빠졌다. 이를 악문 주혁이 그녀의 허리를 잡아 움직임을 도왔다. 퍽퍽 빠르게 내리꽂는 행위에 그녀의 젖가슴이 시야에서 아찔하게 흔들렸다.

"하으윽!"

그녀가 몸을 뒤틀며 비명을 질렀다. 쾌감 온몸을 조이는 느낌이었다. 쾌락으로 엉망이 된 얼굴을 세게 도리질 쳤다.

"주혁아, 주혁아."

"더는 못 참겠어……."

주혁이 높이 솔의 허리를 올렸다. 페니스를 감싼 내벽은 고통스러울 정도로 조이며 수축하길 반복했다.

움직임이 맹렬해졌다. 위에서, 아래에서 그들은 아찔한 쾌감의 끝을 위해 정신없이 움직였다. 흐흐 울음소리를 내는 솔의 꽉 감은 두 눈에 입을 맞추려 주혁도 반쯤 일어섰다.

"조금만 더. 조금만 더……."

소파가 카펫을 밀며 이동할 만큼 질주하던 몸짓이 한순간에 멈췄다. 주혁은 고개를 힘껏 젖혔다. 억눌린 입술 사이로 참지 못한 신음이 토해졌다. 아득했다. 아찔했다.

솔이 무너지며 그의 가슴으로 내려앉을 때 그는 눈도 뜨지 못했다. 겪어 보지 못한 쾌락이 파도처럼 밀려와 머리끝까지 관통했다. 숨 막히도록 꽉 껴안은 그녀의 안에서 아직까지 뿜어내는 정액의 분출로 인한 반동으로 솔의 몸도 움찔움찔 흔들렸다.

"……사랑해."

그는 거친 숨을 몰아쉬며 속삭였지만, 쾌락에 헐떡이던 솔은 듣지 못했다.

＊

연애를 시작하고 느낀 가장 큰 변화는 간이 커졌다는 거다. 그것은 사랑이 자라는 속도보다 빠르게 무럭무럭 자란 듯했다.

그렇지 않고야 사무실에서 그런 낯 뜨거운 행위를 했다는 게 말이 되지 않는다. 무엇이 그리도 급하고 절박했던지 그들은 옷도 다 벗지 않았다. 격렬함이 가라앉았을 때야 솔은 미처 풀지 못한 브래지어가 허리춤에 내려가 있었고 주혁은 단추만 푼 셔츠를 걸치고 있다는 것을 깨달았다.

그때를 떠올린 솔의 얼굴이 벌게졌다. 낯 뜨겁게도 아랫배까지 저릿했다. 그날 이후 그녀는 도무지 그의 사무실을 바라볼 수도 없었다.

뜨거운 숨이 한차례 가라앉고 젖은 몸을 포갠 주혁은 어찔했던 쾌락의 여운을 그녀의 눈, 코, 입 온 얼굴에 정신없이 키스로 퍼부었다. 그리고 또다시 흥분했다. 한 번, 두 번……. 소파와 책상, 끝내는 카펫 위까지 뒹굴었다. 짐승처럼. 그날 밤 그에게 물리고 빨린 젖가슴은 아직도 쓰리고 아릿했다. 거기뿐만이 아니지.

솔은 샤워기 아래 벗은 몸을 내려다보았다. 그의 입술이, 손길이 닿지 않은 곳이 하나도 없었다. 누군가 불러 주면 꽃이 된다는 이름처럼, 그가 만져 준 몸은 자신이 보기에도 사랑스러웠다.

샤워를 마친 솔은 수건으로 몸을 감싸고 화장대 앞에 다소곳이 앉았다. 거울에 비치는 이 예쁜 여자가 누구일까. 울다 지쳐 못난 모습만 비치던 거울 속에는 사랑받는 자신감으로 빛나는 여자가 마주

205

보고 있었다.

예뻐라……. 솔은 스르르 눈을 감았다. 그의 뜨겁던 몸이 자신에게 포개지던 순간이 생생하게 되살아났다. 정말이지 행복해서 죽을 것만 같았다.

서둘러 옷을 갈아입고 나선 거리에서 쇼윈도에 비친 모습마저 예뻐 보여 한참을 넋을 놓고 보기도 했다.

사랑이란 좋은 거구나. 사랑하는 사람한테 사랑받는다는 건 정말 좋은 거구나.

솔은 간절히 기도했다. 제발, 제발 사탕을 쥐여 주고 다시 뺏어 가는 못된 장난이 아니길. 그가 오래도록 자신을 아껴 주길.

"당연히 그럴 거야. 난 주혁이를 믿어."

솔은 속삭였다. 한적한 카페 구석에 앉아 예쁜 빛깔의 주스를 마시며 노래하듯 되풀이했다.

"난 주혁이를 믿어. 주혁이는 나한테 미쳐 있거든. 후훗."

"흥!"

까칠한 콧소리가 충만한 자신감에 생채기를 냈다.

"그렇게나 믿음이 강하신 분이 여기서 뭐 하시나."

커다란 선글라스를 반쯤 내리며 솔은 빈정거리는 엠마를 노려보았다.

"네가 끌고 왔잖아."

"멱살 잡아 데려온 것도 아니고, 결국 지가 오고 싶어서 온 거면서."

언니한테 '지'라고 칭하는 못된 말본새는 나중에 손봐 주기로 하고 솔은 멀리 앉아 있는 주혁의 뒷모습으로 시선을 돌렸다. 정확히는 그의 앞에서 웃고 있는 깜짝 놀랄 만큼 아름다운 여자에게로.

오드득, 오드득! 얼음을 부숴 먹는 솔의 얼굴이 험악해졌다.

"정말이야. 난 주혁이 믿어. 내가 믿을 수 없는 건 저 여자야."

정상적인 시력을 가진 여자라면 주혁에게 반할 수밖에 없을 테니까. 그리고 주혁에 대한 믿음과는 별개로 불안할 수밖에 없지 않나.

여자는 정말이지 눈에 띄는 미모였다. 그런 여자와 어깨까지 들썩이며 주혁은 웃고 있었다.

저 남자가 돌았나 싶었다.

"꼴 좋수."

엠마는 비웃었다. 외국에서 살다 왔다는 애가 어쩜 이리도 이죽거리는 어휘를 찰지게 내뱉는지 이해할 수가 없었다. 사실 이해가 되지 않는 건 그뿐만은 아니었다.

"넌 도대체 여기 왜 있는 거니?"

"당연히 와야지. 나의 제임스가 첫사랑을 만난다는데."

그랬다. 주혁은 지금 그 절절했다는 첫사랑을 만나는 중이다. 모든 것은 오지랖쟁이 동생 찬 때문에 일어난 일이다. 할 말이 있다던 찬이 자랑스럽게 늘어놓은 주혁의 첫사랑 찾기 프로젝트를 들었을 때 그녀는 거의 살의를 느꼈다.

─ 그동안 주혁이 때문에 불편했지? 걱정하지 마. 내가 쫓아냈어. 내일쯤 짐도 뺄 거야. 그동안 내 친구 때문에 불편했을 텐데. 미안했어, 누나.

찬은 기함할 말을 연속으로 쏟아 냈다.

─ 그리고, 주혁이 내일 소개팅한다. 내가 주혁이 첫사랑을 찾아

207

냈거든. 둘이 잘돼서 연애라도 하려면 아무래도 우리 집에 있는 거보다 나가서 혼자 사는 게 주혁이한테도 편할 거야. 누나는 아무 신경 쓸 거 없이 편히 자. 알았지?

네놈을 때려 주면 발 뻗고 잘 수도 있을 것이야. 칭찬을 바라는 강아지처럼 눈을 빛내는 찬에게 결국 아무 말도 못 하고 솔은 돌아섰다.

비밀 연애란, 모두가 퇴근한 회사 사무실에서 상상도 못 할 애정 행각을 할 수 있는 짜릿함도 선사했지만, 당당하게 소유권을 주장할 수 없다는 무력함도 준다는 것을 그제야 깨달았다.

게다가 첫사랑이라니…….

왠지 억울했다. 주혁이 아니라고 했어도 그의 첫사랑이 자신일 거라고 악착같이 믿고 있었는데, 스스로 뒤통수를 치고 맞은 느낌에 얼얼했다.

충격은 분노로 바뀌었다.

감히 한주혁이 뭐를 해? 첫사랑을 만나? 만나기만 해 봐. 그래, 나라고 못 할 건 없지. 너도 해 봐, 소개팅. 배운 대로 해 줄 테니.

분기탱천한 마음에 이를 뿌드득 갈았지만 결국 결론은 하나였다. 솔은 주혁을 믿었다. 믿을 수밖에 없었다. 정직한 그 눈빛과 손길을 못 믿는다면 뭘 믿을 수 있을까.

입장을 바꿔서 생각해 보면 이해 못 할 일도 아니었다. 그토록 만나고 싶어 했던 첫사랑을 한 번쯤 보는 것도 좋겠지. 아련함으로 오래오래 가슴에 남을 바에야 이 기회에 깨끗이 털어 내는 것도 괜찮을 것이다.

문제는 첫사랑이란 여자가 너무 예쁘다는 것뿐.

왜 비밀 연애를 하자고 입방정을 떨었을까. 솔은 뒤늦게 후회하며 경솔한 자신의 입을 찰싹찰싹 내리쳤다. 처음부터 당당하게 밝혔다면 찬도 감히 이런 자리를 만들지 않았을 테니.

엠마는 그런 솔을 보며 즐겁다는 듯 눈을 빛냈다.

"긴장되나 봐요? 하긴…… 저 여자 진짜 예쁘지 않아요? 연예인 같잖아. 어쩜 저렇게 예쁠까. 제임스랑 잘 어울리는 것 봐. 누구랑은 참 다르네."

그러더니 그녀는 퍼뜩 정신을 차린 듯 고개를 저었다.

"아니지. 난 언니랑 제임스가 깨지길 바라지만 이건 아니지. 저 여우 같은 것에게 순서를 뺏길 순 없지. 언니가 차이면 그다음은 무조건 내 차례야. 뭔데 새치기야, 새치기가!"

예쁘다는 이유로 여우로 칭해진 여자도, 당연히 주혁에게 차일 거라고 평가된 자신도 기가 찼지만, 차례를 기다리며 벼르는 엠마가 솔직히 제일 기가 찼다. 욱하는 심정으로 솔이 쏘아붙였다.

"그럼 얌전히 번호표 받고 기다리든가. 정신 사납게 떠들지 말고."

흥! 엠마는 다시 한번 콧바람을 내뿜었다.

"이게 다 그놈 때문이야. 좀 전에 나간 남자 봤죠? 제임스 친구 말이에요. 주선자."

솔은 입안에서 굴리던 얼음처럼 굳었다. 그도 그럴 것이 엠마가 지목한 남자가 찬이었기 때문이었다.

이 자리에 찬까지 나올 줄을 예상 못 했기에 솔도 당황했었다. 다행히 구석에 숨은 그녀들을 보지 못하고 찬은 나갔지만, 엠마가 찬과 아는 사이였다는 걸 잊고 있었던 솔은 엠마의 말에 또 한 번 놀라야 했다.

사랑으로 커졌던 간이 쪼그라들어 콩알만 해지는 기분이었다.

"나는 쟤 정말 싫어. 왜 저런 놈이랑 제임스랑 친구인지도 모르겠다니까요. 기생오라비처럼 허여멀건 하게 생겨 가지고."

찬이 기생오라비라면 그의 누이인 내가 기생인데. 그것보다 노골적으로 찬을 싫어하는 엠마의 반응이 솔은 의아했다. 그도 그럴 것이 찬은 어디 가서 욕은 먹지 않는 녀석이었다.

"아까 그 잘생긴 남자?"

"뭐가 잘생겼어요. 밀떡같이 생겼지. 아무튼, 그 남자 캐나다에 몇 번 놀러 온 적 있어서 잘 알거든요. 가볍기가 월급 다음 날 통장하고 비슷해. 아우, 나는 제임스 친구면 다 진중하고 멋질 줄 알았는데. 글쎄 나한테 얼마나 들이댔냐면, 한번은 집 앞에서 그 미친놈이 내……."

아냐, 아니다! 동생의 흉을 듣는 것과 애정 행각을 듣는다는 것은 전혀 다른 문제다. 정신 건강에 너무 해롭지 않은가. 화들짝 놀란 솔이 재빨리 화제를 돌렸다.

"흠, 흠! 저 여자 진짜 예쁘다 그치?"

"그러니까 문제지. 언니랑 차원이 다르잖아요. 아니, 박찬 저놈은 저렇게 예쁜 여자면 지가 만나지, 우리 착실한 제임스에게 소개해주고 난리야. 여자 밝히는 놈이 웬일이래."

그쯤에서 솔은 기분마저 나빠졌다. 도대체 찬이 어떤 행동을 했길래 단순한 엠마가 이토록 치를 떠는지.

"저 남자가 왜 싫어? 생긴 건 꽤 괜찮던데?"

"언니. 난 외모 같은 건 안 봐요. 속을 봐야죠. 자고로 남자란 제임스나 송 대리님처럼 속이 꽉 들어차 있어야 해. 근데 저놈은……."

"아니! 그만해. 박찬, 내 동생이야."

솔은 퉁명스럽게 고백했다. 무슨 소리가 나올지 모르겠지만 동생의 흥을 더는 듣고 싶지 않았다.

어리둥절한 표정으로 느리게 눈을 껌뻑이는 엠마를 무시하고 그녀는 다시 주혁과 여자에게 집중하기로 했다.

"동생? 박찬이?"

엠마가 더듬었다.

"그러니까…… 박찬, 박솔. 오!"

중얼거리던 엠마가 테이블 위에 머리를 박고는 갑자기 키득거리기 시작했다. 최대한 숨을 죽이며 한참을 웃어 대던 그녀가 고개를 들었을 때 눈가에 찔끔 눈물마저 맺혀 있었다.

"운명은, 언니랑 내가 운명이네."

"……."

"좋아요. 나도 한빈 오빠랑 언니 사이 캐묻지 않을게요. 언니도 찬이랑 나랑 있었던 일 묻지 말아요. 알아봐야 서로 민망해질 테니까."

사실은 너무나, 몹시 궁금했지만 지금은 그게 중요한 게 아니니. 다시 매의 눈으로 여자의 동작 하나하나를 살피는 솔을 보며 엠마가 옅게 웃었다.

"이럴 때 보면 엄청 예민한 거 같은데 말이지. 정작 자기 일에는 놀랍도록 무심하단 말이야."

"무슨 소리야?"

"내가 보내 준 게시물 읽어 봤을 거 아니에요. 왜 거기에 대해 한마디도 안 해요?"

엠마의 얼굴이 어른스러워졌다. 자연스럽고도 조심스러운 태도에서 그녀가 굳이 이곳까지 솔을 쫓아온 이유를 알 것도 같았다. 지난밤 그녀가 전송한 내용 때문에 자신을 만나러 왔을 거라는 예감은 어느 정도 하고 있긴 했다.

겸연쩍어진 솔은 코끝을 찡그렸다.

"그거, 예전에 첫 회사 나올 때부터 돌던 얘기야. 특별할 건 없는데 이곳까지 퍼질 줄 몰랐네. 내가 주요 인물도 아닌데……. 그리고 내용이 사실도 아니야."

"사실이 아니었다면 처음 소문이 돌았던 그때 범인을 잡았어야죠. 한참이나 지난 일을 보안 철저한 우리 회사 게시판에 올릴 정도면 능력도, 원한도 상당한 누군가가 있다는 소리 같은데?"

"어떻게 우리 회사 사내 서버까지 들어왔는지는 모르겠지만, 누가 그랬는지는 대충 알아."

뒤끝이 길어도 너무 긴 민지겠지. 그때 소문을 흘린 것도 민지란 건 어렴풋이 짐작하고 있었다. 민지의 아버지라면 충분히 가능한 일이었다. 같은 업계에서 꽤 탄탄한 업체의 대표였고 최종적으로 그 프로젝트를 따낸 장본인이기도 했다.

그 프로젝트를 성사시킨 것을 기반으로 민지 아버지 회사는 성공 가도를 달렸다. 솔처럼 하찮은 존재에게 소문 하나 덮어씌우는 건 일도 아니었으리라.

아버지 밑에서 디자인 실장으로 일하던 민지는 사사건건 솔과 부딪혔다. 의도치 않게 경쟁 구도가 만들어지기도 했었는데 다행인지 불행인지 민지는 항상 솔에게 밀렸다.

하나뿐인 딸이 눈엣가시처럼 여기는 솔에게 본때를 보여 주려고 그랬던 건지, 소문처럼 스파이를 심어 솔의 회사에서 자료를 빼 간 것이 진짜 그들이어서 그랬던 건지는 지금도 알 수 없는 일이었다.

어쨌든 좋지 않은 시기에 쫓겨나듯 퇴사한 바람에, 솔이 돈을 받고 일부러 정보를 흘렸다는 소문이 삽시간에 퍼졌다. 그전까지는 민지 아버지 회사가 받고 있던 의심의 눈길에 자연스럽게 그녀를 따랐다.

그렇다고 정식으로 고소를 당했다든가 하는 일도 없었으니 따지고 파고들 수도 없었다. 그때의 그녀는 명분도 약했고 힘도 없는 실업자일 뿐이었으니까.

억울함도 잠시, 솔은 언제나 그랬듯 속 편하게 잊는 쪽을 택했다. 아니라고 해 봤자 믿어 주는 것이 아니란 것은 그녀가 진즉에 깨달은 세상의 이치였다. 끝까지 솔의 편에 서서 응원해 주던 동료들에게까지 불이익이 돌아갈까 두렵기도 했었다.

소문의 영향으로 다음 회사까지 불명예스럽게 퇴사해야 했을 때는 잠시 모든 것이 원망스럽기는 했었다. 그때 같이 일하자고 손을 내밀어 주던 김 부장에게 지금까지 감사하는 이유도 그것이었다.

그것으로 끝났다고 여겼는데…….

그 소문이 꼬리를 물고 따라다니며 이토록 오랫동안 자신을 괴롭힐 거라고는 생각하지 못했다.

솔은 머리를 긁적였다.

"뭐……. 말해 봐야 입만 구차해지지. 소문이야 금방 사라질 거야. 이 회사에서 내가 중요한 업무를 맡은 것도 아니고."

"가만히 있으면 소문이 맞다고 인정하는 것과 마찬가지예요. 본인이야 떳떳하다지만 다른 사람들 생각은 다르죠. 내가 그 게시물을 언니에게 보여 준 이유가 뭐라고 생각해요?"

"……."

"언니를 믿기 때문에? 천만에요. 난 사람 함부로 믿지 않아요. 다만, 제대로 된 설명이 듣고 싶은 거예요. 그래야 덮어놓고 오해하는 일이 없을 테니까. 다른 사람들도 마찬가지일 거고요.”

주혁이도 알고 있을까? 읽었을까? 솔은 불안한 눈으로 주혁의 뒷
모습을 보았다.

그날, 책상 위에서 주혁의 시선을 잡았던 그 서류가 그것이었을
까? 그렇다면 그는 왜 말이 없었을까. 엠마처럼 그도 자신이 먼저
얘기해 주길 기다리는 건 아닌지.

머리가 복잡해졌다. 심란한 얼굴로 입을 다문 솔을 보며 엠마가
경쾌하게 결론을 내렸다.

“좋아요. 사람마다 대처하는 방법은 다른 거니까요. 그것이 옳다
든가 그르다든가 그건 받아들이는 사람의 주관적인 판단일 뿐이니
언니의 선택을 뭐라고 할 수는 없죠. 사실이 아니라는 말을 믿을게
요. 어쨌든 이번엔 언니 생각대로 흐지부지 넘어갈 수는 없을 거예
요. 생각보다 좀 복잡하게 얽혀 버린 터라······.”

“그게 무슨 소리······.”

질문을 끝내기도 전이었다. 갑자기 테이블 위로 놓인 주스 잔에
솔이 깜짝 놀라 고개를 들었다. 주문하지도 않은 서비스에 의아해하
자 종업원이 친절하게 설명했다.

“저쪽에 남자분이 주문하셨어요.”

솔의 얼굴이 와락 붉어진 것과 엠마가 쯧! 혀를 찬 건 동시였다.

“쳇, 들켰네.”

종업원이 가리키는 방향엔 주혁이 있었다. 언제부터인지 솔을 바
라보고 있던 그가 시선이 맞닿자 짓궂게 웃어 보였다.

“나는 빠져라. 이거군. 치사하게 언니 것만 시켜 주고, 먹을 거로
차별한다 이거지.”

엠마는 더 이상 목소리를 낮출 생각도 않고 큰 소리로 투덜거렸

다. 짧은 바지 아래로 시원스럽게 뻗은 다리를 까딱거리며 엠마는 거만하게 주문했다.

"같은 거로 한 잔 더 부탁해요. 계산은 저쪽 남자분께 받으시고."

그때였다. 난감한 얼굴로 있던 솔은 또 한 번 화들짝 놀랐다. 시끄럽게 윙윙거리는 전화기가 테이블 위에서 이리저리 춤을 추고 있었다. 송 대리였다.

"네, 송 대리님. 네? 왜 토요일에 회사에 나가서는…… 나한테 보안카드가 어딨어요."

버릇처럼 토요일에도 출근한 송 대리는 오전 시간이 지나자 자동으로 잠겨 버린 문 때문에 회사에 갇힌 모양이었다.

정신 사납게 송 대리님까지 왜 이러는 거야. 울상이 된 그녀의 옆으로 엠마가 바짝 얼굴을 붙였다. 부담스러울 정도로 눈을 빛내는 통에 솔은 저도 모르게 뒤로 물러날 정도였다.

"보안팀 부르면 되죠, 뭐가 창피해요? 나 지금 바쁜데…… 아, 알았어요. 갈게요."

차라리 잘됐다. 민망하게 주혁을 만나기 전에 도망가자는 마음으로 전화를 끊자, 엠마가 무표정한 얼굴로 물었다.

"송 대리님 회사에 갇혔대요?"

"그런가 봐. 엠마, 보안 해제할 수 있지? 카드 있어?"

"아니, 왜 그런 건 나한테 말해야지……. 왜 언니한테 맨날……."

엠마는 흘깃 솔을 보다가 빠르게 말했다.

"귀찮아 정말. 내가 갈게요. 언니는 여기서 제임스나 만나요. 보아하니 처음부터 알고 있었던 눈치네."

에잇, 너무 귀찮아! 라고 외치며 이상할 만큼 엠마는 신속하게 카페를 나갔다.

솔은 자신을 바라보고 있는 주혁에게로 어정쩡한 미소를 날렸다.

❋

"나, 저 언니 기억나."

구석에 앉은 여자에게 시선을 떼지 못하는 주혁에게 세나는 웃으며 말했다. 그제야 되돌아온 그의 눈이 따뜻하게 풀어져 있었다. 조금 전까지 딱딱하게 거리를 두던 모습과는 달랐다.

"그때 그 언니 맞지? 막 네 엉덩이를……."

끝까지 말을 못 하고 웃음을 참는 세나를 따라 주혁도 미소 지었다. 정작 당사자만 빼고는 거기 있었던 모든 이들이 기억하고 있는 솔의 모습.

하긴 워낙 강렬했어야 말이지. 고등학생 남학생의 엉덩이를 두들기며 예의 없게 웃어 대던 그날의 솔을 떠올리자 다시 웃음이 나왔다.

"용케 알아봤네. 오래전 일인데."

"저 언니는 하나도 안 변했는데 뭐. 찬이 누나인 건 몰랐어."

세나는 단정한 미소를 보냈다. 찬이 이런 자리를 마련해 가며 주혁과 자신을 만나게 한 이유를 이제야 알 듯도 했다.

찬의 유별난 누나 사랑은 유명했으니 아마도 주혁을 경계하는 것일 테지. 조금은 안심이 되었다. 자기만 찬을 이용했다는 죄책감은 느끼지 않아도 되니까.

주혁과 찬의 누나는 한눈에 봐도 단순한 사이는 아니었다. 동창이상의 접근을 허용하지 않던 건조한 그의 눈은 찬의 누나를 발견한 순간부터 부드러워졌다.

216

이런 자리를 만들었다는 건 찬이 아직 이 두 사람의 관계를 모른다는 것일 테지.

"찬이한테는 말 안 할게."

"고맙다."

"고맙긴 내가 고맙지⋯⋯."

말끝을 흐리는 세나를 보며 주혁은 잠시 생각에 잠겼다. 기억보다 아름다운 모습이었지만 그녀는 퍽 지쳐 보였다. 아마도 그녀가 머뭇거리며 보여 준 사진 속 아이 때문일 것이다.

세나와 똑 닮은 모습으로 환하게 웃고 있는 아이의 사진에 주혁은 다시 집중했다.

"9살이라고?"

"응. 지난주에 생일이 지나서 이젠 10살이야."

그렇다면 그녀가 고작 19살에 낳았다는 것이다.

"아이 아빠는?"

"연락 끊긴 지 좀 됐어. 나쁜 사람은 아니야⋯⋯. 그 사람도 노력했거든. 가족하고 연도 끊고 집도 팔고, 어떻게든 치료비 내려고 많이 애썼어."

그랬다면 끝까지 책임을 졌어야지.

주혁은 세나가 눈치채지 못하게 욕설을 씹어 삼켰다. 사진 속의 그녀의 딸은 건강해 보였다. 희소병으로 하루하루를 살얼음처럼 살아낸다기엔 너무도 어리고 밝은 모습이었다.

그의 눈에는 앞에 있는 세나가 오히려 더 병자 같았다. 불안하게 쥐어뜯고 있는 손끝의 손톱이 거칠게 갈라져 있었고 드문드문 오래된 상처까지 보였다. 굳이 듣지 않아도 그녀의 고생을 짐작할 수 있었다.

"너라면……. 연줄이 닿지 않을까 해서. 네가 캐나다에 있다는 것도 잊고 있었어. 우리 하나가 치료받는 병원 팸플릿에서 네 기사를 봤을 때야 생각났어. 일부러 널 찾아간 건 정말 아니야. 다만 그 병원에서 진행하는 임상 시험에 추천만 해 줘도……. 우리 하나를 넣어 줄 수 있을까 해서……."

병원비가 상상을 초월하는 미국까지는 가지 못하고 먼 친척이 산다는 캐나다 전문 병원에서 치료를 시작한 모양이었다. 그 병원과 주혁이 후원하는 재단이 같아 인터뷰만 했을 뿐 개인적인 친분이 없는 주혁으로서도 장담할 수 없는 부탁이긴 했다.

"알아볼게. 그리고, 그런 쪽으로 후원하는 단체는 바로 소개해 줄수 있어."

금방이라도 쓰러질 것 같은 눈빛을 한 아이 엄마에게 냉정히 말할 수는 없었다. 세나의 눈이 순식간에 벌게지며 눈물이 차올랐다.

"염치가 없다, 내가. 친한 사이도 아니었는데……. 고마워."

울지 않으려고 갈라진 손톱으로 손가락 사이를 꾹꾹 찍자 금세 핏기가 올라왔다. 아픔도 느끼지 못하는지 연신 긁어 대자 결국 거스름이 뜯겨 나가며 핏방울이 맺히는데도 알아차리지 못한 눈치였다.

경제적인 부담감에도 어린 나이에 낳은 아이를 포기하지 않는 모성애에 주혁은 존경심을 느꼈다.

솔을 알기 전에는 당연하다고 여겼을 태도였다. 모든 부모는 조건 없는 사랑을 주는 것이라고 생각했다.

그가 당연하게 누렸던 부모님의 사랑과 돌봄이 어떤 이들에게는 자신의 인생을 희생할 만큼 버거운 일일 수도 있다는 생각을 해 본적이 없었다.

하지만, 같은 부모의 입장에서도 세나의 남편은 포기했고, 세나는 끝끝내 아이를 지키려 하고 있었다. 세나 같은 엄마가 있어서 그 딸은 다행이라고 주혁은 생각했다.

자연스럽게 솔이 오버랩되었다. 세상에 세나처럼 좋은 부모만 존재한다면 그녀도 행복한 어린 시절을 보냈을 테지.

"힘이 닿는 한 도와줄게. 너무 걱정하지 마."

부드럽지만 신뢰감이 가득한 주혁의 음성에 세나는 어렵게 웃어 보였다.

"정말 기대는 안 해. 한 번 얘기만 해 주는 것만으로도 만족해. 고마워. 정말 내가 이 은혜는 꼭 갚을게. 약속할게. 고마워 주혁아."

울지도 못하는 눈을 동그랗게 뜨며 세나는 몇 번이나 고맙다고 했다.

✽

얼떨결에 인사하게 된 세나라는 여자는 상냥하게 웃었다.

"주혁이한테 들었어요. 찬이 누나시라고요."

"아⋯⋯. 네."

아름다운 여자들은 적어도 목소리만이라도 걸걸해야 한다고 솔은 한탄했다. 그래야 공평한 거 아닌가. 어째서 이 여자는 목소리마저 아름다울까.

"걱정하지 마세요. 비밀 지킬게요. 저 입 완전 무거워요."

단아한 미소를 날리며 세나는 카페에서 나갔다.

"그래서."

웃음을 참고 있는 음성에 고개를 들어 보니 주혁이 눈썹을 들어

올렸다.

"여긴 무슨 일로."

"예쁘더라?"

이럴 땐 먼저 치고 나가는 게 유리하다. 솔은 뻔뻔스럽게 눈을 접으며 주혁을 노려보았다.

"엄청 예뻐. 네가 왜 저 여자를 찾아 한국까지 왔는지 알겠어."

"객관적으로 미인이긴······."

"잠깐만."

솔은 손을 올려 그의 말을 끊었다. 화는 나지만, 연애 초보인 그를 위해 이 정도 배려는 해야 하겠지.

"대답을 잘해야 할 것이야."

친절하게 경고를 하며 눈을 깜빡이자 주혁이 묘한 얼굴로 그녀를 보았다.

"······그렇게 예쁘지는 않아."

"거짓말. 여기 카페에 있던 사람들도 다 쳐다볼 정도로 예쁘던데."

"······."

"넌 눈이 없니? 저게 안 이쁜 거면 네 미적 평가의 기준은 뭔데?"

윤세나라는 여자는 아름다웠다. 그 작은 얼굴에 눈코 입이 다 들어간 게 신기할 정도였다. 하긴 눈코 입 중 하나가 빠졌으면 더 신기했겠지만.

무엇보다 마음에 들지 않는 것은 주혁과 세나가 기가 막힐 만큼 잘 어울렸다는 사실이다. 여자인 자신이 봐도 저렇게 예쁜데, 첫사랑이라는 애틋한 감정도 남았을 텐데. 불안한 것도 사실이었다.

"예쁜 건 예쁜 거야. 예쁘긴 해. 너도 솔직히 그렇게 생각하지?"

"……."

똑똑하다고 해도 주혁이도 어쩔 수 없는 남자다. 이 간단한 대답을 왜 모르나. 주혁은 난감한 듯했다.

"내가 좋아하는 건 너야."

무심하게 강조하는 이 대답만은 마음에 들었다.

"내 눈엔 네가 세상에서 제일 이뻐."

"치잇."

새침하게 고개를 돌리며 솔이 배시시 웃었다. 덜컥 팔짱을 끼고는 그녀는 그의 어깨에 고개를 살포시 기댔다.

"하여간 눈만 높아서는……. 어쨌든 나갈까? 오늘 오피스텔로 들어가는 날이잖아. 준비할 거 많을 텐데 내가 도와줄게."

적어도 자신이 여기까지 쫓아온 이유를 물을 생각은 사라진 거 같아서 솔은 안심했다. 그리고 그가 이렇게 하나쯤 맹한 구석을 보여서 좋았다. 완벽한 그는 가끔 부담스러울 때도 있으니까.

"가자."

묘하게 웃고 있는 주혁을 보지 못하고 솔은 앞서 걸었다.

'질투를 하네.'

주혁은 미소 지었다.

귀엽게.

21.

　강복구 회장이 차에 타자 먼저 앉아 있던 민지가 옆자리로 옮겼다. 화려한 파티복 차림의 조카딸을 보는 강 회장의 눈매가 못마땅하게 가늘어졌다.

　"파혼한 지 얼마 되지도 않았는데 옷차림이 과하지 않니?"

　"무슨 말씀이세요. 요즘 파혼은 흠도 아니에요. 이런 때일수록 더 예쁘게 하고 다녀야 사람들이 우습게 안 보죠."

　애교 가득한 표정과 콧소리에 강 회장의 굳은 얼굴이 스르르 펴졌다. 딸바보인 동생 못지않게 강 회장에게도 민지는 눈에 넣어도 아프지 않을 조카딸이었다. 자식이 없는 그에게는 동생을 제외한 하나뿐인 혈육이기도 했다.

　애지중지 키운 조카딸이 내세울 거 없는 거렁뱅이 같은 녀석과 결혼한다고 했을 때 손을 쓰지 않은 것은 그 남자가 아니면 죽어 버리겠다는 반협박 같은 말 때문이었다. 그런 변변찮은 놈에게 파혼을 당하고도 당당하려 애쓰는 민지가 그의 눈에는 안쓰럽기만 했다. 그것이 요즘 도를 넘는 민지의 부탁을 웬만하면 들어주고 있는 이유다.

"그래, 제임스 한과는 어떻게 아는 사이냐?"

"어쩌다가 알게 됐어요."

그가 요즘 주시하고 있는 회사의 대표와 민지가 아는 사이라고 했을 때 내심 반가웠다. 민지 아버지인 동생의 회사를 쥐락펴락하는 자금력을 가진 그였다. 평생을 돈놀이로 먹고산 그는 요즘 들어 탄탄한 회사 하나를 직접 운영해 볼까 하는 욕심을 내고 있던 차였다. 그놈의 사채업자라는 소리를 이제는 듣고 싶지 않았다.

물론, 기술력이 훌륭하지만, 재정적으로 불안한 회사를 조종해서 손쉽게 헐값으로 인수한 뒤 잘게 잘게 분해해 되파는 일도 재미있었다.

전도유망했던 회사가 자신의 손에 의해 힘없이 쪼개지는 과정은 더할 나위 없이 짜릿한 일이었다. 정작 그 회사를 창업한 이들은 어떻게 당하는지 알아채기도 전에 무너졌고, 크게 망할수록 강 회장에게 돌아오는 이익은 막대해졌다.

하지만 요즘 그가 공을 들이는 지엔씨소프트라는 신생 회사는 접근부터가 녹록지 않았다. 연줄을 최대한 동원하고 돈을 찔러주고서야 간신히 개인 투자자로 참여할 수 있었다.

제임스 한이라는 인사를 어린 나이라고 얕잡아 봤던 것부터가 착오였다. 놀랄 만큼 내실이 튼튼한 점도 문제였다.

투자금을 무기로 장난치는 것도 의미가 없을 듯했다. 그럼에도 욕심나는 건 그곳에서 일하는 재원들 때문이기도 했다. 어차피 돈으로 엮인 사이, 돈으로 쉽게 가로챌 수 있을 것 같았는데도 그들이 지닌 우직한 충성심에 시작부터 막혔다.

충분한 조사 끝에 가장 뒤가 구린 알렉스라는 디렉터 하나 설득하는 데만도 엄청난 노력과 자금이 들어갔다. 시작은 했으니 야금야금 그들과 일하는 인력들을 스카우트하고, 빼내 온 기술력으로 비슷한 아이템을 개발하면 그에게 몰렸던 투자업체들도 손쉽게 계약할 자신이 있는데……. 제임스가 눈치챘을 때 이미 텅 빈 주머니 같은 회사 하나 매입하는 건 일도 아닐 테니.

회사를 인수하여 분해해서 다시 파는 일은 사실상 불법도 아니었다. 국내보다는 국외에서 많이 벌어지고 있는 사업이었고, 그는 남들보다 좀 더 적극적으로 하고 있을 뿐이었다.

문제는 한스 회장이었다. 손만 대면 대박이라는 평가를 받는 세계적인 투자자인 한스 회장이 이 작다면 작은 업체를 지지하고 후원하고 있다는 사실을 엊그제야 알게 되었다.

그것을 밝혔다면 더 많은 관심을 받았을 텐데, 조용히 진행한 것도 의아했다. 어쨌든 한스 회장이 지엔씨소프트를 지원하는 거라면 손해를 본다고 해도 이쯤에서 손을 떼는 것이 맞았다. 제임스 한의 회사는 더욱 주목을 받게 될 테니. 여러모로 심기가 불편했던 강 회장이었다.

그런 그가 민지와 제임스 한의 인연에 반색한 것은 굳이 자금과 머리를 쓰지 않고, 합법적으로 회사를 가질 수 있다는 판단 때문이었다. 그에 눈에는 세상에서 가장 사랑스러운 조카딸이고, 비록 사채로 시작했지만, 지금은 누구도 무시 못 할 자금력을 지닌 자신의 영향력이면 충분히 제임스 한의 구미를 당길 수 있을 것이다.

약혼식 때보다 잔뜩 멋을 낸 민지를 보며 강 회장은 내심 기대에 부풀었다.

"듣기로는, 제임스 한이 아직 미혼이라고 하더구나."

"그렇긴 한데……. 애인은 있어요."

민지는 풀이 죽은 모습으로 큰아버지를 흘깃 보았다.

"큰아버지도 잘 아실 거예요. 박솔이라고……."

"진수 놈하고 그렇고 그렇다는 그 여자 말이냐?"

"네……. 저랑 정말 악연인가 봐요. 남자 문제부터 회사 문제까지 여러 가지로 꼬이고, 이번에도……."

말끝을 흐리며 민지는 일부러 낙담한 듯 긴 한숨을 내쉬었다. 그녀는 이미 큰아버지 눈에 가득 찬 욕심을 읽어 낸 후였다. 탐이 나는 회사와 탐이 나는 조카 사윗감이라.

제임스 한인가 뭔가 하는, 자신을 아줌마라고 부르며 모욕한 그 자식과 잘해 볼 생각은 없지만, 큰아버지의 욕심을 이용하기 위해서 이름을 슬쩍 흘렸더니, 예상보다 더 큰 관심을 보였다.

욕심 많은 큰아버지라면 박솔같이 하찮은 디자이너쯤은 순식간에 제거할 것이다. 그때처럼. 아니, 그때보다 더욱 철저하게 밟아 놓아서 다시는 이 계통에서 눈에 띄지 않게 하고 싶었다.

"어떻게 해 주길 바라니?"

큰아버지는 무서운 분이기도 했다. 이렇게 인자한 미소를 띠며 조용히 눈을 빛낼 때면 민지마저 심장이 벌렁거리곤 했다.

"진수 놈과 묶어서 같이 치워 버려 주랴?"

웃음 끝에 묻어나는 잔혹함에 등골이 오싹해졌다.

그녀가 원하는 건 하나였다. 진수가 돌아오는 것. 그녀에게 온전히 돌아오는 것.

그것만 보장된다면 박솔의 행복 따위는 상관없었다. 눈앞에서 치우고 다신 안 볼 수 있다면 더욱 좋았다.

그러니 이건 그저 준비 과정이었다. 진수와 다시 만날 때 다시는 솔이라는 이름을 듣지 않아도 되는 환경을 만드는 것.

진수가 솔에게 가진 애틋함마저 사라지게 할 지저분한 추문. 그리고 그로 인해 영영 눈앞에서 치워지게 된다면 더 좋았다. 하지만 진수까지 다치는 걸 결코 원치 않았기에 예쁘게 고개를 저었다.

"그렇게 무서운 말씀 마시고요. 저는 큰아버지가 그런 일에 연루되는 건 싫어요. 그냥 가볍게⋯⋯."

민지는 눈을 굴렸다.

"저번보다 조금 더 확실하게 이쪽 업계에서 발 못 붙이게만 해 주세요. 진수 씨는 제가 알아서 할게요."

❋

화려한 조명, 격식 있는 음악과, 수많은 사람으로 가득한 컨퍼런스 홀은 열정이 꿈틀거렸다.

불이 꺼지고 본격적인 브리핑이 시작될 때, 입구에서 팸플릿을 나눠 주던 솔도 자리에 앉았다.

한두 번 무대에 서 본 것이 아닌 듯 주혁은 매끄럽고, 세련되게 분위기를 주도했다. 넓은 실내를 꽉 채운 관계자들을 능숙하게 압도했고, 이어지는 질의응답에 쏟아지는 까다로운 질문들도 막힘없이 풀어 나갔다. 낮지만 힘이 있는 그의 어조는 솔이 들어도 신뢰를 심어 주기에 충분했다.

그의 무대, 그만의 자리, 그의 열정.

굳이 알려 주지 않아도 당연히 리더임을 알 수 있는 자신감.

솔은 괜스레 가슴마저 벅찼다. 샴페인을 나르는 홀서빙 직원에게라도 내 남자 친구라고 자랑하고 싶은 뿌듯함이 간질거렸다. 동시에 막연한 불안감을 느끼는 자신이 어쩐지 서글프긴 했지만.

사람들에게 둘러싸인 그가 어쩐지 멀어 보였다. 반짝반짝 빛이 나는 것은 주혁의 옆에 있는 엠마도 마찬가지다. 평소에 워낙 털털하게 구는 탓에 그녀가 얼마나 아름다운지, 얼마나 프로페셔널한 사람인지를 잊고 있었다. 반 이상이 외국인들인 자리에서 자연스럽게 섞여 들어 뭔가를 설명하는 그녀 또한 멋있어 보였다.

솔은 손가락으로 사각형을 만들어, 그 안에 주혁의 모습을 담아보았다. 찰칵, 찰칵, 입술을 오므려 소리를 내며 끊임없이 그를 찍고 마음속에 저장했다.

작은 프레임 안에서도 빛이 나는 남자다. 묘한 흥분감마저 느껴지는 얼굴은 열정으로 반짝거렸다. 그 옆에 있는 엠마와 몹시도 잘 어울리는 그림.

언젠가 저런 곳에 나도 주혁과 같이 설 수 있을까. 그렇다면 나는 과연 잘해 낼 수 있을까.

긴장 없이, 식은땀도 흘리지 않고, 어디론가 사라져 버리고 싶은 마음도 느끼지 않고 진정으로 즐길 수 있을까.

심란한 눈에 그녀를 찾아 두리번거리는 주혁이 보였다. 이내 솔을 발견한 그의 입꼬리가 나른하게 올라갔다. 손짓으로 자신의 옆자리를 가리키는 그를 향해 고개를 가로젓고는 솔은 환한 미소를 보내 주었다.

안심된 듯 따라 웃던 주혁은 금세 다른 사람들에게 휩싸여 버렸다. 그의 머리 위로 쏟아지는 샹들리에 불빛 때문인지 그는 유독 눈이 부셨다.

솔은 머리를 흔들며 꼬리에 꼬리를 무는 상념을 떨쳐 냈다.

이 정도의 일상은 주혁과 만나는 한 어느 정도 각오를 해야 하는 일일지도 모른다. 그리고 솔은 진정으로 주혁에게 어울리는 사람이 되고 싶었다. 주혁도 자랑스러워하는 연인이 되고만 싶었다.

해보는 데까지는 해봐야지. 이런 공포감을 안고 사는 건 굳이 주혁의 옆자리가 아니더라도 불편한 건 사실이니까 말이다.

이런저런 잡념들을 강제로 머리에서 밀어내고 얼마쯤 있자 솔은 심심해졌다. 떠들썩하게 변한 파티장 안에서 그녀만이 스며들지 못하고 겉도는 느낌이다. 수다라도 떨까 싶어 둘러봐도 송 대리님마저 눈에 띄지 않았다. 회사 동료들은 친절했지만, 그녀를 불편해하는 것까지 숨기지는 못했다.

아마도 그 게시물 때문이겠지, 라고 이해는 하면서도 씁쓸한 기분이 드는 건 어쩔 수 없었다. 그나마 자랑할 수 있는 건 원만한 대인 관계를 유지하고 있다 여겼던 솔에게 이런 은근한 따돌림은 충격이었다.

물론 초대된 사람 중에서 아는 얼굴이 없는 것은 아니었다. 좌 민지, 우 한빈이라는 것이 몹시 곤란한 문제였을 뿐이었다.

한빈이야 엠마가 초대했다고 미리 말해 줬으니 예상했지만, 민지의 경우는 뜻밖이었다.

더욱 이상한 것은 평소라면 먼저 다가와 온갖 얄미운 소리를 쏟아 냈을 민지가 자신을 피하고 있다는 것이었다. 싸늘하게 눈을 접어 솔을 한 번 노려본 이후로는 눈길조차 마주치길 거부하고 있었다.

찔리는 게 있긴 하지?

먼저 가서 따지고 싶어도 솔도 섣불리 민지에게 다가가지 못하고 있었다. 아무래도 진수와의 파혼이 걸리기도 하고, 차단하기 전까지 끈질기게 울리던 진수의 연락도 못내 찜찜했다.

그리고 이곳은 주혁에게 중요한 자리였다. 서로 욱하는 마음에 머리채 잡고 싸움이라도 하면 안 되니까.

못마땅하게 민지를 노려보자, 민지 옆에 있던 노신사가 똑바로 솔을 바라보았다.

대놓고 솔을 위아래로 천천히 훑은 그는 집요할 정도로 그녀에게 시선을 떼지 않았다.

아주 옅은 갈색의 눈동자는 보통 사람보다 훨씬 더 밝아서 솔의 위치에서 바라보자니 동공 전체가 희게 보였다. 묘하게 끈적거리고 기분이 나빠지는 눈동자였다.

흡혈귀 같아…….

물론 잘생기고 매력적인 뱀파이어가 아닌, 그냥 피를 빨아먹는 박쥐의 느낌.

솔은 저도 모르게 몸을 부르르 떨었다.

어른을 두고 할 생각은 아니지만 느낌이 그랬다. 강 회장이라고 불리는 것을 보면 강민지와 친인척이 분명했다.

오래전 만나 본 민지의 아버지는 확실히 아니었고, 그보다 나이가 지긋한 걸 보면 큰아버지나 젊은 할아버지쯤?

오…… 한 잔 먹었더니 머리가 쌩쌩 돌아가네.

솔은 피식 웃고는 잡생각을 멈췄다. 이쯤에서 자신이 사라진다고 해도 알아챌 분위기도 아니고 하니 퇴장하기로 했다.

솔은 핸드폰을 열어 꼭꼭 문자를 찍었다.

[나, 먼저 갈게.]

주혁이 바로 확인을 하는 것이 보였다. 두리번거리며 솔을 찾아

낸 주혁은 주변에 고개를 숙여 양해를 구하고는 곧장 솔에게로 다가왔다.

솔은 처음 보는 상기된 얼굴이었다.

"같이 가. 금방 끝나."

"주인공이 일찍 빠지면 안 되지. 끝까지 있다가 와."

"그러면 데려다줄게. 다시 오면 되니까. 잠깐만 기다려. 인사만 하고……."

몸을 돌리는 그의 팔을 잡자 주혁이 희미하게 웃었다. 금방 손을 떼기는 했지만, 공식적인 자리에서 솔이 그에게 먼저 손을 대는 건 없었던 일이다.

아니나 다를까 솔은 주변의 시선을 의식하며 멋쩍게 웃었다.

"아냐, 택시 타고 갈래."

"오늘 무슨 날인지 몰라?"

주혁은 다정하게 웃으며 말했다.

"나, 축하해 줘야지."

"그럼, 끝나고 전화해. 집에서 좀 쉬고 있을게."

"그럴래?"

주혁이 자연스럽게 그녀의 머리를 쓰다듬으려 했다. 난감한 표정의 솔 때문에 중간에 멈추긴 했지만.

그녀의 시선 끝을 따라가니 조금 전까지 자신과 이야기하던 무리가 흥미진진하게 자신과 솔을 보고 있었다. 그와는 하나같이 각별하고 소중한 인연들이었다.

언제 다시 모일지도 모르는 그들에게 주혁은 솔을 소개해 주고 싶었다. 하나하나 인사시키고, 자랑스럽게 허리를 안고 다니고 싶은 마음을 그녀는 아마 모르겠지.

231

이미 알 만한 사람은 다 안다고 하지만, 대놓고 자랑할 수 없는 처지가 불만스러웠다. 그렇다고 질색하는 솔을 난처하게 할 생각은 없었다.

"잠깐만."

그래도 기어이 주혁은 솔의 팔을 잡았다. 다른 사람들이 본다면 에스코트라고 보일 정도로만 능숙하게 그녀를 안내하며 걸어갔다.

인적이 없는 모퉁이에 돌아서자마자 주혁은 솔을 꽉 끌어안았다. 움찔하던 솔도 이내 그의 허리에 손을 둘렀다.

"하아…… 좋다."

주혁은 솔의 정수리에 가볍게 입을 맞췄다. 익숙한 샴푸 향이 코끝에 스며들자 들떴던 마음이 진정이 되는 기분이다. 그는 짐짓 엄한 목소리로 말했다.

"먼저 잠들면 안 돼. 기다려."

"응."

"오늘 꼭 네가 축하해 줘야 하거든."

파고드는 몸이 사랑스러워 더욱 세게 끌어안고는 주혁은 웅얼거렸다.

한국으로 오기 수년 전부터 그림을 그리고 온 힘을 기울인 기획의 첫발이었다. 운 좋게 성공했다는 말에서 벗어나고 싶어, 한스 회장의 힘을 빌리지도 않았다.

오로지 자신만의 힘, 열정으로 끌어낸 이 자리가 못 견디게 자랑스러웠다. 결과야 아직 장담할 수 없다 해도, 큰 사고 없이 목표한 출발점을 찍었다는 것 자체가 가슴 벅찼다.

그래서, 솔도 자신을 자랑스러워하길 간절하게 바랐다.

"……오피스텔에 가 있어."

주혁은 은밀하게 속삭였다. 버둥대며 품에서 벗어난 솔이 가볍게 흘기자 주혁은 피식 웃었다.

"그런데, 그 아줌마 왔던데?"

솔도 풋! 웃음을 터트렸다. 비눗방울처럼 터지는 웃음이 상큼하게 그의 가슴에 녹아들었다. 주혁이 민지를 아줌마라고 부른 건 솔도 혜주를 통해 알고 있었다.

"생각보다 몹쓸 아줌마던데……."

주혁이 가라앉은 얼굴로 솔을 보자, 그녀의 눈동자가 조금 흔들렸다.

취기가 오르고 들뜬 마음이 그를 대담하게 만들고 있었다. 긴 손가락으로 솔의 턱을 잡아 눈을 맞췄다. 동그랗게 커진 눈이 그를 향했다.

"자꾸 못된 장난을 치던데……."

"……뭐?"

"누군가는 혼내 줘야지."

"무슨 소리야?"

솔의 이마가 가볍게 구겨졌다. 한 줄 새겨진 주름이 펴지기도 전에 주혁은 재빠르게 하얀 이마에 입을 맞췄다.

"뭘 하려고 그래? 나 때문이면 그렇게 하지 않아도 돼. 난 신경 안 써."

"내가 신경 쓰여."

몹시…….

"적어도 받은 만큼은 되갚아 줘야겠지."

민지라는 여자가 솔을 바라보는 시선만으로도 충분히 불쾌했다. 경멸을 담은 눈동자였으니까.

233

적반하장이라는 말도 모르고 멋대로 구는 그 여자를 참아 줄 이유는 주혁에게 없었다.

"다른 건 몰라도 나는 그래. 얄보고 자꾸 도발하면 똑같이 밟아 줘야 해. 그래야 더는 우습게 보지 않거든."

주혁은 웃으며 몸을 떼었다. 짙어진 눈으로 그는 다시 한번 당부했다.

"약속했어. 잠들지 말고 기다려."

주혁이 가고 난 뒤에도 솔은 한동안 자리를 뜨지 못했다.

― 적어도 받은 만큼은 되갚아 줘야겠지.

그 말에 왜 한기가 들었는지 모르겠다. 곰곰이 곱씹다가 그녀는 천천히 발길을 돌렸다. 어쩐지 즐거워 보이는 그를 보며 가벼운 소름마저 돋았다. 분명 자신과 관련된 일. 저도 모르는 일이 의논되고 진행된다는 느낌은 퍽 불편했다. 누군가 부르는 소리를 듣기까지 그녀는 생각에 빠져 있었다.

"솔이 누나?"

반갑게 손을 휘휘 저으며 다가오는 사람은 동생 친구 상철이었다. 세트처럼 그와 꼭 붙어 다니는 재균이 뒤따라오며 꾸벅 고개를 숙였다.

"와, 누나 오랜만이네. 잘 지냈어요? 여기서 보니 반갑네. 하하."

두세 달에 한 번씩은 떡이 되도록 취해 찬과 함께 집으로 쳐들어

오는 녀석들이라 그리 반가울 것도 없는데 상철은 새삼스레 반가워하고 있었다. 좋게는 친화력이 좋은 성격이고 나쁘게는 지나치게 가벼운 면이 있는 녀석이었다. 장단을 맞춰 주기에 머리가 복잡했기에 솔은 가볍게 대꾸했다.

"주혁이 보러 왔구나?"

"친구가 이런 큰 행사를 하는데 빠질 수는 없죠. 이 기회에 사람들한테 명함도 좀 돌리고…… 겸사겸사."

상철의 직업은 외제차 딜러였다. 성격과 제법 잘 어울리는 일이다. 솔은 고개를 끄덕이며 웃어 주었다.

"누나가 돈 벌어서 우리 상철이 차 한 대 팔아 줘야 하는데. 조금만 기다려."

"누나는 됐고, 찬이나 한 대 사라고 해요. 주식으로 대박 난 녀석이 이상하게 차 욕심은 안 부린단 말이야."

"우리 찬이한테 팔아먹었다가는 넌 내 손에 죽을 줄 알아."

괜한 으름장에 상철이 과장되게 두 손을 번쩍 올리며 뒤로 물러섰다. 웃고 있던 재균이 끼어들었다.

"누나는 여기 무슨 일이에요? 찬이 녀석은 안 온다고 하던데."

"나 여기 직원이잖아. 몰랐구나? 주혁이 회사에서 일해."

"네에?!"

아고, 깜짝이야. 상철이 어찌나 놀라던지 솔도 덩달아 깜짝 놀랐다. 리액션이 유달리 큰 상철이었지만 이건 좀 과했다.

"주혁이 회사에서 일한다고? 언제부터? 왜?"

"그렇게 됐어. 암튼, 놀다 가라. 난 피곤해서 가려던 참이거든."

알 수 없는 눈빛을 교환하는 녀석들이 수상쩍었지만 솔은 손을 흔들며 퇴장했다. 눈치 구단인 상철이 혹시라도 주혁과의 관계를 알게 되면 곧바로 그 가벼운 입을 찬에게 나불댈 것이 분명했다. 밝힐 때 밝히더라도 찬에게는 직접 말해야 한다.

그나저나 오피스텔로 바로 갈까, 집에 가서 옷이라도 갈아입고 나올까. 사소한 고민을 하며 솔은 빠르게 행사장을 빠져나갔다.

✽

"징글징글하다, 한주혁."

상철이 쯧! 혀를 차며 고개를 저었다.

"뭘 그렇게 확대해서 생각하냐. 우연이겠지."

"우연 같은 소리 하네. 주혁이가 솔이 누나한테 얼마나 맺혀 있는 지 몰라서 그래? 그놈 성격이면 작정하고 누나 취직시킨 거야."

"넌 친구를 어떻게 보고……. 주혁이가 지금 그럴 정신이나 있겠냐. 일을 저렇게 거창하게 벌여 놨는데."

그렇게 답하긴 했어도 재균 또한 미심쩍은 얼굴이었다.

"아니야. 지 집 놔두고 찬이 집으로 들어간 것부터가 수상했어. 솔이 누나 만나려고 그런 거잖아. 복수하려고. 아니, 나이가 몇인 데……. 난 진짜 이해가 안 된다. 누나가 실수한 건 사실이지만 10 년 넘게 독기 품고 벼를 만한 일은 아니잖아? 하긴 독한 놈이니까 이 나이에 이 정도 성공했겠지."

잠시 생각에 잠겼던 재균이 조심스럽게 말을 꺼냈다.

"혹시 말이다. 말도 안 되지만 주혁이가 솔이 누나를 여자로 보는 건……."

상철이 과하게 콧방귀를 뀌었다.

"행여나, 저놈이 솔이 누나가 눈에 차겠냐? 딱 봐도 심술부리는 거야. 당한 만큼 너도 당해 봐라, 그런 거지. 그러자면 가까이 있는 게 좋으니까 취직까지 시켜 준 거고."

"야, 야! 좋은 마음으로 그런 걸 수도 있지. 그래도 친구 누나인데 그렇게까지 하려고."

"그 오랜 시간을 이를 갈며 친구 누나 근황 알아낸 것도 이상했다고. 그 일이 주혁이한테는 트라우마가 될 정도로 충격적이었나 보지. 아무튼, 모르겠다. 찬이 알면 난리 날 텐데."

"괜히 찜찜하네."

"그냥 뭐. 분이 풀리면 멈추겠지. 뭐, 심하게 하겠어? 솔이 누나는 둔해서 당하는 줄도 모를걸. 솔이 누나는 왜 하필 저런 녀석한테 원한을 사서는……."

담뱃불을 비벼 끄며 상철은 재균을 재촉했다.

"빨리 들어가자. 먹을 것도 많던데. 배부터 채우고 명함 돌리든지 해야겠다."

빙글빙글 도는 회전문 안으로 그들은 들어갔다. 곧이어 그들을 태운 엘리베이터가 위로 올라가는 것을 통유리 너머 밖에서 솔은 멍한 얼굴로 보고 있었다.

놓고 간 기념품을 가지러 되돌아온 길이었다. 빌딩 앞에서 담배를 피우며 두런거리는 상철과 재균을 발견한 건 우연이었다.

내가…… 무슨 소리를 들은 거지?

솔은 어리둥절했다.

복수? 트라우마? 우리 집에 사는 것도 나 때문이라니, 왜?

이해할 수 있는 말이 하나도 없었다. 그럼에도 본능적으로 피가 싸늘하게 식었다.

"이런."

중저음의 허스키한 음성이 들린 건 그때였다. 소스라치며 뒤를 돌아보니 굳은 얼굴의 강한빈이 보였다.

"어이쿠."

놀라서 비틀대는 그녀의 팔을 잡아 지탱해 주며 그가 무심하게 덧붙였다.

"듣지 말아야 할 걸 들어 버렸네."

씨발. 아주 작은 소리였는데도 그가 내뱉은 욕설이 멍한 귀에 꽂혔다.

"한, 한빈 씨도 들었어요? 저게 무슨 소리예요?"

가뜩이나 큰 눈이 더 커졌다. 어리둥절한 얼굴을 하고는 솔은 한빈을 바라보았다. 답을 내놓으라는 듯한 표정에 도리어 한빈이 난감해졌다.

"들었어요? 내가 욕했어요. 미안해요."

"아니, 그거 말고요. 한빈 씨도 들은 거 맞죠? 제가 잘못 들은 거 아니죠? 저 남자들이 뭐라고……."

'틈'이라고 한빈은 답해 주고 싶었다. 어쩌면 당신네 사이에 균열이 시작될지도 모르는 소리라고 시원스럽게 말하고 싶었지만, 뭔가가 한빈의 목을 틀어막았다. 틈이 생기길 엿보겠다고 지훈에게 한 말이 이런 식으로 들어맞을 줄은 몰랐는데. 작두라도 타야 하나. 어쩐지 감이 이상하더니만.

― 참 좋은 사람이에요, 한빈 씨는.

그 말이 목을 막았다. 좋은 사람은 이럴 때 어떻게 해야 하나. 비집고 들어가기 좋은 타이밍인데 어쩌나. 목에서 아우성치는 대답을 꺼내지 못하는 갑갑함에 한빈은 끙, 앓는 신음을 했다가 결국 퉁명스럽게 대꾸했다.

"그걸 왜 나한테 묻습니까."

그 대답에 솔은 퍼뜩 정신을 차린 듯했다. 당황한 그녀는 한 발 뒤로 물러났다. 멀어진 거리만큼 침묵이 길어졌다.

"죄송해요. 제가 좀 놀랐나 봐요."

입술을 잘근거리던 그녀가 갑자기 생긋 웃었다. 아무 일 없었던 것처럼 멀쩡한 얼굴이 되어 한빈을 보았다. 그 모습에 도리어 한빈의 미간이 좁혀졌다. 분명 뭔가를 눈치챈 거 같은데……. 그녀의 단정한 미소 끝은 경직되었고 어색했다. 그 어색한 웃음을 유지하며 솔은 조곤조곤 설명했다.

"아까 그 남자들, 동생 친구들이에요. 근데 술이 좀 과했나 봐요. 헛소리를 하네, 저것들이."

한빈은 슬쩍 시선을 돌렸다.

– 참 좋은 검사님이실 거예요.

빌어먹을 그 말만 떠오르지 않는다면 뭔가 지독한 의심을 한 움큼 던져 주고 싶은데, 열린 입에서 도통 말이 되어 나오지 않았다. 비집고 나오려는 말과 자제하려는 의지가 싸우는 통에 얼굴만 벌게졌다.

젠장! 한빈은 참았던 숨을 쏟아 내며 말했다.

"술주정 맞네. 딱 봐도 엄청 취해 보였어요."

"그죠? 저것들을 그냥……."

솔은 가슴에 손을 얹고 몇 번인가 쓸어내리는 동작을 했다. 애써 평정심을 찾은 눈이 한빈을 향했다.

"그나저나 자꾸 만나게 되네요. 좀 불편하게……."

하고는 배시시 웃는다.

"술주정 맞아요. 원래 술 먹으면 저래요, 저 녀석들이."

내가 잘 알아요. 우물우물 얼버무리며 또다시 예쁘게 웃었다.

"그러니까 잊어 주세요. 오늘 여기서 아무 말도 못 들은 거예요. 알았죠?"

한빈은 고개를 끄덕였다. 안도했는지 크게 숨을 내쉬는 그녀를 바라보는 그의 이마가 못마땅하게 구겨졌다. 솔은 이내 경쾌하게 작별인사를 했다.

"반가웠어요. 들어가세요."

퍽도 반가웠겠다. 한시라도 자신과 있는 걸 못 견디겠다는 듯 바빠진 발걸음을 하고서는.

희게 질린 얼굴을 웃음으로 감춘다고 누가 모르나.

어쨌든 이건 두 사람의 문제였다. 그러니 분명 그가 신경 쓸 일이 아니다. 주제넘고 못난 짓이다. 하지만 다음 순간 한빈은 뛰기 시작했다. 이미 택시 안으로 들어가려는 솔의 어깨를 잡아 돌려세웠다. 놀란 눈을 보며 숨차게 말했다.

"술주정이라고 해도, 꺼림칙하면 직접 물어봐요. 오해는 대부분 대화 부족으로 생기니까."

오지랖도 이 정도면 주책이다. 내뱉고는 급속도로 자괴감에 빠진 그를 솔이 빤히 바라보았다. 입가에 서서히 예쁜 미소가 번졌다.

"고마워요. 정말 좋은 사람 맞네요, 한빈 씨는."

그녀에게 다시 듣고 싶지 않은 말이었는데도 이상하게 기분이 나쁘지 않았다. 실은 속도 없이 좋다. 멀어지는 택시 뒤꽁무니에 히죽이는 미소를 보내다가 어느 순간 한빈은 자신의 입을 철썩 내리쳤다. 뚜쟁이가 된 기분이었다.

❀

벽에 기댄 한빈이 고개를 기울였다. 길게 늘여 뜬 눈이 주혁의 행동 하나하나를 뒤쫓고 있었다. 자신감 있는 모습으로 분위기를 주도하며 투자자나, 관계자들을 사로잡고 있는 저 젊은 사내는 지금 여자 친구가 어떤 마음을 가지고 집으로 향하는지 알고는 있을까. 두 사람의 개인적인 영역이라는 것을 알지만 못마땅한 건 못마땅한 거다. 그리고 그들의 결론이 몸서리치게 궁금한 것도 사실이다.

역시나 음흉스러운 놈.

한빈은 주혁을 본격적으로 뜯어 살피기 시작했다. 자세히 알 수는 없지만 아까 그 남자들이 흘린 말은 사실에 근거해서 나온 것이리라. 뭔가가 걸리니 박솔의 얼굴이 그렇게 파리하게 굳은 것일 테고.

기분이 언짢아졌다. 대놓고 물어볼 수도 없는 처지가 짜증도 났다. 아니, 못 물어볼 건 또 뭐야. 몸을 세운 한빈은 주혁에게로 서슴없이 걸어가기 시작했다.

"오빠, 왔구나!"

주혁에게 닿기도 전에 엠마가 다가와 냉큼 팔짱을 꼈다. 술이 들어가면 무서운 애교를 부리는 사촌 동생의 팔을 슬며시 빼려 할 때였다. 뒤돌아본 주혁이 한빈을 발견하고 미미하게 표정을 굳혔다.

역시나. 의심이 확신이 되었다. 처음 만났을 때 유난히 사나웠던 그의 눈초리가 내내 신경을 긁었던 차였다. 내가 신기가 있나, 왠지 그냥 마음에 안 들더니만, 그놈도 본능적으로 나를 경계한 거로군, 하는 헛생각도 했었다. 하지만 지금 그의 반응으로 보자니 한주혁은 처음부터 자신을 알고 있던 것이 분명했다.

"두 사람, 정식으로 만나는 거 처음이지? 인사해. 이쪽은 우리 대표님……."

"얘기 좀 합시다."

콧소리에 알아듣기도 힘든 엠마의 말을 가뿐히 무시하고 한빈은 턱을 세워 구석을 가리켰다. 가볍게 고개를 숙이던 주혁도 그의 눈빛을 읽었는지 눈매를 가늘게 접었다.

"가시죠."

건방진 놈. 주혁을 따라 걸으며 한빈은 투덜거렸다. 하지만 허우대만은 인정할 수밖에 없는 녀석. 게다가 한빈이 잘 알지 못하는 분야긴 했어도 그의 브리핑을 지켜본 결과, 능력 또한 과대평가된 것은 아닌 듯했다. 그가 이토록 주목받는 이유를 단번에 이해시킨 인상 깊은 브리핑이었다.

멀뚱멀뚱 바라보는 엠마의 시선이 닿지 않는 곳에 와서야 주혁은 멈췄다. 테이블 위의 샴페인 잔 하나를 한빈에게 내미는 폼이 정중했다. 잠시의 시간을 두고 두 남자는 천천히 샴페인을 음미했다. 탐색전 같기도 한 긴장감이 팽팽해졌을 때 한빈이 불쑥 입을 열었다.

"엠마가 헛물켠 겁니까? 분명 한 대표와……."

"엠마와는 친구입니다."

의도적인 빈정거림에 준비된 듯 반듯한 답변이 돌아왔다. 빈틈이 없는 태도에 기선을 제압할 수가 없었다. 어리다면 어린 나이에 저 정도의 자신감은 어디서 나온 걸까. 조금이라도 찔리는 구석이 있다면 응당 당황한 빛이라도 보여야 할 것인데 주혁은 당당했다. 젊은 치기라고 치부하기에 정돈된 카리스마가 보였다. 한빈은 일단 후하게 점수를 줬다.

"사실은 말이에요. 그때, 우리가 처음 만난 날. 난 내가 너무 잘생겨서 한 대표가 죽어라 노려보는 줄 알고 우쭐했거든. 그런데 지금 생각해 보니 한 대표는 나를 이미 알고 있었던 모양입니다. 맞습니까?"

주혁은 부정할 생각도 없는 듯 똑바로 한빈을 보고 있었다.

"엠마의 사촌 오빠란 건 그때 알았다고 했으니……."

빈 잔을 내려놓은 한빈이 비스듬히 벽에 기댔다.

"엠마의 오빠기도 하고, 내가 한 대표보다 나이가 많으니까 말 놓아도 되지?"

"그러십시오."

"박솔 씨하고 나의 관계. 알고 있었지?"

한빈은 단도직입적으로 물었다. 찬바람이 쌩쌩 부는 그에게 예의를 갖출 필요는 굳이 찾지 못했다. 주혁은 피식 웃었다.

"관계라……. 소개로 고작 한 번 만난 사이를 강 검사님은 관계라고 부릅니까?"

"한 번이더라도 남자, 여자. 명확한 목적을 가지고 만났으니까. 진지한 사이로 발전할 수 있다는 암묵적 동의를 한 만남이었어."

"결과적으로 진지한 사이가 된 것도 아니잖습니까. 물론, 그렇게 되도록 놔두지도 않았을 겁니다, 제가."

주혁은 퍽 강하게 답했다. 그는 불쾌한 감정을 대놓고 드러내며 말을 이었다.

"강 검사님이 이러는 걸 보니 아마 저와 박솔 씨가 사귄다는 걸 아신 거 같은데……. 솔직히 이건 경우가 아니지 않습니까?"

한빈도 돌려 말하는 재주는 없지만, 한주혁이란 인간은 더한 듯했다. 주혁은 한 발 더 나아가 도전하듯 눈을 빛냈다.

"정확히 뭘 알고 싶으신 겁니까."

"일단 호기심이라고 해 두지. 내가 박솔 씨에게 관심이 있는 것도 사실이고. 그런데 엠마하고 미묘한 관계를 10년 넘게 이어온 남자가 애인이라니 말이야. 엠마의 오빠로서도 화가 좀 나는데."

"선을 넘으시는군요. 제 여자 친구에게 관심이 있다는 말을 굳이 제 앞에서 하시는 이유가 뭘까요······."

"······."

"말 나온 김에 확실히 짚고 넘어가죠."

무슨 생각인지 주혁은 날카로웠던 태도를 버렸다. 반듯한 자세로 선 그는 차분하게 말했다.

"단 한 번도 엠마를 여자로 대한 적 없습니다. 엠마에게도 충분히 말했고요. 그런데도 엠마가 상처를 받았다면, 그건 저와 엠마가 풀어야 할 숙제죠. 이것 또한 형님께서 나설 일은 아닙니다만."

형님이란다. 뻔뻔스러운 주혁의 말에 한빈이 눈살을 찌푸렸다.

"제 여자 친구 일은 더더욱 그렇습니다. 저와 박솔 씨 사이를 형님의 호기심을 채우자고 설명할 필요도 없고, 단지······ 호감을 느꼈다는 이유로 나서기엔 주제넘었다고 생각 안 하십니까?"

"아, 좋아. 그건 인정."

한빈은 그 지점에서 깨끗이 손을 들었다. 정중함을 가장한 주혁의 지적에 모양은 이미 제대로 빠졌다. 주제넘다는 말까지 들었는데 더 이상 주제넘고 싶은 생각도 없고.

어디까지나 두 사람의 문제니 아까 보고 들은 일을 귀띔해 줄 이유가 없다.

"선 넘은 건 사과하지. 하지만 솔이 씨에게 좋은 감정이 남은 건 사실이야. 굳이 알려 주는 건, 기회가 온다면 마다하지 않을 정도의 호감이라는 걸 한 대표도 알아야 할 거 같아서. 두 사람 사이에 믿음 이 있다면 나 따위는 아무 문제 되지 않을 테지. 내 감정까지 한 대 표가 뭐라고 할 수는 없⋯⋯."

"안 됩니다."

주혁은 미소를 지우고 딱딱하게 경고했다.

"이건 믿음의 문제가 아니죠. 어떤 경우에도 멋대로 기회라고 판 단하고 접근하지 마십시오."

"그야 내 마음이라니까. 알겠어요. 어쨌든 내가 듣고 싶은 말은 들은 거 같네. 오늘은 이만."

한빈은 어깨를 으쓱하며 몸을 돌렸다. 그래, 불행인지 다행인지, 별 시답지 않은 놈에게 진 건 아니다. 그런 쓸데없는 위로를 하는 자 신이 한심한데 뒤통수에 주혁의 음성이 날아와 박혔다.

"그런데 형님."

또 형님이란다. 저 호칭이 왜 소름 끼치게 들리는지 모르겠다. 몸 서리치고 있는 동안에도 주혁의 말은 이어졌다.

"이건 개인적인 부탁입니다만 조만간 제가 법적인 자문을 구할 일이 생길 수도 있어요. 담당 법무법인이 있긴 하지만, 엠마의 오빠 이시고 제 개인적인 일일 수도 있으니. 혹시 제가 도움이 필요할 때 연락드려도 되겠습니까?"

한빈은 믿을 수가 없어 고개를 돌려 그를 보았다. 한주혁은 말 그 대로 속을 읽을 수 없는 눈을 하고 있었다. 여자 친구에 관한 관심을 선언한 남자에게 이건 무슨 수작인가. 지독한 오만인가, 나에 대한 조롱인가.

뭐든, 나 얘 정말 싫어질 것 같다.

묘한 미소와 함께 살짝 고개를 숙여 인사를 대신하고는 멀어지는 주혁을 보며 한빈은 그런 생각을 했다.

❀

"찬아, 자니?"

솔은 결국 오피스텔행을 포기하고 집으로 왔다. 신경 쓰지 말아야지 마음먹었음에도 심장이 빨리 뛰고 머리 회전이 느려졌다.

거실 불을 켜자 소파에 길게 누워 있던 찬이 꿈틀거렸다. 축 처져 눈만 끔뻑거리는 찬은 솔이 얼굴을 들이밀었는데도 꼼짝도 하지 않았다.

"왜 여기 누워 있어? 입 돌아간다."

"이 날씨에, 집에서 입이 왜 돌아가냐."

"들어가서 자란 소리야."

멍한 찬의 표정이 이상했다. 이마를 짚어 보니 열은 없다.

"열도 없는데……. 어디 아파?"

그제야 찬이 솔과 시선을 맞췄다.

"누나."

찬은 복잡한 눈빛이 되어 불쑥 말했다.

"주말에 엄마한테 가 볼까?"

"엄마?"

"얼마 있으면 이장해서 납골당으로 모셔야 하잖아. 그전에 한번 다녀오자."

아빠의 오랜 꿈인 가족묘를 꾸미기 위해 솔과 찬이 모은 돈까지

246

합쳐 납골당 한 모퉁이에 가족의 자리를 마련해 두었다. 돌아가신 엄마와 지금의 새엄마, 아빠, 그리고 찬과 아직 존재도 모르는 찬의 미래의 아내 자리까지.

당연하지만 그곳엔 솔의 자리는 없다. 몫자리가 없다는 것으로 존재를 부정당하는 느낌을 받는다는 것은 자격지심의 한 부분일 수는 있지만 어쨌든 솔의 기분은 그랬다. 인정받지 못하는 느낌. 가족에서 제외된 느낌. 언제나 겉돌기만 하는 지금처럼.

"난 휴가 내서 먼저 가 있을게. 아버지랑 상의할 것도 있고. 누나는 토요일에 잠깐 들러."

"……그래."

다시 눈을 감은 찬은 여전히 기운이 없어 보였다. 지금 이런 걸 물어도 되는 건가 망설였지만 솔은 결국 쭈뼛거리며 입을 열었다.

"있잖아, 나 물어볼 거 있는데."

"뭔데."

"음……. 주혁이 말이야."

찬의 눈빛이 대번에 또렷해졌다. 누워 있던 몸을 벌떡 세워 앉은 그가 솔을 똑바로 보았다. 경계심 가득한 눈빛에 솔은 당황했다.

"주혁이가 뭐, 왜?"

말투 또한 날카로웠다. 왠지 말해서는 안 될 것만 같은 느낌에 솔은 입술을 깨물었다. 하지만 지금 물어볼 사람은 찬밖에 없었다. 최대한 신중하게 솔은 말했다.

"어떤 사람이야?"

알고 싶었다. 그녀가 모르는 주혁. 그리고 주혁과의 관계도 이쯤에서 찬에게만은 밝히고 싶었다. 그전에 이 불편한 느낌을 멈춰야 했다. 상철과 재균이 아는 일이면 어쩌면 찬도 알 수 있는 일.

솔은 크게 심호흡하며 찬의 눈을 마주했다.

"어떤 남자니. 한주혁이란 남자."

"……남자?"

그 물음에 찬의 얼굴이 험악해질 거라는 건 예상 못 한 일이었다.

"주혁이가 왜 남자야? 그 자식이 누나한테 남자야?"

"그, 그럼 주혁이가 여자냐?"

당황한 솔은 더듬었고 그 모습을 보는 찬은 더욱 부아가 끓었다.

주혁이가 어떤 남자냐고? 아무것도 모르면서!

찬이 알기론 주혁과 세나는 몇 번인가 따로 만났다. 퇴근 후 멋대로 움직이던 찬의 발은 세나의 꽃집 앞에서 멈추기 일쑤였고 그곳에서 한층 밝아진 세나를 볼 수 있었다. 그리고 가끔 저녁을 같이 먹거나, 한두 잔 술을 할 때 모든 대화의 끝은 주혁이었다.

한주혁.

사이비 교주에 대한 맹목적인 신앙심을 보이는 영혼처럼 세나는 경건하게 그 이름을 불렀다. 그 표정에는 설렘이 가득했다. 지금 솔의 표정과 닮은 얼굴이었다. 세나와 미묘한 관계가 되었으면서도 끝내 주혁이 누나도 홀린 건가. 그는 결코 이런 전개를 원하지 않았다.

"주혁이는 내 친구야."

그는 강하게 말했다.

"누가 뭐래? 까칠하게 왜 이래. 너 정말 무슨 일 있니?"

"그 녀석한테 신경 쓰지 마. 말도 섞지 마. 이참에 회사도 그만 둬."

"뭐라는 거야, 진짜."

솔이 발끈하든 말든 찬은 재빨리 머리를 굴렸다.

이 집을 살 때 들어간 대출금도 이미 다 갚았고, 이제는 누나가 원했던 공부를 시켜 줄 돈쯤이야 충분했다. 해결될 기미가 보이지 않는 아버지와 솔의 오랜 불화를 더는 두고 볼 수만도 없었다.

차라리 떼어 놓자. 아버지와 주혁에게. 그가 생각해 낸 최상의 시나리오였다.

"최 교수님은 이제 연락 안 와? 누나 프랑스 데리고 가고 싶어서 안달 났던 최 교수."

"뭐? 그게 언제 적 얘긴데."

"누나도 가고 싶어 했잖아. 돈 걱정 말고 다시 공부해. 나 이제 그 정도 능력 돼."

"뭐어!"

솔은 기겁했다.

"내가 나이가 몇인데 이 나이에 공부를 하래. 아니, 내가 무슨 죄를 지었다고 서른이 넘어서 다시 공부를 해야 해? 왜 이래, 나한테."

찬은 벌떡 일어섰다. 감정 조절이 제대로 되지 않았다. 주혁과 솔이 엮인다는 상상만 해도 기분이 사나워졌다. 어쩌면 비겁했던 자신의 본모습을 알고 있는 녀석에 대한 자격지심일지도 몰랐다. 어쨌든 솔이 주혁을 남자라고 칭한 순간 머리에서 퓨즈가 나간 느낌이다.

처음부터 주혁을 이 집에 들이는 게 아니었다. 누나와 만나게 해선 안 되었다.

한주혁이 사는 세상, 태도 모든 것이 마땅찮다. 원하면 갖지 못하는 것이 없는 놈 아닌가. 세나를 한순간에 사로잡았으면 됐지, 건방지게 누나까지…….

찬은 전에 없이 살벌하게 말했다.

"그냥 해 본 소리 아니야. 누나가 마음만 먹으면 적극적으로 밀어줄 거니까. 진지하게 생각해."

대답할 시간도 주지 않고 그는 방으로 들어가 버렸다.

별꼴이야! 공부가 좋으면 너나 다시 해라, 그림 공부.

불끈 올라온 화를 솔은 애써 참았다. 괜히 말을 꺼냈다가 팔자에도 없는 만학도가 될 뻔했다. 저 반응으로 보니 주혁과 사귀는 걸 알게 된다면 찬은 거품도 물 태세였다. 물론 친구와 친누나가 그런 사이란 게 질색할 수도 있는 일이겠지만 저건 너무 격한 반응 아닌가?

뒤늦게 고개를 갸우뚱하며 솔은 전화기를 들었다.

한빈의 말이 맞다. 이런 문제는 찝찝함을 남겨서는 안 된다. 주혁에게 물어보는 것이 정답이겠지만 일단은 근원지부터 탈탈 터는 것이…….

다행히도 상철은 깃털보다 가볍고 수다스러운 입을 가졌다. 살살 달래면 바로 털어놓을 녀석이니까.

상철의 연락처를 찾은 솔이 미소 지었다.

22

홍 팀장이 가져온 파일을 넘겨보던 주혁이 피식 웃었다.

"지저분하네."

"악질이야. 더 웃긴 건 무슨 자신감인지 저런 짓을 하면서도 숨길 생각도 거의 없어 보인다는 거야. 믿는 뒷배들이 휘청거리는 것도 모르고."

맞장구를 치며 홍 팀장은 조금 더 자세한 설명을 붙였다.

"그래도 파고들면 강 회장과 관련된 증거는 일절 없긴 해. 희생양부터 사전에 준비해 두고 교묘하게 빠져 있어. 불법적인 일은 페이퍼컴퍼니에 죄다 몰아놨거든. 터져 봐야 애매한 잔챙이만 잡히게 손써 놓은 거야. 경쟁업체 디자인 유출, 여론 조장, 가짜 뉴스. 강 회장 동생이 운영하는 회사의 배임 횡령까지 페이퍼컴퍼니 대표가 다 뒤집어쓰게 될 거야."

"그 희생양이 최진수란 말이죠. 조카딸 약혼자였다가 이번에 파혼했다는."

최진수. 그를 한 번 만난 일이 있다. 솔의 전 남자 친구인 그는 한 눈에 봐도 그리 영악한 인물은 아니었다. 잘나가는 회사의 외동딸과 결혼을 앞두고 승승장구하던 그가 갑자기 종적을 감춘 이유 또한 한 심했다. 강 회장에게 제대로 토사구팽을 당한 모양이다.

"조카사위가 될 사람한테 저렇게 한 걸 보면 피도 눈물도 없지. 파혼도 제 뜻은 아니었나 봐. 다음 희생양 미리 정해 두고 강 회장이 쫓아낸 거 같아. 마음만 먹으면 최진수가 독박 쓰고 끌려가는 건 일 도 아니란 걸 아니까 울며 겨자 먹기로 파혼도 하고 도망친 거지. 돈 한 푼 안 쥐여 주고 마음에 들지 않는 사윗감도 몰아냈으니 강 회장 으로서는 머리 잘 쓴 거야."

"알렉스는 뭐래요?"

"재미있어 죽으려고 그래. 기술 빼내 달라는 말이 나올 때까지 어 리바리한 척 있으라고 말해 뒀어. 넘어가는 척하면서도 자꾸 튕기니 까 오히려 강 회장 쪽에서 몸이 단 모양이야. 다른 디렉터에게도 은 밀하게 접촉 시도하는 눈치더라고."

아직 주혁에게 직접적인 손해를 끼친 것은 아니었지만, 강 회장 이 노리고 있는 것이 주혁의 회사라는 건 분명했다. 다른 곳과 엮인 불법적인 증거들은 지금도 차고 넘쳤다.

터지기 전에 넘겨서 간단히 끝내 버릴 수도 있는 문제였다. 그렇 게 하지 않은 건 강 회장이 연루된 증거가 부족하기 때문이다. 사내 게시판에 익명으로 솔의 루머를 올린 직원의 배후도 그 끝을 따라가 보면 최진수가 나왔다. 민지라는 여자와 강 회장이 아니라.

하지만 알렉스에게 몸값을 제시하며 스카우트 제의를 했다는 것 만으로 나서기엔 명분이 부족했다. 아직까지 기술 유출 문제도 꺼내 지 않은 걸 보면 유독 신중하게 접근하는 거 같고. 어쨌든 강 회장이 최종적으로 노리는 것이 주혁의 회사를 통째로 집어삼키는 것이란 건 심증만으로 뻔했다.

그는 한 회사를 무너뜨리고도 거기서 끝내는 법이 없었다. 철저하게 재기불능으로 만드는 일에 상당히 능숙했다. 관련된 협력업체와 사적인 자금마저 짓이겨 놓는 잔혹함에 주혁은 인상을 찌푸렸다.

뒷배가 있지 않고서야 일개 투자자가 벌이기엔 거대한 판이었지만, 찾아보면 허술한 면도 종종 보였다. 강 회장이 뿌린 검은돈으로 엮어 놓은 힘 있는 자들이 심어 준 자만심 때문일 것이다. 정경유착이라⋯⋯. 그것은 곧 그의 약점이 될 것이다.

주혁은 책상을 톡톡, 두들기며 또 다른 생각에 잠겼다. 솔이 관련된 일이었다. 그 일은 의외다 싶을 정도로 사적인 횡포였다. 강민지라는 핑크 드레스를 입었던 그 여자의 입김으로 시작된 일임이 뻔했다. 그들에게는 장난보다도 쉬웠을 일. 그것만으로도 주혁은 강 회장을 두고 볼 이유가 없었다.

"최진수 설득은 잘하고 있어요?"

"쉽지 않아. 무슨 협박을 받았는지 잔뜩 겁에 질려서 도통 협력을 안 하려고 하네. 그나저나 강 회장이 다른 수도 생각한 모양이던데?"

홍 팀장은 재미있어 죽겠다는 듯이 히죽거렸다.

"인기 폭발이야, 제임스 한."

요즘 들어 강 회장은 주혁과 개인적인 약속을 잡으려 애를 쓰고 있었다. 조카인 강민지를 대동해서다. 잔혹한 성품치고는 그 수가 너무 얕고 뻔해서 귀여울 정도였다.

"정신 바짝 차리지 않으면 최진수 대신 강 회장 조카사위 되겠어."

"강민지는 아직 강 회장이 최진수한테 한 짓 모르죠?"

주혁이 어느 순간 의미심장하게 홍 팀장을 바라보았다. 그의 눈빛에 맞춰 홍 팀장도 은밀하게 눈을 접었다.

"슬쩍 흘려 볼까? 보기보다 아주 순애보적인 아가씨던데."

"나쁠 것도 없죠."

거기까지 말했을 때 책상 위 주혁의 전화기가 울렸다. 흘깃 발신인을 확인한 주혁이 손가락으로 입을 가르며 조용히 하라는 시늉을 했다.

"어디야."

[이제 버스 탈 거야.]

전화기 너머에서 흐르는 여자의 음성에 주혁의 눈매가 나른하게 풀렸다. 대놓고 놀리는 표정을 한 홍 팀장을 무시하며 그는 손목에 찬 시계부터 확인했다. 미간이 좁혀졌다. 아직 이른 시간이다. 솔이 아버지의 집에 다녀오겠다는 말을 했을 때부터 기분이 좋지 않았었다. 막을 수만 있다면 그는 솔과 그의 아버지란 사람을 만나게 하고 싶지 않았다. 깊은 한숨을 삼키며 그는 다정히 말했다.

"꼭 가야 하는 거야?"

[응.]

"자고 오는 건 안 돼. 오늘 바로 와."

[알았어.]

"저녁에 데리러 갈게."

오늘 저녁 알렉스와 만나야 하잖아! 손짓과 발짓하는 홍 팀장에게서 완전히 등을 돌린 주혁이 덧붙였다.

"서두르면 10시 정도에 갈 수 있을 거야."

[아니야. 저녁 버스도 예매해 놨어. 오피스텔로 바로 갈게.]

"지난번처럼 약속 어기면 안 돼."

밝은 목소리에 주혁은 내심 안심했다. 찬도 먼저 가 있다고 했으니 별일이야 있겠나. 고개를 기울여 전화기에 입술을 바짝 붙인 그는 속삭이듯 말했다.

"약속 어기면 혼내 줄 거야."

가벼워진 마음으로 전화를 끊은 주혁이 홍 팀장에게로 돌아섰다. 미소를 띠고 있는 그에게 홍 팀장이 주혁을 흉내 내며 나직이 따라 말했다.

"혼내 줄 거야."

"……."

"뭐라냐 진짜!"

배를 잡고 웃기 시작한 홍 팀장에게도 주혁은 미소를 날려 주었다.

✳

통화 내내 걸려 있던 솔의 상냥한 미소는 앞에 앉은 남자를 향했을 때 사라졌다.

"도대체 무슨 소리야. 내가 언제 그랬다고 그래?"

"이봐, 이봐……. 때린 놈이 발 못 펴고 잔다는 것도 다 거짓말이지. 진짜 기억이 안 나요?"

솔의 닦달에 아침부터 끌려 나온 상철이 답답하다는 듯이 제 가슴을 쿵쿵 쳤다.

"누나가 주혁이 엉덩이를 이렇게. 응? 이렇게!"

상철은 반쯤 몸을 세워 자신의 엉덩이를 철썩철썩 때렸다. 솔은 머리를 싸매고 기억을 더듬었다. 훤한 대낮에 친구들도 있는 자리에서 내가 그런 몹쓸 짓을 했다고? 믿기지 않았다.

"누나한테는 기억도 안 날 만큼 사소한 일이었던 거지. 하지만 주혁이는 그때 고작 고등학생이었다고요. 생각해 봐요. 좋아하는 여자한테 고백하는 자리에서 난데없이 나타난 여자가 엉덩이를 철썩철썩! 응? 누나라도 열 받겠지?"

도무지 그날의 일이 떠오르지 않았다. 그 시절 주혁을 과하게 귀여워했지만, 전혀 중요하지 않은 존재였기에 기억이 지워진 것일 수도 있겠다. 어쩌면 솔이 가장 잊고 싶어 하던 시절에 벌어진 일이기 때문일지도 모른다. 의식적으로 그녀는 그 시절의 기억은 묻으려 애를 써 왔다.

하지만 마음이 아파서 죽을 것만 같은 고통을 아는 자신이 누군가에게 그런 몹쓸 기억을 안겨 줬다니. 그런 짓을 해 놓고는 기억도 못 한다는 것이 충격이었다. 미안하고 부끄러웠다.

그렇다 해도 주혁이……. 그가 그런 마음으로 자신과 재회하길 바랐다는 것을 쉽게 받아들이기엔 혼란스러웠다. 알려 줬다면 당연히 사과했을 텐데.

"찬이는 몰라요. 주혁이가 입단속 시켰거든. 누나에게 이 갈고 있다는 걸 알았다면 집에 데리고 왔겠어요?"

"정말, 일부러 작정하고 우리 집에 왔단 말이야? 날 혼내 주려고?"

아무리 자신의 잘못을 인정하고 이해해 보려고 해도 쉽지 않았다. 이렇게 유치할 수가 있나. 왜들 이렇게 어렵게 살까. 그때 왜 그랬냐고. 자신이 얼마나 창피했었는지 아냐고 말만 해 줬다면 화 풀릴 때까지 사과할 수 있는 문제였다. 적어도 잘못을 알려 주고 반성

할 기회는 줘야 하는 거 아닌가.

상철은 계면쩍게 웃었다.

"주혁이가 심술 많이 부렸어요?"

심술……. 부렸다. 되짚어 생각해 보면 처음 집에 왔을 때부터 그는 자신에게 심술을 부렸고 작정한 듯 거칠게 굴었다.

솔은 하소연하듯 상철에게 말했다.

"그랬으면 나한테 말을 했어야지. 그때 왜 그랬냐고. 사과하라고. 그게 정상 아니야? 일부러 나를 찾아와 골탕 먹일 만큼 열 받는 일이야?"

"사춘기였잖아요. 누나가 이해해요."

어른스럽게 대꾸한 상철은 히죽 웃었다. 후련하다는 듯 웃으며 그가 말을 이었다.

"그래도 지금은 잘 지낸다니까 좋네. 좋은 마음으로 취직시켜 준 게 아닐까 봐 좀 걱정이 되더라고요. 어지간했어야지, 그 녀석이."

"알았어. 얘기해 줘서 고마워. 내가 주혁이한테 제대로 사과할게."

"그건 누나가 알아서 하고요."

쭈뼛거리며 상철은 머리를 긁적였다.

"내가 말했다고나 하지 말아요. 친구라지만 난 가끔 주혁이가 무서워."

"그럼 누가 알려 줬다고 할까? 엉? 네가 부주의하게 입을 놀려서 내가 알게 된 거잖아! 네가 말해 줬다고 할 거야."

"진짜 그러지 말아요, 제발. 갑자기 기억났다고 해."

솔에게서 기어이 약속을 받아 낸 후 후련한 얼굴이 되어 상철이 나갔다. 커피 잔을 입가로 가져가던 솔은 문득 얼굴을 찌푸렸다. 얼음이 녹아 버려 밍밍해진 커피 잔 바닥에 알갱이가 무겁게 가라앉아 있었다.

누군가……. 그것도 주혁이가 10년이 넘는 기간 동안 그녀를 생각해 왔다는 것이 이상하기만 했다. 그것도 좋지 않은 기억으로. 이해 못 할 일은 아니다. 입장을 바꾼다면 충분히 기분 나쁠 일이다. 상철이 말대로 그는 예민한 사춘기 소년이었고, 좋아하는 여자애 앞이었으니. 다른 사람 입에서 들은 자신의 행동은 부끄러울 만큼 잘못된 일이 맞았다.

그래도 먼저 말해 줬더라면 좋았을걸.

서운한 마음이 드는 것도 어쩔 수 없었지만, 솔은 금세 반성했다. 아마도 먼저 그 얘기를 꺼내지 않은 것은 자신을 배려했기 때문이겠지. 상철의 생각처럼 깊은 원한이 있을 리도 없고. 어쩌면 나를 너무 좋아하게 돼서 잊어버리고 있을지도 모른다.

어쨌든 솔은 저녁에 주혁을 만나 대화하기로 결심했다. 제대로 사과하고 웃으며 넘어가면 그만인 일이라고. 커피 잔에 가라앉은 찌꺼기처럼 찜찜함은 남았지만 그렇게 여기기로 했다.

너도 내 엉덩이를 때려라! 그러면 그는 오히려 좋아할지도 모르지.

가볍게 생각하기로 한 솔은 자리에서 일어섰다. 서둘러 가야 버스를 놓치지 않을 시간이었다. 카페 문을 열고 나오는 그녀의 머리가 후끈, 더운 바람에 날렸다.

❀

새어머니는 운영 중인 슈퍼 앞에 놓인 플라스틱 테이블에 앉아 계셨다. 나물을 다듬는 그녀의 머리 위로 오후 햇볕이 따스하게 쏟아져 내리고 있었다.

작은 동네, 조그만 슈퍼. 시원한 그늘을 선사하는 커다란 버드나무.

한 발 떨어진 곳에서 바라보면 정겹고 따스한 풍경이었다. 세상에서 가장 안전하고 아무 일도 일어나지 않을 것 같은 집.

그저 보기만 했을 때는……

"솔아."

새어머니가 급히 일어났다. 어머니의 무릎 위 올려진 신문지가 떨어지고 그 속에 가지런히 다듬어진 나물들이 어지럽게 흩어지며 그 평화로움이 깨졌다.

한달음에 달려온 새어머니의 얼굴은 반가움보다는 걱정으로 구겨져 있었다.

"왜 전화를 안 받아. 버스에서 내리면 연락하라니까. 찬이랑 길이 엇갈렸나 보다. 너 데리러 간다고 나갔는데. 여기까지 힘들게 걸어왔어?"

"네."

"근데 너 얼굴이 왜 이래? 왜 이렇게 말랐어?"

그녀를 보면 시작되는 새어머니의 레퍼토리에 솔은 슬그머니 웃었다.

요즘처럼 잘 먹고 잘 지낸 적이 없는데. 심지어 몸무게도 2킬로나 불어서 볼이 빵빵해졌는데도 어머니는 걱정스럽게 솔의 얼굴을 쓰다듬었다.

뺨에 닿는 그녀의 손이야말로 버석하게 말라 있으면서.

따스한 햇볕처럼 솔에게 다가와 무릎을 접고 눈을 맞추던 젊은 날 그녀의 손은 곱기만 했었다. 마음고생, 몸 고생과 흐르는 세월에 금방이라도 바스러질 낙엽 같은 손을 보자 솔은 왠지 울컥했다. 그녀는 일부러 밝게 웃으며 물었다.

"아빠는요? 안에 계세요?"

"계시긴 한데."

새어머니는 흘깃 가게 안의 눈치를 살폈다. 마른침을 넘기는 표정이 잔뜩 긴장돼 있었다.

"……술 드셨어요?"

"아니, 요즘은 약주 많이 줄이셨어. 근데…… 네 아버지도 늙으셨나 보다."

"왜요?"

"했던 소리를 하고, 또 하고. 술 없이도 역정만 늘고……. 오늘은 아침부터 찬이랑 무슨 얘기를 했는지 지금 영 기분이 언짢으셔. 고성이 오가고 난리였어. 이게 무슨 일인지 모르겠다. 찬이라면 껌뻑 죽는 양반이……."

"찬이랑요?"

아버지의 자랑이자, 아버지가 사는 유일한 낙이라고 할 만큼 찬에 대한 아버지의 사랑은 유별났다.

자타공인 효자인 찬이 닭살 돋을 정도의 애교를 부리면 아무리 기분 나쁜 일이 있어도 아버지는 금세 풀리곤 했다. 서로 죽고 못 사는 사이좋은 부자가 큰 소리를 내며 언쟁을 했다는 걸 믿을 수가 없어 솔은 갸웃거렸다.

"찬이도 잔뜩 뿔이 나서 나갔어. 오늘은 그냥 올라가는 게 좋겠다."

"……네."

"밥이라도 먹여야 하는데. 아휴 속상해. 잠깐만 기다려 봐. 고기 재워 둔 거 얼른 가져올 테니까 가지고 가."

어지간히 속이 상한지 어머니는 발을 동동거릴 정도로 허둥거렸다. 그러면서도 연신 안을 살피는 어머니의 주름진 이마를 보며 솔은 가슴이 아팠다.

깊게 팬 주름의 어느 정도는 솔에 대한 죄책감과 걱정으로 생겼을 테니까. 그녀가 무엇을 걱정하는지 아는 솔로서는 그저 먹먹하기만 했다.

하지만 아빠가 술을 마시지 않을 때는 일어나지 않는 일이었다. 더군다나 찬까지 왔는데. 조금이라도 어머니의 마음을 풀어 드리고 싶어서 솔은 아무렇지도 않게 말했다.

"아빠한테 인사만 드리고 갈게요."

"아니, 그냥 가. 그게 좋겠어."

"술 안 드셨다면서요?"

"말 들어. 그냥 가, 응? 내가 잘 말해 놓을 테니까."

이상할 정도로 불안해하는 어머니의 모습에 솔이 고개를 끄덕이려 할 때였다.

"너! 너 당장 들어와라!"

잔뜩 억눌린 목소리가 가게 문 안에서 터져 나왔다.

순간 솔의 숨이 턱 막혔다.

아무리 오랜 시간이 지났다고 해도 지워지지 않는 음성이었다. 이건 악몽이 시작되기 직전의 목소리다. 말로 욕을 퍼부을 때와 폭력이 시작되기 전 음성의 미묘한 차이를 솔은 알고 있었다.

아니야……. 그때 이후 때린 적은 없잖아. 술도 안 드셨다고 했잖아.

본능적으로 솔은 아버지에게서 풍겨야 할 술 냄새를 맡으려 했다. 취하지 않은 아빠는 괜찮다. 기억은 그랬다. 하지만 술 냄새가 나지 않는데도 솔은 얼어붙었다.

"너 찬이한테 뭐라고 했냐, 엉!"

기억에서 지워 버리려 죽도록 애썼던 어조. 미워서 참을 수 없다는 듯 부들부들 떨리는 음성. 다음에 벌어질 일을 기억해 낸 몸은 이미 뻣뻣하게 굳어졌다.

하지만 이곳은 오가는 사람이 있는 야외였고, 밝은 대낮이었다. 유난히도 남들 눈을 의식하는 아빠였다.

그러니 괜찮아, 괜찮을 거야.

"뭐라고 했길래 그 착한 놈이 나한테 그딴 소리를 해!"

"……아빠."

솔은 한 걸음 뒤로 물러났다. 의식할 새도 없이 손이 덜덜 떨리고 있었다.

"아무 말도…… 안 했어요."

"근데 찬이가 왜 그래!"

어느 틈인가 솔에게 바짝 다가온 아빠는 벌게진 눈으로 그녀를 노려보았다.

"내가 여즉 너 때린다고 했냐? 그래, 내가 몇 번 너 때렸다, 그게 뭐! 널 보면 천불이 나서 못 참겠어서 몇 대 쳤다! 그게 언제 적 얘기야! 아비가 자식 훈계하는 게 뭐가 어때서, 다 지난 소리를 하고 다녀! 너, 벼르고 있었냐? 너 때문에 엄마 젖도 제대로 못 먹고 자란 동생한테 미안하지도 않아? 왜 그딴 말을 지껄여서 찬이 심란하게 만들어!"

"아휴, 이이가 왜 이래. 찬이 아버지, 참, 참아요. 솔아 뭐 해? 빨

262

리 가!"

어머니가 말려 보았지만 흥분한 아빠는 멈추지 않았다.

"제 엄마 그렇게 만들었으면 됐지, 또 뺏어 갈 게 남았어? 도대체 내가 전생에 무슨 죄를 지었다고, 이딴 년을 딸이라고."

"아, 아, 아니잖아요."

무슨 용기였는지 몰랐다. 가슴에서 무언가가 툭 터진 것만 같았다. 억울하고, 슬펐다. 적어도 이런 나도 좋아해 주는 사람이 있는데…… 누구에게는 나도 소중한 존재인데.

솔은 눈을 내리깔고 꼭 잡은 손에 힘을 주었다.

"아빠는…… 왜…… 자꾸 그렇게 말해요?"

"뭐?"

"전부 내, 내 탓은 아니잖아요. 사고 전에도 엄마는 아팠잖아요."

아빠가 진정으로 자신을 미워하는 것이 아니라고 솔은 믿어 왔다. 믿으려 애썼다. 그것만이 그녀가 버틸 수 있는 모든 것이었다.

그러기에 솔은 아빠와 화해하고 싶었다.

달빛이 아름다웠던 밤, 몰래 들어와 머리를 쓰다듬어 주던 커다란 손을 기억한다. 그 손의 온기를 믿으려 했다. 그 흐느낌을 의지하며 살았다. 그러니까.

"아, 아빠도 그렇게 말하면……. 아빠도 힘들잖아. 아프잖아요."

날 사랑하니까. 난 아빠 딸이니까.

솔은 억지로 미소를 쥐어짰다.

"아빠, 내가, 내가 잘할게요."

하지만 고개를 든 솔은 이내 후회했다. 경악과 노기로 범벅이 된 아버지의 눈은 벌겋게 달아올라 있었다. 그 눈 속에 녹아 있는 미움에 솔은 절망했다.

솔은 빠르게 고개를 숙이며 주춤주춤 뒤로 물러나려 했다.

그냥 가만히 있을걸. 어머니 말대로 그냥 갈걸. 뒤늦은 후회가 몰려왔다.

아버지는 고함을 치기 시작했다. 한 번도 남이 보는 앞에서 이러지 않는 분이셨는데, 누구나 볼 수 있는 길거리에서 이런 적은 없었는데…….. 솔은 당황하고 말았다.

"이년이 이제 다 컸다고 뵈는 게 없구나?"

아버지는 거의 부들부들 떨고 있었다.

"네가 잘못한 게 없어? 너만 아니었어도 네 엄마 그렇게 허무하게 가지 않았어. 맛있는 거 한 번 더 먹이고, 좋은 곳 한 번 더 데려가 주고, 치료 제대로 받게 했으면 내가 이렇게 원통하지도 않았다. 코로 음식 집어넣으며 숨 한 번 제힘으로 못 쉬고 컥컥대다가 갔어. 네년 때문에. 그래 놓고 잘못이 없어? 잘못이 없어, 네가!"

아빠는 거의 제정신이 아닌 것처럼 보였다. 그의 말 한 마디 한 마디에 솔은 어깨를 움찔움찔 떨었다. 한 발 두 발 뒤로 물러나 보지만 험악하게 아빠는 다가왔다.

"차라리 네년이 죽었어야지. 어디 더 지껄여 봐! 잘못한 게 없다고 더 떠들어 봐. 너만 태어나지 않았어도!"

"그게 왜!"

솔은 눈을 질끈 감고 외쳤다.

참을 만큼 참았다. 존재를 부정당하는 것은 고통스러웠다. 가슴이 터져 더는 참을 수가 없었다.

"그게 왜 내 탓이야! 엄마가 아팠던 게 왜 내 잘못이야! 태어나게 해 달라고 한 적 없어요, 난! 아빠만큼 나도, 나도 내가 태어난 게 싫어요!"

짝!

"아이고! 솔이 아버지! 왜 이래요! 왜 또 이래요!"

어머니의 비명은 솔의 얼굴이 돌아가며 넘어진 후에 터져 나왔다. 맞은 뺨보다, 넘어지며 의자에 부딪힌 어깨보다 마음이 아파서 숨을 제대로 쉴 수가 없었다.

솔은 멍하니 손을 올려 뺨을 감쌌다. 어느새 흐른 눈물이 손등을 적히고 후드득 떨어졌다.

"네까짓 게! 네년이 어디서 감히."

어머니가 날뛰는 아빠의 힘에 밀려 나동그라지는 것이 보였다. 아버지는 분을 참지 못하고 주변을 두리번거렸다. 충혈된 눈이 번뜩였다.

"아버지!"

아버지가 의자를 집어 올림과 동시에 그의 팔목을 강하게 잡은 건 찬이었다.

달려왔는지 숨이 턱 끝까지 차오른 찬은 아버지의 손에서 의자를 뺏어 집어 던졌다. 둔탁한 소리를 내며 의자는 마당으로 떨어졌다.

"어……."

갑작스러운 찬의 등장에 당황한 아버지가 더듬거렸다. 언제나 그랬지만 찬을 보면 아버지는 나약해진다. 그리고 부드러워졌다.

이내 그렁그렁해진 눈으로 아버지는 찬에게 한 걸음 다가갔다. 자글자글 주름져 검붉은 버섯 점이 피어난 마른 손으로 찬을 잡고 흐느꼈다.

"불쌍한 놈, 어미 없이 커서……. 내가, 너만 보면……."

"제발 그만해요!"

찬은 아빠의 어깨를 거머쥐고 고함을 쳤다.

이성을 잃어버린 찬의 눈이 험악하게 흔들렸다. 자신보다 작고 마른 어깨를 잡고는 찬은 마구 흔들어 댔다.

"그만하라고요! 내가 왜 엄마 없이 컸어요! 엄마가 바로 여기 있는데! 아버지는 안 보여요? 내 엄마는 안 보여요!"

"찬아……."

"왜 그래요! 왜! 왜! 도대체 왜! 아버지는 누나가 미운 게 아니잖아! 아버지가 미운 거잖아요! 이제 그만하란 말입니다."

허리를 짚으며 엄마가 일어났다. 절뚝거리며 다가와 찬을 떼어 내며 그녀가 절실하게 말렸다.

"찬아, 너까지 왜 이래. 아버지가 화나서 그러시는 거잖아……."

"엄마도 똑같아요! 나도, 엄마도 가해자야! 등신이라고!"

찬은 울분에 찬 얼굴을 엄마에게 돌렸다.

착하고 순하고 여리기만 한 엄마. 한 번도 새엄마라고 생각해 보지 않은 그에게 하나뿐인 엄마였다.

"왜 이러고 살아요! 뭐가 아쉬워서! 애 딸린 사람에게 시집왔으면 당당해야지. 왜 이래! 엄마 바보야? 어?"

"이…… 이 녀석이 왜 이래! 너 가. 솔이 데리고 얼른 가!"

엄마를 뿌리친 찬은 넋이 나간 아버지 앞으로 다시 갔다.

"나랑 가요! 당장 가! 알코올중독이든 홧병이든 치료받자고! 언제까지 이렇게 살 거예요!"

"이놈이…… 이놈이."

"누나가 뭘 잘못했어! 말해 봐요. 아버지 입으로 말해 봐요! 뭘 잘못해서 이래요! 엄마 사고? 나도 이제 그거 알아요. 아무도 모를 줄 알았어요? 근데 그거 아니잖아! 엄마 사고 때문에 돌아가신 거 아니잖아! 아빠가 잘 알잖아요. 왜 평생 이래요! 날 때려. 차라리 날 때리라고!"

찬은 아버지의 어깨를 잡고 무너져 내렸다.

하나둘 동네 주민이 몰려들었다. 누군가가 쓰러져 있는 솔을 일
으켜 세웠다. 쯧쯧, 혀 차는 소리가 이명처럼 머리를 때리고 있었
다.

"불쌍하지도 않아요? 응? 아빠……. 누나가 불쌍하지도 않아? 아
빠 자식이잖아. 누나도 똑같은 아빠 자식이잖아……. 우린 가족이잖
아요"

"……."

"제발……. 제발 그만해요. 아버지. 아버지……. 하지 말아요."

곪았던 자리가 기어이 터졌다. 숨기려 급급했던 상처에서 썩은
냄새가 나는 듯했다.

찬이 울었다. 그가 꺽꺽거리며 서럽게 울고 있었다.

"아빠, 내가 빌게. 내가 빌게요. 아빠는…… 누나만 괴롭힌 게 아
니야. 나도, 엄마도…… 다 죽이고 있다는 걸 왜 몰라요."

"……지겨워."

조용히 일어난 솔은 멍하게 중얼거렸다. 아무도 관심 두지 않는
몸을 뒷걸음질로 밀며 속삭였다.

"……지긋지긋해. 지겨워 미치겠어."

나만 사라지면…… 나만 사라지면.

몸을 돌렸다. 구경하는 사람들 사이로 그녀는 비틀거리며 걸었
다. 따라오는 동정의 시선이 진저리가 났다.

"병신 같은 년."

자기 자신에게 욕을 했다. 멍청하게 애정을 갈구한 자신이 미웠
다. 어린애도 아닌 주제에 사랑받겠다고, 우린 정상적인 가족이라고

버티고 우기던 시간이 부끄러워 미칠 것만 같았다.

괜찮다고 웃고 다니던 지난 시간이 아까워 죽을 것만 같았다. 뭐가 아깝다고 자신을 속여 가며 매달렸을까.

버려. 이제 그만 다 버리자. 내가 버리면 그만인 거야. 가족이란 틀에 가두고 목을 조이는 이곳에서 떠나면 그만인 거야.

어느 틈엔가 솔은 힘껏 뛰기 시작했다.

결국, 내가 실패한 거다. 노력하면 끼워 줄 줄 알았지, 자식이니까 사랑해 줄 줄 알았지. 아니었던 거야.

허어억! 숨을 제대로 쉬지 못하는 가슴을 쥐어뜯으며 솔은 뛰었다.

주혁아…….

어처구니없게도 주혁이 보고 싶었다. 주문처럼 주혁의 이름을 부르며 그녀는 정신없이 뛰기 시작했다.

"주혁아…… 주혁아. 주혁아."

나 좀 도와줘. 나 좀 살려 줘. 내가 숨 쉴 수 있게. 나도 사랑받는 사람이란 걸 느낄 수 있게 나 좀 안아 줘. 사랑한다고 해 줘. 내 옆에 있어 줘. 제발.

❋

[뭐 사 갈까? 먹고 싶은 거 있어?]

수화기로 흐르는 주혁의 목소리는 연고 같았다. 몹쓸 말을 들은 귀를 정화해 주고 아픈 심장에 살살 약을 발라 주는 기분이었다.

"초밥 먹고 싶어! 그리고 디저트로 너도."

잠시 침묵이 흐르고 듣기 좋은 웃음소리가 귓가로 스며들었다.

청심환보다 만병통치약보다 강한 치유 효과를 내며 상처받은 가슴을 가라앉힌다.

[초밥이 메인이고 내가 디저트라고?]

너를 사랑해. 솔은 소리 없이 고백했다.

"지금은 배가 고프니까. 굳이 우선순위를 따지자면 그래."

배가 고픈 건 아니지만 조금이라도 시간을 벌기 위한 주문이었다.

전화를 끊은 후에도 귓가에 남은 그의 웃음소리에 잠시 멍해 있다가 솔은 욕실로 들어갔다. 그의 오피스텔 침대에서 죽은 듯이 잠을 자고 일어난 후였다.

"아파라……."

거울 앞에 선 그녀는 와락 찡그렸다. 누가 봐도 얻어맞은 얼굴이었다. 온 힘을 다해 휘둘러진 억센 손은 길고 빨간 생채기까지 남겨 놓았다. 광대를 가로질러 입술까지 손톱에 긁힌 자국은 지렁이처럼 부풀어 있었다. 입술 위에 앉은 피딱지를 조심성 없게 떼어 내자 동그란 핏방울이 맺혔다.

이래서야 금방 들키겠는데. 솔은 혀를 차다가 문득 피식 웃었다.

아빠도 진짜 늙긴 했나 보다. 아주 어릴 때를 제외하고 남들에게 쉽게 들킬 얼굴은 손대지 않았었는데.

이럴 때 엠마의 마법 같은 분장 도구가 있다면 얼마나 좋을까.

주혁이 눈이 멀지 않는 이상 알아차리는 건 당연했다. 이 얼굴로 이곳에 온 자체가 미친 거였다.

하지만 오늘만은 솔은 혼자고 싶지 않았다. 열린 창으로 부는 바람에도 가슴이 욱신거리는 오늘 같은 날은 누군가 같이 있고 싶었다.

생각나는 건 주혁뿐이었다. 아니, 오로지 주혁만이 필요했다. 그가 어떤 마음으로 자신에게 다가왔는지는 중요치 않았다. 그저 지금의 마음이 거짓이 아니라면 상관없다.

그래도 이 얼굴을 보면 걱정할 텐데……. 화낼지도 모르는데.

한참을 궁리하다가 솔은 해결 방법을 생각해 냈다. 불을 끄고 들어오자마자 정신 못 차리게 유혹을 하기로. 새벽녘까지 운 좋게 들키지 않는다면 몰래 빠져나가면 그뿐이다.

옷장을 뒤져 주혁의 하얀 셔츠를 찾아냈다. 그녀가 종종 입는 옷이었다. 머리를 늘어뜨리고 왼쪽 얼굴만 가려 봤더니 퍽 괜찮아 보였다.

침대에 길게 누워 이런저런 자세도 잡아 보았다. 그가 조금이라도 늦게 오길 바라면서도 또 빨리 보고만 싶었다. 자꾸만 조바심이 나서 입술이 바짝 말라 왔다. 가방 안에 있는 립밤이 생각난 솔은 벌떡 일어나 책상 앞으로 달려갔다.

'감'이라는 건 꼭 필요한 경우에 오는 게 아니라고 솔은 나중에 생각했다. 그때 살짝 열린 서랍을 그냥 닫았어야 했다고. 나쁜 일이 벌어지기 직전처럼 목덜미에 소름이 오소소 돋았을 때 외면해야 했다고.

그녀의 시선은 열린 책상 서랍 안에 못 박혀 버렸다. 정확히는 반도 드러나지 않은 익숙한 사진에 닿아 있었다.

'왜……. 주혁이 네가?'

어린 자신의 사진이 왜 이곳에 있는지 궁금하지 않았다. 감은 더 나쁜 일이 생길 거라고 경고하고 있었다. 모든 신경은 사진 밑에 놓여 있는 하얀 봉투로 쏠렸다.

그 밤.

사무실에서 그의 복잡한 시선 끝에 걸려 있던 그 봉투라는 것을 확신했다. 그리고 그것이 자신과 관련된 것이라는 것도.

이대로 사진만 들고 여기서 나가라는 마음의 경고를 들었어야 했다고 솔은 후회했다. 바들바들 떨리는 손으로 열어 본 봉투 안에 서류는 결국 그녀를 무너뜨렸다.

"아……."

열지 말걸.

그녀는 숨이 막혀 비틀거렸다.

이 작은 봉투 안에 자신의 일생이 까만 활자로 정리되어 있을 줄 몰랐다. 그토록 감추고, 부정했던 과거가 흉하게 상처를 벌리고 있을 줄은 몰랐다.

1번, 2번, 3번.

번호가 매겨져 시간 순서대로 일목요연하게 정리되어 있을 줄 몰랐다.

홀린 것처럼 읽어 나가던 솔의 얼굴은 점점 처참하게 구겨져만 갔다. 꽃잎처럼 발밑으로 한 장씩 떨어지는 종이가 늘어날수록 가슴이 찢어지고 너덜거렸다.

"왜……."

고통은 눈으로 전염되었다. 눈알이 불에 타는 것처럼 뜨겁고 아팠다. 방금 본 것을 모두 태워 버릴 것처럼 활활 타오르고 커다란 고통이 좁은 안구를 빠져나오려 몸부림을 치는 것만 같았다.

아아……. 보지 말걸.

무릎이 꺾이며 솔은 그대로 바닥에 무너졌다. 두 눈을 가려 봉인된 고통이 빠져나오려는 것을 필사적으로 막으려 했다.

"아아아……."

끊임없이 신음을 흘리며 솔은 동그랗게 몸을 말았다. 차가운 마룻바닥의 냉기가 이마로 스며들었지만 타는 것 같은 고통을 막기엔 부족했다. 숨을 쉴 수가 없었다. 호흡하기 위해 그녀는 안간힘을 써야만 했다.

오늘의 운세라도 보고 나오는 건데. 이렇게 연타로 당할 줄 알았다면 집에만 틀어박혀 있을걸. 그랬으면 평생 그랬듯이 바보처럼, 등신처럼 아무것도 모르고 살아갈 수 있었을 텐데…….

솔은 쿵쿵 마룻바닥에 이마를 찧었다. 손톱으로 바닥을 긁고 개처럼 네발로 기며 숨을 쉬려 애썼다.

뭐 이런 거지 같은 날이 다 있을까.

한 번에 하나씩 던져 주면 어떻게든 버틸 수도 있을 것 같은데. 신은 자신을 과대평가하는 모양이다. 이깟 시련쯤은 하루치일 뿐이라고 한꺼번에 던져 준 모양이었다.

바닥의 한기가 이마를 타고 온몸으로 빠르게 돌았다. 뜨겁던 혈관을 식히고 심장마저 얼어붙게 했다.

기왕 터지는 거 한꺼번에 터지는 게 낫다고 누군가는 생각할 수도 있다. 하지만 사람마다 한계치란 다르지 않나. 자신이 멀티가 되는 인간이 아님을 솔은 알고 있었다. 그녀는 이 모든 걸 동시에 감당할 수가 없다. 한 번에 하나씩 해결하고 숨을 고르고, 다시 엎어터지는 편이 나았다.

"이, 이게 뭐야……. 이게 뭐야!"

솔은 비명처럼 숨을 뱉었다. 망가지고 헤어진 마음이 너덜거렸다. 어디서부터 잘못된 것인지도 알 수가 없었다.

엄마는 자신 때문에 죽은 것이 아니란다. 사고 자체가 없었단다.

알면서도 평생을 괴롭히던 아빠의 거짓말.

허락 없이 그녀의 일생을 해부해 1번, 2번 순서대로 정리한 주혁.

"어떻게…… 이럴 수 있어……."

이깟 고통, 이깟 아픔. 어딘가에서 굶어 죽는 사람도 있고, 맞아 죽는 사람도 있고 병으로 슬프게 사그라지는 생명도 있겠지만, 그게 다 뭐야. 평소에 위로가 된다고 믿었던 다른 사람의 고통 따위. 남들이 아픈 게 무슨 상관인가. 아픔의 크기를 누가 감히 비교하나. 내가 죽을 것 같은데. 이 정도 일에도 나는 죽을 것같이 고통스러운데!

"이게 다 뭐냔 말이야!"

그녀는 가는 쇳소리를 내었다. 소리를 냈다고 생각했지만 정작 자신의 귀에도 들리지 않은 희미한 소음일 뿐이었다.

다들 나에게 왜 이러는 건가. 내가 뭘 잘못했다고. 왜 멋대로 자신을 쥐고 흔들려 하는가. 세상에 누구도 이따위 권리는 없다.

그녀는 이미 만신창이였다. 충격은 어느 것이 더 크다고 말할 수 없을 만큼 비등했다.

수학 공식처럼 자신의 치부를 읽어 가며 분석한 주혁도, 거짓된 사실을 뇌리에 심어 주며 평생 엄마를 죽였다는 죄책감 속으로 밀어 넣은 아빠도.

솔은 무릎 사이에 머리를 쑤셔 박았다. 동그랗게 만 몸이 시계추처럼 흔들려 멀미가 났지만 멈출 수가 없었다.

이상하게도 한 방울 눈물도 나오지 않은 눈은 점점 더 타들어 갔다. 너무나도 아픈데 헛웃음이 자꾸 터졌다.

"끅끅……."

울음도 웃음도 아닌 기괴한 목소리가 입이 아닌 머릿속에서 울렸다. 솔은 사라지고 싶었다. 이 자리에서, 자신의 일생에서, 그녀를 쥐고 멋대로 조종하려던 그들에게서 사라지고만 싶었다.

그때였다.

"박솔."

느닷없이 주혁의 음성이 들렸다. 솔은 숨을 들이켰다. 희게 질린 얼굴을 그에게 보이고 싶지 않았다. 아니, 다시는 만나고 싶지도 않았다. 그를 보고 사나워진 마음을 추스르지 못하고 와락 달려들까 봐 겁이 났다. 그런 격정의 감정을 드러낼 만큼 주혁은 가치 있는 인간이 아니다. 나쁜 놈일 뿐이다. 솔은 무릎 안으로 더욱 깊이 고개를 밀어 넣어 그를 외면했다.

"무슨 일이야."

한달음에 다가온 주혁이 커다란 손으로 솔의 턱을 들어 올렸다. 조심스러운 손길은 감히 다정한 척 부드럽게 뺨을 감싸 쥐었다. 깨지기 쉬운 소중한 것을 만지듯 섬세한 척 가증스럽게 움직였다.

"왜……."

그의 얼굴이 서서히 굳어 가는 것을 솔은 멍한 눈으로 보았다. 비웃음으로 그녀의 입가는 일그러졌다. 그래, 넌 놀란 척이라도 해야지. 부은 뺨, 터진 입술, 텅 빈 눈동자.

이미 알고 있었으면서. 내가 맞고 살아왔다는 것쯤은 진즉 알고 있었겠지만 여기서 아는 티를 내면 안 되는 거겠지.

턱을 그러쥔 그의 손에 힘이 들어갔다.

"……누구야."

그는 거의 이를 갈듯 말했다.

그제야 눈을 들어 마주한 그의 얼굴은 이상했다. 간신히 화를 참고 있는 까만 눈썹과 깊이를 알 수 없는 눈. 미끄러지듯 떨어지는 콧잔등 밑에 단단하게 굳은 입매가 보였다.

개자식.

그가 왜 이런 표정을 하는지, 이런 표정을 연기할 수 있는지 이해할 수가 없었다. 마치 격노한 것처럼. 자신이 이런 꼴을 하고 있는 게 못 견디게 괴롭다는 얼굴을 하는 주혁이 가증스러웠다.

"누가 이랬냐고."

그는 이를 갈며 신음했다.

"……네 아버지야?"

⁂

환한 미소와 포옹을 기대했던 것과 달리 집 안은 어두웠다. 포장해 온 초밥을 테이블 위에 올려놓고 빛이 새어 나오는 서재로 향할 때만 해도 주혁은 들떠 있었다.

나를 먹고 싶다니.

그 말을 듣는 순간 브레이크를 밟을 뻔했다. 지독하게 야하고 위험한 말에 초밥을 사는 시간마저 아까웠다.

그리고 열린 문틈으로 웅크린 솔의 뒷모습이 보았다. 창을 통해 들어오는 유난히 밝은 달빛이 그녀를 비추고 있었다. 등을 돌린 채 주저앉은 그녀는 자신의 셔츠를 입고 있었다. 까만 마룻바닥에 접힌 날씬한 다리가 유독 하얗게 빛났다.

그는 가만히 다가가 그녀를 안으려 했다. 가까워질수록 느껴지는 그녀만의 익숙한 체향을 진득히 삼키며 그는 설레고 있었다. 웅크린 채 떨고 있는 작은 몸을 깨닫기 전까지는 그랬다.

뭔가 잘못되었다는 것을 깨달은 그는 천천히 무릎을 접어 몸을 기울였다. 조심스럽게 솔의 턱을 쥐어 올렸을 때였다.

"왜……."

그는 숨을 들이켰다. 속이 확 뒤집혔다. 순간적으로 눈이 뒤집힌 걸지도 몰랐다.

그녀의 얼굴은 처참했다. 울퉁불퉁 한쪽 얼굴을 길게 가로지른 상처 끝에 피가 맺힌 입술이 보였다. 하지만 그의 가슴을 철렁하게 만든 건 그녀의 표정이었다.

그를 향한 시선은 텅 비어 있었다. 그녀는 그를 보고 있지만 마치 이곳에 없는 사람 같았다.

상황은 빠르게 이해되었다. 그는 화를 억누르며 부드럽게 말을 하기 위해 애를 써야만 했다.

"네 아버지야?"

"……."

"괜찮아. 무슨 일인지 말해 봐."

내가 이 상황을 처리할 수 있도록 네 입으로 설명을 해 줘. 나에게 권리를 줘.

하지만 그녀는 두어 번 눈을 껌뻑이는 것이 전부였다.

"박솔."

아주 조심스럽게 어깨를 잡았는데도 그녀는 종이 인형처럼 몸을 펄럭였다. 그제야 그녀의 손에 구겨져 있는 것이 눈에 들어왔다. 서랍 속에 있어야 할 그녀의 사진이었다.

이런.

낭패감에 그는 와락 미간을 구겼다. 곧이어 바닥에 어지럽게 떨어져 있던 종이들의 정체도 깨달았다. 그녀가 숨기려 했던 과거이자, 알지 못했던 그녀 아버지의 거짓말이었다. 그리고 그녀의 허락 없이 그가 멋대로 알아낸 결과물이기도 했다.

주혁은 급하게 입을 열었다.

"설명할 수 있어."

"……."

"내가 다 설명할게. 이건……."

"나는……."

거의 들리지도 않는 가냘픈 음성이 주혁의 말문을 막았다. 솔은 잠시 눈을 감더니 천천히 떴다.

"나는 부끄러웠어."

"……."

"너무 창피했어. 사람들이 모르길 바랐어. 너만은 몰랐으면 했어."

"알아, 아는데."

"네가 어떻게 알아. 이깟 종이로 네가…… 나에 대해 뭐를 알아."

그녀는 자신의 어깨 위에 놓인 주혁의 손을 가만히 밀었다. 그녀는 조금의 힘만 줬을 뿐인데도 주혁의 손은 단박에 그녀에게서 떨어졌다.

"어쩌면 나는 알아주길 원했는지도 몰라. 맞아. 난 그랬어. 누구라도 알아주길 간절하게 원했어. 그렇게 살아왔어."

"……."

"그게 너였으면 했어. 하지만 이런 식은 아니야."

초점이 돌아온 눈은 황망하게 흔들렸다. 한결 차분해진 어조로 그녀가 담담하게 말했다.

"넌 내게 물어봤어야 했어."

"네가…… 말하지 않으려고 했잖아."

온몸으로 거부했잖아. 그는 똑똑히 기억했다. 가족을 감싸려고만 하는 그녀를 언제까지 기다릴 수만은 없었다. 그러기엔 그의 마음이 너무도 조급했다.

"그렇게 느꼈다면 묻어 뒀어야지. 내가 먼저 말할 때까지 기다렸어야지."

"……."

"그거 알아? 내가 처음으로 엄마 일을 너에게 털어놓은 날."

솔은 몸을 일으켰다. 하얀 셔츠 밑으로 드러난 긴 다리가 순간 휘청거리다 간신히 균형을 잡았다.

솔은 덜덜 떨리는 손으로 셔츠 버튼을 풀기 시작했지만, 그건 유혹의 몸짓이 아니었다. 그에게서 벗어나기 위한 몸짓이란 걸 깨달은 주혁은 아무것도 할 수가 없었다.

"너는 나를 버려두고 나가 버렸어."

"……."

"그날 넌 기회를 잃은 거야. 그랬던 너에게 다시 고백할 용기가 나지 않았어."

그것이 기회였다고? 찬을 만나러 가는 대신 네 옆에 있었다면 나에게 말했을 거라고? 주혁은 동의할 수는 없었지만 이미 말문이 막힌 후였다. 그녀가 그 밤을 그렇게 해석할 줄 몰랐다.

바닥으로 그의 셔츠가 너풀거리며 떨어졌다. 부끄러움이 지나치게 많은 그녀였다. 불을 끄지 않고서는 제대로 벗지도 못했다. 어둑한 어둠에 하얀 나신을 드러낸 그녀는 한쪽에 접어 놓은 자신의 옷을 걸치기 시작했다.

너무도 단정하고 낯선 태도에 주혁은 우두커니 멈춰 있을 수밖에 없었다.

"네가 말한 적이 있지. 너는 한 번도 져 본 적이 없다고. 실패한 적이 없다고 말이야."

허공에 대고 혼잣말을 하는 듯한 솔의 음성은 지나치게 담담하기만 했다.

"그래, 그게 사실인가 봐. 너는 이번에도 이겼어."

"무슨…… 소리야."

"나에게 수치심을 주려고 했던 원래의 네 목적을 말하는 거야. 네 첫사랑을 망쳤다는 이유로."

망치로 맞았다고 해도 이토록 충격을 받을 것 같지는 않았다. 주혁은 할 말조차 잃었다. 어떻게 그 일을 그녀가 알고 있는지 헤아릴 정신조차 나가 버렸다. 솔은 희미하게 미소 지었다.

"당한 만큼 되갚아 줘야 한다고도 했었지. 그래, 그 말은 나한테도 해당되는 말이었던 거야."

"……."

"정말 미안한데 난 사실 그 일이 기억도 잘 안 나. 나에겐 사소한 일이었겠지만 너는 오랜 시간 화가 났을 만큼 중요한 일이었겠지. 늦었지만 사과할게. 미안해. 가해자가 몰랐다고 죄가 없어지는 건 아니니까."

그녀의 시선은 바닥에 어지럽게 떨어져 있는 종이 위로 옮겨 갔다. 솔은 무릎을 꿇고 그것들을 하나하나 정성스럽게 주웠다. 그녀의 인생을 이곳에 한 장이라도 두고 갈 수 없다는 듯 꼼꼼하게 털어내더니 가방 안에 넣었다.

"그래도 먼저 말해 줬으면 좋았을걸."

"설명할게……."

"잘못을 알려 줘야지 사과를 할 수도 있는 건데 넌 그럴 생각조차 없었나 봐."

솔은 마지막으로 점검하듯 주위를 훑어보며 말을 이었다. 여전히 그의 시선을 마주치지 않은 상태였다.

"너도 내가 왜 이러는지 모를 수도 있을 테니까 나는 네 죄를 알려 줄게."

"⋯⋯."

"허락 없이 남의 인생을 파헤치는 건 무례한 거야. 누구에게도 그럴 권리는 없어."

주혁은 머리를 짚었다. 무슨 말을 해야 하는지 생각이 하나도 나지 않았다. 입이 바짝 마르고 정신을 차릴 수가 없었다.

"네가 나를 동등한 인격체로 여겼더라면, 너는 그러지 말아야 했어."

그렇게 잘 우는 여자가 울지도 않았다. 그가 아는 솔이라면 엉엉 울고 화를 내어야 마땅했다. 그를 때리고 발을 구르고 뛰쳐나가도 이토록 당황하지는 않았을 것이다. 건조하고 덤덤해진 그녀는 오히려 단단한 껍데기에 들어간 것처럼 보였다.

분명 위태로운 촛불처럼 금방이라도 꺼질 듯한 얼굴에 입술은 덜덜 떨고 있는데도 강경하게 벽을 세웠다. 냉랭하다든가 싸늘함과는 다른 낯섦이었다. 감정을 갈무리한 눈에는 단 하나의 감정만이 실려 있었다.

깊은 실망이었다.

솔이 등을 돌렸을 때야 주혁은 퍼뜩 정신을 차렸다.

"박솔."

그는 다급하게 움직였다. 이런 식으로 보낼 수는 없다. 현관까지 걸어간 그녀를 따라가 어깨를 잡아 돌려세웠다.

"내 말 좀 들어 봐."

"아무 말도 하지 마."

280

솔은 옅게 미소 지었다. 핏기 하나 없는 얼굴로 그를 빤히 바라보았다. 아무 힘도 없는 그 미소가 강력하게 그를 밀어냈다. 언제나 그녀의 주위를 감싸던 생기마저 바짝 말라 버석해진 모습으로 그녀가 속삭였다.

"너는 이제 아무것도 하지 마."

"……"

"내 인생에서…… 나가 줘."

현관문이 닫혔다. 관자놀이를 짚은 주혁의 손이 그제야 떨리기 시작했다. 눈앞이 깜깜해졌다. 마지막으로 자신을 향했던 미소가 지나치게 아름다워 정신을 차릴 수가 없었다.

주혁은 천천히 고개를 들었다. 그녀 하나 빠져나갔을 뿐인데 공간은 텅 비어 버렸고, 못 견디게 허전했다. 헛웃음이 날 정도로.

23.

집에 들어서자마자 솔은 입을 틀어막고 욕실로 뛰었다. 문을 열기도 전에 왈칵 속을 게워 냈다. 허옇게 뜬 얼굴은 식은땀으로 범벅이었다. 시큼한 위액이 올라와 몇 번이고 무릎을 꿇었다. 더는 비워 낼 것이 없을 만큼 게워 낸 후에야 비틀거리며 욕실로 들어갔다.

거울을 보지 않고 막무가내로 입안을 헹구다 문득 웃음이 터졌다. 울음도 웃음도 아닌 기괴한 소리를 내던 그녀는 변기를 붙잡고 두어 번 더 토악질했다. 부끄러운 기억을 남김없이 되새기고 또 퉤퉤 뱉어 냈다. 소용돌이치며 변기 안으로 빨려 들어가는 상처의 민낯을 멍하니 보았다.

자신을 믿지 않은 죄.

그제야 마주한 거울에 기묘할 만큼 허옇게 뜬 얼굴의 여자가 보였다.

– 지 어미도 잡아먹은 것이!

그것이 아빠의 진심이었나. 그것이 사실이길 바랐던 걸까. 그녀에게 주입시키며 자신마저 세뇌시키신 걸까. 애초에 핏줄에 대한 사랑은 없었던 거였나.

나는 무엇을 기대한 걸까. 존재하지도 않았던 사랑을 구걸하며 나 자신을 학대할 만큼 무엇이 절실했던 걸까.

무엇이 더 아픈 건지도 모르겠다. 처음부터 사랑 같은 건 없었던 아빠의 진심보다 멋대로 과거를 헤집어 본 주혁에 대한 원망이 더 큰 것도 같았다. 차라리 몰랐으면 좋았을걸. 멋대로 자신의 삶을 휘젓고 훔쳐본 그는 어떻게 그런 표정을 지을 수 있던 걸까. 감히 상처받은 것처럼. 감히 아픈 것처럼.

솔은 눈을 감았다. 울고 싶은데도 눈물이 나오지 않았다. 당연했다. 어쩌면 사람은 평생 흘릴 수 있는 눈물의 양이 정해져 있는 모양이지. 그동안 헤프게 낭비했던 대가로 말라 버린 건지도 모른다. 더 아파하라고. 너는 울 자격도 없다고…….

자신을 용서하지 못한 그녀의 몫이었다. 스스로를 경멸하고 미워하고도 못나게 다른 사람의 사랑만 갈구했던 죗값이었다.

주머니를 뒤져 가지고 온 사진을 꺼냈다. 구겨진 사진 속 그 아이는 웃고 있는 것처럼 보였다. 꼬깃꼬깃 구겨진 종이의 주름이 아이의 입매를 강제로 올려놓은 탓이다. 거짓된 웃음으로 자신을 보고 있었다. 죄책감에 솔의 가슴이 옥죄어 들었다.

"……미, 미안해."

솔은 더듬거렸다. 어린 날의 자신에게 진심으로 사과했다.

너에게 상처를 주고, 너의 말을 잃게 했던 건 다른 사람들이 아니야. 나 자신이었던 거야. 네가 미웠다. 사라지길 바랐어. 몇 번이고 그 시간으로 되돌아가 엄마를 밀고 있는 너를 죽여 버리고 싶었어.

"네 잘못이…… 아니야."

진심으로 듣고 싶었던 말. 어쩌면 누군가는 수없이 해 주었던 말. 그럼에도 그녀가 치유되지 못했던 이유는 바라는 사람이 해 주지 않았기 때문이란 걸 언제나 알고 있었다.

결국, 용서해 주길 간절히 바랐던 사람은 자기 자신이었다. 아이의 얼굴로 어른보다 텅 빈 눈동자를 가진 어린 솔에게, 그때보다 한 치도 크지 못한 못난 어른이 돼 버린 솔이 간신히 사과했다.

"미안해……. 미안해."

너를 우습게 만들고, 힘들게 만들고, 숨게 만들고, 아프게 해서 미안해.

내가, 내가 너를 거기에 가둬 두었다. 부끄러워 누구에게도 보이지 않았다. 웅크린 그 모습 그대로 내 안에 눌러 두고 매일매일 미워하고 경멸하며 상처를 덧나게 했다. 그 누구도 너를 보지 못하게 안간힘을 쓰며 막았다. 네가 창피해서. 죽도록 창피해서…….

네 잘못이 아닌데……. 설령 네 잘못이라 해도 너는 그 나이로 충분히 용서받아야 함이 마땅한데도.

구겨진 사진 속 어린 솔은 여전히 웃는 것처럼 보였다. 못난 자신에게 그래도 괜찮다며 용서해 주는 것만 같았다.

"아아아……."

솔은 꺽꺽 울기 시작했다. 눈물 한 방울 나지 않는 눈을 비비고 가슴을 쿵쿵 두들기며 소리 내 울었다. 그 기나긴 시간 동안 용서받지 못한 아이로 가둬 둔 저 자신을 끌어안고 서럽게 울었다.

＊

집 안엔 먼지가 그득했다. 태생적으로 정리 정돈은 못하지만 청소만은 제대로 한다고 생각했는데 그것마저도 아니었나 보다.

구석구석 깨끗한 곳이 하나도 없는 것 같았다. 싹싹 쓸고 뽀득뽀득 닦아 내도 눈 돌리는 곳마다 먼지가 소복해 보였다. 그럭저럭 몸이 피곤해졌을 때야 솔은 청소를 끝냈다.

이미 새벽을 지나 아침이 오고 있었다. 냉장고에 있는 밑반찬과 식은 밥으로 대충 허기를 때우고는 솔은 텔레비전을 켰다.

몇 번이나 재탕해 보았던 예능프로그램인데도 여전히 웃겼다. 낄낄거리며 배를 잡고 웃었다. 한참을 소파 위에서 뒹굴고 있을 때 찬이 들어왔다.

핼쑥한 낯빛이 한 대 맞은 자신보다 더 구겨져 보인다고 솔은 심술궂게 생각했다.

찬은 언제나 그랬다. 그런 일이 있고 난 다음 날은 찬은 솔보다 더 죽어 가는 얼굴을 했다. 아무것도 모르는 척 굴긴 했지만, 눈을 마주치지 못했고 실없이 웃기만 했었다. 지금처럼……

슬며시 미소를 짓는 동생을 보며 솔도 따라 웃었다.

"밥은 먹었어?"

아무렇지 않게 던지는 말에 아무렇지도 않게 대답을 할 것이고, 어색함은 시간이 덮어 줄 것이다. 오랫동안 반복되던 일이었다. 하지만 찬은 대답이 없었다.

"국만 데워서 먹어."

솔이 자리에서 일어서자 찬의 시선이 따라왔다. 착잡한 눈빛이었다.

"……약 바르자."

찬은 부스럭거리며 가방을 뒤졌다. 고개를 빼 보니 그 안에 온갖 약들이 수북했다. 흉터를 없애는 연고, 멍을 가라앉히는 연고. 크기별 밴드. 스프레이형 진통제. 탄탄하게 감긴 압박붕대까지.

솔은 피식 웃었다.

"상가 약국에서 샀어?"

"……."

"약사 아줌마 신나셨겠네. 위층에 있던 병원 폐업한 후로는 파리만 날리던데."

"앉아 봐. 약 발라 줄게."

"됐어."

돌아서는 솔의 손목을 찬이 잡았다. 물끄러미 그 손을 내려다보니 찬이 쭈뼛거리며 뒤로 물러났다. 마주친 눈동자엔 물기가 보였다. 죽어 가는 얼굴을 해도 울 것 같던 얼굴은 보이지 않던 찬이었다.

왜…… 규칙을 깨려 해.

솔은 입술을 깨물었다.

모른 척해야 하잖아. 슬쩍 넘어가야 하잖아. 그래야 너와 내가 평범한 것처럼 연극을 할 수 있잖아.

간신히 지탱하고 있던 가면에 금이 쩍쩍 갔다.

평소와 다른 그들의 침묵으로 금기된 비밀의 틈이 벌어졌다. 감히 동생과 나눌 수 없었지만 공유된 상처 속으로 찬은 들어왔고, 가벼운 말장난 따위로 넘어갈 수는 없게 되었다.

"약 바르자, 누나. 흉 진다."

약으로 내 흉은 사라지게 할 수 있겠지. 몇 푼의 돈으로 감쪽같이 새살이 돋게 하겠지.

하지만 너의 상처엔 누가 약을 발라 줄까. 재생의 시기도 놓쳐 버려 이제는 어떤 약을 쏟아부어도 낫지 못할 만큼 깊게 팬 네 상처는 무엇으로 치료해야 하지?

드러난 것과 감춰진 것의 본질은 똑같았다. 보이는 솔의 상처와 존재 자체도 부정당했던 찬의 상처는 같았다.

똑같은 깊이, 똑같은 아픔으로 그들을 파먹고 있었다.

"……누나, 괜찮지?"

찬은 웅얼거렸다. 그는 솔의 시선이 버거운 듯 고개도 들지 못했다.

갑자기 솔은 숨이 턱 막혔다.

"아니. 괜찮지 않아."

그녀는 천천히 말했다.

"왜? 아파?"

찬은 순식간에 일어나 이마를 짚으려 손을 뻗었다. 솔은 냉랭하게 뿌리치며 반복했다.

"괜찮지 않아. 한 번도, 단 한 번도 괜찮은 적 없었어."

어쩌면 동생은 죄책감으로 자신보다 더 깊이 고통받았을지도 모른다. 솔도 알면서도 외면했다. 아빠가 찬만 예뻐하는 것을 다행이라고 여기면서도, 사실은 내내 억울하고 서러웠다. 가끔은 아무것도 모르는 찬이 너무 부러워 밉기도 했었다. 그래서 그녀도 심술궂게 모른 척했다.

찬도 똑같은 상처를 받고 있다는 걸 인정하지 않은 건 자신일지도 몰랐다.

"그럼……."

솔은 느릿느릿 말을 이었다.

그건 그들에게 금지된 또 다른 주제였다. 찬이 그림을 포기한 후, 단 한 번도 입에 담지 않았었다.

"왜 그만뒀어?"

"갑자기…… 갑자기 그게 무슨 소리야."

찬은 별소리 다 한다는 표정으로 어깨를 으쓱했지만, 당황함을 감추지 못했다. 이내 특유의 유쾌한 동작까지 곁들이며 그는 무심한 척 굴었다.

"재미없으니까 관뒀지. 그게 언제 적 얘긴데. 고작 중학생 때 취미생활 가지고."

거울 속 자신을 보는 것만 같았다. 찬은 그녀와 닮지 말아야 할 것조차 닮아 있었다. 감추고, 포장하는 일.

"……너 화실 관둘 때 원장 선생님이 찾아왔었어. 아무리 말해도 네가 꿈쩍도 안 한다고. 돈이 문제면 방법을 찾아 주겠다고도 하셨어. 몇 번이나 나에게 부탁했어. 그만두기엔 넌 너무 아깝다고."

"왜 이래? 난 누나만큼 재능이 있었던 게 아니야. 그림 그리는 거 지겹고 싫었다고. 일찍 관둔 게 나한테는 다행이야."

"거짓말."

한번 터진 진심은 물꼬를 트자 거침없이 쏟아졌다.

"왜 거짓말해? 나 때문에 관둔 거잖아."

공부도, 남들 다 하는 게임도 한번 안 하고 그림만 그리던 녀석이었다. 미술 선생님의 흥분된 기대가 이상하지 않을 만큼 타고난 재능이 있었던 찬이었다.

"나보다 네가 더 잘한다는 걸 아빠한테 들키지 않으려고 한 거잖아. 당장 나에게 미술 공부를 관두게 할 걸 알았으니까! 너를 돋보이게 하기 위해. 붓조차 잡지 못하게 할 거 아니까 관둔 거잖아!"

"누나……. 아니야. 아니라니까!"

"아니면! 왜 밤마다 화실 앞에서 어슬렁거렸어? 남들이 버린 찰흙 주워서 그 많은 석고상은 왜 만들었어! 원하지도 않은 학과에 합격한 날, 네가 어디 갔었는지 내가 모를 거 같아?"

"하지 마!"

찬은 급기야 얼굴을 구겼다.

"하지 말라고!!"

"화실에 갔잖아. 그동안 만들고, 칠한 조각상과 그림들을 죄다 찢고 부쉈잖아! 펑펑 울었잖아! 왜 그랬어?"

"……."

"취미였으면 취미로라도 그렸어야지. 그 후로 붓 한번 잡지 않았잖아. 왜 그랬어, 너?"

"……."

"그래 놓고 네가 뭔데 나한테 괜찮냐고 물어."

"……."

"내가 어떻게 괜찮지 않다고 말할 수가 있었겠어? 나는 어차피 들킬 수밖에 없는 상처였어. 동정도 받을 만큼 받고, 미술도 계속하고 그러고 살았어. 그래. 나도 그때 나쁜 생각 했어. 그림 관두게 할까 봐 네가 관둬 준 게 고맙다고 생각하고 모른 척했어. 다른 사람은 몰라도 나는 네가 어떤 기분이었는지 아는데. 속까지 문드러졌다는 걸 알았는데도 나 살자고 모른 척했어."

"누나……."

"너만 그런 거 아냐. 너만 나한테 죄책감을 가진 게 아니라고! 행여라도 나에게 해가 될까 봐서 하기 싫은 공부까지 죽어라 하는 너였는데, 그런데도 웃고 있는 너를 보면서 내가! 내가 어떻게 힘들다

290

고 할 수 있었겠어. 지겹다고 할 수 있겠냐고! 너도 매일매일 울고 있었는데!"

찬은 등을 돌려 성큼성큼 걷기 시작했다. 솔은 뛰어가 찬의 어깨를 돌려세웠다. 동생의 얼굴은 구겨질 대로 구겨져 있었다.

"네가 이러는 것까지 나에게 짐인 걸 왜 몰라? 난 네게 기대고 싶은 만큼 너도 내게 기대길 바랐어. 우린 남매니까! 네가 나한테 그런 존재이듯 나도 너에게 위로가 되고 싶었어. 한 번이라도 네 상처를 보여 주길 원했어. 나 때문에 네가 그림도 버리고, 연애 한 번 제대로 못 하고, 내 몫의 효자 노릇까지 안간힘을 쓰고 있는 걸 뻔히 아는데, 내가 어떻게 징징거려? 아파 죽겠으면서 내가 울까 봐 티도 못 내는 너를 두고 내가 어떻게 진짜로 웃어!"

"그만하라고 했잖아!"

"아빠는!"

솔은 비명처럼 소리를 질렀다. 창백해진 얼굴을 손으로 덮으며 뒤로 물러났다. 미치도록 슬펐지만 인정해야만 했다.

"아빠는 술 때문이 아니야. 아픈 게 아니야. 아빠는 나쁜 거야. 나쁜 아빠였던 거야. 너에게도 나에게도 가해자일 뿐이야."

찬은 몸을 굳힌 채 미동하지 않았다. 가늘게 떨리는 솔의 어깨를 바라보며 그는 정지된 화면처럼 서 있었다.

"우린…… 학대당했어. 너도, 나도 똑같이."

"……"

"난 이제 아무것도 하지 않을 거야. 노력하지 않을 거야. 너도, 아빠도 생각하지 않을 거야."

"……"

"사랑하지 않을 거야. 나는 이제 아빠를 사랑하지 않을 거야."

그럴 거야. 솔은 중얼거렸다.

그럴 수 있다. 그녀의 사랑은 구멍 뚫린 비닐봉지 같아서 막아도 비집고 새어 나왔던 거뿐이다. 모두 막아 버리면 되는 거다.

"이제 나만 생각할 거야. 나부터 행복해질 거야. 네 눈치 보는 너를 안심시키려고 웃지 않을 거야. 그러니까……."

솔은 찬의 눈을 찾아 맞췄다.

"그러니까 너도 이제 그만해. 괜찮은 척하지 마."

솔은 몸을 돌렸다. 쉽게 움직이지 않는 발을 떼어 내려 이를 악물었다.

털어놓은 진심에도 가슴이 하나도 뚫리지 않았다. 눈물이 나왔으면 좋겠다. 고통이 눈물에 녹아 빠져나가 버리면 숨이라도 쉴 수 있을 것 같은데.

"찬아."

방으로 들어가기 전 그녀는 등을 돌린 채로 동생을 불렀다.

"너는 아빠와 하나도 닮지 않았어…… 그러니까 괜찮아."

찬이 두려워하는 것이 그것임을 알고 있었다.

아들은 아빠를 닮아 간다는 것. 그가 진지하게 비혼을 선언하는 이유였다.

가족은 모든 것의 중심이지만, 비틀린 가정은 모든 고통의 원인이기도 했다. 적어도 솔과 찬에게 가족이란 울타리는 그런 것이었다. 이제 그만 인정할 때가 된 것뿐이라고 솔은 중얼거렸다.

방으로 들어온 솔은 닫힌 문에 기대 스르르 주저앉았다.

빌어먹게도 주혁이 보고 싶었다.

이럴 때 곁에서 그녀를 안아 주고 머리를 쓰다듬어 주고 다정히 위로해 주는 사람이 주혁이길 간절히 바랐다. 그러면 울 수 있을 것 같았다. 뻑뻑한 눈에서 눈물만 흐르게 해 준다면 뭐든 용서해 줄 수 있을 거 같았다.

아니다. 이건 보고 싶은 게 아니야.

그녀는 우겼다.

내 인생을 허락 없이 해부하고 수학 공식처럼 연구하던 남자다. 어떻게 그를 보고 싶어 할 수 있나. 등신같이…… 동급의 동반자가 아닌 휘두르기 쉬운 상대로 나를 보는 상대에게 어떻게 안기고 싶어 할 수 있냐 말이다.

사랑도 아니다.

대체 무슨 사랑이 사람을 이렇게 자존심 없는 누더기로 만든단 말인가.

아빠에 대한 사랑도, 주혁에 대한 사랑도 잔인한 아픔만 주었다. 처음부터 미워한 주제에 기대를 준 그들이 나쁜 거다.

울지 못하는 솔은 그저 무릎에 얼굴을 묻었다. 아픔을 묻고, 못난 자신을 묻고 눈을 감았다.

눈을 뜨면 영화처럼 '30년 후……' 그런 자막이 떠 있었으면 좋겠다. 60세, 70세 할머니가 되어, 모든 걸 웃으며 추억할 수 있는 나이가 되어 있길.

아팠던 가족도, 죽을 것 같던 사랑도 그저 흘러간 이야깃거리가 되어 있기를 그녀는 간절히 바랐다.

❀

이것이 그녀가 내린 결론인 듯했다.

그와의 모든 연결 고리를 끊어 내는 것.

엠마가 건넨 솔의 사직서가 주혁의 손에서 처참하게 구겨졌다.

"하!"

헛웃음이 터졌다.

이런 재주가 있었나, 감탄이 나올 만큼 솔은 신속하고 단호했다. 마치 계획했던 것처럼 매끄럽게 모든 것을 정리해 나갔다.

속수무책으로 그녀의 마음이 가라앉기만을 기다리던 주혁에게 돌아온 건 사직서였다. 머리에서 뇌관 하나가 폭발하는 느낌이었다. 그녀가 얼굴도 보지 않고 자신과 끝낼 생각이란 것을 믿을 수가 없었다.

이토록 간단한 일이었던가.

그녀는 회사에서도 틈을 보이지 않았다. 전화도, 문자도, 찾아가도 만나 주지 않더니 이런 식으로 정리할 생각이었던가. 그 정도로 가벼운 관계라고 여겼나.

구겨진 사직서보다 한층 더 구겨진 얼굴로 주혁은 엠마를 다그쳤다.

"이거 언제 받았어?"

"조금 전에…… 주고 갔는데."

엠마는 우물쭈물 대답했다. 험악한 눈길을 피해 그녀는 고개를 돌려 버렸다.

요 며칠 주혁의 날 선 모습과, 어울리지 않는 냉랭함을 풍기며 일을 정리해 가던 솔의 태도에 엠마는 충분히 당황하고 있었다.

두 사람이 잘되길 바라진 않았어도 이건 엠마가 예상치 못한 전개였다. 얼마 전까지 그들은 보는 사람 기운 빠지게 할 정도로 서로에게 푹 빠진 연인이었으니까.

주혁은 그대로 사무실을 뛰쳐나갔다. 그는 당혹감을 감추지도 못했다. 조금 전 카페에서 만난 솔은 이상하리만치 편해 보였는데……. 엠마는 그녀와의 만남을 되새겼다.

– 인수인계를 할 만한 업무도 아니었으니까, 조금만 미안해할게.

솔은 웃으며 말했었다.

– 그건 그렇다 쳐도, 이건 경우가 아니죠. 사직서는 제임스에게 직접 줘요.
– 경우 따지기엔 내가 너무 바빠.

지갑에서 명함 하나를 꺼내 건네는 그녀의 얼굴은 뿌듯함으로 빛이 났다.

– 방금 나왔어. 엠마한테 처음으로 주는 거야.
– 행복 기획사…… 대표 박솔?
– 주위에 전단이나, 팸플릿, 브로슈어, 명함 등등 필요한 사람 있으면 소개해 줘. 꼭!

내친김에 한 무더기의 명함을 엠마의 손에 쥐여 주며 솔은 환하게 웃었다.

– 오늘 김 부장님이랑 같이 사무실 계약할 거거든. 조촐하게 개업식도 할 거니까 시간 되면 송 대리님이랑 같이 와.

― 제임스는 알아요?

― 주혁이 얘기는 하지 말아 줄래.

솔은 순식간에 싸늘해졌다. 차갑다기보다 껍데기에 들어간 달팽이처럼 모든 표정을 감췄다. 더는 물어볼 필요도 없이 엠마는 모든 상황을 짐작할 수 있었다.

― 주혁이 때문에 나 보는 게 부담스러우면 편하게 해도 돼. 근데 이건 진심이야. 그동안 고마웠고, 미안했어.

그 말을 끝으로 일어서 나간 박솔은 후련해 보이기까지 했다.

하지만 사직서를 전달받은 주혁은 달랐다. 그는 충격을 받은 것이 분명했다. 혼란 그 자체의 표정으로 뛰쳐나간 그는 핸드폰도 재킷도 챙기지 못했다.

주혁의 자리에 앉은 엠마는 손가락으로 톡톡 책상을 두드리며 고개를 갸웃거렸다.

지금 만나 봐야 좋은 소리 듣지 못할 텐데. 그런 얼굴을 했을 때의 여자는 그냥 조금 더 기다려 주는 것이 방법일 텐데 말이다. 아니, 뭐 말할 틈을 줬어야지 충고라도 해 주지.

그나저나 이 상황은 뭐냐?

엠마는 헛웃음을 날렸다.

박솔 씨가 나의 제임스를 차는 거야? 반대가 될 줄 알았는데……

그리고 제임스는 이런 일에 정말 익숙지 않을 텐데.

정이란 건 참 무서운 거다. 아직까지는 솔보다 주혁이 훨씬 걱정스러운 엠마는 곰곰이 생각에 빠져들었다.

❈

"30분 후면 도착해요. 사무실은 부장님이 먼저 보고 계세요."

김 부장과 통화를 하면서도 솔은 손에 쥔 명함을 보고 있었다.

"거참. 이제 박 대표라고 불러 달라니까요. 아무튼, 좀 이따 봬요."

명함에도 분명히 적혀 있는데 왜 자꾸 밥솥이라 부른단 말인가. 전화를 끊은 그녀는 한껏 부푼 표정으로 다시 한번 명함을 보았다.

〈대표 박솔〉

최고급 명함지에 라운드 테두리. 종이에 압을 주어 음각으로 표기한 까만 활자가 너무도 사랑스러웠다. 이렇게 예쁜 명함이 다 있다니. 구겨질까 애지중지 지갑 안으로 넣으며 솔은 방긋 웃었다.

나는 이제 대표다. 박 대표!

걸음마저 상쾌했다. 제 것이 아닌 자리에서 눈치 보던 찌질한 날들은 이제 안녕이다.

자신이 잘하는 일, 좋아하는 일. 하고 싶은 일을 궁리하고 고민한 끝에 김 부장을 찾아갔었다. 다소 회의적인 태도를 보이던 그를 설득하는 것은 오래 걸리지 않았다. 까만 잉크를 코에 묻혀 가며 익숙하지도 않은 인쇄소 현장 일을 하던 김 부장도 솔이만큼이나 설레어했다. 누가 말하기도 전에 회사의 명칭은 '행복 기획사'로 정해져 있었다.

– 내가 사장인 거지? 솔이 씨가 디자인 담당이고.

– 똑같이 투자하는데 그게 무슨 소리예요. 당연히 나도 사장이죠. 모든 것은 딱 반반씩. 일도, 성과도 정확하게 나누는 거예요.

– 직원도 없이 사장만 둘이라고? 모양새 빠지게.

김 부장은 투덜거렸지만 들뜬 기색이 역력했다. 그가 어렵게 갚은 2천만 원과 김 부장의 아파트를 처분하고 남은 돈 2천을 합쳐 시작하기로 했다. 남들에게는 작은 규모로 보일지 몰라도 그들에겐 전 재산을 건 모험이었다.

'그러니, 반드시 성공하겠어!'

솔의 눈이 열기로 반짝거렸다.

그리고 성공의 잣대는 당연히 돈이다. 눈앞에 펼쳐진 길가의 수많은 식당, 작은 회사들이 빽빽이 모여 있는 빌딩 숲이 이토록 찬란하고 아름다워 보일 수가 없었다. 모두 잠재된 고객이고, 자신에게 부와 명예를 안겨 줄 5만 원권 지폐로 보였다.

디자인만 할 때와는 다르다. 대표라는 직함이 찍힌 사랑스러운 명함을 부끄럽게 만들 순 없다. 밑도 끝도 없는 자신감이 솟구쳤다. 몸이 부서지도록 열심히 할 의지도 불끈 솟았다.

일단 사무실부터 계약하고…….

머릿속으로 일정을 계산하며 바쁘게 걷던 걸음이 멈춘 건 다음 순간이었다. 덜컥 팔이 붙잡혔다. 심장이 내려앉기도 전에 그녀의 몸은 순식간에 돌려세워졌다.

"박솔!"

주혁이 턱까지 차오른 숨을 거칠게 뱉으며 서 있었다.

"여기서 말할까."

위아래로 들썩이는 가슴이 그가 얼마나 급히 뛰어왔는지를 짐작하게 했다. 황급히 시선을 떨궜지만, 솔의 손이 걷잡을 수 없이 떨리기 시작했다.

"조용한 곳으로 갈래."

잔뜩 일그러진 표정과, 헝클어진 머리에도 불구하고 그는 여전히 단정하게만 보였다. 그렇다고 해도 그가 냉정한 상태라고 착각할 만큼 솔도 얼간이는 아니었다. 끝도 없이 가라앉은 눈동자엔 숨기지 못한 분노가 담겨 있었다.

아마도 화가 났겠지. 사직서를 엠마에게 부탁했을 때부터 짐작한 일이었다.

다른 사람에게 냉정하고 차분한 이미지일지는 몰라도 그는 본질적으로 격정적인 남자였다. 그리고 그런 본성을 유독 그녀에게만은 숨기지 않았다.

비참하게도 그런 반응에 설렜던 시간도 있었다. 자신만이 끌어내는 그의 열정이 좋았다. 그의 비정상적인 질투도, 집착도 그녀에겐 소중했다. 그것이 사랑의 다른 이름이라고 믿고 싶었다.

그만큼 절실하게 사랑받고 싶었다. 그가 자신을 사랑한다면 모든 서러움도 없어지고 잃었던 자신감도 생길 것만 같았다. 그래서 자신을 바라볼 때면 어김없이 깊어지는 새까만 눈동자에 어린 열기가 사랑이길 죽도록 기도했었다.

등신같이. 얼간이같이.

대상이 아빠에게서 주혁으로 바뀐 것뿐, 그녀는 여전히 사탕 주기를 기다리는 아이처럼 사랑을 구걸했을 뿐이었다. 그걸 깨달은 이 순간조차 그의 조급한 눈빛을 달래 주고 싶어 하는 멍청한 심장에 그녀는 새삼 절망했다. 하지만 누구보다 눈치 빠른 주혁에게 이런 마음을 들킬 수는 없었다.

"가자."

그는 대답을 기다리지 않고 손목을 잡아 끌어당겼다.

재빠르게 손을 비틀어 그에게서 물러선 그녀에게로 곧장 날 선 눈빛이 따라왔다.

그녀가 경계해야 하는 건 이런 것임을 알고 있었다. 거부할 수 없는 눈빛, 난데없는 스킨십. 둘만이 있는 공간. 익숙해진 몸은 그를 또다시 원할 것이 분명했다.

어차피 이 빌어먹을 몸과 감정은 주인을 배신하고 자석처럼 그에게 들러붙기를 원할 테니, 그녀가 믿을 것은 자신의 의지가 아니라, 탁 트인 공간과 수많은 사람들이었다.

"할 말이 있으면 여기서 말해."

제 귀로 듣기에도 정이 떨어질 만큼 차가운 음성이었다. 주혁의 당황하는 모습을 보면 통쾌할 거라 생각했는데 오히려 서글퍼지는 마음은 애써 눌렀다.

잠시 그녀를 바라보던 주혁이 천천히 입을 열었다.

"나한테 화가 난 거 알아. 아는데……."

"뭔가 착각하는구나, 너."

"……."

"난 화가 난 게 아니야. 우리 사이를 명확하게 깨달은 것뿐이야."

차갑지만 침착하게 솔은 대꾸했다. 그녀가 덤덤한 반응을 보일수록 그의 눈동자엔 거친 파문이 일었다.

"설명한다잖아."

"네 설명 따윈 나에게 이미 중요하지 않아."

몇 마디 너의 설명과 변명에 바보처럼 고개를 끄덕이고, 홀린 것처럼 이해가 되고, 그래서 다시 너에게 휘둘리는 내가 되지 않을 거

다. 그래, 난 화가 난 게 아니야. 지친 거야. 슬픈 거야. 너와 같이한
다면 언제나 그렇겠지. 갑과 을이 정해져 있던 너와의 관계에서 불
쌍한 나를 구해 내려는 거야. 이번에야말로 오직 나만을 위해서 용
기를 내는 거다.

"우린 끝났어."

그녀는 차갑게 내뱉었다. 입술 안 연약한 살점을 질근질근 물며
피 맛이 도는 미련을 꿀꺽 삼켰다. 부모와 자식 간 천륜도 간단히 정
리되는데 이쯤 뭐가 어렵다고. 고작 몇 달 만난 이 남자가 내 인생에
뭐 그리 대단한 존재라고.

"그만하자."

"……뭐?"

주혁의 얼굴이 멍해졌다. 좀처럼 볼 수 없었던 얼굴로, 듣고도 알
아듣지 못한 사람처럼 되물었다.

"뭐라고?"

"여기서 끝내자. 우리."

그는 크게 숨을 들이켰다. 그녀를 향한 눈동자에 점점 알 수 없는
무언가가 뜨겁게 일렁였다. 분노겠지. 솔은 떨리는 손을 감추고 턱
을 들어 올려 곧이어 내뱉어질 그의 분노를 대비했다.

하지만 예상과 달리 주혁은 미소를 지었다. 눈꼬리가 휘어지며
다정한 웃음을 띠고는 부드럽게 말했다.

"안 돼."

퍽 살뜰한 표정과 상냥한 목소리에 당황한 건 오히려 솔이었다.
그 틈을 파고들듯 그가 한 발 다가왔다. 저도 모르게 뒤로 물러서는
그녀의 귀로 아주 낮은 음성이 따라왔다.

"빌라고 해."

"······."

"기다리라고 해. 말 잘 듣는 개새끼처럼 그래 줄 테니까. 차라리 그래."

"이러지 마."

당황한 솔을 아랑곳없이 주혁은 제 할 말을 빠르게 쏟아 냈다.

"바라는 걸 말해. 그만하라는 말만 빼고 뭐든지 들어줄게."

"한주혁!"

조금씩 그의 미소가 지워졌다. 표정 또한 서서히 서늘해졌다.

"주혁아, 이러지······."

"말하라고! 빌어먹을!"

결국, 그는 거의 고함을 질렀다. 그 음성에 묻어나온 절박함에 솔은 다시 한번 놀랐다.

그가 이런 반응을 보이는 것을 이해하기 어려웠다. 화를 낼 거라는 건 알고 있었지만 이런 식은 아니었다. 마치 절망이라도 한 듯 흔들리는 그의 모습에 솔은 적잖이 동요했다.

어쨌든 이건 그의 뜻이 아닐 테니 자존심에 금이 갔겠지. 하지만 칼에 맞은 사람처럼 흔들리는 저 모습은 뭔가.

솔도 조금씩 화가 나기 시작했다.

도대체 왜. 나를 어디까지 몰아가고 싶어서!

내가 멱살이라도 잡고 왜 그랬냐고 미친 것처럼 날뛰길 바란 건가. 그가 원하는 끝은 그런 거였나.

우아한 마무리를 하고 싶어 하는 내 마음도 받아 주기 싫을 만큼 아직도 내가 밉나. 엉덩이를 두들겨 그의 친구들 앞에서 망신을 주고 첫사랑을 깨지게 한 죄가 내 인생을 송두리째 조사해 검토하고 읽어 내린 것만으로 용서가 안 될 만큼 그렇게 큰 거였나.

"전화도 싫다, 만나는 것도 싫다. 그래서 원하는 대로 해 줬어. 내가 잘못한 걸 아니까! 개새끼처럼 네가 오길 기다렸다고. 그 대가가 이거야? 길거리에서 값싸게 버릴 만큼 너에게 나는 아무것도 아니었어?"

"……"

"너는 나와 뭐가 다르지? 해명할 시간도 사과할 기회도 안 주는 너는 뭐가 나랑 달라서!"

기가 막혀서 헛웃음마저 나왔다. 사정없이 몰아붙이는 그가 미워 죽을 것만 같았다. 이미 지나가는 몇몇 행인들이 그들을 힐끔거리고 있었다. 붉게 달아오른 눈으로 노려본 주혁은 흥분을 가라앉히려 노력하고 있었다. 그가 간신히 숨을 쉬듯 간절하게 요구했다.

"잠깐만 시간을 내. 그러면 돼."

이젠 자신이 싫어 미칠 지경이었다. 애원하는 듯한 그의 태도에 또다시 나약해지는 못난 자신이 미웠다. 힘들게 다짐한 각오들을 단숨에 허물어뜨리는 그의 믿을 수 없는 행동도 신물이 났다.

뭐가 힘들다고 그는 이런 표정을 하나. 꼭 내가 잘못한 것 같은 기분을 들게 하나.

주혁은 어딘가 위태로워 보이기까지 했다. 이것이 연극이라면 남우주연상 수상감이다.

솔은 고개를 숙이며 입술을 지그시 물었다.

정말 최악이구나, 한주혁.

네가 원하는 게 그거라면 해 주지. 지저분하게 시작된 관계가 끝이라고 우아할 리가 없지. 어차피 우린 막장이니까 그렇게 끝을 내는 게 맞는 거겠지.

"가자."

그녀의 침묵을 눈치 빠르게 읽어 낸 주혁이 불쑥 손을 잡았다. 손가락 하나하나 맞물려 깍지를 꼈다. 빠져나갈 것을 염려하듯 손아귀에 힘을 바짝 주었다.

크게 걷는 그의 뒤를 쫓아가며 그날이 떠오르는 건 조금 슬펐다. 처음으로 데이트를 하던 날. 보슬비를 맞으며 뛰었던 아름다운 그때가.

24.

"이거 놔."

오피스텔에 들어서자마자 솔은 주혁의 손을 차갑게 뿌리쳤다.

그가 밉다. 짧지만 행복하다고 여겼던 추억들이 범벅인 이곳으로 이끈 그의 무심함이 미웠다.

그녀는 그저 조용한 카페에서 차분히 대화하기를 원했다. 밀폐된 공간에 단둘이 있고 싶지 않았다. 그가 자신에게 미치는 영향력을 충분히 인지했기에 그랬다. 그만큼 솔은 자신의 의지마저 불신했다.

하긴 장소가 뭐가 중요한가. 주혁과의 관계에서 뭐든 자신의 의지가 존중된 적이 있기나 하던가.

솔은 짧게 한숨을 쉬며 의식적으로 오피스텔 내부를 보지 않으려 애썼다.

익숙한 공간, 사랑했고 사랑받았다고 생각했던 시간들. 가구, 소품, 이곳을 채우고 있는 공기마저 의미 없는 것들이 없었다. 하지만 기억의 마지막은 비참했다. 낱낱이 파헤쳐져 바닥에 뒹굴던 자신의 과거와 그것을 바라보던 그의 난감했던 표정이 떠올랐다.

이곳에서 마무리하게 된 것은 더없이 슬펐지만, 그래서 가장 타당할 수도 있다고 그녀는 인정하기로 했다.

등에 꽂히는 시선을 무시하고 솔은 빠르게 걸어 소파에 앉았다. 그녀가 좋아했던 검은 페브릭 원단의 촉감마저 바늘처럼 날을 세운 듯했다. 마지막으로 그와 뜨겁게 엉켰던 소파의 기억을 의식에서 치우며 그녀는 담담하게 말했다.

"그만하자."

반복해서 학습해야 이해하는 학생을 대하듯 인내심을 담고 되풀이했다.

"그만 끝내자."

건조한 눈이 그녀와 시선을 맞췄다.

어쩌면 그녀는 자신을 세뇌시키려 하나 보다.

주혁은 그녀의 입 모양을 응시하며 생각했다. 도톰한 입술이 천천히 열리며 잔인한 말을 또다시 내뱉는다.

"그만두자고, 우리."

질문도, 설득도, 반박할 시간마저 주기 싫다는 듯 몇 번이고 되풀이했다. 고장 난 녹음기처럼 단조로운 어조가 반복되었다.

어떻게 헤어지자는 말을 저토록 건조하게 할 수가 있나.

그녀는 지루한 표정을 감추려 하지도 않았다. 주혁은 자신이 마치 흥미가 떨어진 장난감이 된 듯한 느낌이었다.

그 짧은 시간에 그는 생각하고, 또 생각했다. 어떤 말로 그녀의 마음을 돌릴 수 있을까. 결국, 그는 매달리는 방법 외에는 다른 것을 찾지 못했다.

"네가 왜 화가 났는지 알아."

천천히, 그리고 진심을 담아 주혁이 드디어 입을 열었다.

"말도 없이 조사한 거, 미안해. 내가 잘못했다. 하지만 설명할 수 있어. 무조건 헤어지자고 하지만 말고……."

"한주혁."

솔은 부드럽게 그의 말을 끊었다.

"나는 헤어지자고 한 게 아니야. 그만하자고 했어. 그…… 차이를 모르겠어?"

모를뿐더러 질문 자체도 이해되지 않았다. 주혁은 뇌가 없는 장난감이 된 것 같기도 하고 제 수준보다 훨씬 높은 수업을 듣는 머리 나쁜 학생이 된 것 같기도 했다.

'그만하자'와 '헤어지자'가 뭐가 다를까. 어차피 결과는 똑같았다. 더는 그녀를 만날 수 없다는 것.

"헤어지는 건 연인 사이에나 할 수 있는 말이야. 우리는 진짜 사귄 적이 없었잖아."

주혁은 아득해졌다.

"너와 나 사이는 연인 따위가 아니었어. 서로 감춘 것이 더 많았으니까."

길 한복판에서 헤어짐을 통보받았을 때보다 더 큰 충격이 강타했다. 더 이상 최악일 수 없다고 생각했던 기분은 관계 자체를 부정당하고 보니 끝도 없이 하강했다.

"……사귄 적이 없다고?"

"……."

"우리가 연인이 아니었다고?"

주혁은 그녀에게서 한 걸음 뒤로 물러섰다. 냉정함이 필요했다.

숨을 크게 고르며 그는 솔을 찬찬히 뜯어 살폈다. 조금이라도 담겨 있을 거짓을 찾으려 그녀의 눈을 빤히 보았다. 꽉 쥔 주먹에 혈관이 투둑 불거졌다.

"그럼 우리가 무슨 사이였단 거지?"

"너는 치기 어린 보상심리. 나는, 나는 이런 나라도 좋다고 해 주는 너에 대한 감사함."

솔은 쉽게도 정의했다.

"혹은 욕구에 충실한 파트너."

"……."

"그러니 우리는 헤어지는 게 아니라 관계를 종료하는 게 맞아."

솔은 잠시 침묵했다. 주혁의 눈에 그녀는 뭔가를 진지하게 고민하는 듯도 보였고, 그저 이 상황을 난감해하는 것처럼 보이기도 했다. 짧은 침묵 끝에 그녀는 지친 음성으로 덧붙였다.

"그리고 나는 날 멋대로 쥐고 흔들어도 된다고 생각하는 사람에게 이미 지쳐 있어."

어찌 되었든 그녀의 말은 주혁에게 제대로 충격을 주긴 했다. 말문마저 막힌 그를 흘긋 보며 솔은 담담하게 말을 이었다.

"나도 수백 번 생각해 봤어."

"……."

"너는 어떤 마음으로 나와 시작을 한 걸까."

"……."

"너라고 처음부터 이런 관계를 계획했던 건 아닐 거라 믿어. 하지만……. 왜 그랬을까. 너는 왜 나에 대해 조사까지 한 걸까."

"그건, 설명할 수 있어."

다급히 말하던 주혁은 돌연 입을 닫았다. 똑바로 그에게 닿은 솔의 눈동자가 크게 흔들리고 있었다. 깊은 상처를 고스란히 드러내며 그녀는 속삭였다.

"상관없어, 이제 그런 거. 나는…… 나는 네가 무서워."

주혁의 가슴 어딘가에서 우지끈 무너지는 소리가 들린 듯했다. 다시 시선을 내리깐 그녀는 떨리는 음성으로 말했다.

"무서워. 이해하려고 해도 잘 안 돼."

"……."

"이해하고 싶지가 않아. 너의 의도가 뭐였든 더는 상관없어. 이유도 이제 궁금하지 않아. 나에게 이미 그런 건 중요하지 않아."

주혁은 굳어 있었다. 두 손을 꼭 마주 쥐고는 힘겹게 말을 잇는 솔에게서 그는 시선을 뗄 수가 없었다.

"그냥 네가 너무 무서워. 이런 마음으로는 널 만날 수가 없어."

"……."

"무서워하고 비위를 맞추는 거 이제 안 할 거야. 그렇게 살고 싶지 않아. 그러니까 그만……."

"내가 무섭다고?"

주혁은 잠시 숨을 골랐다.

변명을 원하면 변명을 하고, 빌라면 빌고, 기다리라면 기다릴 수도 있다. 하지만 그녀의 담담함은 지나치게 견고했다. 차라리 화를 내거나 울부짖는 편이 쉬웠다. 초연한 모습으로 관계의 종료를 선언하는 솔은 너무나 낯설었다. 정작 지금 무서운 사람은 그녀인데도 그녀는 자신이 무섭다고 한다. 인정할 수가 없었다.

"그런 건 대화로 풀면 돼. 다 설명할 수 있어. 장난처럼 말하지 말고."

주혁은 애써 부드럽게 말했다. 두려움과도 비슷한 가슴 통증을 무시하려 그는 미소까지 지었다.

"장난하는 거 아니야."

솔은 그의 시선을 외면했다.

"장난은 네가 나한테 쳤잖아. 우린, 시작부터 진지한 게 하나도 없었어."

"내가 잘못했어."

주혁은 미소 지으려 노력했다.

"잘못했다. 다 미안해. 다신 이런 일 없을 거야. 나는 네가 걱정되었을 뿐이야. 방법이 치사했다는 건 인정해."

"……주혁아."

"그래, 처음에 너에 대한 감정이 좋지는 않았어. 그래서 유치하게 굴었어. 하지만 그건 말 그대로 지난 감정이었을 뿐이야. 사람은 누구나 실수할 수 있잖아. 그지? 그렇게 넘어가 주면 안 돼?"

솔이 고개를 들었다. 커다란 눈동자에 서서히 눈물이 차오르고 있었다. 주혁은 정말이지 어찌할 바를 몰랐다. 마른 손으로 머리를 세게 넘긴 그는 그저 열심히 설명할 수밖에 없었다.

"내가 머저리였어. 연애라는 것이 처음이라 사업과 비슷하게 생각했나 봐. 너에 대해 알아야만 확실히 내 것이 될 거라고 등신처럼 계산했어. 하지만……."

그녀의 눈에서 눈물이 후드득 떨어졌다. 그리고 마치 둑이 무너진 것처럼 터져 버렸다. 그녀가 울기 시작했다. 벌게진 눈으로 그를 쳐다보며 뚝뚝 눈물을 흘렸다. 주혁은 애원하듯 그녀의 이름을 불렀다.

"박솔…… 제발."

"장난처럼……."

솔은 아이처럼 주먹으로 눈물을 거칠게 닦아 내다 돌연 소리를 질렀다. 북받친 감정을 선명하게 드러냈다.

"장난처럼 받아들이는 건 너잖아!"

왜 하필 이럴 때…….

솔은 주체할 수 없는 눈물이 미웠다.

그날 이후 솔은 좀처럼 울지 못했다. 건조한 눈이 너무도 아파서 수시로 안약을 넣어야 했다. 다시는 울 수 없는 사람이 됐나 봐. 아버지의 진심보다, 주혁과의 이별보다 어쩌면 울 수 없다는 것이 그녀는 더 겁이 났다.

내 몸의 물기가 다 말라 버려서, 바짝 마른 눈알이 어느 날 바스러져 버릴 것도 같고, 슬퍼도 기뻐도 울 수 없는 그런 메마른 사람이 되나 보다, 헤프게 흘려 댄 죗값을 받나 보다, 슬펐었다.

그랬는데…….

고작 이해를 바라는 주혁의 눈빛에 눈물이 쏟아졌다. 애원하듯 다가오는 그의 모습이 보기 싫어 화가 났다. 무엇보다 이렇게까지 그에게 영향을 받는 자신이 참을 수가 없었다. 솔은 흐느끼며 소리치기 시작했다.

"왜 그랬어, 왜! 그냥 물어보면 안 됐어? 기다려 줄 수는 없었어?"

"……."

"어떻게 그래? 그래 놓고 우리가 무슨 연인이고 사랑이야! 난 네가 너무 소름 끼쳐. 궁금하다고, 걱정된다고 아무렇지도 않게 그런 일을 하는 네가 무서워. 별일 아닌 것처럼 넘어가려는 네가 싫어!"

"……."

"읽어 봤으면 다 알 거 아냐! 내가 너 같은 사람을 왜 못 견뎌 하느지. 사람을 멋대로 휘두르는 게 당연한 너를 어떻게 만나, 어떻게 믿어! 또 이런 일이 없을 거라고 어떻게 장담해? 싫어. 멋대로 날 주무르려는 사람에게 난 평생을 매달려 봤어. 그런 거 이제 지긋지긋하단 말이야!"

악을 쓰던 그녀는 두 손에 얼굴을 묻었다. 격한 흐느낌이 공간을 채웠다.

"미안해."

한참 후에야 주혁은 했던 말을 또다시 반복했다.

"내가 다 잘못했어."

주혁은 조심스럽게 손을 뻗었지만, 끔찍한 것을 피하듯 솔은 재빨리 몸을 피했다.

주혁은 숨을 들이켰다. 격렬한 거부보다 그녀에 눈에 담긴 실망감이 그를 뿌리째 흔들고 있었다.

"너는……."

솔은 흐느끼며 더듬었다.

"너는 정말 모든 게 쉽구나."

"……."

"일도 쉽고, 연애도 쉽고, 처음도 쉽고, 사과도 쉬워."

"……."

"그만해, 제발. 그만두자 제발. 날…… 그냥 놔줘."

두 손으로 얼굴을 감싸고 흐느끼는 그녀 앞에 주혁이 한쪽 무릎을 접어 시선을 맞추려 했다. 뻗대는 그녀의 손을 잡아 조심스레 떼어 내고는 흐르는 눈물을 닦아 주며 속삭였다.

"날 좋아하잖아……."

간절한 목소리로 주혁은 다시 말했다.

"날 사랑하잖아. 그렇지?"

가늘고 긴 손가락이 그녀의 얼굴을 감쌌다. 아주 귀한 것을 대하듯 뺨을 어루만지고 집요하게 눈을 맞췄다.

"그러니까 한 번만 봐주라. 한 번만 봐줘. 응?"

"난…… 널 좋아했어."

그녀는 속삭였다.

"하지만 사랑한 적은 없어. 사랑하지 않아."

주혁의 움직임이 멎고 솔은 죄인처럼 고개를 숙였다. 어쩌면 그는 당연히 그녀의 이런 거짓말쯤은 금세 눈치챌지도 모르는데. 하지만 솔은 이 시간이 너무 버거웠다. 억울하기도 했다.

뭐가 이렇게 어려운 건지. 이 자리에서 벗어날 수만 있다면 자신의 사랑쯤은 얼마든 부정할 수 있었다. 그것은 주혁에게 어떤 만족도 주기 싫은 약간의 이기심과 마지막 자존심이 졸렬하게 섞여 있는 말이기도 했지만 부끄럽지 않았다. 그저 빨리 헤어지고만 싶어서 독기를 부렸다.

"널 만난 거 자체를 후회해."

그의 눈동자가 한순간에 사나워졌다. 거친 눈빛은 차츰 분노를 드러냈지만, 솔은 멈추지 않았다. 이 순간만 지나면 다 괜찮아질 테니까.

"내가 원하는 건 하나야. 널 더는 보기 싫어."

"……."

"그냥 너와 내가 여기까지였던 거야."

솔은 제 손목을 그러쥔 주혁의 손가락을 하나하나 단호하게 떼어 냈다. 맥이 빠질 정도로 그는 순순히 그녀에게서 물러났다.

긴 침묵이 이제 떠나도 좋다는 대답인 듯싶어서 솔은 일어섰다.

313

남은 눈물을 대충 닦아 내고 힘겹게 발을 옮길 때는 끝이라는 서글 픔보다는 안도감이 몰려올 정도로 그녀는 지쳐 있었다.

"좋아했다고?"

현관 손잡이를 잡았을 때 빈정거리는 음성이 들려왔다.

"정말 날 좋아한 적이 있긴 했나?"

주혁은 느릿하게 말했다. 빈정대는 어투가 그답지 않았기에 솔은 뒤를 보지 않고 눈만 껌뻑였다.

"불쌍하게 매달리니까 적선처럼 던져 준 말은 아니고? 난 널 단 한순간도 좋아한 적도 없다, 사실대로 말하기엔 좀 미안해?"

낮은 웃음소리가 들렸을 때 솔은 뒤를 돌아보았다. 주혁은 머리를 쓸어 올리며 큭큭 웃었다.

"한주혁……."

"끝까지 착한 사람으로 남고 싶겠지. 남에게 상처 주는 말 따위는 하고 싶지 않다고 생각하겠지. 도리어 그게 더 잔인한데 말이야."

"……."

"맞아. 다 내 잘못이야. 좋지 않은 마음으로 접근한 것도 나고, 우격다짐으로 널 가진 것도 나야."

그의 목소리가 차츰 낮아졌다. 눈빛도 싸늘하게 식어 있었다.

"나는 재미있었을까?"

"……."

"좋았을까? 천만에. 불안한 건 나였어. 조금의 틈을 주면 바로 발을 뺄 거라는 걸 너는 숨기지도 않았어. 밤마다 내 품에서 사랑스러운 표정으로 나를 믿는 것처럼 굴다가도 혹시나 내가 네 테두리 안에 들어올까 전전긍긍 뒤로 물러났어. 정작 네 세계에 한 걸음도 초대받지 못한 건 난데. 내가 뭘 어째야 했지? 기다려? 뭘?"

"주혁아."

"네 가족만 아니었다면, 적어도 네가 끔찍하게 여기는 네 가족이 아니었다면 나도 이런 식으로는 하지 않았어. 진즉 내 방식대로 해결했겠지. 그걸 참은 건 칭찬 안 해 줘? 그건 기다린 게 아닌가."

솔은 당혹감을 느꼈다.

주혁은 감정을 감추는 사람이 아니었다. 그는 수많은 감정을 아낌없이 그녀에게 보여 주곤 했다. 너무나 정직한 반응에 무섭다고 생각한 적도 있었다. 하지만 지금의 주혁은 뭔가가 달랐다.

뭔가를 잔뜩 눌러 참고 비아냥거리고 있었다. 칼처럼 날카로운 그의 말은 그녀에게 향했지만 정작 한 마디 한 마디를 할 때마다 일그러지는 건 그였다. 실시간으로 상처받는 모습으로.

"더 기다렸으면 달라졌을 건가. 아픔을 공유한다든지, 위로해 달라든지, 도와 달라든지. 뭐든 내게 요구했을 거야? 내가 같이 고민할 수 있게 기회를 줬을 거냐고."

"……."

"넌 답할 수가 없겠지. 네가 잘 알고 있거든. 딱 그만큼의 거리를 두고 날 만난 건 너야. 언제든 떠날 준비를 하면서……. 존중? 믿음?"

주혁은 비웃었다.

"그러는 넌 날 얼마나 믿었지? 연인으로 날 존중하긴 했나? 예상보다 빠를 뿐 이런 결말을 계획하고 있었잖아. 안 그래?"

솔은 무의식적으로 고개를 저었다. 어느새 얼굴이 희게 질려 가고 있었다. 주혁이 그렇게 느낄 거라고는 한순간도 생각해 본 적이 없었다.

"나는……."

"유리처럼 투명한 네 속을 읽어 내면서 나는 불안하지 않았을 거 같아?"

주혁의 감정이 격해져 가는 것이 느껴졌다. 그는 거의 이를 갈 듯이 몰아붙였다.

"내게 의지하지 않고 혼자 앓고 있는 너를 내가 어째야 했지? 그래, 난 당연히 궁금했어. 그래서 알아냈지. 그게 나쁜가? 너는 절대 말해 주지 않을 거라는 걸 아는데. 내가 아는 순간 넌 또다시 달팽이처럼 껍질 안에 숨어 버릴 것을 아는데. 내가 뭘 어째야 했어? 어떻게든 원인을 알아내서, 해결해서, 적어도 내 옆에선 행복하게, 안전하게. 상처 없이 있길 원한 게 왜 잘못이야."

"……."

"천만에. 나는 잘못하지 않았어. 물론 후회는 하지. 이따위로 어설프게 행동한 거 말이야. 병신같이 네 눈치를 보느라 고작 할 수 있는 게 네 과거를 알아내는 것밖에 없었는데, 그것 때문에 이렇게 버려질 걸 알았다면 처음부터, 이것보다 더한 짓을 해서라도 그냥 내 옆에 있게 했을 거야. 감히 그만하자는 말 따위를 쉽게 뱉지 못하도록 가둬 두고 내게 의지하게 할 거라고."

그가 성큼 다가왔다. 저도 모르게 뒤로 물러선 솔의 등에 현관문의 찬 기운이 닿았다.

"말만 그런 거 같지? 내가 못 할 거 같지? 네 앞에서 여태 등신처럼 굴어서 설마 그렇게 할까 싶어? 난 미친놈이야. 적어도 너에게 미쳤어. 사귄 적이 없다고? 내가 널 장난으로 만났다고? 씨발! 더한 것도 해! 그런데 모든 것을 알아내고도 왜! 왜! 내가 병신 새끼처럼 가만있었는 줄 알아!"

"……."

316

"그런데도 네가 싫어할 테니까! 그런 것도 가족이라고 끼고도니까! 나는 너에게 언제든 내쳐질 존재란 걸 아니까!"

하! 그는 헛웃음을 토해 냈다.

"널 사랑하니까!"

솔의 심장이 쿵 떨어졌다. 주혁은 매섭게 몰아치며 거의 잡아먹을 듯 그녀를 노려보았다.

"후회? 매시간, 매 순간 나도 하고 있어. 머릿속엔 온갖 나쁜 짓들이 생각나고 널 내 옆에 묶어 둘 구체적인 방법까지 아는데도 그걸 하지 않은 게 후회가 돼! 네 아버지! 병원에 집어 처넣든 감옥으로 보내든 외국으로 쫓아내든 네 옆에서 치우고만 싶었는데도, 고작 네가 화를 내는 게 무서워서 그러지 않은 게 미치도록 후회돼서 돌아 버리겠다고!"

주혁은 고개를 젖혀 천정을 향해 숨을 토해 냈다.

"씨발. 엿 같다, 진짜."

그의 격한 반응에 당혹감이 온몸으로 퍼졌다. 솔은 움찔움찔 뒤로 물러났고, 그 간단한 몸짓에 무너져 가는 남자의 눈을 멍하니 보고만 있었다.

"내가 무섭다고……. 그러니 그만하자고……."

그는 큭 웃으며 작게 고개를 저었다.

"정작 내가 널 얼마나 무서워하는지. 언제든 이렇게 날 버릴까 봐 숨죽였는지 보려 하지 않는 주제에."

"……."

"너에겐 네 상처만 중요하고 나 같은 건 이렇게 쉽지. 나 같은 건……. 씨발."

불현듯 주혁이 그녀에게 다가섰다. 흠칫하는 그녀를 아랑곳없이 힘을 주어 그녀의 어깨를 그러잡았다. 겁을 먹은 솔을 보고는 그는 피식 웃었다. 화를 낼 때보다, 고함을 칠 때보다 절망적으로 보이는 그 미소에 솔의 심장이 내려앉았다.

"안 때려. 안 잡아먹어요."

빈정거리는 그의 얼굴은 조금 더 심술궂어졌다. 재빠르게 그는 그녀의 입술을 향해 고개를 숙였다. 순간적이었다. 격렬하게 키스했다. 아주 잠깐의 시간이었는데도 탐욕스럽고 집요한 키스였다.

입술을 포갤 때보다도 빠르게 키스를 끝내며 주혁은 뒤로 물러섰다. 멍하니 입술 위로 손을 올리는 솔을 향해 그는 이죽거렸다.

"이런 게 욕구에 충실한 파트너지. 안 그래?"

"……."

"기왕이면 맘에 들었으면 좋겠는데. 다른 건 몰라도 섹스파트너로서는 최고였다고 기억했으면 싶은데 말이야. 그것도 자신이 없네. 난 박을 때마다 좋아서 씨발, 죽을 뻔했는데 너는 한 번도 속을 보여주지 않았으니 말이야."

주혁은 거기까지 말하고는 입을 닫았다. 울 것 같은 솔의 표정을 깨달아서인지도 몰랐다. 서늘하게 바라보던 그가 아주 천천히 말했다.

"울지 마. 놓아줄 테니까."

"아!"

느닷없이 주혁이 그녀를 다시 당겨 안았다. 맞닿은 가슴에서 거센 심장 소리가 스며들어 솔의 심장까지 요동치게 했다. 목울대를 긁으며 나오는 거친 목소리가 속삭였다.

"그러니까 안심해요. 안전하게 네 세계로 돌아가. 꽁꽁 싸매고 아무한테도 보이지 마. 그게 행복하다면 지금처럼 거짓으로라도 웃으며 살아……. 울지 마. 한 번만 더 우는 얼굴로 눈에 띄어 봐."

무섭게 일그러진 표정이 되어 주혁은 솔을 밀쳤다. 그리고 씹어 뱉듯 말했다.

"그때는 네 아버지고 네 동생이고 상관 않고 다 죽여 버릴 테니까."

그는 그대로 오피스텔을 나갔다.

덜덜 떨리는 다리를 주체 못 하고 솔은 주저앉았다. 멍하니 문을 바라보는 그녀의 뺨에 의식하지도 못한 눈물이 흘러내렸다.

＊

주혁은 술잔을 들어 빙빙 돌렸다. 밤이 깊어진 지 오래였다. 제법 많은 양의 술을 들이부었는데도 정신은 또렷하기만 했다.

미칠 것만 같았다.

박솔이 그녀의 인생에서 자신을 내보낸 후 3주라는 시간이 지났다. 그런데도 그의 기분은 도무지 나아지지 않았다. 오히려 하루하루 더 깊은 수렁 속으로 빠지는 느낌이다.

어쩌면 이제서야 냉철하게 자신에게 벌어진 일을 깨닫는 중인지도 몰랐다.

그는 헤어짐을 당했다. 이제 그의 곁에는 솔이란 여자가 없다. 맑은 웃음도, 사랑스럽게 바라보던 눈동자도 이제는 자신의 것이 아니다. 완벽한 타인이 돼 버린 것이다.

충격은 매일 아침 리셋되었다. 그의 아침은 헤어짐을 자각하고 또다시 충격을 받는 것으로 시작되었다. 웃기는 일이었다.

‒ 이런 마음으로 너를 만날 수 없어.

그게 무슨 마음일까 짐작조차 어려웠다. 자신을 한심하게 보는 것 같기도 하고, 대단히 실망한 것처럼 보이기도 하고, 경멸하는 것 같기도 한 그녀의 모호한 마음을 짐작하기가 힘들다. 그중에 자신을 사랑하는 마음이 한 조각도 없었나.

‒ 너의 의도가 뭐였든 더는 상관없어.

그래, 처음부터 내가 잘못했지.

하지만 그녀를 다시 만나고 속수무책으로 빠져 버린 순간, 그건 그저 핑곗거리에 지나지 않았다. 솔의 곁에 있기 위한 핑계. 그러니 그건 그에게 문제 될 것이 없었지만, 솔의 입장에선 당연히 실망할 수 있음을 간과했다.

그 간단한 사리 분별마저 하지 못할 정도로 정신없이 그녀에게 빠져들었다.

그녀 외에 보이는 것이 없었다. 찬이라는 친구도, 인생의 모든 것 이라고 여기던 일마저도 아무것도 아닌 것처럼 느낄 만큼 그녀만이 중요했다.

품 안에 안고 또 안아도 어딘지 한 발짝 멀리 있는 듯한 그녀 때 문에 불안하기만 했다. 가지고 싶은데, 가졌다고 생각했는데도 꽉 쥔 주먹에서 어느새 빠져나가는 모래알같이 느껴져 애가 탔다.

그 걱정이 기우가 아님을 그녀는 증명했다. 너무도 잔인하게 그 녀는 한낮 길거리에서 이별을 통보했다. 망설임 없이 그를 내쳤다. 그만하자는, 관계를 종료하자는 말이…… 이렇게 아픈 줄 몰랐다.

주혁은 연거푸 술을 들이켰다.

내가 왜 그랬을까. 왜 칠칠치 못하게 서류 하나 관리하지 못했을까.

왜 하필 그녀가 아버지에게 맞고 온 날 그것을 보게 했나. 그날 그녀는 많이 울었겠지. 혼자 웅크리고 가슴을 두들기며 울었을 테지.

후회가 쓴물처럼 밀려들었다. 처음부터 시간을 두고 천천히 다가갔으면 좋았을 것을. 뭐가 그렇게 급하다고 뒷조사까지 했나, 병신같이.

- 그만하자.

3주일의 시간이 흘렀어도 주혁은 여전히 그 말이 아팠다. 냉정히 이별을 내뱉던 그녀의 입술만 생각나서 미칠 것만 같았다.

일에 파묻혀 몸을 혹사시켜도 밤이 되면 떠오르는 그녀의 생각에 잠도 이룰 수가 없었다. 하루하루 까칠해지는 그의 태도에 이상하다는 듯 수군거리는 직원들 앞에서조차 냉정함을 찾기 힘들었다.

제 감정 하나 제대로 추스르지 못하는 한심함에 자조하면서도 도무지 일어설 수가 없었다. 무조건 그녀를 붙잡고 싶은데 방법을 찾아낼 수조차 없다는 것이 끔찍한 시간들이었다.

- 기다려 줄 수는 없었니.

그랬어야 했다. 그리고 사랑을 표현했어야만 했다. 주체할 수 없을 만큼 후회스러웠다. 갖고자 해서 갖지 못한 게 없었으니 당연히 그녀도 같은 마음일 거라고 멋대로 생각했다.

제 곁에 있는 것이 그녀에게도 행복일 거라고 판단한 오만함은 방향을 바꾼 독화살이 되어 그에게 되돌아왔다.

그래, 다시 차분하게 생각을 하면 되는 거다.

한번 차였다고 포기할 필요가 없다고, 분명 솔도 어느 정도는 자신을 깊게 생각했을 거라고.

하지만 실망으로 일그러지던 그녀의 표정이 그를 움직일 수 없게 했다.

- 널 사랑하니까!

그날 저도 모르게 자신이 소리쳤던 그 말이 진심이라는 것을 뒤늦게 깨닫고 그는 괴로워했다.

사랑으로 아파하는 수많은 경험담이나 유행가 가사들, 가깝게는 그를 오랫동안 바라보던 엠마의 마음조차 이해하지 못했고, 무시했었다.

그런 게 도대체 다 뭔데. 마음 하나 다스리지 못한다는 것은 한심한 일이라고 여겼다.

하지만 이제야 알겠다. 사랑은, 이별은 말 그대로 그를 산산조각 내고 있었다.

쉽게 끝을 말하는 너는 나와 다른 게 뭐냐고. 잘못을 인정할 기회조차 주지 않았다고 나를 비난하던 너는 나와 뭐가 다르냐고 따지고도 싶었다.

정말 너는 나를 보지 않고 살아갈 수 있나, 물어보고 싶었다.

"씨발!"

그는 욕지거리를 내뱉으며 거칠게 술잔을 내려놓았다.

다 핑계였다. 그는 그저 그녀가 보고 싶었다. 박솔이 보고 싶다. 안고 싶고 만지고 싶고 옆에 있고 싶었다.

아무리 제 잘못을 인정하고 뉘우친다 해도 시간을 돌려 돌아가면 다르게 행동했을 거라는 확신이 들지 않은 이유다.

그녀가 다른 남자와 있는 것이 숨 막히게 싫은데 티 내지 않을 자신도 없고, 자신의 아픔을 공유하지 않으려는 것을 받아들일 수도 없고, 어린아이로 볼까 봐 답지 않게 남자다운 척하던 것도 안 할 자신이 없다.

그러니…….

주혁은 남은 술을 한입에 털어 넣었다.

나에게 이러지 마라, 박솔.

이러지 마요, 제발.

주혁은 테이블 위로 무너지듯 머리를 박았다.

"그래서 머리가 깨지겠냐. 한 번에 훅 가게 후려갈겨 줘?"

바 옆자리 의자에 푸시시 바람 소리가 나도록 털썩 앉은 찬이 심드렁하게 말을 붙일 때까지 주혁은 고개를 처박고 있었다.

"뭐가 문제길래 엠마가 나한테까지 전화하게 만들어."

"……."

"너 완전히 돌았다며? 엠마가 걱정이 이만저만 아니더라. 제대로 먹지도, 씻지도 않고 다닌다고. 못나게 왜 그러냐?"

찬은 바텐더가 가져온 빈 잔에 얼음을 집어넣고는 얼마 남지 않은 양주병에 남은 술을 따랐다. 한입에 털어 넣은 그는 인상을 썼다.

"아우, 씨! 비싸긴 더럽게 비싼 술이 뭐가 이렇게 맛이 없어. 차라리 소주를 마시지. 있는 것들은 실연을 당해도 꼭 이런 데서 돈지랄

하면서 무게 잡더라."

이죽거리는 찬에게 주혁이 고개도 들지 않고 물었다.

"……잘 있냐?"

"세상 발랄해. 미친 게 아닌가 싶을 정도로."

주어를 생략한 질문에 찬은 찰떡같은 대답을 날렸다.

도대체 언제, 어디까지 진행이 된 사이인지는 몰라도, 찬도 대충은 짐작했다. 새벽마다 주혁이 쓰던 침대에 멍하니 앉아 있던 솔과 지금 이 녀석의 표정이 묘하게도 닮았으니 말이다. 그리고 엠마가 흘린 정보로 이미 충분할 만큼 둘의 관계를 알 수 있었다.

− 너 몰랐어? 네 누나가 제임스를 뻥 찼잖아. 뻥! 제임스가 이런 일에 면역이 없어서 좀 걱정되긴 했지만, 이 정도로 휙 돌아 버릴 줄 몰랐어. 정말 좋아했나 봐. 어우…… 드라마나 소설에서는 실연 당한 남자가 식음 전폐하고 후회하는 게 그렇게 멋져 보이더니 실제로 보니까 가관이야. 못 봐주겠어. 저게 뭔 진상인가 싶고, 굉장히 별로지만 너무 안쓰럽기도 해. 지금도 혼자 술 마시고 있대. 너라도 가 봐.

찬은 주혁을 흘깃 보고는 다시 술을 따랐다.

'멀쩡하구만, 뭘.'

좀 수척해진 것은 같지만 그건 그의 남자다운 얼굴을 오히려 더 돋보이게 했고 깔끔한 옷차림과 꼿꼿이 앉아 홀로 술을 마시는 모습도 단정했다. 주변에 여자들이 흘끔흘끔 쳐다볼 정도로 여전히 잘난 모습이다.

조금은 부아가 났다. 차라리 고성방가라도 했으면, 집으로 찾아와 무릎이라도 꿇는다면 진짜 좋아했구나 인정할 텐데.

솔의 쓸쓸하던 눈빛을 떠올리던 찬은 얄밉도록 멀쩡한 주혁의 모습에 심기가 상했다. 테이블에 머리를 박는 모습을 보지 않았더라면 그냥 가 버렸을 수도 있었다. 하지만 어쨌든 주혁은 그의 친구이기도 했다.

"미안하다."

밑도 끝도 없이 찬은 사과부터 했다. 주혁과 주먹질하며 싸운 후로는 영 어색했던 사이였다.

세나와의 만남을 주선한 후로는 더욱 그랬다.

좋은 머리, 잘난 외모, 화목한 집안에서 자라 승승장구하는 그가 부러웠던 적은 결단코 없었다. 하지만 세나의 관심까지 단번에 끌어내는 것을 보자 얼마쯤 질투를 하기도 했다.

주제넘게 남의 집안일에 나서며 당당히 솔에 대한 감정을 선언할 때 친구인 자신의 입장은 생각지도 않았던 태도가 섭섭했던 것도 있고.

하지만 이런 주혁의 모습을 보는 마음이 좋을 리만은 없었다. 조금은 너그러운 마음을 갖게 된 것은 솔이 이 녀석을 찼다는 거. 오만방자한 녀석에게 상처 입을 누나만 걱정했지, 누나 때문에 이토록 괴로워하는 녀석을 볼 줄은 몰랐으니까.

걱정과 이상한 뿌듯함이 뒤섞인 감정으로 찬은 말을 이었다.

"남녀 간의 일이었는데 나도 주제넘었지. 결국, 본인들이 판단해야 하는 일인데도, 내가 누나 일에는 조금 예민했던 거 같다. 너도 이미 사정은 알고 있겠지만."

"……."

"우리 누나 집 나갔다."

325

술잔을 기울이던 주혁의 손이 허공에서 멈췄다. 크게 동요하는 눈빛을 보자 찬은 피식 웃음이 나왔다. 이 자식…… 진심은 진심인가 보다.

주혁은 급하게 물었다.

"집을 나가? 어디로? 왜?"

"몰라. 그냥 다 큰 남매가 같이 살아 봐야 좋은 소리도 못 듣고, 자기가 사라져야 내가 제대로 인생을 돌아볼 거라면서. 가족은 소유가 아니라 또 다른 인연일 뿐이라나, 뭐라나. 갑자기 공자 같은 말만 잔뜩 하고는 짐 싸 들고 나갔다."

"그냥 나가게 뒀어? 요즘 세상이 얼마나 위험한데, 여자 혼자서…… 어디서 사는지는 알아 놔야지!"

"전화번호도 바꿨는데?"

"뭐라고?"

당황한 얼굴이 이제 싸― 해졌다. 곱씹어 봐도 찬은 주혁이 이 정도로 동요하는 모습을 본 적이 없었다. 조금은 통쾌한 기분마저 들었다. 우리 누나, 생각보다 연애 잘하네. 제대로 휘어잡았군. 흐뭇한 마음에 찬은 너그럽게 정보 하나를 더 알려 주었다.

"누나한테 잘 보이고 싶으면 뒷자리나 알아봐. 이건 큰맘 먹고 주는 정보지만, 고마워할 건 없어."

"뭐?"

"그런 게 있어. 아, 누나가 사무실 개업한 건 알지? 아마 그 근처 오피스텔 하나 얻었을 거야. 생각 없이 보여도 꽤 알뜰해서 제법 모아 둔 돈도 있거든. 내가 좀 보태 주고 싶었는데 거절하더라고."

"사무실이 어디야?"

"한주혁."

이 정도면 충분히 친절했다. 그리고 찬은 아직도 주혁에게 맺힌 감정이 있었다. 남은 술을 마저 따라 입에 털어 넣고는 찬이 일어섰다.

사이비 교주 같은 놈. 주혁과 만난 후 열혈 신도가 된 듯한 세나의 모습이 떠올랐다. 이상하게도 지금은 솔보다는 그 이유가 주혁을 곱게만 볼 수 없는 이유다.

하지만 누나의 문제이기도 하니 그는 잠깐의 망설임을 끝내고 미운 놈 떡 하나 주듯 충고를 던져 주기로 했다.

"너는 좀 참고 기다릴 필요가 있어."

솔의 명함을 건네며 찬은 덧붙였다.

"네 성질대로 지금 당장 달려가서 누나 붙잡고 어르고 달래 봐야 하나 도움 안 된다. 경험자로서 말하는 거야. 역효과만 나지. 절대 도움 안 돼."

"……."

"누나는 지금 상당히 용기 내는 거야. 정신적, 육체적 자립을 하고 싶어서 안간힘을 쓰는 거야. 그러니까 너도 기다려야 해. 주인 오길 기다리는 개새끼처럼 말이다."

예쁘게 말하지 않는 건 세나의 총애를 받는 것에 대한 심술이었다.

"믿고 기다려 봐. 너에 대한 감정이 진심이면 우리 누나는 결국 너에게 돌아갈 거다. 그런 사람이야. 독하지 못해서 자기 마음도 독하게 정리하지 못하는 사람. 내가 아는 우리 누나는 그렇다. 기다려도 안 되면 그땐……."

독하지 않다니. 독하지 않은 사람이 이토록 매정하게 자신을 끊어 낼 수가 있나. 주혁은 찬의 말을 인정할 수는 없었지만, 잠자코 그의 말을 기다렸다.

"불쌍한 척 굴어."

"뭐?"

"불쌍한 강아지처럼 굴라고. 우리 누나는 나쁜 놈한테는 도망쳐도 불쌍한 녀석은 못 지나쳐. 돌봄을 당하는 것보다 돌봐 주는 사람이 되고 싶어 한다고. 그러니까."

찬은 주혁을 향해 손바닥을 내보였다. 그리고 분리불안을 겪고 있는 주혁을 훈련하듯 엄하게 말했다.

"기다려!"

〈행복 기획사 대표이사 박솔.〉

명패를 바라보며 솔은 고개를 갸웃거렸다.

대기업 임원실이나, 국회의원 사무실에만 납품한다는 최고급 자개로 만든 명패. 양옆에 수작업으로 조각된 봉황 문양이 금방이라도 승천할 듯 위엄을 품고 있고, 굵은 궁서체로 새겨진 이름은 보는 각도에 따라 다양한 색을 뿜어냈다.

한마디로 촌스럽고, 작은 사무실 책상에는 어울리지도 않았다.

너무너무 마음에 들어! 솔은 만족스럽게 고개를 끄덕였다.

명패에 입김을 불어 싹싹 닦기 시작했다. 반질반질 닦아 낼수록 오묘한 색을 드러내는 명패가 너무 사랑스러웠다.

요즘은 나무로 만든 심플하고 세련된 명패도 많지만 명패 하면 자개 명패지! 다만 이걸 보내온 사람이 강한빈이란 것이 찝찝할 뿐.

역시 똑똑한 남자였다. 그녀의 취향과 속물근성을 잘 파악한 절묘한 개업 선물이 아닐 수 없었다. 아침 일찍 출근해서 제일 먼저 하는 일이 먼지 하나 없이 명패를 닦는 것이 될 만큼, 솔에게는 명함과 더불어 생긴 또 다른 보물이었다.

시간이 해결해 준다는 어른들의 말은 이런 경우에는 들어맞았다. 황폐하고 메마른 일상에도 어느새 하나둘 보물이 쌓였다. 이 작은 것들이 위로를 준다는 게 신기했다. 그럼에도 씩씩하게 살아가라고 응원을 하는 것만 같았다.

아까부터 못마땅하게 보던 김 부장이 조용히 이죽거렸다.

"누가 보면 대기업 대표인 줄 알겠다."

"대기업이고 영세기업이고 사장이면 다 같은 사장이죠."

"그럼 나도 하나 만들어 줘."

솔은 흘깃 김 부장님의 책상을 바라보았다. 똑같은 대표지만 자신의 책상이 훨씬 더 컸다. 흐뭇하게도.

업무가 업무이니만큼 듀얼 모니터를 쓰는 데다가 이것저것 자료도 많이 필요한 솔의 책상이 더 큰 것은 당연했는데 김 부장은 그게 영 거슬리는 모양이었다.

거기다가 한빈이 보낸 명패까지 올려놓자 삐진 티가 역력했다. 며칠 동안 애꿎은 잔소리를 하더니만 기어이 속마음을 드러내는 김 부장님, 아니 이제 김 사장님을 바라보며 솔은 야무지게 대답했다.

"이런 거 다 낭비예요. 우리한테 지금 중요한 건 이런 게 아니잖아요. 기존 거래처 일로는 오래 못 가요. 부지런히 하나라도 더 많이 일을 따와야죠."

"그럼 밥솥. 아니, 박 사장도 그거 치워!"

"선물로 받은 건데 어떻게 그래요. 나도 뭐 딱히 좋아서 쓰는 건 아니에요. 정 부러우면 김 사장님도 친구분한테 선물로 달라고 하시든가요."

"이봐, 박 사장. 치사하게 왜 이래."

"네, 김 사장님. 공금으로는 절대 안 돼요. 사비로 하나 만드세요."

"내 돈 주고 하기는 싫단 말이야. 사장 되더니 밥솥이 변했어……. 우리 송 대리가 있어야 날 챙겨 줄 텐데……."

금세 시무룩해져서는 인쇄소에 다녀온다며 일어선 김 사장님께 손을 흔들고 솔은 모니터로 시선을 돌렸다.

그래도 알고 지낸 업체들이 잊지 않고 연락을 해 준 덕에 할 일은 쌓여 있었다. 홈페이지도 만들어야 하고, 포털사이트에 등록해야 하고, 광고도 알아봐야 했다. 갑자기 많아진 업무량에 몸은 힘들었지만, 잡념을 떠올릴 시간이 없다는 것은 좋았다. 적어도 일에 몰두하는 그 시간만은.

하지만 어김없이 어둠이 찾아왔고 마우스를 잡은 손은 느려졌다.

— 널 사랑하니까.

갈라져 나오던 그의 음성이 버릇처럼 머릿속을 채우는 시간이었다.

아니야. 생각하지 말아야 해.

솔은 고개를 절레절레 저으며 일에 집중하려 애썼다. 자꾸만 잠식해 오는 그의 생각을 떨쳐 내야 한다. 그래야 한다. 어느새 입술이 잘근잘근 짓이겨지고 있었다.

25.

국제 판촉물 전시회장은 사람들이 넘쳐났다. 넘쳐도 너무 넘쳤다.

양손 가득 샘플과 정보지를 손에 든 솔은 이미 진이 빠진 상태였다. 3시간 넘게 돌아다닌 끝에 겨우 자리에 앉은 그녀는 부은 종아리를 살살 주물렀다.

굳이 애까지 데리고 같이 오겠다는 혜주 때문에 주말에 움직인 것이 화근이었다. 옆 전시관 아동 책 박람회를 둘러보고 온 가족 단위의 입장객이 많아서인지 전시회장은 아이들 소리로 떠들썩했고 그래서 더 복잡하기만 했다.

자판기 음료수를 건네며 혜주가 투덜거렸다.

"힘들어 죽겠네. 놀이동산도 아니고 웬 사람이 이리 많아."

"그러게, 뭐하러 따라와서는 너까지 고생이야."

걱정을 가장한 타박에 혜주는 데굴데굴 눈을 돌리며 시선을 피했다.

"민아도 힘들겠다. 이제 그만 가."

"간다, 가! 기지배. 사장 되더니 변했어! 친구라고 꼴랑 하나 있는 게 잘 만나 주지도 않고, 오죽하면 내가 주말에 이런 데까지 쫓아왔겠니."

"웃기시네. 뚜쟁이 노릇이나 하러 온 주제에."

구석 놀이방에서 혜주의 딸 민아를 돌보는 지훈 씨를 돌아보는 솔의 눈초리가 싸했다.

멀리 있는데도 용케 그녀의 눈길을 알아챈 지훈 씨가 열심히 손을 흔들었다. 그 옆에 서 있던 강한빈도 덩달아 손을 휘휘 저으며 웃었다.

난감하다, 진짜.

애매한 미소를 보내고는 솔은 끙 고개를 돌렸다.

오지랖 혜주의 가족이 데려온 저 남자가 문제였기 때문이다.

편안한 베이지색 면바지와 그보다 짙은 컬러의 브이넥 니트로 또 다른 매력을 드러내며 등장한 그는 솔에게 인사만 하고는 지훈 씨와 함께 민아를 돌보고 있었다.

하지만 솔의 움직임을 좇는 한빈의 시선은 거리낌 없이 노골적이기만 했다. 몹시 불편하기 짝이 없다.

"저 인간 데리고 제발 가, 좀!"

"거참……. 사람 난처하게."

혜주는 볼멘소리를 내었다.

"누군 좋아서 이러는 줄 알아? 나도 중간에 껴서 죽겠단 말야!"

"그러니까 끼지 말라고."

"좋은 게 좋은 거지. 어차피 서로 만나는 사람도 없겠다, 솔직히 너도 한빈 씨 싫지는 않잖아. 누가 당장 사귀래? 가끔 오빠, 동생으로 만나서 이런저런 얘기를 나누다가 손도 좀 잡아 보고…….”

“오빠 같은 소리 한다.”

솔은 뻐근해진 목을 주무르며 심드렁하게 대꾸했다.

“난 이제 연애 따위 안 한다고 했지. 정말 중요한 일은 따로 있단 말이야.”

“그게 뭔데?”

“당연히 돈이지!”

솔은 결연하게 주먹을 불끈 쥐었다.

“난 반드시 성공할 것이야! 지금이 얼마나 나에게 중요한 시기인지 알잖아. 아직은 적자지만 입소문이 슬슬 나고 있다고. 이번 달엔 계약도 서너 개 했단 말이야. 그것도 제법 큰 회사 일로! 이런 때 시시껄렁한 연애 놀음으로 시간 낭비할 순 없어!”

“말은 똑바로 해라.”

혜주는 코웃음을 쳤다.

“연애가 싫은 게 아니라 그놈을 못 잊어서겠지.”

아차 싶었는지 혜주는 입을 닫았지만 이미 솔의 얼굴이 굳어진 후였다. 말없이 노려보는 솔을 외면하며 혜주는 웅얼거렸다.

“벌써 4개월도 넘었는데 잊을 때도 됐잖아.”

“누가 못 잊었다고 그래!”

발끈하는 솔을 보며 혜주는 긴 한숨을 쉬었다.

“귀신을 속여라, 인간아. 끝났다는 애가 그 자식 말만 나오면 왜 비련의 여주처럼 아련아련해지냐? 생전 독기 한 번 부리지 않던 게 제 아빠하고도 인연 끊는다 그러고, 동생 집에서도 나와서는 사람 놀라게 하더니, 왜 그놈한테는 못 벗어나?”

“너, 좋은 말 할 때 가라.”

솔은 벌떡 자리에서 일어났다. 그녀를 주시했는지 저편에서 한빈이 덩달아 몸을 세우는 것이 보였다. 솔은 지끈대는 이마를 꾹꾹 눌렀다.

"한빈 씨도 데리고 가. 제발."

"한빈 씨가 내가 가자면 잘도 가겠다. 너 만나러 온 거 뻔히 알면서 어쩌라고."

"아, 알았어. 저 사람한테는 내가 말할 테니까, 민아 아빠한테도 확실히 말해. 또 한 번만 이런 자리 만들면 부숴 버리겠다고."

"별꼴이야, 내 남자를 네가 뭔데 부숴? 어쨌든 알았어. 하여간 민아 아빠 때문에 내가 못 살아. 좋은 소리 못 들을 거라고 그렇게 말했는데……. 야! 밀지 마! 간다고, 갈 거야!"

삐진 티를 아낌없이 내며 등을 돌리던 혜주는 문득 솔을 돌아봤다.

"아, 너도 진수 얘기 들었지?"

"무슨 얘기?"

"진수, 제대로 작정했나 봐. 민지랑 파혼하고 좋게 마무리한 줄 알았더니, 엮인 일이 한두 개가 아니었대. 세상에, 뭔 일을 그렇게 크게 저질러서는 도망까지 다녔다니? 민지 집안에 맺힌 게 많았는지, 자수하더니 아주 나불나불 다 불고 있나 봐. 민지 집안도 지금 휘청휘청해. 사위 될 뻔한 사람한테 제대로 뒤통수 맞고 있는 거지. 민지 아버지, 어머니 줄줄이 끌려가고 있대. 진수 그것이 몸만 크고 뇌는 작은 줄 알았는데, 장부 같은 증거는 신기하게도 충실하게 남겨 놓았다지?"

"난 네가 더 신기한걸? 그런 정보는 어디서 듣는 거야?"

"지훈 씨가 통화하는 거 엿들었지 뭐. 지훈 씨가 담당하는 사건은 아니지만, 생각보다 판이 커서 요즘 좀 시끄럽대. 뇌물 받은 거물급들도 소시지처럼 엮여 나오고……. 아, 그리고 진수를 찾아내서 자수시킨 사람이 글쎄……."

돌연 혜주는 입을 닫았다. 그리고 미심쩍게도 히죽 웃으며 손사래를 쳤다.

"아냐. 그냥 그렇다고."

"별로 알고 싶지도 않아. 뭐 좋은 소리라고."

"근데 난 민지 때문에 더 놀랐어. 진짜 진수를 사랑하긴 했나 봐. 그 계집애가 진수는 어떻게든 살려 보겠다고 지 아빠, 큰아버지 죄다 등 돌려 가며 이리저리 뛰고 있는 모양이던데……. 워낙 신용을 잃었어야지. 도와주는 사람이 하나도 없나 봐. 저러는 거 보면 짠하다가도, 너한테 한 짓 생각하면 쌤통인 거 같기도 하고. 암튼 나도 좀 심란하더라. 넌 하나도 신경 쓰지 마."

신경 쓸 말은 죄다 해 놓고는 혜주는 해맑게 웃으며 사라졌다. 지훈이 딸아이를 번쩍 들고 혜주 뒤를 쫓아가는 것이 보였다.

민아, 안녕! 손을 흔들어 주니 아이는 까르르 웃으며 머리 위로 하트를 그려 주었다. 솔이 이모 안녕! 귀여운 목소리가 멀어져 갔다.

행복한 가족의 모습이었다. 다정한 부부와 그리고 그들에게 사랑받는 딸. 투덕거리면서도 서로에 대한 애정이 진하게 묻어 나오는 그들은 평범하지만 특별하기도 했다.

세상 제일 부러운 모습.

언젠간 나도…….

"다 봤으면 우리도 가죠."

물끄러미 그들의 뒷모습을 바라보던 솔의 손에서 거추장스러운 종이백들이 한순간에 사라졌다. 어느 틈엔가 다가온 한빈이 한 손에 종이백들을 쥐고는 미소를 짓고 있었다.

"괜찮아요, 주세요."

"갑시다."

이미 큰 걸음으로 앞서간 그의 뒤를 종종 쫓아갈 수밖에 없었다.

'이 철철 넘치는 매력을 어쩌면 좋아.'

솔은 울상을 지었지만 진짜로 울고 싶은 마음이기도 했다.

그도 그럴 것이 한빈의 은근한 대시가 시작된 지도 제법 지났기 때문이었다.

대부분 혜주와 만날 때 혜주 남편 지훈 씨와 함께 나타난다거나, 가끔 사무실에 놀러 오는 엠마의 뒤를 따라서 온다든가 하는 애매한 접근이었다.

그 자개 명패를 받는 것이 아닌데……. 너무 마음에 들었어도 되돌려 보냈어야 했나 보다. 덥석 받아 놓고 보니 어느새 한빈은 그녀의 주변 여기저기 침투해 있었다.

그가 좋은 사람이라는 것도 충분히 안다.

하지만 한 번 거절했으면 알아들어야지, 사람 곤란하게 왜 이런 식으로 자꾸 접근하는지 모르겠다. 대놓고 거절할 만큼의 빌미도 주지 않으면서.

오늘은 기필코 정리해야겠다고 마음을 먹은 솔은 걸음을 서둘렀다. 엘리베이터 앞에서 간신히 따라잡은 그를 향해 솔은 헐떡이며 말하기 시작했다.

"한빈 씨! 우리 얘기 좀 해요."

"뭐 먹고 싶어요?"

좋은 사람이지만 사오정인가?

"급할 거 없잖아요. 밥부터 먹고 얘기하죠."

사람 좋은 미소를 넉살 좋게 장착한 그는 사람의 마음을 편하게
해 주는 재주가 있긴 했다.

"그러면 오늘은 제가 살……."

다시 입을 여는 순간이었다. 딩동— 소리와 함께 엘리베이터 문이
열리며 사람들이 내렸다. 문 앞을 막고 서 있던 그녀를 한빈이 잡아
끌었다. 덥석 어깨를 잡혀 당겨진 솔은 당황할 새도 없었다.

마지막으로 엘리베이터에서 내리는 남녀를 발견했기 때문이었
다.

훤칠한 키의 남자의 눈과 마주침과 동시에 그녀의 몸도 얼어붙어
버렸다.

숨이 턱 막히고 발끝이 흔들렸다. 주변이 아웃포커싱한 사진처럼
뿌옇게 변했고 오직 주혁과 자신의 모습만 선명한 것 같았다.

시선이 얽혀든 건 찰나였지만 지독하게 길기도 했다. 그는 변함
이 없었다. 미세한 표정도 알아챌 정도의 가까운 거리인데도 동요조
차 없는 이지적인 눈매조차 똑같았다.

어떠한 감정도 읽어 내릴 수 없는 눈동자는 무미건조하게 솔을
일별하고는 그녀의 어깨를 쥐고 있는 한빈에게로 향했다.

피식.

순간 그는 웃는 것 같았다. 기억보다 매끄러운 입매가 올라가는
것을 보며 솔은 얼굴을 붉혔다. 잘못한 것이 없는데도 괜스레 어깨
위 한빈의 손이 부담스러워 서둘러 몸을 빼고 뭔가를 설명하고 싶은
마음에 입을 달싹이다 제풀에 놀라 꾹 닫았다.

정작 주혁은 이미 그녀에게서 시선을 돌린 후였다. 인사도 없이
차갑게 그녀를 스쳐 가는 그에게서 특유의 바람의 향이 묻어 나왔다.

코끝에 닿은 그 향이 희미해졌을 때야 솔은 무슨 일이 벌어졌는지 깨달았다.

그가 자신을 지나친 것이다. 모르는 사람처럼. 아무 볼일 없는 타인처럼. 무정하게.

날…… 외면했어?

갑작스레 그를 만난 것보다 더 커다란 충격이 진동처럼 그녀의 머리를 울리기 시작했다.

한주혁이 날 모른 척했어?

"아아니! 이런 데에서…… 만나다니 이! 이런 우연이!"

발연기를 하는 듯한 딱딱한 여자의 목소리가 들렸지만, 솔은 움직일 수도 없었다.

희게 질려서 눈만 깜빡이고 있는 솔을 보며 엠마가 변명하듯 말을 늘어놓기 시작했다.

"우리는 여기서 세미나가 있어서……. 근데 언니는 그렇다 치고, 오빠는 여기 왜 있어?"

"솔이 씨와 데이트하러 왔지."

한빈의 느긋한 대답을 들은 후에야 솔은 정신을 차렸다. 그제야 주혁과 같이 있는 여자가 엠마라는 것을 깨달았다.

반사적으로 주혁의 뒷모습을 급히 좇았다. 한참이나 멀어진 그가 들을 수 없다는 걸 알면서도 솔은 더듬더듬 변명하기 시작했다.

"데이트 아냐! 나 여기 전시회 보러 왔다가……."

솔은 퍼뜩 입을 닫았다. 늦은 후였다. 멋쩍은 표정의 엠마와 씁쓸하게 서 있는 한빈이 교차하여 눈에 들어왔다.

제가 들어도 구질구질한 변명이란 걸 깨달은 솔은 눈을 질끈 감았다. 그런데도 머릿속은 엉망이고 심장이 쿵쿵 뛰어 정신을 차리기

338

가 쉽지 않았다.

날…… 보지 않았어.

주혁의 무심한 얼굴만이 맴돌았다. 그것이 자신이 원했던 일임에도 그저 가슴이 아팠다.

어느새 엠마는 한빈에게 으름장을 놓고 있었다.

"그런 헛소리하는 거 아니랬지! 언니가 당황하잖아!"

"누가 헛소리래? 남자, 여자가 단둘이 이런 데 왜 오겠어, 어? 넌 신경 끄고 저 예의 없는 자식이나 따라가라."

"우리 제임스에게 이 자식, 저 자식 하지 마!"

소리치다가 엠마는 솔의 눈치를 보았다.

"아이참, 이게 아닌데……. 아무튼 연락할게."

엠마가 사라진 후 한빈이 솔의 팔을 잡았다.

"갑시다."

간신히 올려다본 그의 얼굴에 늘 보이던 볼우물이 사라져 있었다. 장난기를 싹 거둔 그는 무뚝뚝하게 말을 이었다.

"사과 안 합니다. 거짓말한 것도 아닌데요, 뭐. 이제부터 데이트하면 되니까."

"한빈 씨……."

"가요, 좋은 데 가서 저녁 먹읍시다."

"미안해요."

솔은 슬그머니 한빈에게 잡힌 팔을 빼냈다.

"오늘은 안 되겠어요. 다음에…… 제가 밥 한번 살게요."

한빈이 보는 시선에서 솔은 제 얼굴이 어떨지 짐작했다.

아마도 금방이라도 울 것 같겠지. 사실 그녀는 한빈이 하는 말도, 자신이 뭐라 하는지도 들리지 않았다. 그저 주혁의 차가운 눈빛이 생각나서 가슴이 미어졌다.

어쩜 저렇게 살벌하게 지나칠 수가 있을까. 헤어짐을 통보한 것은 자신인데도, 그러니 이것이 당연하다는 것을 알면서도 솔은 설움을 억누르기 힘들었다.

수십 번, 수백 번 그와 마주치는 순간을 상상해 보곤 했다. 상상 속의 그는 이보다는 훨씬 인간다운 모습을 보였다. 그리고 솔도 감정 없이 세련되게 그를 잘 대할 자신이 있었다.

– 잘 지냈니?
– 좋아 보이네.
– 그럼 다음에 또 보자.

스스로를 비웃으면서도 수없이 연습했었다. 그 헛된 망상 속에는 차갑게 외면하는 그도, 이토록 가슴이 무너지는 자신도 들어 있지 않았었다. 고작 마주친 충격으로 가슴이 이토록 아플 줄 몰랐다.

날 모른 척했어……. 날 정리했나 봐. 난, 나는 아직도.

눈물을 숨기려 솔은 눈을 부릅뜨며 어색한 미소를 지었다. 빤히 그녀를 바라보던 한빈은 한참이 지난 후에야 결국 한숨을 내쉬었다.

"데려다주는 것도 싫다고 할 거죠?"

"……."

"그래요. 이건 내가 혜주 씨 집에 가져다 놓을게요. 생각이 복잡해 보이니까."

한빈이 들고 있는 자신의 짐을 보며 솔은 고개를 끄덕였다.

"미안해요."

"미안하긴, 내가 더 미안하지. 오래 방황하지 말고 너도 일찍 집에 가."

한빈이 처음으로 반말을 했다는 것도 깨닫지 못한 솔은 고개만 끄덕였고, 한빈은 쓴웃음을 지으며 사라졌다.

그 후에도 엘리베이터는 쉴 새 없이 낯선 사람들을 뱉어 내고 또 누군가를 태워 내려갔다. 우두커니 그 자리에 서 있던 솔은 한참의 시간이 흐른 후에야 움직였다.

눈에 보이는 비상계단으로 향했다. 육중한 철제문 안 외진 계단은 다른 세상처럼 조용하기만 했다. 문을 사이에 두고 북적이는 인파로 활기찬 세상과 외롭고 쓸쓸한 이곳이 갈라져 있었다.

나처럼. 겉으로 웃고, 마음은 텅 비어 버린 나처럼.

터벅터벅 내려가는 자신의 발소리가 빈 벽에 부딪혀 텅텅 울리며 메아리쳤다. 서너 개쯤 계단을 내려가다가 솔은 주저앉았다.

괜찮아. 괜찮다.

내가 헤어지자고 한 거야. 그는 날 사랑한다고 말해 줬는데도 결국 그를 밀어낸 건 나잖아. 그러니 주혁이가 저렇게 나오는 건 당연하다. 반갑다고 악수라도 하고 웃어 줄 줄 알았어? 그랬으면 마음이 아프지 않았을 거 같아?

기어코 눈물이 흘러내렸다. 울지 않으려고 이를 꽉 물었지만 흐느낌이 새어 나왔다.

눈물샘이 완전 고장 나 버렸다. 이제 시도 때도 없이 막 흐른다. 그와 헤어지던 날 폭포처럼 터졌던 걸 기점으로 솔은 또다시 울보가 돼 버렸다.

그래, 뭐 괜찮아. 나는 원래 울보잖아. 그리고 이 정도는 울어도 돼. 분해서 우는 거야. 내가 먼저 외면하지 못한 게 억울해서. 그러니 그냥 울자.

솔은 무릎에 얼굴을 묻고는 흐느끼기 시작했다. 그때였다.

"말 참 안 들어요."

낮은 목소리가 머리 위에서 울렸다. 그리워했던 목소리. 놀랍게도 그 음성을 듣자마자 뭉쳤던 심장근육이 탁 풀리는 느낌이었다. 안도감. 반가움.

솔은 울음을 뚝 그쳤다. 그리고 차마 고개를 들지는 못했다. 반가움이 사라진 자리를 당혹스러움이 채웠다.

제 발소리는 뇌를 울릴 만큼 크게 들렸는데, 덩치도 큰 주혁은 어떻게 아무 소리도 없이 올 수 있는 거지? 왜 하필 이럴 때 온 거야. 나는 도대체 뭘 반가워하는 거야.

"내가 울고 다니지 말라고 했지."

고개를 드니 흐려진 시야에 주혁이 그녀에게 눈을 맞추는 모습이 보였다. 그는 옅게 웃고 있었다.

"왜 말을 안 들어?"

"……우는 거 아냐. 상관 마."

솔은 서둘러 일어났다. 떨리는 손으로 괜히 치마를 툭툭 치다가 계단을 내려가기 시작했다. 당황한 마음에 두 계단씩 뛰다가 결국에 삐끗하며 휘청한 그녀의 허리를 뒤에 서 있던 주혁이 가볍게 잡아주었다.

쯧– 그는 혀를 찼다.

"누나는 예상을 안 벗어나는 거 알아요?"

그의 손이 닿았던 허리가 불타는 것 같았다. 여전히 미소 짓는 그 얼굴이 낯설었다.

마지막으로 보았던 주혁의 일그러진 표정은 꿈에서도 나왔다. 그때마다 괴롭고 슬펐었다. 하지만 마치 아무 일 없었다는 듯 미소를 짓고 있는 그를 보니 좀 멍해졌다.

주혁은 느릿하게 말을 이었다.

"꼭 이런 데서 넘어지잖아. 일부러 그러는 거처럼."

"무, 무슨 소리야. 아니야."

"사람 설레게."

"……."

"누나."

주혁은 예고 없이 몸을 숙여 왔다. 붉어진 그녀의 얼굴에 맞춰 허리를 숙이고는 시선을 맞췄다.

옅은 미소가 걸린 표정과는 달리 까만 눈동자엔 웃음기라고는 하나도 보이지 않는다는 걸 솔은 깨달았다.

"나, 안 보고 싶었어요?"

그는 장난처럼 물었다.

❋

조금 전.

갑자기 멈춘 주혁의 등에 엠마가 조심성 없이 콩 부딪혔다.

아이고, 코야. 투덜대는 소리를 들으면서도 주혁은 꼼짝할 수가 없었다.

강한빈. 그녀가 그 자식과 같이 있는 건 상상해 본 적도 없었다. 정확히는 자신의 자리에 다른 남자가 침범할 수도 있다는 것을 잊고 있었다. 그 남자의 옆에 선 박솔의 모습에 뱃속이 우그러지는 느낌이었다. 기다려 보라는 찬의 말을 들은 것이 후회스러워 이가 갈릴 정도였다.

주혁의 생각을 읽었는지 엠마가 찡그렸다. 데이트한다는 한빈의
말을 같이 들은 주제에 그녀는 거짓말을 했다.

"우연히 만났겠지. 인상 좀 풀어."

"강한빈 씨가 박솔 자주 만났어?"

"아, 왜 둘이 있는지 나도 몰라. 언니, 여기 오는 거 송 대리님 괴
롭혀서 겨우 얻어 낸 정본데. 친구랑 온다고 했단 말이야."

"대답해 봐. 저 새끼가 계속 얼쩡댔냐고."

"우리 오빠한테 이 새끼, 저 새끼 하지 마!"

엠마는 발끈했다. 박솔의 사무실에 놀러 갈 때마다 귀신처럼 나
타나던 한빈 오빠를 생각하면 그녀도 마음이 좋지는 않았다. 그런데
도 주혁을 외면하지 못한 건 어쨌거나 그는 엠마가 가장 힘든 시기
에 옆에 있어 준 고마운 친구이기도 했기 때문이다. 은혜 갚는다 치
고 박솔과 만나게 해 줬더니만.

배신감마저 느낀 그녀는 쏘아붙였다.

"그리고 우리 오빠가 얼쩡댈 틈이나 줬어? 한 회장 사건 때문에
한빈 오빠가 두세 달 잠도 제대로 못 자고 일한 거 알잖아. 담당도
아닌데 우리 팀에 얼마나 개고생을 했어? 사람이 그러면 못쓴다. 어
쨌든 한빈 오빠가 힘써 준 덕분에 일이 빨리 해결되고 있잖아. 그리
고 우리 오빠가 6살이나 더 많다고! 얻다 대고 이 새끼래?!"

"나보다 늙은 게 자랑이야?"

"뭐래……. 유치하다, 정말."

정말이지 엠마는 두 손 두 발 다 들어 버렸다. 자신에게 이런 부
탁을 해 오는 주혁이 괘씸한데도 아무 말 없이 도와줬던 지난 시간
이 아까워 죽을 지경이었다.

뭐가 그리 대단히 친한 사이라고 시도 때도 없이 박솔의 사무실

에 놀러 가 동태를 살폈고, 박솔이 처음 계약한 브로슈어 인쇄 사고 가 터졌을 때는 잠도 못 자고 괜찮은 인쇄소를 수배해 주기까지 했 다. 두세 배 많은 돈을 쥐여 줘 가며 밤샘 작업을 성사시킨 티도 못 냈고, 영문도 모르는 송 대리가 처리해 준 거로 위장해 결국 솔에게 거하게 얻어먹은 것도 송 대리다. 고기 한 점 못 얻어먹었단 말이다.

바보 어벤져스 사이에서 눈치도 없는 얼간이처럼 껴 앉아 술을 마셔야 했을 때는 송 대리의 애정을 듬뿍 받는 솔을 아니꼽게 지켜 봐야만 했다.

그랬다. 이게 무슨 팔자인가 싶어 화가 나 미치겠다. 자신은 과거 의 연적과 제임스를 이어 주기 위해 오지랖을 떠는 와중에도 그는 우아하게 뒤에서 보고받는 걸로 끝이었다. 진도도 못 나가는 바보 등신 주제에.

적어도 박솔은 주혁과는 달랐다. 겉으로 보이는 그녀는 활기차고 행복해 보였다. 박솔이 진짜 주혁을 잊은 거라면 이러는 것도 예의 가 아닐 텐데.

엠마는 정말이지 이 상황이 지긋지긋했다.

"한주혁."

그녀는 애써 부드럽게 그를 불렀다.

언제부터인가 엠마는 그를 한주혁이라는 본명으로 더 많이 부르 고 있었다. 그건 짝사랑을 완벽하게 포기했다는 나름의 표시였다.

이제 그녀만의 제임스는 없다는 것을 깨끗이 인정했다. 그리고 이 멍청이들은 절대 끝난 것도 아니었다.

주혁의 뒷모습을 좇던 솔의 망연한 표정과 그녀를 몰래 지켜보는 주혁의 분위기가 지나칠 만큼 닮아 있는 걸 보면 누구라도 알 수 있 었다.

이렇게 빤히 보이는데…….

엠마는 한숨과 함께 말했다.

"언제까지 우렁각시 노릇만 할 거야. 물론 박솔 씨가 실력이 좋아서 다들 만족해하지만, 이번에 언니랑 계약한 회사들도 다 우리랑 연결돼 있잖아. 아무리 솔이 언니가 둔하다고 해도 네가 돕는 거 눈치채는 건 시간문제야. 이러다가 정말 큰일 나."

"내가 뭘 했는데? 다 네가 한 거잖아."

음흉하고 나쁜 자식 같으니라고. 빠져나갈 구멍을 다 만들어 놓고, 들켜 봐야 엠마만 속 깊고 착한 사람이 되는 거다. 원치 않는데도.

엠마는 이를 꽉 깨물고 미소 지었다.

"그래. 내가 다 했지. 이렇게도 속이 깊고 자상한 여자야, 내가. 얼마 후에 강민지인가 뭔가 하는 여자도 만나서 단단히 혼쭐을 내주는 것도 내가 다 생각해 낸 일이겠지. 내가 이렇다. 박솔이 너무 좋아서, 눈이 뒤집혀서 슈퍼맨처럼 지켜주며 주위를 청소해 주고 있지. 그러고도 정신 못 차리고 언니 옆 원룸도 계약했잖아. 고작 출퇴근 때 얼굴 한번 보겠다고 쥐똥만 하고 더러운 방을 웃돈까지 얹어주며 샀다고. 부동산에서 이건 웬 호갱이냐 싶었을 거야. 실질적으로 거주할 인간은 이렇게 뒤에서 우아나 떨고 있는데. 내가 이렇게 속이 없는 년이야."

"나 어때 보여?"

주혁은 별안간 진지하게 물었다. 피를 토하는 심정으로 비꼬아 열변을 토한 엠마의 말을 하나도 듣지 않았다는 것에 왼쪽 손목을 걸 수도 있었다. 긴장한 티가 역력한 주혁을 보며 엠마는 끙 신음만 뱉었다.

"좀 불쌍해 보여?"

"……뭐?"

"불쌍해 보여야 하는데……. 어때? 좀 초췌해 보이나?"

불쌍한 건 엠마, 자신이었지만.

"더럽게 불쌍해 보여."

살짝 긴장한 것 빼고는 여전히 완벽한 주혁을 향해 엠마는 이를
갈며 말해 줬다.

한 발 다가가 목을 졸라맬 것처럼 넥타이를 다듬어 주니 주혁은
인상은 썼지만, 잠자코 있었다.

다 키운 자식을 장가보내는 마음이 이런 것일까. 이제는 애잔했
다. 사실 부러웠다.

어쨌든 제임스, 너는 진짜 사랑을 하나 보다. 평생 자기 잘난 맛
에 살 줄 알았더니, 불쌍해 보여서라도 잡고 싶은 사람인가 보다. 너
에게 박솔 씨란 존재는.

진심으로 우러나는 마음으로 엠마는 부드럽게 충고했다.

"만나면 못되게 굴지 마. 아까 인사 안 하고 모른 척한 건 당황해
서 그런 거라고 사과하고. 알았지?"

"……."

"조급하게 굴지 말고, 머리 굴리지도 말고 진심으로 대해. 그런데
도 언니가 싫다고 하면 그것도 인정해야 하는 거야. 내가 제임스를
포기한 것처럼 말이야."

주혁의 눈빛이 깊어졌다. 오랜만에 그는 엠마를 똑바로 바라보는
것 같았다.

"고맙다."

"그러면 한 번만 안아 줄래?"

347

"……."

"너무 불쌍해 보여서 안지 않고는 못 견디겠단 말이야."

"……."

"싫으면, 마지막으로 키스를?"

"밑에 송 대리 와 있다고 내가 말했나?"

눈을 끔뻑이며 당황하는 엠마의 코를 주혁이 살짝 튕기며 웃었다. 예전이면 두근거렸을 몹쓸 행동에도 신경을 쓰지 못하고 엠마는 멍하게 물었다.

"송 대리님이? 왜?"

"혼자 있지 말고 송 대리님이랑 같이 다녀. 카드 줬으니까 맛있는 것도 사 먹고. 간다."

솔이 사라진 비상계단 쪽으로 급히 걸어가는 주혁을 보며 엠마는 피식 웃었다. 제 일만 빼고는 정말 여우 같은 남자다.

송 대리님이라…….

이런 햇살 좋은 날 같이 영화 보는 것도 괜찮을 것만 같았다. 요즘 자신만 보면 흠칫 놀라며 도망가는 꼴이 얄밉긴 했지만, 그래도 송 대리라면 절대 거절하지 못할 테지. 워낙 착한 사람이니까.

전화기를 들어 송 대리의 번호를 누르며 엠마는 서둘러 걸음을 옮겼다.

❊

"아까는 당황해서 인사도 제대로 못 했어요."

주혁은 엠마의 말을 상기하며 정중하게 사과했다.

오랜만에 마주한 그녀 앞에서 그는 조금은 긴장하고 있었다.

몇 번인가 멀리서 지켜보았던 그녀도 예뻤지만, 가까이 본 그녀는 더욱 예뻐 보였다. 그렇게 밝고 씩씩하게 살아가는 모습이 좋아 보였다.

그리고 지금, 그녀는 예쁘게 울고 있었다.

자신과 마주친 후, 강한빈을 보내고는 홀로 앉아 훌쩍였다. 그녀가 우는 모습을 보면 언제나 화가 났는데, 오늘은 이 모습이 벅차기만 했다.

자신에게 아주 좋은 신호라는 걸 알아챘으니까 말이다.

너도 아무렇지 않은 건 아닌 거라고. 여전히 나를 의식하고 있는 거라고.

천천히 조심스럽게 접근해야 한다는 걸 알면서도 주혁은 애가 타고 조바심이 났다.

"나 보고 싶지 않았어요?"

"······."

"나는 누나 보고 싶었는데."

못나게 물었더니 그녀의 얼굴이 금세 붉어졌다. 하지만 그것도 잠깐, 솔은 무섭게 차분해졌다.

"우리가 보고 싶어 해야 하는 사이는 아니잖아."

그녀는 가차 없이 대꾸했다.

듣고 싶은 대답은 절대 아니어서 주혁은 작게 인상을 썼다.

그러면 왜 울었어?

강한빈하고는 왜 같이 있었어?

그 남자가 널 보는 눈빛이 어떤 건지나 알고 있어?

그 자식과 데이트를 한 건가? 손도 잡고, 나에게 한 것처럼 웃어 줬나?

너는 그게 되나. 나는 너 말고 다른 여자와 눈 맞추는 것도 싫던 데.

묻고 싶은 말은 많았지만, 돌아올 답은 뻔했다.

경계심이 가득한 눈빛을 보며 주혁은 한 발 뒤로 물러나기로 했다.

오늘은 얼굴을 보고 대화를 한 것으로 만족했다.

"일 때문에 외국 갔다가 돌아온 지 얼마 안 돼요. 그래서 개업하는 거 축하도 못 해 줬네. 미안해요."

"……알아."

중얼거리듯 말하다 솔은 고개를 들고 변명처럼 빠르게 설명했다.

"어떻게 아냐면, 인터넷 기사로 봤거든. 절대 뒷조사한 건 아니야. 외국 기업이랑 무슨 협약 맺었다고 크게 기사 났었잖아. 축하는 내가 해 줘야지. 축하해."

"축하는 무슨. 기사가 과장됐어요. 일만 크게 벌여 놔서 사실 큰 일이에요. 돈을 쓰기만 하지 벌지도 못하고, 요즘 좀 힘드네……. 오피스텔도 작은 데로 옮겨야 할 정도로 사정이 좋지만은 않아요."

어떻게 이런 일상적인 대화를 할 수가 있는 거지?

솔은 멍하니 그를 올려다보았다.

주혁은 일 생각에 머리가 아픈 것처럼 관자놀이를 꾹꾹 누르고 있었다.

정말 힘든가? 기사는 그렇지 않았는데. 커다란 성과를 빠르게 냈다고 하던데.

헤어진 남자 친구의 소식을 인터넷 기사로 확인할 수 있다는 건 정말이지 가혹한 일이었다. 강제적으로 그의 얼굴을 봐야 하고, 소식을 들어야 하고, 자신이 없어도 잘살고 있다는 걸 매번 느껴야 하니까 말이었다.

굳이 찾아보지 않으면 그만인데도 손가락은 하루에도 몇 번씩 검색하고 그의 기사를 되풀이해서 읽었다. 새로운 기사나 사진을 찾아 새로 고침의 늪에 빠져 버리기도 했었고.

사진 속 그는 수도 없이 자신을 만졌던 손가락으로 펜을 쥐고는 입가엔 옅은 웃음을 띠고 있었다. 그 모습을 보는데 이상하게도 마음이 벅찼었다. 자랑스러웠다. 곁에 있으면 안아 주고 싶을 만큼.

하지만 마치 처음부터 그녀 주위에 존재하지 않았던 사람처럼 멀게 느껴졌던 것도 사실이었다.

– 널, 사랑하니까!

격정을 못 이기던 그 목소리가 매일 밤 꿈속에서 되풀이되었다.

정말 꿈이었을지도 모르겠다고 생각했다. 그녀에게 선물처럼 주어진 뜨거운 꿈.

그 기사에 실린 잘난 남자가, 나를 사랑했다는 걸 사람들이 알아 줬으면 좋겠는데. 아무나 잡고 자랑하고 싶었다. 아마 누구도 믿지 않을 테지만.

그와 사는 세계가 완벽하게 달라진 지금, 이 남자가 자신에게 고백하고, 안아 주고, 키스했다는 게 자신도 믿기지 않는데. 전생에 꾸었던 꿈같은데.

그를 보는 것이 그래서 더 현실 같지 않았다. 환상적인 얼굴로 사업의 어려움을 말하는 그는 더더욱 이상했다.

원래 헤어진 사람들이 우연히 만나면 이런 일상적인 대화를 하는 건가?

어렵다고 하니 위로를 해야 하나?

나는 요즘 제법 잘나간다고 내 근황도 알려 줘야 하나?

솔은 조금은 혼란스럽기까지 했다.

주혁은 조금 말라 있었다. 보기 좋던 뺨이 수척해 보였다. 일이 많이 힘든 건가 걱정이 되었다.

하지만 날카로워진 얼굴마저 퇴폐미까지 있어 보이는 건 여전히 자신이 미쳤다는 증거였다.

'차라리 조금 더 못나지지. 보기 흉하게.'

솔은 심술궂게 속으로 중얼거렸다.

당연히 너도 좀 변화가 있어야지, 안 그래? 여전히 이렇게 멋지면 내가 배 아프잖아. 홀가분해 보이기만 하면 내가 슬프잖겠니?

아파라. 너도. 제발.

그렇게 빈 적도 있었는데 실제로 그의 수척한 모습을 보자 제 마음이 더 아팠다. 게다가 이사를 해야 할 만큼 어렵다니…… 어쩌면 좋나.

솔은 입술을 달싹였다.

밥은 먹고 다니니? 왜 이렇게 말랐어.

밥 사 줄까? 나랑 밥 먹을래?

자꾸만 묻고 싶어서 그녀는 울고 싶었다. 그녀는 이제서야 깨닫는 중이었다.

이별이란 헤어짐을 말할 때가 이별이 아니라는 걸…….

마음속에 한 조각 부끄러운 기대를 품고 있는 사람에겐 헤어져도 헤어진 게 아니었다는 걸.

그녀는 여전히 이별 중이었고, 그에게서 조금도 자유로워지질 못했다. 그가 보고 싶었고, 그리웠다.

하지만 자신은 너무 그에게 독하게 굴었다.

– 그만하자.

차가운 말들을 화살처럼 쏘아서 몇 번이나 그를 찔렀고.

– 널 사랑하지 않아.

그를 찌르고 튕겨 나온 그 말들은 밤마다 그녀의 마음을 난도질했다. 그런 말을 했던 주제에 감히 너 때문에 가슴앓이했고 몸서리치게 아팠었다고 할 수도 없었다.

예고 없이 마주친 그의 외면에 무너질 만큼, 아무렇지 않게 일상적인 얘기를 하며 웃는 모습에 가슴이 아플 만큼, 현실적 어려움을 털어놓는 그가 안 돼 보여서 미칠 지경이 될 만큼 그에게서 자유롭지 못하다고 고백할 수가 없다. 밥 같이 먹자는 말은 그녀가 꺼낼 수 있는 말이 아니었다.

시간이 약이라는 말을 맹신했구나.

솔은 씁쓸하게 인정하는 중이었다. 그녀는 여전히 이별 중이었고 아직도 아프기만 했다.

"어쨌든 얼굴 보니까 반갑네요. 누나는 불편하겠지만."

"……."

"갈게요. 잘 지내요."

이럴 거면 뭐하러 쫓아와서 굳이 인사를 한 거니. 보고 싶었다는 둥, 설렌다는 둥 그딴 소리는 왜 해서 다시 가슴을 뛰게 한 거니.

왜 어울리지도 않은 불쌍한 얼굴로 사람 마음을 아프게 하니. 일이 잘 안 풀려서 심술부린 거니?

대답을 기다리는 진득한 시선에 온몸이 반응했다. 금방이라도 그가 손을 뻗어 자신을 안아 주고 입술을 쓸어 줄 것만 같은 착각에 휩싸였다. 상상만으로 거짓말처럼 그녀의 입술이 벌어졌다. 그 모습을 보고 쓰게 웃는 그를 보며 솔은 간신히 정신을 차렸다.

"그래……. 잘 가."

"기회 되면 또 봐요."

언제? 어디서?

솔은 용기를 내어 묻고 싶었다.

그러지 말고 지금 너, 나랑 밥 먹을래? 밥 사 줄까?

나도 이제 사장이니까 밥도 사 주고 고기도 사 줄 수 있는데. 웃으며 얘기하다 보면 내 앙금이 풀릴 수도 있을 텐데.

이제 나를 사랑하지 않는 거니? 네 사랑은 4개월에 끝나든?

자꾸만 삐져나오려는 헛소리를 누르며 솔은 미소를 지었다.

"너도 잘 지내."

무거운 철제문이 닫히는 소리가 울려 퍼졌다. 빈 공간에 대고 솔은 차마 그에게 하지 못한 말을 울음처럼 토해 냈다.

"……나쁜 놈아."

26

솔은 바쁘게 태블릿 펜을 움직이고 있었다. 다음 주부터는 새 디자이너가 출근한다. 그건 책임져야 할 식구가 생겼다는 의미다. 조금이라도 안정적인 회사를 만들려면 몸이 10개라도 된 것처럼 일해야 했다.

지역 음식점 쿠폰집에 들어갈 아주 작은 배너 작업임에도 질 높은 결과물을 만들기 위해 솔은 수정 작업을 하고, 또 하고 있었다.

다행히도 작업물에 만족한 고객들이 연달아 소개를 해 줘서 할 일은 많았다. 돈이 쌓여 가는 통장을 보면 피곤도 사라졌다. 물론 아직까지 대출상환으로 다 들어가고는 있지만.

일이 있다는 건, 바쁘다는 건 축복이다. 어지러운 잡념을 잊게 해 주고 감당하기 힘든 시간을 빠르게 흘려보내 준다.

"어?"

콧물이 주룩 흘러 닦아 보니 피가 잔뜩 묻어 나왔다. 이번 주에만 벌써 세 번째였다. 이 정도로 열심히 공부했다면 검사, 판사도 될 수 있었겠다고 투덜대며 솔은 익숙하게 휴지를 찾아 대충 쑤셔 박았다.

시계를 보니 벌써 10시가 넘어 있었다. 종일 모니터만 바라본 탓에 눈이 침침하고 여기저기 쑤셨다. 앓는 소리가 절로 나왔다.

스트레칭을 몇 번 하고는 가방을 챙기고 있을 때, 똑똑— 노크 소리가 들렸다. 대답도 하기 전 문이 열리고 커다란 꽃다발이 불쑥 들어왔다.

또다. 솔은 작게 인상을 썼다.

흔들흔들 공중에서 다가온 꽃다발은 그녀의 품에 안겼다. 엊그제 받은 꽃이 아직 시들기도 전인데 또 처치 곤란한 한 다발이 생겼다.

알레르기가 있다며 아침마다 창문을 열고 공기청정기를 틀어 대는 김 부장의 눈치를 보기도 민망할 정도로 한빈은 꽃 세례를 퍼붓고 있었다.

"일 다 끝났어요?"

꽃다발 뒤에서 잘생긴 볼우물이 나타났다. 솔은 애매하게 웃으면서도 난감한 표정을 감추지 않았다. 한빈은 아랑곳없이 서글서글한 눈을 빛내며 환하게 웃었다.

"이 시간에 연락도 없이……. 제가 퇴근했으면 어쩌려구요."

"엠마한테 들었어요. 요즘 계속 이 시간까지 일한다면서요."

엠마, 그 첩자 같은 것.

얼마 전 전시회장에서 어색하게 헤어진 후 한빈은 우연을 빙자한 만남을 그만두었다. 대신 뻔뻔할 만큼 강하게 밀고 들어오는 중이다.

"밥도 안 먹었죠? 나갑시다. 저녁 살게요."

"술은 됐고, 차나 마셔요."

오늘은 기필코 끝장을 내리라. 급한 마음에 말이 뒤죽박죽 나왔다. 술이나 한잔하자고 말할 생각에 정작 술 얘기는 한빈이 꺼내지도 않았는데 먼저 나왔다.

"술 마실까요?"

앞뒤 없이 말하는 그녀에게 익숙해졌는지 용케도 그녀의 마음을 읽은 한빈은 웃었다.

그의 시원한 웃음은 전염성이 있는 모양이다. 솔은 자신도 모르게 웃고 있다는 걸 깨달았다.

"오늘은 제가 살게요."

"와, 박 사장이 사는 거예요? 이거 영광인데."

"왜 이래요. 매번 내가 얻어먹은 것처럼."

한빈은 어깨를 한 번 으쓱하더니 과장된 몸짓으로 문을 열어 주었다.

"솔이 씨가 먼저 말 꺼낸 건 처음이라. 단둘이 먹는 것도 처음인 거 같고."

커다란 미소가 진정으로 행복해 보여 불편하기 짝이 없다. 솔은 마음이 불편하기만 했다. 좋게 끝날 자리가 아님을 알기 때문이다. 솔은 몰래 한숨을 쉬었다.

미안함에 벌써 목이 탔다.

✽

한 잔, 두 잔, 테이블 위엔 벌써 3병의 빈 소주병이 놓여 있었다. 한빈은 뭐가 즐거운지 연신 웃고 있었고 그럴수록 솔의 마음은 무거웠다.

좋은 남자란 걸 알고 있다. 그러기에 더 미안할 수밖에 없다. 불그스레 달아오른 얼굴로 빤히 한빈을 바라보다 솔은 입을 열었다.

"한빈 씨는 내가 왜 좋아요?"

한빈은 입가로 가져가던 술잔을 멈췄다. 갑작스러운 질문이었다. 하지만 어느 정도 예상했던 전개이기도 했다. 달갑지 않았지만, 진지해진 솔을 보며 그도 술잔을 내려놓았다.

"저에 대해 잘 모르잖아요. 그런데 왜 좋아해요?"

"글쎄……. 잔망스러워서?"

말해 놓고도 우스워서 한빈은 피식 웃었다. 반면 솔은 떨떠름한 표정이 되었다.

"잔망…… 뭐요?"

기대했던 답이 아닌지 솔은 대놓고 싫은 얼굴을 했고 한빈은 다시 한번 웃었다.

"그거 모르죠. 솔이 씨는 잔망미라는 게 있어요. 맹랑하고 가끔은 얄밉기도 하고……. 그래서 그런지 당신이란 여자를 더 알고 싶어요."

그만큼 치명적인 매력이기도 하고. 적어도 한빈에게는 솔은 갖고 싶지만 잡히지 않은 존재였다.

"좋아요. 칭찬으로 받아들일게요. 하지만 여전히 이해가 안 돼요."

"사람 좋아하는 데 이유가 있어야 합니까? 다 알아야 좋아할 수 있나? 그냥 좋은 거지. 나는 그냥 당신이 좋은 겁니다."

솔의 얼굴이 살짝 붉어졌다. 한참이나 망설이던 그녀가 슬그머니 고개를 들었다.

"하지만……. 혹시 내가 튕기니까 오기가 생겨서 이러는 거라는 생각은 안 해 봤어요?"

"오기?"

말도 안 되다는 듯이 한빈은 고개를 저었다.

"그런 식으로 생각해 본 적은 없는데."

"그러지 말아요."

"……."

"나 더 미안하게 만들지 말아요. 한빈 씨는 이런 대접 받기에 너무 좋은 사람이잖아요."

그는 갑자기 머리가 아파졌다. 단둘이 술을 마시자고 했을 때 그냥 도망칠걸. 확실히 거절할 자리를 만든다는 걸 알면서도 왜 왔을까. 갑자기 집에 가고 싶었다.

사실은 그날 전시장에서 한주혁을 향한 여자의 눈빛을 보며 완벽하게 패배를 인정했다. 그런데도 볼썽사납게 들이댄 건 그녀 말대로 오기일지도 몰랐다. 술잔을 비우며 한빈은 씁쓸함도 같이 삼켰다.

"솔직히 한빈 씨 멋진 사람이에요. 흔들렸을 만큼이요."

"흔들렸어요?"

한빈이 눈을 빛냈다. 앞에 있던 술잔과 그릇을 한 손으로 치운 그는 턱을 괴고는 은근한 눈빛을 보냈다.

"적어도 흔들리긴 했군요. 나한테."

"……."

"무슨 말 하려는지 알아요. 그런데 여기까지만 합시다. 처음으로 둘이 있는 시간이라 오늘은 내가 기분이 너무 좋아서 그래요. 흔들렸다는 그 지점에서 시작해도 돼요. 그래도 정 아니라면 차라리 문자로 해요. 오늘은 기분 좋게 마저 마시고."

"아뇨. 그러면 안 될 거 같아요."

솔은 평소와 달리 단호했지만, 한빈도 그답지 않게 떼를 썼다.

"중요한 건 나한테 흔들렸다는 거예요. 충분히 기다릴 수 있는 이
유예요."

난감한 듯 솔이 머리를 저었다. 휴— 짧은 한숨이 씁쓸하게 한빈
의 가슴에 박혔다. 띄엄띄엄 말을 잇는 목소리가 희미했다.

"나는 별로 말주변이 없어요. 조리 있게 설명할 방법을 몰라요.
어색해지고 불편해지는 분위기도 못 견디겠고요. 그래서 이럴 때 좋
게 좋게 빠져나가려는 못된 습관이 있어요. 알아요. 어른답지 못하
죠. 그런데요. 난 정말 한빈 씨에게는 그러고 싶지 않아요."

"……."

"진지하게 생각도 해 봤어요. 여러 번을요."

아, 진짜 듣기 싫어 죽겠다. 한빈은 나가고 싶은 마음을 누르고
묵묵하게 그녀를 응시했다. 예감은 맞았다.

"그 사람보다……."

그녀의 속눈썹이 가늘게 떨렸다. '그 사람'이라고 말하는 것도 힘
든 것처럼 잠시 숨을 멈췄다. 어떤 말보다 강하게 솔의 감정을 나타
내는 침묵이었다.

"그 사람보다 한빈 씨를 먼저 만났더라면 어땠을까. 고작 일주일
먼저 그 사람을 만난 것뿐인데……. 그런 생각이요."

"그런데요."

"순서가 바뀌었더라도 난 그 사람을 좋아했을 거예요."

차분하면서도 단호한 어조는 명확한 뜻을 드러냈다. 그리고 그건
성공했다.

"이제, 연락하지 마세요."

죄인처럼 그녀가 고개를 떨궜다. 조물조물 손가락을 뜯으며 테이
블에 박을 듯이 고개만 숙이고는 중얼거렸다.

"하지만 좋아해 줘서 고마워요. 한빈 씨는 모르겠지만, 그건 정말 나한테는 큰 위로가 됐어요. 진심으로요."

그녀의 붉어진 코끝이 한빈의 눈에 들어왔다. 박솔은 큼큼- 콧물을 들이마시며 코를 연신 찡그렸다. 이러다가 또 울겠다, 저 여자. 첫 만남도 마지막도 울음으로 마무리하려는 그녀. 정말 나쁘다.

"어이구, 박솔."

한빈은 장난스럽게 손을 뻗어 그녀의 머리를 헝클어트렸다. 솔이 기겁하자 더 힘을 주어 머리를 꾹 눌렀다. 잔뜩 눌린 얼굴이 일그러졌다. 이제야 예쁜 얼굴이 좀 흉해졌다.

"남자 하나 차는 게 뭐가 그리 힘들다고. 이렇게 착하니까 내가 너를 예뻐한 거 아냐."

"저기요? ……왜 갑자기 반말을?"

이것 좀 놓으시고……. 말끝을 흐리며 그의 손 밑에서 이리저리 굴러다니는 눈동자는 끝내 그를 마주 보지 못했다.

지금 이 여자는 미안해서 미칠 지경이겠지. 그 마음으로 나를 기억하겠지. 그런 건 싫었다. 한빈은 상냥하게 웃어 주었다.

"좋아한 것도 나고, 들이댄 것도 나야. 충분히 알아듣게 밀어냈는데 못 들은 척 껄떡댄 건 나라고. 넌 미안할 게 하나도 없어."

"……."

"이성으로 못 느껴서 미안하면 세상에 미안해야 할 남자가 너무 많잖아."

"일단 이 손 좀 놓고……."

"네 말이 맞아. 아, 뭔데 안 넘어오냐, 오기 생겼어. 그래서 그랬다. 자존심이 상했거든. 그런데 이런 말 들어도 아무렇지 않은 걸 보면 나도 별 감정은 아니었던 거야."

"……그렇다면 다행이고요."

정직한 얼굴이 대놓고 안심한 표정이 되었다. 한빈은 그녀의 머리를 쓰다듬었다. 뜨악해하는 솔을 아랑곳하지 않고 천천히 쓰다듬었다.

박솔. 난 당신과 사귄 적도 없는데 이별만 줄기차게 하는 느낌이야. 볼 때마다 씁쓸하고 나에게 화가 나. 헤어져 놓고도 당신의 사랑을 받는 그 자식이 부러워서. 왜 내가 아닐까……. 무기력해져서.

짧지만 그만큼 설렜다. 욕심내서라도 만나고픈 여자였다. 그러니 자신만은 이 여자를 울리는 사람이 되기 싫었다. 그러지 않아도 눈물 마를 새 없이 맘 약한 당신인데.

한빈은 손을 거뒀다. 후다닥 머리를 정돈하며 솔이 힐끔힐끔 눈치를 보았다. 그는 살짝 웃어 주기로 했다.

"그동안 성가시게 한 거 사과할게."

다시 솔의 눈에 그렁그렁 눈물이 맺힌다. 안 되는데. 울고 난 후 그녀가 얼마나 예뻐지는데. 품에 꼭 안고 다시 웃을 때까지 놓고 싶지 않을 만큼 얼마나 사랑스러운데.

한빈은 한탄했다. 이 콩깍지는 강력 콩깍지인가 보다. 술과 시간을 오래도록 쏟아부어야만 벗겨질 몹쓸 초강력 콩깍지.

그는 자리에서 일어났다.

"오늘은 집까지 못 데려다주겠다. 여기서 헤어지는 게 맞는 거 같으니까."

솔은 쭈뼛거리며 손을 내밀었다. 미안함에 일렁이는 눈동자가 한빈의 심장에 깊숙이 박혔다. 악수하자는 걸까. 한빈은 유쾌한 태도로 어깨를 으쓱했다.

"왜 이래? 두 번이나 날 찬 여자하고 악수 같은 거 할 만큼 난 속

넓은 남자가 아니야."

얼굴을 붉히는 그녀를 뒤로하고 그는 밖으로 나왔다. 밤바람이 서늘했다.

사귄 적도 없으면서 이것도 실연이라고 아프긴 되게 아팠다. 하지만 최선을 다했으니, 이것으로 됐다고 한빈은 생각했다.

❋

한빈에게 미안했지만, 더 미안한 것은 엄청나게 후련하다는 것이다.

작업물을 넣은 무거운 가방을 다른 쪽 어깨로 돌려 메며 솔은 걸음을 재촉했다. 한빈이 자신을 편하게 해 주기 위해 애썼다는 것쯤은 그녀도 알았다. 알면서도 마음이 가벼워진 걸 보면 역시 사람이란 이기적일 수밖에 없는 거라고. 자신의 이별에는 그토록 고통스러워하면서도 다른 사람의 일에는 그저 무감하다. 한빈은 그녀에게 그런 존재일 뿐이다.

뒤숭숭한 생각을 멈추고 그녀는 멈춰 섰다. 아까부터 가방 안에서 징징 울리는 핸드폰을 찾아 깊숙이 손을 넣어 휘저었다. 복잡한 가방에서 좀처럼 잡히지 않았다. 원룸의 계단에 앉아 차분히 가방을 뒤지는 사이 핸드폰 울림은 꺼져 버렸다.

'집에 가서 확인하자.'

그녀가 사는 원룸 건물은 고시원만큼이나 작은 방이 다닥다닥 붙어 있는 구조였다. 엘리베이터도 없는 6층 계단을 걸어 올라가야만 하는데 오늘은 센서 등도 고장 난 모양이었다. 어두운 계단에서 미적거리기는 싫어 그녀는 서둘렀다.

거의 다 올라갔을 때 다시 핸드폰이 울렸다. 솔은 간신히 핸드폰을 찾아 꺼내 들었다.

박찬― 이름이 떠 있던 화면은 금세 부재중 전화로 바뀌었다. 솔은 작게 인상을 찌푸렸다. 부재중 15번? 자정이 넘은 시간에 찬이 이토록 많은 전화를 할 일이 없을 텐데. 조금은 불안해진 마음으로 찬의 번호를 눌렀을 때였다. 벌컥 6층 계단 문이 열리며 복도의 불빛이 쏟아져 내렸다.

"누나?"

놀랄 틈도 없었다. 한 손에 쓰레기봉투를 든 주혁이 놀란 듯 눈을 크게 뜨며 그녀를 내려다보고 있었다. 어리둥절한 그녀가 묻기도 전에 주혁이 반갑게 환한 미소를 보냈다.

"와, 누나 여기 살아요?"

"어?"

"나도 여기 사는데. 오늘 이사 왔어요. 604호."

"뭐라고?"

말문마저 막혔다. 솔이 멍하게 그의 말을 되풀이했다.

"이사를 왔다고?"

"오늘."

"내 옆집으로? 우연히?"

"운명인가?"

주혁의 몹쓸 미소가 낯설었다. 뻔뻔한 건 알았지만 능글맞은 스타일은 아니었는데 기가 막혔다.

"그게 말이 된다고……. 자, 잠시만."

찬의 음성이 들려오는 전화기를 귀에 대고 솔은 더듬거렸다.

"어, 찬아. 무슨 일……."

[누나! 왜 이제야 연락이 돼!]

"어? 어……. 일이 좀 있어서. 미안한데 내가 조금 이따가 전화할……."

[아버지가 쓰러지셨어!]

솔은 우뚝 동작을 멈췄다. 무슨 말을 들은 건지 이해가 되지 않았다. 찬의 목소리가 무서울 정도로 떨리고 있었다.

"뭐라는 거니……."

문득, 몇 달 전, 아버지하고의 마지막 통화가 떠올랐다. 그때 솔은 독기로 똘똘 뭉쳐 있었다. 울분과 원망을 참지 못한 그녀는 아버지가 말할 틈도 주지 않고 소리쳤었다.

– 나도 이제 아빠 안 봐요. 그냥 없는 딸로 쳐요! 나도 그럴 테니까!

어깨에서 가방이 떨어져 바닥으로 흘러내리는데도 의식하지 못했다. 그녀는 그저 되물었다.

"아빠가……. 왜?"

[뇌출혈이래. 쓰러진 지 너무 오래 지나서 발견되셨어. 위, 위독하서. 지금……. 지금 수술 중…….]

"……뭐, 뭐라는 거야! 지금, 너 뭐라는 거야!"

울먹이는 찬의 목소리가 다음 순간 멀어졌다. 비틀거리는 그녀의 어깨를 안은 주혁이 전화기를 뺏어 들었다. 차분한 그의 음성이 멀리서 울리는 것처럼 머릿속을 둥둥 떠다녔다.

"진정하고 자세히 말해 봐. 어, 그래. 어느 병원이야."

주혁이가 왜 여기 있는 거야……?

찬은 또 무슨 헛소리야? 정신이 아득해지며 핏기마저 사라졌다. 솔은 한두 걸음 뒤로 물러서려 했지만 주혁의 강한 손이 여전히 그녀의 어깨를 잡고 있었다. 그는 조심스럽게 눈을 맞췄다.

"가요. 데려다줄게."

"시, 싫어……."

솔은 강하게 도리질했다. 만나고 싶지 않았다. 아빠가 쓰러진 것 자체를 믿을 수가 없었다. 그럴 리가 없다. 얼마 전까지만 해도 건강하셨던 분이다. 그녀에게 다시 손찌검을 했을 때도 힘이 넘쳤다.

그런데 쓰러졌다고? 뇌출혈이라고?

내가 처음으로 대들고 악을 쓴 다음에 갑작스레 이럴 수가 있나. 어떻게 이러나. 아빠는 끝내 나에게 이렇게까지 해야 하나.

가슴이 무섭게 뛰었다. 아무 생각도 할 수가 없었다. 그저 멍한 머릿속에 아빠를 만나서는 안 된다는 생각만 들어찼다.

"안 갈 거야. 안 갈래……."

그녀는 애원하듯, 오직 주혁만이 이 문제를 해결해 줄 수 있다는 듯 바라보았다. 고개를 저으며 되풀이했다.

"가고 싶지 않아……. 싫어."

"괜찮으실 거야."

주혁은 침착해 보였지만 복잡한 눈동자는 어두웠다. 겁을 먹은 솔을 안심시키듯 그는 조금 강조하며 다시 말했다.

"내가 옆에 있을게."

차 안은 고요했다. 아버지의 집 근처에 있는 병원이라 가는 시간만 해도 상당했다. 그동안 찬의 전화를 받았다. 수술은 무사히 끝났지만, 아직 의식을 찾지 못했다는 말에 솔은 눈을 감았다.

몸이 가늘게 떨렸다.

난데없이 어린 시절 기억이 떠올랐다.

몸에 난 상처를 보며 조심스럽게 이유를 물어보던 의사 선생님들. 그때마다 그녀는 넘어졌다는 말로 둘러대곤 했다.

누가 시킨 것도 아닌데도 그렇게 대답했다. 거짓말이 반복되면 기억은 조작된다. 나는 맞은 게 아니라고. 조심성 없이 넘어졌고, 부딪혀 깨진 거라고.

기억을 부숴 놓고는 거짓으로 조립해서 머리에 입력시키는 일은 익숙해졌다. 때로는 스스로 걸어 둔 암시가 너무 강해서 솔도 무엇이 진실인지 잊어버리기도 했다.

진실을 인정하기엔 그녀는 너무 어렸고, 감당할 수가 없었다.

아빠도 그런 것이었을까.

수도 없이 그녀에게 화풀이하면서 그도 차츰 자신의 말이 진실이라고 믿은 걸까. 정말로 엄마를 죽게 한 것이 나라고 생각했나. 그러길 바랐던 걸까.

그랬다면 차라리 일관되게 미워했어야지.

손찌검 후 꼬박꼬박 병원에 데려가고, 열이 오른 그녀의 머리맡에 안절부절 서 있던 모습만 보지 않았더라도 어쩌면 그녀도 아빠를 미워했을 수도 있었다.

백 번을 맞아도, 젖은 눈으로 자신의 머리를 쓰다듬어 주던 그 한 번의 기억이 가슴에 박혀 도무지 미워할 수도 없었다.

거짓말.

솔은 고통스러웠다.

나는 정말 아빠를 미워한 적이 없었나. 아빠가 사라져 주길 간절하게 바랐던 적이 없었다고?

아빠만 사라지면 엄마가 자신을 대신해 차에 치였던 과거는 아무도 모를 거라고, 제발 그랬으면 좋겠다고. 악마처럼 자신에게 속삭였던 적이 없다고 자신 있게 말할 수 없다.

주혁이 조사했던 서류를 읽었던 날, 어쩌면 솔은 안도했는지도 몰랐다. 이제 마음껏 아빠를 미워할 명분을 얻었다는 묘한 후련함을 느꼈다.

더는 내게 아빠란 존재가 없다고 독화살처럼 아빠에게 쏘아 댔을 때, 그 후로 아빠의 전화를 무시할 때 그녀는 통쾌했다. 곧이어 밀려든 서러움에 한동안 정신을 차릴 수 없었지만, 그 순간만은 그랬다.

원망했고, 미워했고, 경멸했다. 그러고도 모자랐다.

솔은 사과받길 원했다. 아빠도 자신처럼 아프길 바랐다. 절절히 후회하고 고통스럽길 바랐다. 그런다 해도 용서할 수 없다고 생각했다.

하지만…….

하지만 결코 이런 식은 아니다. 이따위 결말을 원한 게 아니란 말이다.

덜덜 떨리는 손을 잡아 뜯으며 솔은 중얼거렸다.

"누구 좋자고, 누구 편하자고, 멋대로 잘못되기만 해 봐. 벌도 안 받고 맘대로 편해지기만 해 보란 말이야. 죽어도 용서 안 해……. 나는 아빠가 후회하는 걸 봐야겠으니까. 미안하단 말은 꼭 들을 거니까……. 그래야 하니까."

떨고 있는 손을 주혁이 잡아 주었다. 그제야 자신이 피가 나도록 손톱으로 주먹을 긁어 대고 있다는 걸 깨달았다. 그의 체온이 덮인 손이 조금씩 따뜻해지고 히스테릭한 떨림이 차츰 잦아들었다.

"괜찮으실 거야."

정면에 시선을 고정한 채 주혁은 차분하게 되풀이했다.

"괜찮으실 거야."

믿을 수 없게도 그 말에 솔은 맥이 풀렸다. 신뢰감 어린 목소리에 마음이 가라앉았다. 그가 괜찮다고 하면 정말 괜찮을 것만 같았다. 이내 운전대로 돌아가 버린 그 따뜻함이 아쉬워 눈물까지 나오려 해서 솔은 잠자코 눈을 감아 버렸다.

병원에 도착했을 때 아버지는 중환자실로 옮겨진 후였다. 고령인 점과 골든아워를 놓친 탓에 위험했지만, 다행히 생명에는 지장이 없다고 했다. 다만 의식을 찾기 전까지 안심할 수는 없고, 깨어난다 해도 후유증으로 전과 같지 않을 거라는 기계적인 답변을 들었다.

뇌의 손실. 몸의 마비.

넋을 놓고 있던 새어머니가 솔을 보고는 정신없이 뛰어와 매달렸다.

"아이고! 솔아, 솔아……. 네 아버지를 어쩌면 좋니. 어쩌면 좋아."

"……."

흐느끼는 새어머니의 머리는 새하얗게 세어 있었다.

언제 이렇게 늙으셨나.

솔은 착잡하게 그녀를 내려다보았다. 안아 주지도 밀어내지도 않고 그저 가만히 서 있었다.

새어머니가 복사꽃같이 환한 미소를 짓던 날이 떠올랐다. 약에 찌들어 물기 하나 없던 친엄마의 손과 달리 부드럽고 야들거리는 손

369

으로 솔의 뺨을 잡고 눈을 맞추던 날.

– 네가 솔이구나. 어쩜 이렇게 예쁘니.

고슴도치처럼 가시만 돋아 있던 시절이었다.

말문을 닫은 솔에게 그녀는 지극정성으로 대했다. 어쩌면 솔이 다시 말을 하게 된 것도 새어머니의 그런 정성 때문인지도 몰랐다.

자신이 웅크리고 있을수록 애틋해지는 표정이 싫어서. 나는 미워해도 되는 아이인데 왜 저런 과분한 관심을 주나, 의아하기도 했다.

당연히 그 관심이 너무 싫었다. 말문을 연 것은 그 관심을 끊어내고 싶어서였다. 그 후로는 마음을 주지 않고 적당히 대하며 밀어내기만 했다.

새어머니의 복사꽃 같던 미소가 시들고, 죄책감과 안쓰러움과 서운함이 뒤섞인 표정으로 바뀌는 것을 무심하게 보았다.

그랬는데, 그렇게 곁을 내주지 않았는데도 새어머니는 자신에게 온몸을 맡기며 서럽게 흐느꼈다. 솔은 이해할 수가 없었다.

"내가 진즉 눈치챘어야 했는데……. 했던 말 또 하고, 또 하고, 어눌하게 굴 때 이상하다고 생각했어야 했는데. 숟가락을 쥐여 줘도 자꾸만 놓칠 때 알아챘어야 했어. 머리가 깨질 듯이 아프다고 난리를 치는데도 고작 약국에서 산 약 몇 봉지만 건네줬다. 내가……. 내가 잘 봐야 했었는데……."

"……."

"솔아, 솔아……. 네 아버지 어떡하니? 응? 어쩌면 좋아."

뒤편에 묵묵히 서 있던 찬의 얼굴이 더욱 어두워졌다. 자신에겐 연신 괜찮을 거라고 위로하던 어머니가, 한 번도 살갑게 굴지 않았던 누나를 보고 무너질 줄은 몰랐다.

막무가내로 솔의 옷깃을 부여잡고는 울고만 있는 새어머니를 보는 솔의 얼굴은 더욱 복잡해 보였다.

"……괜찮으실 거예요."

그녀는 주저하며 새어머니의 어깨를 감쌌다. 조금은 냉정하게 들리는 말은 어쩌면 그녀 자신에게 하는 소리인지도 모르겠다.

"괜찮아지셔야 해요, 아빠는…….'

면회조차 허용되지 않은 중환자실을 향해 시선을 돌리며 솔은 입술을 깨물었다.

"아빠는 내게 이럴 수 없어요. 이러면 안 돼요. 나는 아직 아빠에게 듣지 못한 말이 있어요."

그러니…… 일어나실 거예요.

자신의 품 안에서 흐느끼는 새어머니를 솔은 힘을 주어 안았다. 수도 없이 밀어내고 뿌리쳤던 몸이 어느새 자신보다 작아져 있다는 것이 슬펐다.

물기 어린 목소리로 솔은 다시 말했다.

"아빠는 나에게 꼭 해 줘야 할 말이 있으니까요."

❋

다음 날 오후가 되어서야 아버지는 의식을 되찾았다. 이미 마비된 한쪽 몸은 되돌리기가 힘들고, 인지능력 또한 현저히 떨어진 상태라는 의사의 설명을 들은 후였다. 어느 정도 회복이 될지 장담할 수도 없다는 사무적인 말도 따라왔었다.

중환자실의 면회는 하루에 두 번, 10분의 시간만 주어졌다. 두 명

이하만 가능하다는 그 면회시간을 솔은 기꺼이 찬과 새어머니에게
양보했다. 의미 없이 흘러가는 시간을 면회실 앞 의자에서 보냈다.
저녁 면회시간이 되어서야 그녀는 아버지를 만날 수 있었다.

수많은 주사 줄을 마른 몸에 매달고 있는 아버지의 모습은 낯설
었다. 호흡조차 코에 연결된 기다란 호스의 도움을 받는 그는 몹시
도 병약한 노인 같았다. 얼마 전 눈을 번득이며 자신을 내려치던 위
협적인 모습은 어디에도 없었다. 고작 하룻밤 만에 아버지는 달라져
있었다.

그의 손을 부여잡고 또다시 울음을 터트린 새어머니를 알아보는
것 같지도 않았다. 초점 없는 눈동자는 하얀 천장을 향해 있었지만,
그것마저 인지하지는 못했다. 느리게 끔벅이는 눈동자와 의미 없이
벌어진 입. 움푹 팬 볼에는 살점 하나 없었다.

문득 화가 났다. 사실은 병원에 도착한 이후부터 화가 나서 견딜
수가 없었다. 다른 이보다 건장한 체격, 강인한 힘을 지녔던 그는
언제까지고 무섭고 위협적인 존재일 거라고 생각했다. 고목 같
은 모습으로 색색 숨만 몰아쉬는 아버지의 모습을 인정할 수가 없
었다.

고작 이렇게 힘없이 쓰러져 버릴 거면서. 이토록 나약한 사람이
면서…….

왜 그랬나요. 나에게 사과 한마디 하는 것이 그렇게도 싫었나요.
그래서 이런 식으로 죄책감을 안겨 주고 끝내 괴롭히고는 떠나고 싶
었어요?

치미는 무엇인가를 꿀꺽 삼키며 솔은 기어코 등을 돌려 나와 버
렸다. 짧다고 생각한 10분간의 면회시간도 같이 있기 싫을 만큼 화
가 나고, 억울하고, 괘씸해서 숨도 쉬어지지 않았다. 벽에 손을 짚

고 가쁜 숨을 몰아쉬고 있을 때 찬이 다가왔다.

"누나."

"……."

"왜 벌써 나왔어. 아빠는 봤어?"

"나 집에 갈래."

차가운 그녀의 말에 찬은 당황한 빛이 역력했다. 그는 이내 고개를 끄덕였다.

"그래라. 여기 있어 봐야 할 일도 없지. 내가 휴가 내서 며칠 있을 테니까 누난 올라가. 갔다가 주말에 다시……."

"아니. 난 이제 안 올 거야."

솔은 간신히 몸을 추슬러 세웠다. 찬은 이번에야말로 당황한 듯했다.

"왜 그래?"

"보기 싫어. 아빠 계속 저런 모습이면 나, 안 봐. 그러니까 정신 온전히 찾으시면 그때 연락해. 그전까지 아빠 안 볼 거야."

대기실 의자에 올려놓았던 가방을 어깨에 멘 솔은 화풀이를 하듯 찬에게 다시 쏘아붙였다.

"왜? 내가 잘못하는 거니? 나 이래도 돼. 이 정도 해도 되잖아, 안 그래? 아빠가 무슨 염치로 나에게 또 이래? 왜 내가 나쁜 짓 한 거처럼 느끼게 만들어. 일평생 날 딸로도 여기지 않은 사람이야. 아빠 없는 거로 치고 살겠다고 말한 거 진심이야. 할 말을 했을 뿐이고 후회도 안 해. 아빠도 속으로 좋아하셨을 거라고."

"……."

"후회 안 해."

솔은 다짐하는 것처럼 되풀이했다.

"난 전혀 죄송하지 않아. 죄책감? 그건 아빠가 나에게 느껴야 하는 감정이야. 용서할 수가 없는데 이런 일로 강제로 용서해야 할 것처럼 만드는 아빠가 잘못한 거야. 난 싫어. 적어도 내 눈을 똑바로 보고, 내 이름을 부르고 제대로 사과할 수 있을 상태가 되면 만날 거야. 넌 상관하지 마."

좌절과 당황과 자책이 뒤섞인 솔의 감정을 찬은 이해했다. 이내 등을 돌려 나가려는 솔을 찬은 가만히 안았다.

"그렇게 하자. 누나 마음 편한 대로 해."

"……."

솔이 거세게 뿌리쳤지만 다 자란 남자가 된 그의 힘을 이길 수는 없었다. 그동안 손가락 하나로 찌르기만 해도 엄살을 부리던 동생이 아니었다. 안간힘을 쓰며 빠져나가려는 솔을 그는 힘주어 더 세게 끌어안았다.

"누나는 그래도 돼."

"……."

"내가 아빠 정신 돌아오게 괴롭혀 줄게. 꼭 누나에게 미안하다고 말할 수 있도록 건강하게 만들 테니까. 누나는 그래도 돼."

끊임없이 솔의 어깨를 토닥이는 그의 목소리가 조금씩 흔들렸다.

"그러니까 울지 마라. 자책하지 마. 우리 중 누구도 누나한테 용서를 강요할 만큼 당당한 권리 없어. 뻔뻔하게 그러지 못해."

"……."

"집에 가서 쉬어. 주혁이가 기다리고 있어. 나, 누나 걱정하기 싫어. 주혁이랑 같이 가. 그것만 약속해."

주혁은 병원 벤치에 앉아 있었다. 골똘히 생각에 잠겨 있던 그가 어느 순간 몸을 세웠다. 병원에서 걸어 나오던 솔과 눈이 마주쳤다. 머뭇머뭇 발걸음을 멈춘 그녀가 갑자기 풀썩 주저앉았다. 한달음에 달려간 그가 그녀의 팔을 잡고 부축했다.

"괜찮아? 다치지 않았……."

말을 다 끝내지도 못하고 주혁은 그녀를 휙 잡아당겨 이마에 손을 댔다.

"열이 나잖아!"

"괜찮아."

담담한 말과 달리 온몸에서 열이 나는 듯했다. 주혁은 솔의 어깨를 잡고 자세히 살피기 시작했다. 흐트러진 머리를 넘겨 주고 열에 들뜬 얼굴과 초점 없는 눈을 샅샅이 뜯어보았다. 다친 곳은 보이지 않았지만 열은 꽤 심했다.

"진료받고 가자."

"……집에 가고 싶어."

가느다랗게 말한 솔은 몸을 비틀어 그에게서 빠져나왔다. 조금은 또렷해진 목소리로 끊어 내듯 말을 이었다.

"버스 타고 갈 거야. 넌 신경 쓰지 말고 가."

"일단 진료받아."

"아픈 거 아니야. 피곤이 쌓여서 그래. 어젯밤도 거의 못 잤고. 버스에서 자면 돼."

보기 드물게 단호해진 태도로 다시 그녀가 말했다.

"그냥 가 줘. 혼자 있고 싶어."

그리고 매정하게 솔은 등을 돌렸다. 그 순간, 주혁은 저도 모르게 오피스텔에서 자신에게 등을 돌리던 그녀를 떠올렸다. 자기 인생에서 꺼지라며 단단하게 등을 보였던 그 밤.

주혁은 재빠르게 그녀의 앞을 가로막았다.

"박솔."

그는 솔의 눈과 시선을 맞추려 했지만, 그녀는 고개를 돌리며 외면했다.

"나 좀 봐."

"……."

심장이 쿵쿵 뛰었다. 고집스레 턱을 올리고 끝내 그를 보지 않겠다는 듯 시선을 내리까는 솔은 언제라도 그에게서 떠날 수 있을 것 같았다. 그리고 이번에는 어설프게 붙잡히지도 않겠지.

그는 잠시 눈을 감았다가 떴다. 어두워진 눈동자에 좌절이 묻어나왔다. 목울대를 긁으며 나오는 것처럼 목소리가 꺼끌거렸다.

"미안해."

"……."

"내가 잘못했다. 미안해."

솔은 그제야 그를 보았다. 숨을 깊게 들이마시고 내뱉고. 무언가를 잔뜩 참고 있는 것처럼 그녀는 그 동작을 되풀이했다. 주혁은 애써 옅은 미소를 지었다.

"집까지만 데려다줄게. 괜찮아지는 거 볼 때까지만 옆에 있을게."

하지만 그 말을 들은 솔의 얼굴이 와락 일그러졌다. 마치 무언가를 건드린 것처럼 무표정했던 그녀의 얼굴에 온갖 감정이 떠올랐다가 사라졌다.

"왜……."

말을 끝맺지 못하고 솔은 시선을 올려 하늘을 보았다. 울컥울컥 뭔가가 자꾸 치밀어 올라오려 했다. 애원하듯이 어색한 미소까지 띤 주혁의 모습에 화가 났다.

왜 그가 자신 앞에 이런 모습으로 서 있나. 어울리지도 않게 상처 받은 얼굴로.

머리가 깨질 것처럼 아프고 가슴에서 열불이 나는 것만 같았다. 눈이 뜨거운데도 눈물이 또 나오지 않았다. 언제부턴가 아빠 앞에서 울지 못하게 된 것처럼. 주혁 앞에서도 동일하게 나타나는 가슴앓이 가 고통스러우면서도 도무지 눈물이 흐르지 않았다.

그녀는 잘 웃는 것만큼이나 잘 울었다. 울보라고 놀림당해도 아 무 데서나 잘 우는 사람이었다. 슬픈 영화를 볼 때나, 길 잃은 강아 지를 발견했을 때, 아픈 친구가 입원했을 때도 자기 일처럼 엉엉 울 었다.

억울하면 울었고, 슬퍼도 울고, 아파도, 좋아도, 싫어도 울었다. 눈물은 웃음과 더불어 그녀가 자유자재로 조절할 수 있는 가면이었 다.

– 박솔 또 운다!
– 쟤는 아무 때나 울어. 신경 쓰지 않아도 돼.
– 그렇게 울고 눈물이 또 나오냐? 너무 헤픈 거 아냐, 네 눈물.

주변 사람들에게 그녀의 눈물은 그렇게 가치를 잃었다. 그게 좋 았다. 워낙 잘 붓는 얼굴이라 울었다는 걸 감추지 못할 바에는 헤프 게 우는 사람으로 인식되는 편을 택했다.

그래야만 진심으로 아픈 날에 울어도 그들은 이유를 묻지 않을 테니까.

언제부터였을까. 마르지 않는 샘물인 줄 알았던 눈물이 신기할 정도로 나오지 않는 날이 많아졌다. 그런 날에는 몸서리치게 답답했다. 안에서 빠져나오지 못한 눈물이 목을 타고 내려가 심장을 적시고 칼날같이 날카로운 물길이 되어 온몸을 난도질하는 느낌이었다. 그럴 때면 솔은 언제나 손을 땄다.

체한 것같이 답답하고 숨을 쉴 수가 없어서 가슴을 쿵쿵 두드리며 제팔을 거칠게 쓸어내리곤 했다. 한 묶음 사 놓은 실을 끊어 엄지손가락을 동동 싸매고 바늘로 거침없이 꾹 찔렀다.

그 자리엔 언제나 맑은 선홍색 피가 맺혔다. 이상했다. 마음이 체했으니 죽은 피가 나와야 할 텐데. 검붉은 피가 쏟아져야 가슴앓이도 끝날 것 같은데.

선홍색 피는 상처에 아무런 도움도 주지 못했다. 아까운 내 피. 쪽쪽 빨아먹고 하루 이틀 지내다 보면 그럭저럭 살아갈 만큼 나아지는 것도 같았다. 하지만 찌꺼기처럼 차곡차곡 몸에 쌓인 검은 피 때문인지 아무 일이 없어도 가슴이 답답하기 일쑤였다. 불치병 같았다.

안고 살아야 하는 병, 숨겨야 하는 병, 나의 죗값.

당당함을 지나쳐 오만방자했던 남자가 애처로운 눈빛을 보내자 체증이 어김없이 올라왔다. 정말이지 솔은 소리치고 울고 싶었다.

너의 그 눈빛이 싫다. 모든 걸 이해한다는 듯 보는 그 시선이 싫어. 안쓰럽게 바라보는 네가 미워 죽겠다.

솔은 어느새 붉어진 눈으로 그를 노려보고 있다는 것도 인식하지 못했다.

주혁이 한 걸음 더 다가왔다.

"나는 이런 걸 배운 적이 없어서……."

커다란 손이 조심스럽게 그녀의 어깨를 감싸 안았다. 낮은 목소리가 고개 숙인 그녀의 머리카락 속으로 흡수되는 듯했다.

"무슨 말을 해야 하는지도 모르겠다."

뜨거운 숨결이 그녀의 얼굴을 덮히고 스며들었다.

"……너를 사랑해."

젖은 음성으로 꿈같은 개소리를 했다. 잔인하게도 또다시 헛된 기대를 하게 만드는 그가 정말이지 미웠다.

솔은 느리게 눈을 두어 번 깜빡였다.

"용서해 달라고 하고 싶은데. 붙잡고 싶은데……. 방법을 모르겠어."

"……."

"네가 나 때문에 힘들어지는 걸 원하지 않아. 네가 원하지 않는다면 더는 안 할게. 포기할게. 그러니까 오늘만……. 오늘만 같이 있자."

솔은 질끈 눈을 감았다. 힘껏 쥔 주먹에 관절이 하얗게 드러나도록 힘을 주고 숨을 천천히 뱉었다.

내가 듣고 싶은 말은 이딴 게 아니야. 나는, 나는 나쁜 년이야. 아빠가 쓰러졌는데, 저렇게 누워 있는데. 고작 이런 말을 하는 너의 모습이 더 아프다고 하면 믿을래. 어떻게 내가 이럴 수 있는 걸까.

아빠도, 너도 나를 힘들게만 했는데. 이토록 쉽게 날 떠나려 하는데도. 왜 내가 더 죽을 거 같아야만 하나. 왜…….

"오늘만……. 더는 욕심 안 낼 테니까. 괜찮아지는 것만 보게 해줘."

솔은 그의 가슴을 떠밀고 그의 얼굴을 바라보기 위해 고개를 젖했다. 노을을 등지고 선 얼굴에선 아무것도 제대로 읽을 수가 없었다. 울컥 눈물이 차올랐다.

자신의 표정은 낱낱이 보이는 위치에서, 빠짐없이 그녀의 마음을 읽어 내면서도 이런 말을 하는 그가 미웠다.

사랑한다고. 그래서 오늘까지만 한다고? 네 사랑은 뭐가 이리 포기가 빨라. 적어도 나는, 나는 사랑받기 위해서 평생을 개처럼 기었는데.

"왜……."

갑자기 눈물이 후드득 떨어지기 시작했다.

"왜 용서해 달라고 안 해?"

한번 터진 눈물이 걷잡을 수가 없었다.

"왜 너는 잘못했다고 하면서 용서해 달라고는 안 해?"

이지적인 그의 눈이 당황으로 흔들렸다.

"한 번 잡았으면 그뿐이야? 잘못했다고, 미안하다고 했으면 할 거 다 한 거야? 그런데도 사과를 받아들이지 않은 내가 나쁜 거니? 나만 속 좁은 사람이 되는 거야? 용서도 준비가 필요하다는 걸, 기회를 줘야만 용서할 수 있다는 걸 왜 몰라! 왜들 이래, 진짜!"

솔은 주혁의 옷깃을 쥐고 엉엉 울기 시작했다.

왜 나만큼 노력하지 않아? 나는 평생을 사랑 한 번 받겠다고 처절하게 몸부림쳤는데. 용서받으려고 끝없이 숙이고, 기대하고, 등신처럼 매달렸는데!

"진짜 날 사랑한다면, 몇 번이라도 와서 빌어야 하는 거잖아. 잘해 준다며……. 사랑한다며! 네 사랑은 뭐가 이렇게 간편해. 내가 원하는 거 하나도 들어준 적 없으면서 왜! 왜! 그만하자는 말은 단번에 알아듣고 나가떨어진 건데!"

솔은 발을 구르며 소리를 질렀다. 엉엉 아이처럼 울며 주혁의 가슴을 내리쳤다.

어떻게 그래? 내가 이별을 먼저 말했다고 이렇게 쉽게 날 포기할수가 있나. 설령 네가 아닌 내가 잘못한 거더라도 그냥 무작정 날 잡아 줄 수는 없었나. 그런 네 사랑을 어떻게 믿어. 날 사랑했다고 어떻게 인정해.

"왜……. 왜 모두 나만큼 절실하지 않은 거야……."

솔은 자신이 말하는 대상이 주혁과 아버지가 뒤섞인 상태라는 것을 알고 있었다. 영특한 주혁도 그쯤은 눈치챘을 거라는 것도 알았다. 하지만 상관없었다. 멈출 수가 없었다.

주혁은 그저 가만히 서 있었다. 그녀가 퍼붓는 대로, 가슴을 때리면 때리는 대로 잠자코 있었다.

"그래도 나를 사랑한다고. 너무너무 좋아서 그랬다고. 내가 이해할 때까지 달래 주면 안 됐어? 내가 슬그머니 용서해 주는 척할 수있게 빌어 주면 안 됐어? 왜 노력을 안 해! 내가 사랑하고 싶어서 사랑한 게 아닌데. 사랑하게 만들어 놓고 니들은 뭐가 그렇게 잘나서날 막 대해! 왜!"

하수구처럼 콸콸 눈물이 쏟아졌다. 설움으로 콱 막힌 가슴에서부터 한도 끝도 없이 터져 나왔다.

"뭐가 잘나서……. 용서할 기회도 안 주냔 말이야……. 포기한다고? 오늘까지만 같이 있자고? 내 용서는 값어치가 없어? 더한 노력을 하고 받을 가치가 없는 거야? 그러니까 떠난다는 거잖아. 멋대로 쓰러져 버리는 거잖아! 이렇게 끝내면……. 이렇게 니들 편한 대로 끝낼 거면 내가 사랑했다는 것도 모를 거잖아! 나한테 왜들 이래……. 왜……. 이렇게 잔인하게 굴어!"

자존심도 없는 구질구질한 사랑이었다. 멈추려고 해도 멈춰지지 않는 거지 같은 사랑이었다. 솔은 두 손으로 얼굴을 묻고 주저앉았다. 손가락 사이로 눈물이 줄줄 흘러내렸다.

"그래! 가, 가 버려! 속 편하게 떠나 버려……. 내가 용서하든 말든 신경 쓰지 말고 가. 언제 나 같은 걸 신경 썼다고……. 내가 죄책감으로 쓰러지든 죽든 말든 편하게 떠나서 속 시원히 잊고 살아. 가란 말이야……."

무서워 죽을 것만 같았다. 이대로 아빠가 떠날까 봐 겁이 났다. 앙금을 풀어 주지도 않고, 끝내 잘못도 인정하지 않고 자기만 편하게 떠나 영영 자신을 지워 버릴지도 모른다는 것이 겁났다.

그리고 주혁도. 그도 똑같이 가 버릴까 봐. 자신이 얼마나 사랑하는지 알지도 못하고 쉽게 웃으며 추억하는 여자로 남겨 둘까 봐. 다시 아플 것을 알면서도, 가슴이 옥죄어 올 만큼 터지는 사랑을 감출 수가 없어서. 그를 놓치기 싫어서 그녀는 자신이 싫고 미웠다.

그녀는 벌떡 일어나 어린아이처럼 소리쳤다.

"다 필요 없어! 다 미워! 다 재수 없어!"

뛰어가려는 솔을 주혁이 돌려세웠다. 그대로 힘을 주며 주혁은 솔을 와락 안았다. 그의 얼굴이 일그러져 있었다. 뻗대는 그녀를 으스러지게 안은 그의 목울대가 위아래로 움직였다.

"내가 나쁜 놈이어서……."

그의 셔츠가 솔의 눈물로 젖어 갔다. 스며드는 비통함에 그는 솔의 목에 얼굴을 묻고 더듬더듬 말했다.

"멍청해서."

뭐가 당신을 아프게 하는지도 몰랐다고 그는 말하고 싶었다. 그녀가 원하는 것이 단지 사랑받고 있다는 믿음이었다는 걸 몰랐다고.

사랑에 유독 불안해하던 마음을 헤아리지 못했다고. 어리석게도 자만했던 것을 후회한다고 그는 말하고 싶었다.

"내가 이기적이어서……."

헤어져 있던 시간에 그런 생각을 한 적이 있었다. 그녀가 아주 조금만 더 힘이 들었으면 좋겠다는 나쁜 생각이었다. 지치고 힘든 그녀는 자신이 내미는 손을 거절하지 못할 테니, 그 정도만 너덜거렸으면 좋겠다는 못난 생각이었다. 그렇게라도 그녀에게 다가갈 핑계를 기다렸었다.

"미안해."

그는 어쩔 도리를 모르는 사람처럼 어깨를 떨었다. 그런 바보 같은 생각이나 하는 동안에 좀 더 일찍 그녀를 찾아왔어야 했다. 한 번이라도 더 사랑한다고 말했어야 했다. 계속계속 알려 줘야만 했다. 사랑도 사업처럼 머리를 굴리고 계산했던 자신이 참담했다.

"용서해 줘."

그는 간절히 말했다.

"이제 내가 옆에 있을게. 용서해 줄 때까지. 매일매일 빌게. 그냥 옆에만 있게 해 주면."

27.

"이제 막 잠들었다. 다행히 열은 좀 내렸어."

[부탁 좀 할게. 아니…….]

수화기 너머로 짧은 침묵이 흘렀다. 잠시 후 찬은 빠르게 이어 말했다.

[이제 내가 누나를 부탁할 입장은 아니지. 둘이 알아서 해라. 잘 돌봐 주고.]

솔이 잠든 방 문으로 향한 주혁의 눈동자가 잠시 흔들렸다. 그녀는 찬의 집으로 돌아오자마자 쓰러지듯 잠이 들었다.

"그래. 어머니도 얼굴이 많이 상하셨더라. 네가 신경 쓸 일이 많겠다."

그 후로 몇 가지의 사소한 이야기가 오갔다. 전화를 끊은 주혁은 솔의 방 안으로 들어갔다. 익숙한 침대에서 자는 그녀는 편해 보였다.

그는 솔의 이마에 조용히 손을 올렸다. 약을 먹었는데도 아직도 열이 남아 있었다. 얼굴에 홍조도 여전했다. 흘러내린 머리카락 한 올이 편안한 들숨 날숨에 흔들렸다. 유독 짧아진 머리가 그제야 눈에 들어왔다.

언제 잘랐는지 길고 찰랑거렸던 머리카락이 귀밑에서 끝나 있었다. 짧은 단발의 그녀는 더욱 연약하게 보였다. 한없이 어리고 보호가 필요한 존재인 것 같아서 주혁의 마음이 묵직해졌다.

헤어스타일을 제외하고 솔은 그와 헤어지기 전과 별반 달라진 게 없어 보였다. 고작 몇 달의 시간이었으니 당연했다. 자신에겐 지옥 같았던 시간은 몸을 마르게 하고 신경을 날카롭게 갉아 먹은 한도 없이 긴 시간이었는데도 그녀는 아무런 영향도 받지 않은 것처럼 보였다. 마치 네가 있고 없고 자신의 삶엔 아무 변화가 없었다고 알려 주는 것처럼.

아마, 오늘 솔의 무너지는 모습을 보지 못했더라면 주혁은 그렇게 믿었을 것이다.

그토록 선명하게 감정을 토해 내는 모습은 처음이었다. 그가 조사한 서류를 발견한 날도 그녀는 울지 않았다. 헤플 정도로 눈물과 웃음에 관대했던 솔은 정작 자신의 상처에 관련해서는 섬뜩할 정도로 감정을 드러내지 않았다. 어쩌면 그녀의 마지막 자존심이었는지도 모르겠다.

하지만 오늘 그녀는 울고 또 울었다. 누구보다 마음 약한 그녀가 스스로 아버지와의 관계 단절을 선언하고, 독하게 자신까지 끊어 내면서 겪었을 가슴앓이를 주혁은 그제야 깨달았다. 왜 자신의 사랑만큼 절실하지 않냐는 말에 그녀의 평생이 담겨 있는 거 같아 그는 먹먹했다.

주혁은 물끄러미 잠든 그녀를 내려다보았다.

우리가 다시 만난 그날 밤.

공항에서 널 만날 기대에 부풀어 이곳으로 곧장 온 그날.

이렇게 평화롭게 잠든 널 처음으로 보았다면 좋았을까. 눈을 뗄 수도 없을 만큼 사랑스러운 너를 보며 내 유치한 감정을 자각했더라면 널 상처 주는 일은 하지 않았을까.

"누나."

주혁은 나직이 솔을 불러 보았다. 어쩔 수 없이 피식 웃음이 나왔다. 누나라는 호칭은 솔을 칭하기엔 여전히 이질적이고 거부감이 들었다. 하지만 처음으로 돌아갈 수만 있다면 얼마든지 부를 수 있는 호칭. 얌전하고 착한 동생 친구로서의 인사를 주혁은 이제야 가만히 읊조려 보았다.

"오랜만이에요. 나 기억해요? 한주혁. 어때요. 많이 컸죠."

심술궂게 대하는 대신 친근하게 인사했더라면, 그녀는 동그란 눈을 커다랗게 뜨고는 이내 특유의 환한 미소로 답했겠지.

'네가 주혁이야? 몰라보겠네. 뭐 먹고 이렇게 컸어?'

그렇게 한 걸음씩 다가갔더라면 좋을 것을. 그랬더라도 종국에 결과는 같았을 것이다.

결국, 자신은 이 작은 여자를 사랑하게 되고 미치겠지. 지금처럼.

후회는 쓸쓸했지만, 상상은 아름다웠다. 그래서 그는 그저 겁이 났다. 잠에서 깬 그녀가 또다시 자신을 거부할까 두려웠다. 커다란 눈에 불신을 담고, 폭주하듯 털어놓았던 진심을 부정할까 봐 무섭다.

그는 손끝으로 가만가만 그녀의 얼굴을 만졌다.

굳게 감긴 예쁜 눈, 오뚝한 코, 살짝 벌어진 도톰한 입술까지 쓸어내리는 손끝이 가늘게 떨렸다. 마치 처음으로 그녀에게 닿는 것처럼.

하지만, 대답처럼 그녀는 고개를 돌렸다. 잠결 중에도 자신을 거부하는 몸짓 같아 그는 또다시 철렁했다.

곧이어 그녀의 감은 눈이 움찔거렸다. 가늘게 뜬 눈동자가 조금씩 깜박거렸다. 두어 번 눈을 깜빡인 솔은 이내 미미하게 미간을 찌푸렸다. 자신이 누워 있는 공간과 앞에 있는 주혁을 이해해 보려는 듯했다.

이윽고 꺼질 듯한 촛불처럼 희미한 목소리가 흘러나왔다.

"나……. 아파."

싸늘하지도 덤덤하지도 않은 평소 그녀다운 따듯한 목소리로.

"왜 이렇게 어지럽지. 토할 거 같아."

"……많이 아파?"

주혁은 목이 멨다. 억지로 쥐어짜 낸 목소리는 제가 듣기에도 어색하기만 했다. 그를 향한 시선에 곧 의아함이 떠올랐다. 그녀는 가만히 손을 뻗었다. 열이 나는 손으로 그의 손을 끌어당겨 자신의 이마에 올려놓았다. 그러는 동안에도 주혁은 꼼짝도 할 수가 없었다.

"열이 나지? 목도 아프고 춥고, 기운이 없어. 정신이 몽롱한 것 같기도 하고."

의사에게 하듯 차근차근 설명하던 솔이 한숨을 푹 쉬며 눈을 꼭 감았다.

"독한 약을 먹어서 그래. 열은 금방 내릴 거야."

"그래서 그런 건가? 꿈을 꾸는 거 같아……."

아무래도 오면서 들른 약국에서 복용한 약이 문젠가 보다고 주혁은 멍하니 생각했다. 그러지 않고서야 그녀가 침대맡에 있는 자신을 보고 놀라지도 않고, 오히려 잡은 그의 손에 뺨을 비비는 행동을 할

리가 없을 테니까.

"……자고 나면 나을 거야. 더 자."

꿈결이라도 좋았다. 그녀 옆에 있는 걸 허락받은 것만으로 주혁은 감사했다. 적어도 그녀가 혼자 끙끙 앓게 하지 않는 것만으로 만족할 수 있다.

솔은 한층 더 그의 손을 꼭 잡으며 마치 빠져나갈까 봐 겁이 나는 듯 힘을 주었다. 눈을 꼭 감은 그녀는 한숨처럼 말했다.

"꿈이 아니었으면 좋겠어……."

"아무 생각 하지 말고……. 자요."

주혁은 그녀의 뺨에 놓인 자신의 손등에 얼굴을 묻었다. 눈을 감았다.

그녀는 지금 어디에 있는 걸까. 꿈과 현실을 헤매는 듯한 솔은 지금 어느 시간 속에 머무는 걸까. 그들이 연인이란 이름으로 묶였던 그 짧았던 시간 속이길 주혁은 간절히 바랐다.

꿈이라도 그때의 존재로 그녀 곁에 있고 싶었다. 그래서 열에 들떠 꿈과 현실을 혼동하는 그녀를 깨우고 싶지 않았다. 이 밤이라도 그녀가 허락해 준 이 거리를 유지하고 싶은 욕심이 참기 어려웠다.

다시 잠에 빠져드는 것처럼 아무 말이 없던 그녀는 이윽고 천천히 말했다.

"또 몰래 나가지 않을 거지. 이번엔 내 옆에 있어 줄 거지."

색색거리는 숨에 섞여 나온 말은 불분명했다.

"약속해 주면……. 이번 한 번만 특별히 용서해 줄게."

주혁은 숨을 멈췄다. 그제서야 그는 솔이 현실과 꿈을 혼동하는 것이 아님을 알았다. 그의 손을 꼭 쥔 작은 손은 긴장으로 굳어져 있었다. 급히 살펴본 그녀는 눈을 감은 채로 슬그머니 입술을 깨물면서 가늘게 떨고 있었다. 자신의 대답을 기다리고 있다는 것을 깨달은 주혁은 잠시 말을 잃었다. 천천히, 진심을 담은 대답이 흐른 건 잠시 후였다.

"약속……할게."

솔의 입에서 긴 한숨이 작게 토해지더니 스르르 긴장이 빠져나갔다. 그녀의 옆에 조심스럽게 누워 주혁이 솔을 끌어안았다. 그녀는 그대로 그의 가슴에 얼굴을 묻었다. 땀인지 눈물인지 모를 물기가 주혁의 가슴에 묻었다.

"아무 데도 가지 않을 거야. 네 옆에만 있을게."

주혁은 눈을 감았다. 자신의 품에 있는 그녀가 믿기지 않아 몇 번이고 고쳐 안으며 숨을 죽였다.

그래. 믿음을 주지 못한 건 자신의 잘못이었다. 그러니 이번에는 제대로 기다린다. 네가 완전히 나를 믿을 때까지. 절대로 조급히 굴지 않고 네가 완벽히 나에게 올 때까지.

"솔아……."

아주 오랜 시간이 흐른 뒤에야 주혁은 조용히 그녀의 이름을 불러보았다. 어느덧 잠이 든 그녀의 머리에 입을 맞추고 눈을 감았다. 그의 가슴이 쿵쿵 울리고 있었다.

나는 개새끼가 맞아. 그래, 나는 너의 개새끼다.

알 수 없는 감정이 휘몰아쳐 그는 격하게 그녀를 고쳐 안았다.

절대로 첫 주인을 잊지 못해. 무슨 일이 있어도, 설사 네가 나를 다시 버린다 해도 나는 널 사랑할 수밖에 없다. 오랜 시간 떨어져 산다 해도 다시 만나는 순간 또다시 널 사랑할 수밖에 없는 나는 네가 길들인 개새끼야.

그러니.

그러니 날 버리지 마라. 날 거두고, 책임을 다해. 네 아픔을 공유하고 널 위로할 수 있는 자격을 줘. 오직 나에게만.

주혁은 잠든 솔의 이마에 길게 입을 맞췄다.

❀

아버지는 느리지만 조금씩 회복을 했다.

중환자실에서 2주를 보내고 일반병실로 옮길 때도 여전히 눈만 끔뻑이는 정도였지만, 제법 시선을 맞추기도 한다고 했다. 어느 날은 새어머니를 알아보는 것 같다가도 다음 날엔 혼란스러워한다고.

떨어진 인지능력은 그를 아이처럼 변하게 했지만, 다행히도 감각이 살아 있는 한쪽 팔은 그럭저럭 움직일 수도 있다고.

그렇다고 해도 아버지는 혼자 힘으로 아무것도 할 수 없는 사람이 되어 버렸다.

하루아침에 모든 생활이 바뀌어 버린 것은 새어머니도 마찬가지였다. 그녀의 얼굴은 병자처럼 푸석하게 변해 있었다.

혼자 병간호를 하겠다고 고집을 부리는 새어머니를 설득시킨 찬이 간병인을 구한 것은 며칠 전 일이었다. 아빠에 이어 엄마까지 쓰러지는 것만은 도저히 못 본다는 아들의 말에 어머니는 결국 양보를 했지만, 두 달 후 병원 생활을 마칠 무렵에는 그들의 터전이었던 슈퍼를 찬이도 모르게 처분하셨다.

찬의 만류에도 불구하고 기어이 아버지의 고향 근처 요양원에 계약을 했다고 했다. 새어머니와 함께 요양원 근처에 아주 작은 방 하나를 계약하고 오던 날 찬은 잠을 이루지 못했다.

병원으로 직접 찾아가진 않았어도 모든 일은 솔의 귀에 들어왔다. 찬과 새어머니는 굳이 아버지를 찾아뵈라는 말은 하지 않았지만 지나가는 말처럼 틈틈이 근황을 전했다. 모른 척 외면하는 솔이 그래도 궁금해할 것을 아는 찬의 배려였다.

요양원으로 떠나기 전날, 솔은 병원을 찾았다. 아버지를 보기 위해서라기보다 이제부터 고생이 시작될 새어머니를 뵙기 위해서였다.

새어머니는 눈물까지 글썽이며 그녀를 반겼다. 연신 솔의 손을 쓰다듬는 그 마른 손을 물끄러미 바라보다 솔은 슬그머니 물었다. 이런 상황을 어떻게 받아들일 수 있냐고.

많은 이야기가 함축된 질문이었다. 비록 아버지가 새어머니에게는 신체적 폭력을 쓰지 않았다지만, 그렇다고 해도 살갑거나 다정한 남편은 아니었다. 한 번도 아버지가 새어머니에게 잘해 주는 모습을 보지 못했다.

그런데도 왜 그의 곁에 남으려 하는 걸까. 지금까지 겪었던 마음고생보다 더 힘든 나날이 될 텐데. 솔은 그것이 안타까웠다.

새어머니는 다정히 웃기만 했다.

"견딜 게 뭐 있니. 내 부모님을 울려 가며 내가 선택한 사람이다. 끝까지 같이 가는 게 내 도리야."

"……."

"그리고 너에 대한 죗값이기도 하고."

새어머니는 한동안 침묵했다가 느릿느릿하게 말을 이었다.

"그래, 어쩌면 이것이 나와 네 아버지가 받는 벌일지도 모르지. 나는 너희를 사랑하지 않은 건 아니었지만 지킬 용기도 없었어. 못나게도 너희가 잘 견뎌 주기만 한다면 가정을 지킬 수 있을 거라고 생각했나 봐. 내 부모님 가슴 찢어지게 만들고 한 결혼, 불행하다고 알릴 자신이 없었다."

창밖 풍경을 바라보며 새어머니는 희미하게 흐느꼈다. 그녀에게서 나오는 음성은 그 어느 때보다도 고통스럽게 들렸다.

"내가 네 아버지를 알게 된 건 네 친어머니가 살아 계실 때였어. 그때 나는 병원 식당에서 일하고 있었지. 산부인과에 입원한 네 엄마를 지극정성으로 돌보는 네 아버지가 어쩐지 계속 눈에 밟혔단다. 어느 날 네 아빠가 울고 있는 걸 봤어. 다 큰 남자가 어찌나 아이처럼 서럽게 우는지 내 가슴이 다 쑤실 정도였지. 간호사들이 수군대기를 그때 네 엄마에게서 혹이 발견되었다고. 암이었지……. 네 아버지는 아기를 포기해서라도 치료받길 원했는데 네 엄마가 완강히 거부했다. 하지만 다행히도 무사히 아기가 태어났지. 그게 솔이 너야……. 못난 사람이 나중에 너를 미워한 데는 그 탓도 있었다. 너를 낳느라 치료를 제대로 하지 않아서 암이 싹 낫지 않았다고 나중에야 생각했나 봐. 하지만 그때는 네 아버지도 뛸 듯이 기뻐했어. 딸아이가 복덩이라고. 임신중독증 때문에 병원에 입원했고 덕분에 암도 일찍 발견했다고, 병실 사람들에게 음료수까지 돌리면서 자랑을 했었어."

솔이 알지 못하는 이야기였기에 그녀는 집중했다.

"세월이 흐르고 네 아빠를 다시 보게 된 건 우연이었어. 많이 망가져 있더구나. 거의 폐인이나 다름없었어. 동네 사람들이 그러더구나. 아내가 얼마 전 세상을 떠났다고. 그래서 완전히 넋이 나간 모양이라고 혀를 찼단다. 처음엔 나도 그저 동정이었을지도 몰라. 자꾸 시선이 갔고, 밤마다 네 아버지 얼굴이 떠올랐고, 돌봐 주고 싶었단다. 이것도 인연이다 싶었어. 네 아버지가 나에게 정이 없다는 걸 알면서도 무슨 오기였는지 언젠가 나도 아껴 주겠지. 그리 믿었다. 전부인을 그토록 끔찍하게 아껴 줄 수 있었던 사람이니 정이 많을 거라고. 네 아버지에게 여자는 평생 네 엄마뿐이라는 걸 인정하지 않았어."

새어머니는 잠시 목을 축였다. 어느새 그녀의 눈가가 촉촉해져 있었다.

"네 아버지. 태어나자마자 버려져 평생을 외롭고 험하게 사신 분이야. 네 엄마는 그런 네 아버지에게 전부였던 거야. 물론 그런 이유로 너에게 했던 짓을 이해해 달라는 건 아니야. 참, 못나고 아픈 사람이었다고만 생각해 주렴."

솔에 대한 미안함 때문인지 그녀는 벌게진 눈을 깜빡였다가 무엇을 생각했는지 조금은 심술궂은 목소리로 말했다.

"이런 생각 하면 천벌받겠지만, 솔아. 나는 사실 기뻐. 이제야 네 아버지가 올곧이 내 사람이 되는구나, 그런 생각도 들어. 지금부턴 내 몫이구나. 병들어 나약해져서야 내 사람이 되지만 그래도 결국 저 사람이 쉴 곳은 내 품이구나…… 얼마나 좋니. 이제는 나도 할 말도 하고, 구박도 하고 그러면서 알콩달콩 살 거야."

"……"

"그러니 솔아. 너와 찬은 아무 신경 쓸 거 없어."

새어머니의 말대로 아버지는 못나고 아픈 사람일 수도 있다. 하지만 어쩌면 가장 복이 많은 사람일지도. 솔은 문득 그런 생각을 했다. 가슴이 먹먹해졌다. 이런 사랑도 있다. 남은 평생 기약 없는 뒷바라지로 보내야 하는데도 그것까지 감사하는 이런 바보 같은 사랑도 있다.

"너희는 훌훌 털어 버려라. 이제야 내 사람이 된 저 양반이야. 돌보는 건 내 몫인 거야. 어렵게 찾은 내 자리 뺏으려 하지 말고. 억지로 용서하려 하지도 말고. 그냥 마음에 병이 든 아버지, 이제야 공기 좋은 곳에서 좋은 풍경 보면서 푹 쉬겠거니. 딱 그 정도만 용서를 해 줬으면 좋겠어. 이런 말 하는 것도 염치없는 거 안다."

새어머니의 진심이었다. 그녀를 밀어내던 솔을 나름대로 지켜 주려 애쓰던 분. 남편을 너무 사랑해서 최선을 다해 지켜 주지 못했다고 해도, 사랑하는 남자가 망가져 가는 모습에 평생을 자책하고 외로워했을 그녀를 솔은 조그맣게 불러 보았다.

"엄마……."

고개를 숙이고 있던 새어머니의 좁은 어깨가 순간적으로 굳었다. 처음으로 엄마라고 부른 것이 어색해서 솔은 웃었고 새어머니의 어깨는 가늘게 떨렸다.

"엄마."

"……왜."

어색한 건 새어머니도 마찬가지인 것 같다. 순식간에 빨개진 눈동자를 빠르게 끔뻑이며 새어머니는 고개를 숙였다.

"그냥요."

"……."

"가끔……. 엄마는 보러 갈게요."

"그래, 그래……. 고맙다."

한동안 침묵이 흘렀다. 괜스레 코끝을 만지는 어머니도 창문을 바라보는 솔도 아무런 말을 하지 않았다. 불편한 침묵은 아니었다. 병원 복도 하얀 벽에 걸린 시계 초침 소리에 따라 의미 없이 숫자를 세고 있던 솔을 보며 새어머니가 미소를 보낸 건 잠시 후였다.

"그리고, 한 서방 말이다."

까딱거리던 발짓을 멈추고 솔은 즉각 고개를 들었다. 어머니의 눈이 부드럽게 휘어졌다.

"혹시……. 주혁이요?"

"그래, 한 서방. 네가 잘해 줘. 좋은 사람이더라."

"그런데 한 서방이라고……. 우리 아직 그런 사이는."

"뭘. 딱 봐도 너를 무척이나 아끼던데. 바쁠 텐데도 이삼일에 한 번씩 와서는 나와 밥도 먹고, 네 아빠랑 눈도 맞추고 그랬어. 너에 대해 아무 감정 없으면 그러기 쉽지 않지."

"주혁이가요?"

주혁의 회사는 안정기에 접어들었다고 했다. 당분간 바쁠 일이 없다고 해 놓고 일주일에 서너 번씩 연락도 없이 사라진 이유를 알게 된 솔은 잠시 말문이 막혔다. 솔이 전혀 모르는 눈치란 걸 알아챈 어머니는 잠자코 솔의 손을 쓰다듬었다.

"옛말에 마누라가 예쁘면 처갓집 말뚝 보고 절을 한다는 소리도 있어. 한 서방이라고 이 난리를 겪었는데 네 사정 모르진 않겠지. 우리가 미울 법한데도 어찌나 살뜰하게 잘하는지 민망하기도 하고, 죄스럽기도 하고……. 어디 우리가 좋아서 그러겠니. 네 생각해서 그러는 거겠지."

"……."

"너희에게 말하지 말라고는 했지만, 사실 슈퍼도 한 서방이 나서서 좋은 값으로 처분해 줬어. 요양원 자리도 없었는데 무슨 수를 썼는지 해결해 주고. 슈퍼 판 돈은 갖고 있으라면서 요양원 돈도 다 내주고……. 염치없는 건 알지만, 그렇게라도 네 마음이 편해지길 바라는 눈치라 그냥 받았다. 엄마가…… 잘못한 건 아니지?"

코끝이 시큰해졌다. 이번만은 약속을 지키겠다는 듯 그녀의 손끝 하나도 잡지 않는 주혁이었다. 그가 기다리는 것이 자신의 허락임을 알면서도 미적미적 그를 받아들이지 못했다. 아직도 남아 있는 몹쓸 불안감 때문이었다. 그녀가 그의 진심을 저울질하는 동안 주혁은 착실히 그녀의 주변에서 신임을 쌓고 있다는 것을 몰랐다.

왠지 눈물이 나올 것 같아 솔은 고개를 숙였다.

"참 괜찮은 청년이야. 나는 우리 솔이가 그런 사람을 만나서 너무 좋아."

새어머니는 웃으며 솔의 등을 토닥였다. 그리고 머뭇머뭇 말을 꺼냈다.

"그래도 여기까지 왔는데 아버지 한번 보지 않을래? 말은 못 해도 자꾸만 멍하니 창밖만 보는 것이 어째 나는 저 양반이 너를 기다리는 게 아닐까 그런 생각이 든다."

"……."

병실로 옮겨 간 솔의 눈동자가 무거워졌다.

＊

솔은 휠체어를 밀며 밖으로 나왔다. 적당한 바람과 파랗고 높은 하늘, 색색의 꽃들이 피어난 예쁜 화단이 이어진 병원 산책로를 천천히 걸었다.

아빠와 단둘이 산책을 하는 낯선 경험. 어쩌면 다시는 없을지도 모를 처음이자 마지막 산책. 발걸음은 한없이 느리기만 했다.

"바람이 좋아요. 그죠? 아빠."

아버지는 한쪽 손을 끊임없이 떨고 있었다. 뇌 손상으로 인한 반응임을 알면서도 솔은 급히 멈춰 섰다. 그녀에게 시원한 바람이 아버지에겐 차가울 수도 있다는 생각을 못 했다.

무릎을 접어 아버지 앞에 앉아 그의 마비된 다리에 꼼꼼히 담요를 덮었다. 경련하듯 떨고 있는 큰 손도 담요 안으로 넣어 주기 위해 잡았다. 순간 그녀는 멈칫 동작을 멈췄다. 처음으로 잡아 보는 아빠의 손은 앙상할 정도로 말라 있었다.

"아빠."

그녀는 중얼거리듯 말했다. 무섭기만 했던 아버지의 손. 휙휙 바람을 가르는 매서운 소리도 내지 않고, 낡은 가죽 허리띠를 움켜쥐지도 않은 손은 그저 메마르기만 한 노인의 손이었다.

한참을 바라보다 그녀는 힘을 주어 그 손을 꼭 쥐어 보았다. 쉴 새 없이 떨고 있는 손은 멈출 줄 몰랐다. 세상에서 가장 무섭고 가장 커 보이던 손은 금방이라도 바스러질 것처럼 서걱거리게 말라 있었고, 툭툭 불거져 나온 힘줄이 희미하게 뛰고 있었다.

그녀는 담담하게 고백을 했다.

"나는 아빠를 용서할 수 없어요. 용서하려고 노력하고 싶지 않아요. 이제 더는 아빠를 찾아오지도 않을 거예요. 아빠를 보면 아직도 괴롭기만 해요."

그가 듣고 있는지, 그저 멍하니 눈만 뜨고 있는 건지도 그녀는 알 수가 없었다. 이 자리에 있는 아버지는 사실은 이곳에 없을지도 몰랐다. 그저 껍데기만 남아 의미 없는 숨을 쉬고, 아무런 말도 듣지 못할 수도 있다. 하지만 솔은 하고 싶은 말을 하기로 했다. 그녀의 감정을 제대로 알려 주고 싶었다. 오늘이 아니면 아버지와 이런 만남이 없을지도 모르니까.

"이해하지도 않으려고요. 아빠가 아프다고 해서 면죄부를 주지 않을 거예요. 아빠는……. 나한테는 나쁜 사람이니까요."

아빠가 아무리 힘든 인생을 살아왔다 해도, 엄마의 죽음이 아빠에게 세상이 무너지는 슬픔이었다 해도, 그는 솔에게 그러면 안 됐다. 그러니 그는 나쁜 사람이 맞는 거라고 솔은 울음을 삼켰다.

"그러니, 이번 생은 여기서 아빠와 나의 인연이 끝난다고 생각하세요. 화낼 자격도 아빠에겐 없어요."

아버지의 엄지와 검지 사이에 보지 못했던 점 하나가 그렇그렁한 눈에 들어왔다. 그녀의 손에도 비슷한 위치에 점이 있었다. 가슴이 울컥했다. 이제껏 인정받지 못한 설움이 그 점을 보자 이상하게 가라앉았다.

같은 위치의 닮은 점. 아버지의 딸이라고 당당하게 주장하고 있는 것만 같았다.

아버지는 어쩌면 영영 자신을 기억하지 못할지도 모른다. 그가 했던 잘못들을 편리하게 잊어버리고 끝내 사죄하지 않을지도 모른다. 아마도……. 정신이 온전해진다 해도 그럴 테지. 여전히 그에게 자신은 밉고 역겨운 자식일 뿐일 테지.

참을 수 없을 만큼 눈가가 뜨거워졌다.

"그러니까……. 제 용서를 바라지는 마세요."

자신을 미워했던 기억도, 아프게 했던 기억도 이기적이게도 묻어버린 아버지였다. 그럼에도 솔은 그가 편안하길 바랐다.

"하지만, 다음 생이 있다면 말이에요."

솔은 고개를 숙이고 조용히 속삭였다.

"우리가 다음 세상에도 부모, 자식으로 만날 수 있다면요."

목이 메었지만, 솔은 코끝을 찡그리며 울음을 참았다.

"그때는 아빠가 내 아들로 태어나요."

끝내 아빠를 용서하지 못한다고 해도, 지금은 밉고 여전히 무섭기만 한 아빠지만.

"그 생에서는, 내가 다 잊고, 다 용서하고……. 정말, 정말 많이 사랑해 줄게요."

태어나자마자 버려져 혈혈단신 험하게 살았던 인생이 그의 행동에 정당성을 부여하지는 못하겠지만.

다음 생에는 그러지 말아요.

내가 아주 많이 사랑해 줄 테니까요.

금이야, 옥이야. 불면 날아갈까, 쥐면 부서질까 아낌없이 듬뿍 사랑을 받고, 사랑을 알고, 사랑을 베풀 수 있는 그런 아이로 키울 거예요.

누구에게도 상처 주지 않을 밝은 사람으로.

"그리고, 또 그다음 생에서 내가 다시 아빠 딸로 태어날게요. 그때는, 그때는 아빠도 나 좀 예뻐해 주세요."

그렇게 갚아 나가기로 해요. 우리 상처는. 이번 생에서 내가 끝내 당신을 용서하지 못한다고 해도 이해해 주세요.

아빠의 무릎에 솔은 뺨을 기댔다. 한 방울 눈물이 담요 위로 흘러 검은 얼룩으로 번졌다.

"그럼 너무 개족보가 되긴 하겠지만, 어쨌든요."

새엄마의 말처럼, 아프고 병든 아빠만이 날 밀어내지 않네요. 그래도 이 기억으로 아빠를 추억할 수 있도록 나, 노력할 거예요.

"어쨌든 꼭 그렇게 해요, 우리……."

그때 고장 난 아버지의 손이 하염없이 떨리며 힘들게, 힘들게 위로 올라갔다.

솔은 고개를 들어 아버지를 보았다. 눈물이 시야를 흐릿하게 막았다. 아버지가 애써 올리려 하는 손이 하늘을 향한 것인지 자신을 향한 것인지도 분명하지 않았다.

그래도, 초점이 흐려진 아버지의 눈은 솔의 젖은 눈에 닿아 있는 것만 같았다. 그렇게 믿고 싶었다. 움직이기도 힘들어하는 손이 향하는 곳은 자신일 거라고 그렇게 생각하기로 했다. 그녀는 작게 미소 지었다.

그 옛날, 잠든 그녀의 머리를 쓰다듬던 그때처럼, 아버지를 마음껏 미워하지도 못하게 한 그 한 번의 기억처럼 그녀에게 다가오고 싶어하는 거라고 믿기로 했다.

솔은 아버지의 손을 잡아 자신의 머리 위로 조심스럽게 올렸다. 포개진 손은 따뜻했다.

아버지는 무슨 말을 하고 싶은지 입을 달싹였지만, 쉭쉭 알아듣기 힘든 쇳소리만 나왔다.

미안하다고……. 말해 주는 거라고 멋대로 생각했다. 착각이어도 괜찮았다. 간절히 듣고 싶은 마음이 만들어 낸 환청이라 해도 좋았다. 그렇게 느껴야만 자신이 살아갈 수 있음을 알았다.

이건 그녀의 선택이었다. 박솔이란 인간에게 미워한다는 것은 사랑하는 것보다 백 배, 천 배는 힘든 일일 테니까.

더는 자신을 학대하지 않기 위해, 아버지를 끊임없이 원망하고 경멸하는 마음으로 힘들게 살도록 자신을 내버려 두지 않기 위해. 그녀는 아버지를 용서하기 위해 노력하기로 했다.

"아빠를 용서하게 되는 날……. 다시 보러 올게요."

"……."

"따라 하세요."

아버지의 손과 겹친 자신의 손을 움직여 솔은 자신의 머리를 쓰다듬게 했다. 몇 번이고 천천히 쓰다듬게 하며 그녀는 미소 지었다.

당신에게 한 번쯤은 듣고 싶었던 말, 들어야만 했던 말, 끝내는 듣지 못할 말.

찬에게만 해 주던 그 말이 가슴 저미게 부러워서, 그저 부럽기만
해서 거울 앞에 서서 스스로에게 되풀이해 주던 말.

"……예쁘다, 우리 딸."

사랑을 배우지 못한 아이를 가르치듯 솔은 천천히 되풀이했다.

"예쁘다, 우리 솔이."

28.

새벽 3시.

주혁이 소리 나지 않게 문을 닫고 들어와 침대 옆에 앉았다.

솔이 슬그머니 눈을 맞추자 그는 옅은 미소를 보내왔다.

"안 잤어?"

"……요즘 뭐 하는데 매일 이 시간에 들어와?"

부스럭대며 일어나려는 솔의 어깨를 잡아 다시 눕히고는 주혁은 가만히 웃었다.

"바빠서."

거짓말. 또 요양원에 다녀왔을 거면서.

그는 찬보다 더 자주 요양원에 가고 있었다. 한마디 안 하는 그가 고마우면서도 심술이 생겨 솔은 툴툴거렸다.

"피곤할 텐데 네 집에 가야지, 왜 매일 여기로 오는 거야."

"그게 싫으면 비밀번호를 바꾸든가."

언제부터인가 그는 비밀번호를 누르고 솔의 방으로 들어와 그녀가 자는 모습을 한참이나 보고 나가기를 반복하고 있었다. 마치 그녀가 눈앞에 있다는 걸 확인해야만 안심이 되는 것처럼 말이다.

매번 자는 척하는 것도 지치고 힘들어 솔은 오늘을 기다리고 있었다.

"음, 오늘은 여기서 잘래?"

"……."

"여기서 자."

말하고 혼자 볼을 붉힌 솔은 슬쩍 몸을 움직여 그가 들어올 자리를 만들었다. 묘한 표정이 된 그가 좀처럼 움직일 기미를 보이지 않자 툭툭 침대를 치며 재촉했다.

"안 덮쳐. 손만 잡고 잘게."

하!

주혁은 낮게 한숨을 뱉고는 그녀의 옆에 누웠다. 냉큼 그의 팔을 끌어다 머리를 얹고는 솔은 만족스럽게 웃었다.

누굴 죽이려고 작정했군.

요즘 그는 몹시 심기가 불편했다. 매일매일 욕구불만으로 잠을 자기도 힘들었다.

침대 하나 겨우 들어가는 좁은 원룸은 숨만 죽여도 옆방 그녀의 인기척이 느껴질 정도로 방음도 되지 않았다.

저 벽만 허물면 바로 그녀가 자는 방인데도 감히 침범할 수 없는 자신의 처지가 서럽기까지 했다.

안 덮친다니.

20대의 팔팔한 남자를 새로운 세계에 눈뜨게 해 주고서는 책임감 없이 내팽개치고 그녀는 뭐가 편한지, 잠도 잘 자고 먹기도 잘 먹고 전에 없이 밝아져 있었다.

원래도 밝았지만, 더 심하게 밝아졌다.

여자란 이런 건가. 생각이 안 나? 하고 싶지 않나? 이 여자는 편하게 잊어버렸나.

이렇게 꼼지락대면 남자가 어떻게 될지 뻔히 알 텐데.

손만 잡고 자다니. 손만 안 잡고 다른 데 다 잡고 만져도 부족할 판에.

솔은 팔자 편한 얼굴로 종알거리기 시작했다.

"요즘 송 대리님이 우리 사무실에 매일 놀러 온다. 자리 하나 만들어 달라고 졸라 대고 있어. 회사에서 문제 있는 건 아니지?"

그것도 다른 남자 얘기를.

"잘 지내고 있어. 머리 좋은 사람이야. 얼마 전에 회계팀으로 옮겼어. 업무도 빠르게 파악하고 능력 있어. 그 팀에서는 벌써 에이스야. 이제 아무도 낙하산이니 뭐니 수군거리지 못할 만큼."

사실이었다. 주혁도 놀랄 만큼 송 대리는 숫자에 탁월한 재능을 보였다. 왜 저런 능력으로 적성에도 안 맞는 영업을 했는지 의아할 정도로 재무적 능력이 뛰어났다.

물론 송 대리가 적응을 잘 못 한다 해도 솔의 사무실로 보낼 생각은 없었다.

연봉 협상을 다시 하더라도 송 대리만은 꼭 붙들고 있을 생각이었다. 처음 만날 때부터 솔을 보던 송 대리의 붉은 뺨은 여전히 마음에 들지 않았으니까.

"근데 왜 그러는 거지? 무슨 고민이 있는 건 분명한데 말을 안 해."

어쩌라고.

"내가 눈치가 좀 빠르잖아."

웃기고 있네.

그랬다면 벌써 내 상태부터 눈치챘겠지.

자꾸만 파고드는 그녀 때문에 주혁은 화가 날 지경이었다.

"외롭나 봐. 그래서 내가 나서 보려고. 거래하는 인쇄소에서 일하는 이 주임이라고, 송 대리님하고 동갑인 정말 괜찮은 여자가 있는데 소개해 줘야겠어."

엠마가 가만있지 않을 텐데, 라고 주혁은 생각했다. 솔이 말한 송 대리의 고민이 뭔지 그는 알고 있었다. 언제부터인가 송 대리에 대해 유난히 굴던 엠마가 요즘은 대놓고 그를 쫓아다니다시피 하고 있었다.

애초에 감정을 숨기지 못하는 여자라, 이미 회사에도 소문이 파다했다.

송 대리는 난처해했고, 엠마는 엠마 나름대로 속이 상한지 매일 주혁에게 하소연하고 있었다.

— 내가 나이도 어리고, 지보다 잘나가고, 키도 커서 싫대. 어쩌라고! 엉? 망하고 늙고 키도 작아져야 하는 거야? 뭔 남자가 저렇게 자격지심으로 똘똘 뭉친 거야!

엠마는 더 이상 주혁을 느끼한 발음으로 제임스라고 부르지 않았다. 그녀에게 제임스는 환상 속의 인물로 남겨두고 친구 주혁만 남았다고 하면서.

"엠마가 송 대리한테 관심이 있는 거 같던데."

주혁은 슬쩍 일러 주기로 했다.

누가 되었든 송 대리란 인물을 솔에게서 떨어뜨리기만 한다면 그는 좋았다. 기왕이면 그 여자가 엠마였음 했지만.

"그건 절대 아니거든. 내가 잘 알아."

솔은 인상을 찌푸렸다.

"그리고, 엠마, 걔 이상해."

솔은 본격적으로 엠마의 흉을 보기 시작했다.

"왜 그렇게 히스테리 해? 누가 부르지도 않았는데 매일 찾아와서는 괜히 신경질만 낸다니까."

"엠마가?"

"송 대리님한테 소개팅해 준다고 할 때 엠마도 있었거든. 그날 내가 엠마 때문에 송 대리님하고 김 사장님한테 얼마나 민망했는데! 날 잡아먹을 듯이 노려보면서 언니나 잘하래. 내가 사람이 좋아서 참았지, 내 동생이면 머리채 잡았어."

미치겠다. 진짜.

오늘따라 왜 이리 숨을 크게 내쉬는 거야.

주혁은 눈을 감고는 종알거리는 솔의 목소리를 듣지 않으려 숫자를 세기 시작했다.

몇 달 만에 단둘이 누워 이딴 소리나 하는 이 여자가 얄밉지만, 참고 기다리기로 했으니 방법이 없었다.

밖에서 만날 때는 곧잘 팔짱도 끼고 마음을 연 것처럼 보이면서도 정작 해 줘야 할 말을 안 하고 있었다. 기다리는 걸 뻔히 알면서. 내가 왜 그랬을까. 왜 기다린다고 했을까.

그는 험상궂게 말했다.

"그만 떠들고 자요. 다른 방법으로 입 막기 전에."

"뭐? 어떻게 그렇게 야한 소리를……."

순식간에 그녀의 얼굴이 빨개졌다.

이런 식으로 말해서 그녀에게 부담을 주고 싶지 않았지만, 달콤한 숨결을 목에 계속 쏟아붓는 그녀의 입을 막으려면 어쩔 수가 없었다.

"자라고."

그는 아예 손을 들어 그녀의 입을 막았다. 이렇게라도 입을 막으니 그제야 안심이 되었다. 비록 손바닥에 느껴지는 보드라운 입술 때문에 또다시 괴로워졌지만.

애 뭐야.

솔은 주혁이 보이지 않도록 인상을 팍 썼다.

여자가 침대에 초대했으면 다 그렇고 그런 뜻 아닌가?

게다가 이렇게 바짝 몸을 붙이고 하아하아 숨을 불어 넣고 있는데도 어떻게 말짱할 수가 있는 거지?

그나저나 더 떠들어야 하는데.

그래야 다른 방법으로 입을 막아 준다고 했으니.

주혁의 손에 막혀 말도 못 하게 된 솔은 눈을 깜빡이다가 그의 손을 콱 깨물었다.

"아야!"

황당한 얼굴로 바라보는 그에게 톡 쏘아붙였다.

"네 집으로 가!"

"여기서 자라며."

"불편해졌어. 가!"

"싫은데."

주혁은 아예 솔을 꽁꽁 감아 안았다.

침대에 불러들여 가까이 붙어 있는 것이 좋은 방법 같았는데 그렇지도 않은 모양이었다. 불붙으라는 주혁은 멀쩡한데 솔은 온몸이 간질거리기만 했다.

"아무 짓 안 하고 잠만 잘게. 걱정하지 마. 이제 약속 잘 지키기로 했잖아. 나 믿지?"

믿고 싶지 않아. 아무 짓이나 해 봐라. 제발.

"주혁아, 있잖아."

결국, 솔은 정면돌파를 결심했다.

"나…… 엄청 잘해."

생각대로 주혁의 눈은 번쩍 떠졌고 반대로 솔은 질끈 눈을 감았다. 온몸이 벌게졌다.

용기를 내어 눈을 떠 보니 주혁은 믿을 수 없다는 눈으로 자신을 바라보고 있었다. 한층 더 진지하게 솔은 속삭였다.

"엄청 잘해."

"……."

"연습한 건 아니야. 그냥…… 뭐랄까. 자신감이 생겨서."

"뭐라고?"

순진하게 눈을 깜박이는 솔의 몸이 순식간에 뒤집혔다. 번개처럼 그녀의 위에 자리 잡은 주혁이 험하게 물었다.

"다시 말해 봐."

솔은 당황했다. 용기를 끌어모아 간신히 입 밖으로 내뱉은 말을 더 이상 반복하기는 불가능했다.

당연히 크게 웃고, 거절할 때 거절하더라도 이렇게 정색할 줄 몰랐다.

주혁은 무서운 얼굴이 되어 솔을 다그쳤다.

"정확하게 말해. 나 또 혼자 앞서가는 미친놈 만들지 말고. 뭘 잘해?"

"……키스?"

일단 그것부터.

솔은 바짝 다가온 주혁의 얼굴을 외면하며 중얼거렸다. 점점 그녀의 얼굴이 빨개지는데도 주혁은 말이 없었다. 치켜 올라간 뜨거운 눈동자가 흐트러짐 없이 그녀를 향했다. 그 눈빛에서 욕망을 읽어낸 솔은 부끄럽게 웃었다.

"해 볼래……."

그 순간이었다. 순간 입술이 빈틈없이 맞물렸다.

주혁은 양손으로 솔의 머리를 단단히 잡고 깊숙이 들어왔다. 그동안의 기다림을 보상받으려는 것처럼 그는 단번에 그녀를 사로잡았다.

"으읍……."

솔이 신음을 흘리자, 주혁은 간신히 그녀에게서 입술을 떼어 냈다. 좁은 원룸 안에 열기가 훅 차올랐다.

"……어때?"

솔은 그의 가슴에 얼굴을 묻고는 가쁜 숨을 뱉으며 물어보았다. 나직한 웃음이 그의 단단한 가슴에서 울리는 것만 같았다.

"네가 이러면……."

주혁은 그녀의 양손을 머리 위로 올리며 단단히 잡았다. 마주친 두 쌍의 눈이 같은 마음으로 웃었다.

"다른 짓도 하고 싶잖아."

하라고, 제발.

델 정도로 뜨거운 숨이 솔의 온 얼굴로 내려앉았다. 그녀는 간신히 입을 열었다.

"해도 돼……."

눈꺼풀에, 콧등에, 달아오른 뺨에, 붉어진 귓불에 그의 입술이 숨막히게 돌아다녔다. 진심인지 알아내겠다는 듯 집요하게 그녀의 눈을 바라보았다.

"무르기 없기다."

이윽고 다시 그녀의 입술과 맞물린 그의 입술을 머금은 솔은 더는 아무 생각도 하지 못했다.

가져도 가져도 간절한 그를 그녀는 꽉 껴안고 익숙한 그의 향기를 깊게 들이마셨다. 벌어진 입술 사이로 혀가 뜨겁게 들어왔다. 그는 마치 사막 끝을 헤매는 사람처럼 솔의 입안을 빨아 목을 축이고 통통하고 연약한 점막을 게걸스럽게 빨았다. 질척한 소리가 조용한 방 안을 울렸다.

혀끝을 빨면서도 주혁은 티셔츠 안으로 한 손을 집어넣었다. 손 안에 들어차는 익숙한 무게감에 그는 저도 모르게 숨을 삼켰고 솔 역시 신음을 흘렸다.

"으읏."

다른 손으로 그녀의 머리를 잡고 작은 혀를 말아 빨아들이자 솔은 헐떡였다. 묵직하게 손안에 움켜쥔 젖가슴을 꾹꾹 주무르다가 딱딱하게 올라오는 유두를 손가락 사이에 넣고 비틀 듯 쥐어짰다. 하읏. 그녀의 신음이 그의 입안 가득 퍼졌다. 달콤한 숨결이 아찔하게 목 안으로 넘어가고 물린 입술 사이로 타액이 실선처럼 흘렀다.

"하아읏, 아…… 주혁……아."

주혁은 허겁지겁 그녀의 티셔츠를 벗겨 던졌다. 성급한 마음에 후크를 풀 생각도 못하고 브래지어를 위로 올린 그는 그대로 그녀의 젖가슴을 물었다.

"아아윽. 아응……."

411

달콤한 이 맛이 그리웠다. 탐스러운 가슴은 아름다웠다. 뾰족한 젖꼭지가 그의 입안 점막을 긁어내듯 딱딱해졌다. 기억은 가짜라는 것을 주혁은 깨달았다. 그녀는 언제나 새롭고 놀랍고 아찔해서 기억보다 좋았다. 생전 처음 맛보는 달콤한 맛에 그는 그녀의 구석구석을 모두 씹어 먹어 버리고 싶을 정도였다.

"아아……흑."

입속에 빨려 들어간 몽우리를 질척하게 빨아당겼다. 그러고도 모자라 그는 양손으로 젖가슴 두 개를 모아 잡았다. 아앗! 그녀의 예쁜 신음이 이성을 앗아 간다. 통통하고 예쁜 유두를 한꺼번에 입안에 넣고 게걸스럽게 빨아 댔지만 갈급함이 멈추지 않았다.

"아윽……. 주, 주혁아."

"너도…… 너도 바란 거지, 응?"

그는 정신을 놓아 버린 것처럼 입안에서 굴려지는 양쪽 젖꼭지를 씹어 빨면서 웅얼거렸다.

"너도 내가 이렇게 빨아 주길 바랐지, 응?"

솔은 울음 같은 교성으로 답했다. 그의 머리를 움켜쥔 작은 손이 파르르 경련했다. 욕정에 헐떡이는 것은 그뿐이 아니라는 것이 이토록 가슴 벅찰 수가 없었다.

"너도 날 원한 거지, 그렇지……."

주혁은 벌떡 몸을 세워 바지 지퍼를 내리고 버클을 풀어 던졌다. 느슨해진 허리춤으로 솔의 손목을 끌고 와 브리프 안으로 집어넣었다. 깜짝 놀란 솔이 허리를 세우려 하자 한 손으로 누르며 그는 애원하듯 말했다.

"만져 줘."

망설이던 작은 손이 움찔움찔 그의 것을 잡았다. 고작 귀두 끝에 부드러운 손끝이 닿았을 뿐인데도 주혁은 거센 사정감을 느끼며 고개를 젖혔다. 하아아아…… 억눌린 신음이 그의 목울대를 울리자 솔은 좀 더 용기를 내어 양손으로 페니스를 움켜잡았다. 서투르게 위아래로 움직였다. 페니스는 스스로 부피를 키우고 뭉툭한 귀두 끝으로 진득한 점액을 흘렸다. 그녀의 손바닥에 묻어 나온 물기가 그녀의 뺨을 발갛게 물들였다. 그럼에도 그녀는 멈추지 않았다. 열심히, 그리고 정성을 다해 페니스를 쓸어내렸다.

"으읍……."

급한 사정감에 주혁은 다급히 그녀의 손에서 페니스를 빼냈다. 그가 스스로 잡고 몇 번 추어올리자 그것은 또다시 몸집을 키웠다. 커다래진 눈으로 그것을 바라보던 솔의 몸에 잽싸게 올라탄 그가 상체를 숙여 가슴과 그녀의 젖가슴을 맞추고 도톰한 입술을 단번에 집어삼켰다. 언제인지 모르게 팬티도 벗겨지고 둘은 실오라기 하나 걸치지 않은 알몸이었다.

"하응, 하……."

"왜……너에게만. 너만."

그는 알 수 없는 신음을 흘렸다. 몸을 세우고는 그녀의 다리를 사정없이 잡아 벌렸다. 성급하다는 것을 인지할 수도 없었다. 그는 너무도 간절히 이 시간을 기다렸고 그녀의 손바닥맛을 본 페니스는 본능적으로 제집을 찾듯 그녀의 다리 사이를 조준하고 있었다.

"자, 잠깐만."

본능적으로 솔은 다리를 오므리려 했다. 그런 그녀의 허리가 사정없이 끌어당겨졌다. 양 허벅지가 그의 어깨 위로 올라갔다.

"보고 싶었어. 미치도록."

욕망으로 갈라진 음성이 위험하게 흘렀다. 숨을 색색 내쉬던 솔이 간신히 그를 바라보았다. 그가 홀린 듯이 자신의 눈앞에서 벌어진 솔의 다리 사이를 보고 있었다. 처음도 아닌데 솔은 부끄러웠다. 갑작스러운 수치심이 몸을 휘감았다. 반사적으로 허벅지에 힘을 주었지만, 그는 아랑곳하지 않았다.

"보, 보지 마."

"가만히 있어 봐. 응? 잠시만……."

그의 손가락이 까끌거리는 음모를 헤치고 통통한 둔덕을 파고들었다. 보드라운 음순을 갈라 벌리고 부끄럽게 솟아 있는 돌기를 찾아 손끝으로 어루만졌다. 그녀가 경련하듯 허리를 들썩이자 움찔거리는 질구가 시야에 가득 찼다.

"내가 얼마나…… 너 때문에 미칠 뻔했는지."

중얼거리는 음성이 섬뜩했다. 이상한 열기로 번득이는 그의 눈은 오직 그곳에 향해 있었다. 시선만으로도 진득한 애액이 다리 사이에 흐르는 것을 느꼈다. 솔은 그만 눈을 감았다. 여전히 부끄럽고, 여전히 버겁고, 여전히 무서웠지만, 아랫배가 꿀렁거릴 정도로 달아오른 몸은 그를 원하고 있었다. 지분거리는 손가락이 애가 탔다. 자신도 모르게 허리를 흔들며 그녀는 그를 재촉하고 있었다.

"빨……빨리."

"넌 언제나 예민했지."

그의 입가가 위험하게 올라갔다. 낮게 깔린 눈동자는 벌게질 만큼 달아올라 있었다. 들어올 듯 말 듯 주변을 맴도는 손가락이 애가 타 숨을 들이켰을 때. 손가락 대신 그의 입술이 와락 그곳에 처박혔다.

"아앗……으……."

솔은 헐떡였다. 매끈한 콧날이 파고들며 뜨거운 입술이 음순을 빨았다. 게걸스럽도록 쪽쪽 소리를 내며 길게 늘인 살점을 그가 뽑아내듯 빨아 댔다.

"아흥! 응응!"

솔은 몸서리를 쳤다. 온몸이 움찔거려 참을 수가 없었다. 양손으로 다리 사이를 확 벌린 그가 혀끝을 말아 구멍 안으로 밀어 넣었다. 아니, 어쩌면 솔이 그것을 빨아들인 것일지도 몰랐다. 부드러운 내벽에 혓바닥이 치대며 있는 힘껏 들어갔다가 빠져나오길 반복했다.

"하하아……주, 주혁아…….."

솔은 교성을 내지르며 허리를 비틀었다. 그의 어깨에 손톱을 깊이 박았다. 뜨거운 혀가 그곳에 들어가 헤집고 나오며 흘러나온 애액을 흡입하듯 샅샅이 핥아 대는 느낌을 참을 수가 없어서 그녀는 고개를 미친 듯이 저었다.

"하응……으응…….."

음란한 소리가 방 안을 채우고 있었다. 추릅 추릅 그가 끊임없이 흡입하고 살점을 씹어먹을 듯 입안에서 짓이겨지는 소리였다. 힘없이 그의 어깨 너머에서 달랑거리는 다리 끝 발가락마저 마디마디 떨려 왔다. 허벅지가 움찔거리고 진동을 했다. 그의 입안으로 들어갔다 나오는 제 살점은 고통과 쾌락을 동시에 선사했다. 이윽고 고개를 든 그는 솔 못지않게 거센 숨을 몰아쉬었다.

"아으…… 으…….."

제 밑에서 엉망이 된 얼굴로 고개를 마구 젓는 그녀를 보며 그는 한계를 느꼈다.

"넣어 달라고 해."

그는 으르렁거리듯 낮게 말하며 그녀의 두 다리 사이로 자리를 잡았다. 질구를 앞에 둔 페니스가 까닥이며 뭉툭한 귀두 끝에서 방울방울 선액이 떨어졌다.

"박아 달라고 해!"

그는 다시 한번 재촉했다. 그녀의 그 말이 못 견디게 듣고 싶었다. 울음이 범벅이 된 얼굴로 솔은 더듬었다.

"너, 넣어 줘. 제발."

그 순간 쑤욱, 귀두 끝이 빨려 들어갔다. 동시에 안쪽 내벽이 스스로 수축하면 그의 것을 끊어낼 듯 조여 왔다. 으윽. 주혁은 신음을 간신히 입안으로 삼켰다. 이미 녹진해지고 애액으로 충분히 미끈거리는 구멍 안은 기억보다 좁고 쫀득해서 뇌까지 흔들리는 느낌이었다. 이를 악물고 그는 천천히 페니스를 밀어 넣기 시작했다. 꾸덕꾸덕 내벽을 치대며 힘겹게 전진하는 그것에 맞춰 솔은 비명 같은 신음을 질러 댔다.

"하아…… 아흑."

솔은 턱 막혀 오는 숨을 느끼며 두 눈을 힘껏 감았다. 거대한 이물감이 몸을 가르고 들어오는 느낌에 어찌할 줄을 몰랐다. 야릇한 흥분감과 기대하던 쾌감이 동시에 정신을 마비시켰다.

"하아아, 주, 주혁아, 주혁아."

그저 주혁의 이름만 정신없이 불렀다. 저절로 아래에 힘이 들어갔다. 주혁은 고통스러운 듯 얼굴을 일그러뜨렸다.

"좋아……."

마침내 자궁 끝까지 닿을 것처럼 꽉 들어찬 페니스를 음미하며 주혁 또한 눈을 감았다. 그의 눈가가 거친 쾌락으로 파드득 경련했다. 그는 허리를 굽히고 솔에게 키스했다. 달래듯이 머리를 쓰다듬고 땀에 젖은 온 얼굴에 키스를 퍼부으며 속삭였다.

"아파?"

"아니, 아니."

솔은 세차게 도리질했다. 그것이 못 견디게 예뻐서 주혁은 참을 수가 없었다. 그는 허리를 털며 반쯤 뺀 페니스를 강하게 쑤셔 박았다.

"아윽. 윽."

몸을 세운 그는 거칠게 허리짓을 하기 시작했다.

너무나 참았다. 그래서 그는 도무지 부드럽게 할 수가 없었다. 퍽퍽 강한 추삽질에 어지럽게 흔들리는 그녀의 알몸이 몸서리치도록 그리웠다.

"미치겠다. 박솔, 너 때문에 내가 언젠간 돌 거야."

그는 끊임없이 중얼거리면서도 이를 악물었다. 쑤셔지고 사납게 박히면서도 솔은 교성을 질렀다.

"솔아…… 솔아……."

그는 솔의 이름을 애타게 부른다는 것도 인지하지 못했다. 난폭하게 치대는 아랫도리가 주는 쾌감에 척추까지 진동했다.

"눈 떠."

눈을 감은 솔의 얼굴을 거칠게 감싸며 그는 으르렁거렸다. 그러면서도 거친 추삽질을 멈추지 않았다. 그가 거친 신음을 흘리며 다그쳤다.

"날 봐, 박솔!"

열에 들뜬 눈동자가 마주했을 때 그는 거칠게 입을 맞췄다. 속도가 맹렬해졌다. 머리를 따라잡지 못할 만큼 그들은 절정을 향해 맞물린 몸을 흔들고 내리꽂고 삼켰다.

"사랑해. 사랑해."

신음과도 같은 고백을 터트리며 그는 다급히 페니스를 빼냈다. 잘게 경련하며 고개를 젖힌 그녀의 아랫배에 하얀 점액질이 울컥울컥 쏟아지더니 하얀 젖가슴까지 튀어 갔다.

"하아아……."

솔은 눈을 감고 파르르 떨었다. 경련하듯 움찔거리는 허벅지가 자잘한 파동을 일으켰다.

"솔아……."

주혁은 와락 그녀의 젖은 몸을 끌어안았다. 똑같은 떨림으로 기다려 왔던 절정으로 잘게 몸을 떨며 끊임없이 그녀의 몸을 쓸어 안았다.

"사랑해."

솔은 대답 대신 뜨거운 숨을 그의 가슴으로 쏟아 내고 있었다.

✳

어렴풋이 새벽이 오고 있었다.

침대에 누워 서로의 몸을 끌어안은 솔과 주혁은 눈이 마주칠 때마다 입을 맞췄다. 얼굴만 봐도 미소가 피어나고 심장은 간질거렸다. 각자의 얼굴에서 눈을 떼는 것조차 힘든 시간이었다. 하지만 이제는 일어날 시간. 조심스럽게 솔이 몸을 빼려 하자 그는 숨쉬기 어려울 만큼 강하게 그녀를 다시 안았다.

"씻어야지."

그녀가 웃자 동그란 어깨가 들썩였다. 그게 또 예뻐서 주혁은 어깨에 입을 맞추며 지분거렸다.

"조금만 더. 응? 조금만 이러고 있자."

잠시 저항하려던 솔이 금세 주혁의 품으로 파고들었다.

"나 궁금한 거 있는데."

앙큼하게도 그의 벗은 가슴을 잘근잘근 물며 그녀가 웅얼거렸다.

"별로 늘지 않았던데. 연습 많이 해야 할 거야."

주혁은 장난스럽게 대꾸했다. 그녀의 웃음에 묻어 온 숨결이 그의 가슴에서 살랑거렸다. 가슴을 조물딱거리는 손길에 페니스도 불끈한 지 오래다. 그것이 솔의 아랫배를 꾹꾹 찌르고 있으니 당연히 눈치챘을 텐데도 솔은 얼굴만 붉히고는 기어이 말을 이었다.

"그거 말고."

"뭐가 궁금한데?"

이미 대답할 정신이 아니었음에도 주혁은 성실히 답했다.

"너의 부모님은 어떤 분들이셔?"

이 여자가 진짜.

주혁은 뜬금없는 솔의 물음에 인상을 구겼다. 낯 뜨거운 시간을 보내는 중에 부모님 얘기를 꺼내는 그녀의 무신경함에 기가 찼다. 하지만 그는 그녀의 의도를 진지하게 생각해 보려 애썼다.

"너에게 잘해 줬어? 어린 시절은 어땠어? 넌 행복했어?"

연달아 질문을 던지며 그녀는 눈까지 반짝이고 있었다.

"너의 부모님은 좋은 분들이셔?"

주혁은 그녀를 보았다. 궁금해서 참을 수 없다는 눈빛을 한 솔을 보자 가슴이 따스해지면서도 먹먹하기도 했다. 왠지 그는 그녀를 이해할 수 있을 것도 같았다.

"언제나 날 믿어 주고 아낌없이 사랑해 주신 분들."

너의 부모님과는 달리.

주혁은 그것이 미안하기만 했는데도 그의 대답에 솔은 환하게 웃었다. 다행이다. 작게 속삭이고는 갑자기 입맞춤을 퍼부었다. 눈, 코, 입. 주혁의 얼굴 전체에 사랑스러운 키스가 쏟아졌다.

"너무 좋아."

"……왜?"

주혁은 그녀의 뺨을 감싸고 가만히 물었다. 그녀는 말없이 웃기만 했다.

네가 사랑받고 컸다는 게 기뻐서.

솔은 마음속으로 속삭였다. 그가 행복한 어린 시절을 보냈다는 것이 가슴 벅차게 좋았다. 자신이 겪은 일들을 그가 겪지 않아 다행이라고. 그가 아닌 자신에게 그런 일이 있었던 게 오히려 다행이란 생각이 들 정도였다.

"좋은 분들이야. 다음에 같이 만나러 가자."

주혁은 그녀를 안으며 귓가에 속삭였다. 뜨거운 숨결은 목덜미를 맴돌다 어느새 가슴골 사이로 파고들었다.

하아…….

솔은 신음을 토해 냈다. 숱 많고 매끄러운 머리카락 속으로 손가락을 밀어 넣으며 그의 머리를 가슴에 바짝 끌어당겼다.

그의 향기, 그의 숨결. 부드럽지만 격정적으로 자신을 탐하는 주혁이 너무도 좋았다.

내가 얼마나 이런 날을 꿈꿨는지. 지독하게 사랑하고 사랑받고 싶었는지. 그것이 너여서, 너이기 때문에 얼마나 행복한지 그가 모를까 봐 겁이 났다.

"내가 널…… 많이 사랑하나 봐."

눈을 감은 그녀에게서 살랑이는 바람 같은 고백이 흘렀다.

주혁은 아주 잠깐 움직임을 멈췄다. 천천히 고개를 든 그는 솔에게 시선을 맞췄다. 검게 가라앉은 눈동자에 알 수 없는 무언가가 난폭하게 일렁이다 자취를 감춘 듯도 싶었지만 곧이어 뜨겁게 이어진 키스로 솔은 아무 생각도 할 수 없었다.

"사랑해."

어쩐지 목이 멘 듯한 그의 대답이 들린 것 같기도 했다.

✳

6개월 후.

이럴 수가. 솔이 조금은 분한 듯이 중얼거렸다. 예기치 못한 결혼식이 있는 오늘은 질투가 날 만큼 날도 좋았다.

"엠마가 나보다 먼저 시집을 가다니⋯⋯."

그녀는 또다시 속삭였다.

게다가 신랑이 송 대리라니. 나만 빼고 모두 다 둘의 사이를 알고 있었다니!

옆에 있던 주혁이 가만히 손을 잡아 주었다. 미소를 짓는 그에게 솔은 하소연했다.

"엠마가 나에게 이럴 수는 없어!"

다른 사람도 아닌 송 대리와 썸을 탔으면 귀띔이라도 해 줘야 하는 거 아닌가.

느닷없는 엠마의 임신에 넋이 나간 송 대리보다 자신이 더 충격을 받은 것도 같았다. 엠마가 속전속결로 몰아붙이는 결혼에 기가 찰 뿐이었다.

하지만 그녀는 감탄이 나올 만큼 아름다운 신부였다. 성대하리만치 화려한 호텔 예식장과 너무도 잘 어울리는 화려하고도 세련된 신부 의상의 엠마는 웃음을 감추지도 못했다.

격식에 얽매이지 않은 엠마의 성격상 단출한 결혼식을 예상했던 솔이었지만 고풍스럽고도 화려한 이곳에 엠마가 잘 어울린다는 것을 인정했다.

엠파이어 스타일의 미니 드레스를 입은 그녀의 배는 사랑스럽게 솟아 있었다. 굳이 저렇게까지 드러낼 필요가 있을까 싶을 정도로 임신한 배를 빼기며 입장하는 엠마를 보며 솔은 열렬하게 박수를 보냈다.

배 속의 아기가 얼마나 좋으면……. 얼마나 사랑스러우면, 얼마나 자랑하고 싶고 기쁘면 저런 표정이 나올 수 있을까.

높은 구두를 신지 않았음에도 엠마보다 한참 작은 송 대리를 보는 엠마의 눈은 아름답게 반짝였다.

조금은 부럽기도 하고 조금은 배신감이 느껴져 못마땅하기도 했지만 이상하리만치 묘하게 잘 어울리는 커플이었다.

뭉클함에 저도 모르게 눈물이 글썽였다. 솔은 엠마 옆에 서서 끌려가는 송아지같이 잔뜩 긴장한 송 대리를 보며 괜히 콧물을 들이마셨다. 오빠처럼 다정했던 그의 결혼식을 보는 기분은 묘하기만 했다.

울면 안 돼. 화장 지워진다. 절대 안 되지.

손부채질로 눈물을 말리던 그녀는 옆에 있던 김 부장을 보았다. 그는 연신 눈을 꼭꼭 찍어 누르고 있었다.

"거참……. 울지 마세요. 남들 오해하잖아요."

속삭이며 핀잔을 줬지만, 김 부장, 아니 김 사장님은 계속해서 훌쩍였다. 그 마음을 이해 못 하는 것도 아니기에 솔은 슬그머니 손을 뻗어 김 사장의 손을 잡아 주었다.

별꼴을 다 보겠다며 진저리를 치는 김 사장의 반응에 얼른 놓아 버리긴 했지만.

그들도 지금쯤 저 길을 걷고 있겠지.

주례의 앞에 선 엠마와 송 대리의 뒷모습을 보며 솔은 민지와 진수를 떠올렸다.

오늘은 민지와 진수의 결혼식이기도 했다. 민지는 보란 듯이 솔에게 초대장을 보냈다. 못 갈 것도 없었지만 자신이 등장하면 여러 가지로 부담스러운 시선들이 따라붙을 거고 민지는 또다시 주인공의 자리를 놓쳤다며 분노할지도 모른다.

기어이 자신에게도 청첩장을 보낸 민지의 **뻔뻔함**에는 솔도 두 손을 들었다. 결국, 솔은 메시지 하나를 보내면서 간절히 민지와의 인연이 이것으로 끝이기를 바랐다.

[못된 계집애. 축하한다. 잘 살아라.]

그래도 사랑에 목숨 걸고 충실했던 민지였다. 그 점만은 솔도 민지를 인정하기로 했다.

친부와 큰아버지의 차명계좌와 비밀 장부를 제출하고 진수가 집행유예로 풀려나게 한 민지의 대가는 너무나 컸다. 집안에서 쫓겨난 것은 물론, 그녀가 보유하고 있던 재산마저 거의 압류되다시피 했다.

그러고서도 숨겨 둔 돈을 끌어모아 솔과 비슷한 작은 회사를 차리고서 민지는 끈질기게 솔과의 악연을 이어 나갔다.

솔과 경쟁업체로 나서서, 참여하고자 하는 회사의 프로젝트를 따려 할 때마다 딴죽을 걸기 일쑤였다.

하지만 그녀와 솔의 악연이 소문날 대로 소문이 났고, 그녀가 덮어씌었던 솔과 과련된 소문들도 그녀 집안의 소행임이 다 밝혀진 후였다. 물론 그것이 아니더라도, 실력에서 그녀는 번번이 솔에게 무릎을 꿇었다.

솔은 마지막으로 민지와의 만남에서 이어진 대화를 떠올렸다.

– 넌 왜 이렇게 나를 미워하니? 내가 이해가 안 돼서 그래. 내가
너에게 뭘 잘못했다고?

– 너는 존재 자체가 싫어! 진수를 먼저 만난 것도 싫어! 내가 이
렇게 된 것도 다 너 때문이야. 네 남자가 알렉스인지 뭔지를 스파이
로 심어 놓고 결국 우리 집안을 이따위로 만들었잖아! 다 싫어. 두
고 봐. 내가 너 잘되는 꼴은 죽어도 못 봐. 어떻게 해서든 너한테만
은 이길 테니까.

'네 남자'라는 소리 빼고는 다 개소리 같았다.

솔은 자신이 들고 다니던 포트폴리오를 그녀 앞에 내던지다시피
했다.

– 눈이 있으면 똑바로 봐. 네가 날 이기겠다고? 무슨 수로? 배경
다 사라진 네가 무슨 힘이 있어. 실력? 단 한 번이라도 네가 날 실
력으로 이긴 적이 있어? 네가 아무리 이를 악물어도 이 정도 작품을
뽑아낼 수 있어? 돈이 많아야 이 정도 실력을 갖춘 디자이너를 고용
하든 하지. 개뿔도 남지 않은 주제에.

– 뭐가 남지 않아! 나에겐 진수가 있어! 사랑하지도 않은 주제에
액세서리처럼 달고 다니던 진수를 너에게서 내가 구해 준 게 뭐가
나빠. 근데 왜 다들 나더러 못된 년이래? 착한 척하면서 온갖 남자
홀리고 다니고, 칭찬만 받고 예쁨만 받고, 결국엔 잘나가는 네가 제
일 악녀야. 알아?

솔은 기가 차서 더 이상 말은 못 했다.

하긴 그녀는 이미 민지에 대해 우월감을 가지고 있어서 대꾸할 가치가 없다고 여겼는지도 몰랐다. 아니, 어쩌면 민지에게서 자신의 모습을 보았기 때문인지도 모른다. 자격지심으로 뭉쳐서 그것을 이겨 내려 노력도 못 하고 괴로워하는 민지는 예전의 그녀의 모습과 닮아 있었다.

눈치는 채고 있었지만, 주혁이 자신을 위해 한 여러 가지 일들을 확인한 것도 나쁘지 않았기에 그녀는 너그러워지기로 했다.

― 그래, 내가 다 미안해. 존재해서 미안하다. 그러니 이제 나에게서 벗어나 잘 좀 살렴. 네 사랑 진수랑 잘 먹고 잘 살아. 그리고 우리, 더는 만나지 말자. 부탁이다.

민지는 독기로 뭉친 눈으로 한참이나 솔을 바라보다가 자리를 박차고 나갔다.

머리를 절레절레 흔드는 솔에게로 다시 뛰어 들어온 그녀는 마지막 말을 남기고는 다시 바람처럼 사라졌다.

― 내가, 진수를 빼앗은 건 죽어도 사과 안 해. 하지만……. 그래, 너한테 그런 소문 나게 한 건 그, 그건 사과할게. 변명하자면……. 그건 내 생각은 아니었어. 나도 아버지를 말려 보았지만, 그땐 방법이 없었어. 하지만 이건 알아 둬. 진수는 내 거야. 그것만큼은 내가 널 이긴 거야! 넌 내게 졌어!

그래, 네가 이겼다. 너 가져라. 마음껏 가져라.

그리고 나도 이것만은 진심이니 알아 둬라. 나만큼 간절하게 너와 진수가 잘 먹고 잘 살아서 마주치지 않게 되길 바라는 사람이 없다는 걸.

혜주 편에 넉넉한 부조금을 보냈으니, 내 결혼식에도 똑같은 금액을 보내지 않으면…… 욕을 해 주겠다.

결혼이라……. 생각에 잠긴 솔의 귀에 달콤한 목소리가 스며들었다.

"이런 화려한 예식이 좋아?"

주혁이었다. 어쩐지 조금 긴장한 그는 솔을 뚫어지게 보고 있었다.

"왜?"

"부러워하는 것처럼 보여서."

"글쎄…… 음, 내가 좋아하는 장소는……."

솔은 주혁의 귀에 대고 소곤거렸다. 무엇을 들었는지 주혁의 광대 부근에 홍조가 올라왔다.

귀여워라.

프러포즈도 안 한 주제에, 장소는 왜 물어본담. 뭐 나도 당장 결혼하고 싶은 건 아니지만.

솔은 진심으로 지금에 만족했다. 좋아하는 일을 하고, 그 일로 돈을 벌고, 사랑하는 사람에게 사랑받는 지금이 말이다. 서로에게 위안이 되는 그와의 관계가, 이런 연애가 그녀에게는 기적 같았다. 더 바라는 것은 욕심인 것만 같았다.

어깨를 으쓱이며 주위를 둘러보자 뒤편에 서서 친척들과 담소를 나누는 한빈이 보였다. 시선을 눈치챘는지 고개를 기울여 솔과 눈을 맞춘 그는 넉살 좋은 웃음을 빙그레 지었다. 살짝 고개를 숙이며 인사하는데 그가 손가락으로 주혁을 가리켰다. 흘깃 주혁을 보니 한빈을 눈치채지는 못한 거 같았다. 주혁을 가리키던 손가락을 곧장 자신의 머리 쪽에 가져와 빙빙 돌리는 한빈을 보며 솔은 고개를 갸우뚱거렸다.

미친놈이란 뜻?

그는 두어 번 빙빙 돌리던 손가락을 솔에게 돌려 목을 잡고 흔드는 시늉을 하더니, 다시 주혁을 가리킨 손가락으로 자신의 목을 긋는 시늉을 했다.

그 미친놈이 괴롭히면 죽여 주겠다. 뭐 그런 뜻 같았다. 여전히 밝은 남자였다. 저절로 입가에 미소가 번졌다. 솔은 잠깐 망설이다가 엄지와 검지를 붙여 동그라미를 만들고는 그에게 보냈다.

오케이!

진심으로 한빈 씨가 행복하길 바랐다. 좋은 남자니까. 자신이 그에게 얼마나 큰 의미가 있겠느냐마는 조금이라도 상처를 줬다면 깨끗이 잊어버리고, 좋은 사람 만나서 행복했으면 좋겠다고 생각했다.

지금의 나처럼.

솔은 살며시 주혁의 어깨에 고개를 기댔다. 응답하듯 커다란 손이 즉각 그녀의 허리를 감았다. 따뜻하고 믿음직해서 어쩐지 코끝이 시큰해졌다.

참…… 좋은 결혼식이었다.

떠들썩하게 떠나는 웨딩카에 손을 흔드는 솔의 곁으로 주혁이 다가왔다.

"다른 남자 쳐다보지 말랬지."

주혁은 자연스럽게 솔의 얼굴을 감싸 쥐고는 말했다. 입술은 웃고 있는데 눈매는 서늘했다.

"누굴 봤다고 그래?"

시치미를 뗐더니 코를 잡고 살짝 비튼다.

"무조건 하지 마."

"그럼 나는 다른 남자랑 눈도 맞추면 안 돼?"

"다른 놈은 돼도 강 검사는 안 돼."

역시나 한빈과 솔의 눈의 대화를 눈치챈 모양이다. 반사적으로 한빈이 서 있는 곳으로 시선을 돌렸다. 친척들로 보이는 사람들과 웃고 있던 한빈이 그녀의 시선을 눈치채고 크게 손을 흔들었다. 주혁을 보며 코웃음을 날리는 폼이 일부러 저러는 것이 분명했다.

"이젠 대놓고 쳐다보지."

쭛, 혀를 차는 소리와 함께 주혁은 솔의 아마를 툭 튕겼다. 부드러운 말투와 달리 손끝은 매웠다. 이마를 누르며 노려보자 주혁은 성큼성큼 걷기 시작했다. 그녀의 시야에서 한빈을 치워 버리려는 듯 급한 걸음이었고 맞잡은 손에 힘이 들어가 있었다. 끌려가듯 따라가던 솔의 입가에 미소가 번졌다.

"질투하는 거야?"

"어. 질투하는 거야."

그의 이런 면이 좋았다. 당당히 질투한다고 선언할 만큼 자신에게 보이는 애정. 뭐 과하지만 않다면 가끔은 이런 모습이 귀엽기까지 보였다. 주혁은 거칠다고 느낄 정도로 재빠르게 솔을 차 안에 밀어넣었다.

"큰일이다. 나, 거래처 사람들 대부분 남자인 거 알지?"

솔은 대놓고 주혁을 놀린 거지만 주혁은 즉각 정색했다.

"장난 아니야. 거래처 사람은 괜찮지만, 강 검사하고는 연락하지

마. 나 미치는 꼴 보기 싫으면."

"네."

솔은 얌전히 고개를 끄덕였다.

"혹시나 만날 일 있으면 나와 같이 가고."

다시 고개를 끄덕이자 주혁이 그제야 시동을 걸었다. 어차피 한 빈과는 따로 연락하는 사이도 아니었지만, 주혁에게 자세하게 설명 하지 않았던 것은 이런 그의 모습이 가끔은 보고 싶었기 때문이기도 했다.

다정하게 굴다가도 이따금 소유욕을 드러내는 그가 좋았다. 비유 는 이상하지만, 소속감이 생기는 느낌이랄까. 주혁이 자신을 소유하 고 싶어 하는 것처럼 그녀도 주혁이 오롯이 자신의 것이길 바라기 때문에 이해할 수 있었다. 이런 지점에서 안정감을 느끼는 걸 보면 자신도 그다지 정상은 아닌 듯했다.

"찬은 연락 자주 와?"

"이메일만 가끔. 어디 있는지 알려 주지도 않고, 사진도 안 보내 고."

주혁이 꺼낸 찬의 얘기에 솔은 코끝을 찡그렸다. 잘 다니던 회사 에 휴직계를 내고 세계 일주라도 다녀올 것처럼 요란한 준비를 하던 찬은 정작 작은 배낭 하나만 덜렁 메고는 여행을 떠났다.

어디로 가느냐고 솔은 묻지 않았다. 얼마나 걸리냐고도 묻지 않 았다. 부쩍 말이 없어지고 어두워진 동생의 여행을 응원하기만 했 다. 거리감을 느낄 만큼 어른스러워진 모습에 어쩔 수 없이 섭섭하 긴 했어도 찬에게서 얼마 전까지의 자신의 모습을 보았기 때문일지 도 몰랐다.

누군가를 마음에 담았을지도 모르겠다. 그리고 그녀가 아는 찬이라면 자신처럼 그 사람을 밀어냈을지도 모른다. 그래서 저토록 깊은 눈매를 하는지도 모르겠다.

좋은 여행이 되길. 솔은 그렇게 기도했다.

"어쩌면……."

솔은 꿈을 꾸는 듯한 얼굴로 말했다.

"엠마 때문일지도 몰라. 그런 거 같아. 결혼식은 보고 가라고 했는데 성질부리면서 훌쩍 가 버린 걸 보면 말이야."

나름대로 어렵게 머리 굴려 추리해 낸 비밀을 조심스럽게 꺼냈더니 주혁은 피식 웃기만 했다. 눈치는 정말 없다. 중얼거리던 그는 차장 너머 하늘을 올려다보았다.

"캐나다……. 이맘때면 얼마나 아름다운지 모르지."

그래 모른다. 난 비행기를 타 본 적도 없으니까. 입을 삐죽대는데 그가 이어 말했다.

"나중에 꼭 같이 가자."

그러더니 주혁은 재킷 안주머니에서 뭔가를 꺼내 내밀었다.

"이곳에 꼭 너랑 같이 가고 싶었거든."

파란 하늘과 작지만 단정한 공원이 어우러진 이국적인 풍경의 사진이었다.

"예쁜 곳이네."

사진 속 작은 교회를 손끝으로 만지며 솔은 미소 지었다.

주혁이가 살던 곳. 모퉁이에 희미하게 보이는 동네 어딘가에서 사람들과 어울려 살았을 그를 그려 보자 기분이 묘했다.

이 세상 것 같지 않은 아름다운 저곳에서 그는 행복했겠지. 키가 30cm는 더 컸을 테고, 열심히 공부했을 테고 치열하게 일했을 것이다. 그 시간, 지구의 반 바퀴나 떨어진 이곳에서 자신도 열심히 살아

내고 있었을 테고.

모든 게 신기했다. 다른 하늘 아래 살던 두 사람이 다시 만나고, 사랑에 빠지고, 이제는 같은 곳을 보며 사는 지금이 그녀에게는 기적이었다.

"아까 말했던 거 다시 말해 봐."

주혁이 낮게 속삭였다.

"무슨 말?"

"네가 좋아하는 곳."

"네 옆자리."

솔은 냉큼 대답하고는 그의 어깨에 머리를 기대며 키득거렸다. 전염되듯 따라 웃은 그가 사진 속 어딘가를 손가락으로 짚었다.

"여기가 우리 자리야."

"응?"

"나중에, 아주 먼 나중에 나와 묻힐 곳."

"으응?"

솔은 벌떡 몸을 세워 다시 사진을 꼼꼼히 보기 시작했다. 평범한 공원이라고 여겼던 장소에 생김새가 각각 다른 조형물들이 드문드문 놓여 있었다. 우리나라 봉분 같은 것이 아니라 하나하나가 조각품 같았기에 몰랐지만, 이곳은 아무래도 묘지?

이건 좀 엽기적인데.

솔은 난감함에 눈을 깜빡였다.

설마 이딴 걸 프러포즈라고 하는 건 아니겠지 생각하면서도 등줄기가 오싹했다.

불길하게 왜 죽음을 얘기하는 거야. 같이 죽자는 건가. 같이 여생을 보내다가 같이 묻히자는 거? 하지만 난 죽더라도 매장이 아닌 화장이 좋은데. 그리고 우리나라에 뿌리고 싶은데. 감동한 척이라도 해야 하나.

솔은 가슴에 손을 올리며 그를 빤히 보았다.

"너무 좋아……."

살짝 떨린 음성은 그가 말하는 의미를 어느 정도 짐작했기 때문이기도 했다. 아마도 찬이 귀띔해 주었을 것이다. 못자리가 없다고 슬퍼했던 건 사랑받지 못한 자격지심에 늘어놓은 넋두리일 뿐인데. 그리고 이제는 그런 거 없이도 충분히 행복한데.

그걸 주혁에게 전한 찬도, 가볍게 흘려듣지 않고 이런 걸 준비한 주혁도 믿을 수 없을 만큼 사랑스러웠다.

"결혼하자."

주혁은 솔을 부드럽게 당겨 안으며 속삭였다.

"나와 결혼해."

"나는……."

솔도 주혁의 허리를 꼭 안으며 가슴에 얼굴을 묻었다. 진중한 그의 음성에 가슴이 울컥해 목이 메일 뻔했다.

이벤트가 없어도, 약간은 소름 끼치는 사진을 주며 하는 프러포즈여도 행복했다.

"나는 무조건 너와 결혼할 거야."

그의 가슴에 계속계속 파고들며 웅얼거렸다.

"언젠간."

웃음으로 들썩이던 그의 가슴이 한순간에 멎었다.

"언젠간?"

못마땅하게 되묻는 주혁의 입술에 솔은 기습적으로 쪽 입을 맞췄다.

"너와 연애하는 지금이 너무 좋아. 조금만 더 너와 연애하고 싶어, 난. 그리고…… 그리고 준비되면 내가 프러포즈할 거야. 아주아주 근사하게. 그러고 싶어."

마음은 당장 동사무소에 가서 주혁은 내 것이라는 도장을 찍고 싶지만, 솔은 서두르지 않기로 했다. 아직은 자신은 홀로 서는 시간이 필요한 것을 알고 있으니까. 그에게 조금이라도 더 어울리는 사람이 되어 옆에 있고 싶었다.

주혁은 솔의 얼굴을 양손으로 잡고는 한참이나 응시했다. 조금의 망설임이나 불안함을 찾으려는 것처럼 집요한 눈동자였다. 오히려 불안해 보이는 것은 그였는데도.

"사랑해."

솔은 되풀이했다.

"널 사랑해."

"알아."

"아냐, 넌 내가 얼마나 널 사랑하는지 몰라. 가끔은 겁이 날 만큼 너를 사랑해."

한참 후에야 주혁은 미소를 지어 주었다.

"그럼, 같이 사는 건 어때?"

"너 하는 거 봐서."

"날 너무 믿지 마. 이래 봬도 제법 인기 많아, 나."

"바람만 피워 봐, 확!"

솔은 주혁의 얼굴을 감싸 쥐고 기습적으로 여기저기 입맞춤을 했다.

"혼내 줄 거야."

"그러니까 빨리 결혼하자. 네 마음이 변할까 봐 불안하니까."

주혁이 은근하게 속삭이며 고개를 숙였다. 솔은 말없이 내려오는 그의 입술을 받았다. 한낮의 주차장에서 오가는 사람들이 있음에도 그들의 키스는 한참이나 계속되었다.

솔은 대답 대신 유혹적으로 눈을 빛냈다.

"저녁은 네 오피스텔에서 먹을까?"

"밥 먹을 시간이 없을 텐데……."

입안으로 다시 파고든 혀가 목구멍까지 넘나들었다. 느리게 깊은 키스가 끝나고 고개를 든 주혁은 깔끔하게 그녀를 놓아주었다. 그는 부드럽게 차를 몰기 시작했다. 괜스레 볼이 화끈거려 솔은 창밖으로 시선을 돌렸다.

하루하루가, 매시간이, 똑딱 흐르는 일분일초가 요즘처럼 아쉽고 행복한 적이 있었나. 어지러웠던 과거도, 두려운 미래도 상관없었다. 지금이 그녀에겐 가장 찬란한 시간이니까.

먼 하늘로 시선을 둔 채 솔은 무심한 척 한 번 더 고백했다.

"사랑해."

그의 눈가에 웃음이 번졌다. 나만큼은 아닐걸─ 거짓 없는 대답은 여전히 솔의 마음을 설레게 했다.

창문을 조금 열어 손을 내밀었다. 손끝에 닿는 바람이 시원해서 가슴이 두근거렸다.

나는 더 이상 사랑받지 못하는 사람이 아니다. 사랑받는 이의 자신감과 사랑을 하는 이의 행복감이 가득 밀려왔다.

그와 함께한다면 하나도 무섭지 않고, 조금도 서럽지 않을 것이다.

널 사랑해.

소리 없는 고백을 되풀이했다. 대답처럼 이어지는 주혁의 미소가 설레는 그런 날이었다.

외전 1.
부부라는 이름으로

"우와! 웬일이야, 너무너무 예쁘다!"

커튼이 열리고 솔이 모습을 드러내자 혜주가 호들갑스럽게 환호성을 질렀다. 반응이 어찌나 과한지 민망스러울 지경이었다.

"……오버 좀 하지 마."

"오버 아니야. 정말 예쁘거든! 그죠, 맞죠? 이렇게 아름다운 신부 보셨어요? 못 보셨죠?"

피팅을 도와주던 직원이 혜주의 말에 크게 미소를 지었다.

"그럼요. 정말 아름다우세요. 그럼 천천히 말씀 나누세요."

직원이 눈치껏 나가자 혜주가 기세등등하게 말했다.

"거봐. 전문가가 그렇다잖아. 진짜 예뻐. 그럼 이걸로……?"

"아니, 그럼 면전에서 묻는데, 웨딩숍 직원이 '아뇨, 별로입니다.' 하고 말하겠냐?"

솔은 투덜거렸지만, 전신 거울을 보니 입가가 저절로 올라가긴 했다.

435

붉게 상기된 볼, 예쁘게 올린 머리, 실크 소재의 우아한 웨딩드레스를 입은 자신의 모습은……

"예쁘긴 예쁘다."

"그렇다니까. 그러니까 이 드레스로……."

"근데 좀 야하지 않아?"

살짝 부담스럽던 머메이드라인도 생각보다 자신에게 어울렸지만 깊게 파여 가슴골이 드러나는 디자인이 부담스럽다.

"얘는, 이게 뭐가 야하니? 요즘, 이 정도는 다 입는다고. 게다가 너의 가장 매력 포인트가 뭐야? 이 가슴이잖아. 풍만한 가슴! 장점을 돋보이게 하면서도 품격을 잃지 않는 디자인! 다리는 또 얼마나 길어 보여? 딱 너를 위한 드레스야."

얘가 약을 파나.

눈까지 빛내며 열변을 토하는 혜주의 말에도 솔은 영 미심쩍었다.

"하지만 요렇게, 요렇게 허리를 숙이면 다 보일 거 같은데?"

솔은 90도로 허리를 접고는 고개만 빼꼼히 들었다.

"보이지, 응?"

"아, 진짜! 뭐가……."

보인다는 거냐. 보인다 한들 그걸 왜 나보고 확인하라는 거냐. 거울로 보면 되지. 친구라도 보기 싫은 부분은 있는 건데!

하지만 혜주는 내색하지 않았고, 애써 미소까지 짜냈다.

"친구야, 너는 신부지 웨이터가 아니잖니? 어떤 신부가 몸을 그렇게 접어 인사를 하겠니. 정 신경이 쓰이면 부케로 살짝 가려 주면 되지 않겠니?"

하고 싶은 말을 삼키고 상냥하게 말하려니 입가가 파르르 떨렸다.

"그런가?"

하지만 솔이 너무도 행복해 보이니까.

머리 위 앙증맞게 올려진 티아라의 위치를 이리저리 바꾸며 거울을 보는 솔이 너무도 행복해 보여서 혜주는 조금만 더 참기로 했다.

"진짜 예뻐?"

"응! 정말 너무 잘 어울려. 여태 입어 본 것 중에서 제일 예쁘다니까."

네가 꼬박 사흘 동안이나 나를 끌고 다니며 피팅해 보았던 수십 벌의 드레스 중에서.

"귀찮아서 대충 말하는 거 아니지?"

솔은 의심 가득한 눈빛으로 혜주를 보았다. 혜주가 격하게 고개를 젓자 그제야 배시시 웃었다.

정말 예쁜가?

솔의 얇은 귀가 또다시 팔랑거렸다.

주혁이 마음에는 들까? 면사포를 쓰고, 부케까지 들면 괜찮을까?

"좋아. 결정했어."

마침내 솔이 긍정적인 답을 내놓자 혜주의 얼굴이 환해졌다.

그동안 도대체 몇 벌이나 갈아입었는지.

물론 처음에 혜주도 재미있고 설렜지만, 쇼핑을 그리 좋아하지 않는 그녀는 더 이상은 한계였다. 예쁘다, 어울린다, 하도 기계적으로 말했더니 입안에서 단내가 나는 것도 같고.

하지만 솔이 마음을 바꾸지 않게 하려면 마지막으로 확실히 더 칭찬할 필요는 있었다.

"잘 결정했어. 진짜 너무 잘 고른 거 같아. 이렇게 잘 어울리는 드레스를 이렇게 짧은 시간에 찾아내는 게 쉬운 일이 아니거든. 아마 주혁 씨가 봤으면 쓰러졌을걸. 너무 아름……."

"아니, 이거 말고 다른 걸로 할래."

뭐라?

굳어 버린 혜주를 돌아보며 솔은 해사하게 웃었다.

"역시 나는 풍성한 라인이 좋아. 그때 입었던 드레스로 해야겠어."

"……어떤?"

"3일 전에 입었던 거. 난 자꾸 그 드레스가 눈앞에서 어른거리더라고."

"여기서 제일 처음에 입어 본 거?"

"응. 그거."

"이게 진짜!"

혜주는 손부채질을 요란하게 시작했다.

"그래서 이 웨딩숍으로 온 거야? 왔던 곳을 왜 또 오나 했다. 아니, 그러면 진즉 그 드레스로 달라고 해야지!"

"그래도 혹시 모르잖아, 더 예쁜 게 있을지. 그리고 이런 기회 아니면 내가 또 언제 이런 드레스를 마음껏 입어 보겠어."

"……."

"자꾸 그렇게 눈치 주지 마. 나도 너 결혼할 때 같이 골라 줬잖아."

"난 딱 세 벌 입어 보고 결정했거든!"

"치사하게……. 알았어. 다음에 혹시 네가 드레스 입을 일 생기면 그땐 나도 사흘 밤낮 같이 다녀 줄게. 됐지?"

"……아예 저주를 하세요."

혜주가 뜨악한 표정을 하자 솔은 얼른 손을 저었다.

"아니, 이혼하고 다시 결혼하라는 게 아니라, 리마인드 웨딩 같은 거 할 수도 있잖아. 우리 나중에, 아주 나중에 그런 거 같이 하자, 꼭."

배시시 웃으며 솔은 애교 있게 혜주의 팔짱을 꼈다.

"얘가 왜 나한테 끼를 부려? 그런 건 네 예비 신랑한테나 하라고."

불퉁하게 말하면서도 혜주는 피식 웃었다.

생각해 보면 친구라는 사이도 감정의 온도 차는 존재하는 거 같다. 그리고 굳이 따지자면 솔과 자신의 관계에서는 자신이 더 솔을 좋아하는 게 맞다.

그러니 혜주는 도무지 솔을 당해 낼 수가 없었다.

그런 솔이 요즘 정말이지 행복해 보여서 혜주는 좋았다. 원래도 웃음이 많은 솔이었지만 지금처럼 가슴에서 우러나는 밝은 미소와 환한 표정을 본 적이 없는 거 같아서.

"결혼하는 게 그렇게 좋아?"

"응. 너무너무 좋아."

"이렇게 좋은 걸 뭘 여태 끌었어. 괜히 주혁 씨 애간장만 녹이고. 주혁 씨는 결혼하고 싶어 죽으려고 하는데 너 때문에 참는 거 다 보여서 괜히 짠했단 말야."

"그러게. 나 때문에 여럿 마음고생 했지. 너도 그렇고."

문득 솔이 진지하게 혜주를 보았다.

"내가 뭘? 왜 그래, 너. 무섭게 왜 그런 눈으로 봐?"

"내 눈이 어떤데?"

"아련해졌다고!"

큼. 헛기침을 하며 솔은 혜주의 손을 슬그머니 잡았다.

"나, 너한테 꼭 하고 싶은 말이 있어서 그래."

전에 없이 진지해진 솔의 모습에 혜주는 당황했다.

결혼 소식을 듣고부터 내내 간질거렸던 코끝이 기어이 찡해 왔다. 이러다 솔이 괜한 소리를 하면 진짜 울 것만 같아서 혜주는 괜히 으름장을 놓았다.

"좋은 말 할 때, 하지 마라."

"내가 무슨 말 할 줄 알고?"

"말 안 해도 알 것 같으니까, 하지 말라고."

"싫어. 할래. 너만 쑥스럽냐? 하는 나는 더 쑥스러워. 하지만 지금 아니면 못 할 거 같으니까."

솔은 큼큼 헛기침하며 조용히 속삭였다.

"고마워, 혜주야."

"뭐, 뭐가?"

"날 걱정해 주고, 이해해 주고, 언제나 믿어 줘서."

"아니, 그건 친구니까. 친구끼리는 당연한 건데……."

"그니까……. 내 친구가 되어 줘서 고마워. 너는 내 친구지만, 언니였고, 엄마였어. 나는 언제나, 항상, 매일매일 너에게 고마웠어."

"야아…… 에이 씨."

결국, 눈물이 동그랗게 부풀어 솔의 얼굴이 뿌옇게 보였다. 꾹 참아 보려 했지만, 눈가는 이미 벌게져 있었다.

곱게 화장한 솔도 눈을 빠르게 깜빡이는 게 보였다. 이렇게 좋은 날, 울릴 수는 없지.

가까스로 감정을 추스른 혜주는 퉁명스럽게 말했다.

"알았어, 그만해. 너 드레스 더 입어 보고 싶어서 이러는 거지? 아부하지 않아도 같이 다녀 줄 테니까 하지 말라고."

"아냐, 사실은 처음부터 그 드레스가 좋았어. 그냥 이 핑계로 너랑 놀고 싶어서 그랬지. 미안."

"어휴, 진짜……."

"잠깐 기다려, 옷 갈아입고 올게. 우리 맛있는 거 먹으러 가자. 내가 다 쏠게!"

"잠깐만!"

혜주는 부리나케 솔의 팔짱을 꼈다. 핸드폰을 꺼내 높이 들며 환하게 웃었다.

"사진은 찍어야지."

"그럴까?"

"자, 웃어 봐."

"울다가 웃으면 어디에 뭐가 난다고⋯⋯."

"시끄럽고! 자, 웃어!"

하나, 둘, 셋.

열린 창으로 들어오는 바람에 시폰 커튼이 안개처럼 살랑거렸다. 오후의 쨍한 햇살보다 화사한 두 친구의 웃음은 핸드폰 안으로 소중하게 박제되었다.

✳

"그래서 드레스는 마음에 들어?"

주혁은 부드럽게 물었다.

혜주와 저녁을 먹고 술까지 한잔 한 솔은 주혁의 무릎을 베고 누워 있었다. 머리를 쓸어 주는 그의 손길이 나른해서 스르르 눈이 감기던 중이었다.

"응⋯⋯ 너무 예뻐."

"혜주 씨가 고생이 많았네. 내가 같이 가 준다니까."

"안 돼. 드레스 입은 거 신랑이 미리 보면 재수가 없다고 했단 말이야."

"그건 옛날 말이고. 요즘은 웨딩사진 찍고 그러면서 다 먼저 보잖아."

"우리는 웨딩촬영 안 하잖아."

"하지 말자더니 생각해 보니 섭섭해? 지금이라도 할까?"

"아니……. 어차피 너도 바쁘고, 나도 바쁜데 뭐."

솔은 나른하게 웅얼거리며 입매를 올렸다.

하고 싶은 말이 한가득인데, 종일 보지 못했던 주혁의 얼굴도 실컷 보고 싶은데 너무도 피곤했다.

하긴 피곤하지 않을 수 없는 일정이긴 했다.

결혼이 결정되자 주혁은 모든 걸 불도저처럼 밀어붙였다.

그나마 한 달이란 시간을 준 것도 난색을 보이는 솔과 캐나다에서 한국으로 오셔야 하는 그의 부모님을 위한 배려라던 그는 뻔뻔하게 말했다.

– 네가 또 마음 바꿀지 모르니까 하루라도 빨리 도장을 찍어야 해.

신혼집은 주혁의 오피스텔로 정했다. 그곳은 이미 완벽하게 채워진 곳이었으니 준비할 게 별로 없겠다고 생각했는데…….

"힘들어."

절로 앓는 소리가 나올 만큼 정신없는 하루하루였다.

엠마와 혜주의 도움이 아니었다면 제대로 결혼하기 힘들지 싶을 정도였다.

물론, 한참 자리를 잡아 가는 행복 기획사 일을 모두 맡아 준 김 부장님과 퇴근 후 행복 기획사로 다시 출근하며 도와준 송 대리님에게도 감사했다.

"두 번은 못 하겠어, 결혼이라는 거."

솔은 고개를 절레절레 저었다. 최소한의 인원만 초대해 조촐하게 치를 결혼식인데 왜 이리 신경 쓸 일이 많은지.

"두 번 하려고 했어?"

솔은 깜빡 잠에 빠져들며 낮아진 주혁의 목소리를 알아차리지 못했다.

"어떤 놈이랑."

머리를 매만져 주던 손이 은근슬쩍 목선으로 내려와 셔츠의 버튼을 하나씩 열고 있는 것도.

"흐응……."

따듯한 손이 말랑거리는 살결을 부드럽게 쓸기 시작했다. 본능적으로 신음을 흘리며 고개를 젖히자 주혁은 만족스럽게 웃었다. 어쩜…… 이 남자는 웃음소리마저 이렇게 근사한지.

"나 죽기 전에는 이혼은 없어. 그러니 두 번 하는 결혼 따윈 없어."

"……너 죽은 후에는 해도 돼?"

"네가 먼저 죽어야겠네. 나는 죽어서도 그 꼴은 참지 못할 거니까."

살벌한 말과는 달리 웃음기가 묻은 그의 숨소리는 달콤하기만 했다.

어느새 주혁은 셔츠를 헤집고 솔의 하얀 목덜미에 입술을 누르고 있었다. 잠결에도 미치도록 자극적인 감각이 흘렀다.

"나…… 졸린데."

"씻지도 않았잖아. 내가 씻겨 줄게. 따듯한 물에 거품 잔뜩 내서……."

솔의 손가락을 하나씩 입에 넣어 잘근잘근 씹으며 주혁은 본격적으로 유혹을 던졌다. 거품 가득한 욕조에서 그와 사랑을 나누었던 기억을 떠올리자 조금 더 심장이 빨리 뛰었다.

그래도 졸음에 겨워 조금 더 칭얼거려 보았지만, 주혁은 어림없다는 듯 입술을 포개며 입을 맞췄다.

파고드는 숨결이 조금씩 거칠어졌다. 어느새 주혁의 목 뒤로 돌아간 팔에 힘을 주며 솔은 고개를 젖혔다.

퍼붓듯이 쏟아지는 키스는 온몸에 간지럽고 뜨거운 열기를 만들어 내고 있었다.

"……잠 깼지?"

입술을 포갠 채로 주혁은 심술궂게 말했다.

못 살아.

솔은 작게 웃음을 터트리고는 그의 가슴에 얼굴을 묻었다.

내 남자의 체취. 좋은 향기.

코를 킁킁거리자 주혁은 웃었다. 나직한 웃음소리가 그의 심장 소리와 함께 울렸다.

그 따뜻한 심장의 울림이 너무 좋아서 솔은 가끔 미칠 것만 같았다. 입술이 저절로 호선을 그렸다.

얼마 후면 이 아름다운 남자가 오롯이 내 것이 되지. 남편이란 이름으로 아내란 이름으로 살아갈 우리의 날들은 또 얼마나 멋질까.

이미 그와 함께하는 모든 순간이 선물이고 기적이었다.

"사랑해, 주혁아……."

솔의 고백으로 키스는 더없이 격렬해졌다. 그리고 밤마다 어김없이 찾아오는 뜨거운 열락 속으로 그들은 기꺼이 빠져들었다.

아이는 훌쩍훌쩍 울고 있었다. 솔이 가만히 그 옆에 쭈그려 앉았지만, 울음은 그치지 않았다.

"여기서 뭐 해?"

아이는 흠칫 놀라며 솔을 올려다보았다. 커다란 눈에 부풀어진 눈물이 후드득 떨어졌다.

"왜 울어? 아프니?"

상냥하게 물어보자 아이는 고개를 저었다. 입술을 앙다물고 눈물로 얼룩진 얼굴에 억지로 미소를 그렸다.

괜찮은 척. 정말 괜찮은 척.

"왜 말을 안 해?"

아이는 잠시 주저했다. 이윽고 마주친 맑은 눈엔 두려움이 묻어 있었다.

"나는 말을 하면 안 돼요."

아이의 속마음이 바람처럼 들려왔다.

"왜 말을 하면 안 되는데?"

"들키면 안 되니까요."

"……아빠한테?"

아이는 고개를 끄덕였다.

"소리를 내지 않아야 아빠가 내가 있다는 걸 모를 테니까요."

"그렇구나."

솔은 슬프게 웃었다.

그래서 너는 그 시절 소리를 가둬 놓았구나. 입안 가득 차오르면 꾸역꾸역 삼켰구나. 아빠에게 없는 사람이 되고 싶어서…….

가만히 손을 올려 아이의 머리를 쓰다듬었다. 경계하며 물러서려던 아이가 이내 동작을 멈추고 빤히 솔을 바라보았다.

"내가 언니처럼 예쁘면 나를 미워하지 않을까요?"

"내가 예뻐?"

응. 응. 아이는 열심히 고개를 끄덕였다.

"너무 예뻐서 반짝반짝 빛이 나요. 천사 같아요."

"언니는 천사가 아닌데. 그냥 어른이야."

"나도 어른이 되면 언니처럼 반짝반짝 빛이 날까요?"

"언니가 비밀 하나 말해 줄까?"

솔은 장난스럽게 웃었다.

"언니가 빛이 나는 건 사랑받고 있기 때문이야. 언니에겐 언니를 너무너무 사랑하는 사람이 있거든."

"하지만…… 나를 사랑하는 사람은 없는걸."

아이는 시무룩해져서 고개를 숙였다.

"그렇지 않아. 언젠가 그 사람을 만나게 되면 너는 언니보다 더 반짝반짝 빛나는 예쁜 어른이 될 거야."

"사랑을 받으면 다 그렇게 빛이 나요?"

"사랑을 받고, 사랑을 주면 누구나 빛이 나는 거야."

"……."

"솔아."

솔은 어린 솔을 다정하게 불렀다.

"너에게도 생길 거야. 네가 너무 좋아서, 너무 사랑해서, 그 사랑이 너무도 커서 어쩔 줄 몰라 하는 사람. 네가 가끔 못나게 굴어도, 실수해도 괜찮다고 말해 주고, 믿어 주고, 누구보다 너를 자랑스러워하는 사람이 말이야."

"……."

"그러니까 언니랑 약속 하나 할까? 그 사람을 만나는 날까지 조금만 더 씩씩해지기로."

"……그 사람이 왕자님인가요? 동화책에 나오는 그런 멋진 왕자님?"

아이가 기대에 찬 눈을 빛냈다.

"아니."

솔은 가만히 웃으며 고개를 가로 저었다. 사랑이 담뿍 담긴 눈으로 바라보며 속삭였다.

"그 사람은…… 바로 너야."

"……."

"너 자신이야……."

솔의 감은 눈에서 눈물이 흘렀다. 벗은 가슴에 그녀의 눈물이 흐르자 주혁은 상체를 벌떡 일으켰다.

거의 알아들을 수도 없을 만큼 작은 목소리로 그녀는 웅얼거리고 있었다.

"그러니까……. 너를 믿어. 믿어야 해. 넌 반드시 행복해질 거니까."

주혁은 잠든 그녀를 바라보았다.

꿈을 꾸는 건가. 그녀의 얼굴은 슬퍼 보였지만 이상하게도 의젓해 보이기도 했다.

어쩐지 깨우면 안 될 것만 같아 주혁은 그녀를 꼭 안아 주기만 했다.

"괜찮아……."

그는 가만히 속삭였다. 그의 말을 알아들은 것처럼 솔의 흐느낌은 조금씩 멎어 갔다.

"사랑해."

고작 이 말밖에 해 줄 수 없다는 것이 주혁은 아팠다.

"괜찮아…… 괜찮아."

솔의 눈이 조금씩 떠졌다. 꿈속에 잠긴 듯 아롱거리는 눈을 주혁과 맞추며 그녀는 사랑스럽게 미소를 지었다.

"……있잖아, 주혁아."

"……."

"내가 너를 사랑하는 거 알지? 사랑해…… 아주 많이."

그리고 고마워 나를 사랑해 줘서. 나 자신을 사랑하게 만들어 줘서.

그녀의 웅얼거림을 듣자 가슴이 들끓었다. 이상한 열기에 사로잡힌 주혁은 솔의 이마에 입술을 꾹 내렸다.

하아, 신음을 흘린 솔은 또다시 중얼거렸다. 이번엔 엄한 목소리였다.

"잊어버리면 안 돼. 이제 합법적으로 너의 아이를 낳을 수 있는 건 세상에 나뿐이야. 명심해."

주혁은 숨을 멈췄다.

어느새 편안한 얼굴로 잠든 그녀를 바라보며 멍하니 중얼거렸다.

"아이……."

언제가 만날 너와 나의 아이.

그때가 되면 너는 완벽히 내 것이 되는 걸까. 사랑하고 사랑받는 걸 아는데도 느끼는 이런 불안한 마음이 없어질까.

그날 밤, 주혁은 꿈을 꾸었다.

솔을 꼭 닮은 여자아이와 솔과 함께 웃고 있는 꿈. 아름다운 꿈이었다.

❋

"그만 좀 떨어."

그렇게 말하는 혜주의 목소리가 오히려 덜덜 떨리고 있었다.

"간단한 거야. 주혁 씨 손을 잡는다. 버진로드를 함께 걷는다. 반지를 주고받고, 부부임을 선포한다. 하객에게 인사를 한다. 다시 걸어 나온다. 끝! 떨 거 하나 없다고."

혜주는 거기까지 말하고는 의자에 털썩 앉았다.

"너 괜찮아?"

오히려 솔은 멀쩡했다. 긴장도 하지 않고 싱글벙글 웃으며 신부 대기실에 앉아 있는 중이다.

급기야 혜주가 숨을 헐떡이자 솔은 벌떡 일어났다.

"어휴, 웬 땀을 이렇게…… 너 어디 아프니?"

"나 물, 물 좀……."

혜주는 괴기한 음성을 목에서 쥐어짜 냈다. 솔이 급히 가져온 물을 벌컥벌컥 마시고도 연신 가쁜 숨을 내뱉었다.

졸지에 드레스 차림으로 솔이 혜주 옆에 쭈그려 앉아 땀을 닦아 주고 부채질까지 해야만 했다.

"야. 진정 좀 해. 네가 왜 떨어."

"그러게 말이다. 내가 결혼하는 것도 아닌데 뭐가 이렇게 떨리냐."

그때, 엠마가 신부대기실로 들어왔다. 아장아장 걷는 딸아이의

449

손을 잡고 혜주의 둘째까지 안은 그녀는 힘든 기색 하나 없이 가뿐해 보였다.

"내가 이럴 줄 알았어. 아까부터 영 미덥지 않게 굴더니."

한눈에 대기실 상황을 파악한 엠마는 혀를 찼다.

"계속 이럴 거면 나랑 바꿔요. 혜주 언니가 애들 보고, 내가 솔이 언니 들러리 할게."

"싫어. 내가 할 거야."

"얼굴이 하얗게 질려서 금방 쓰러질 거 같구먼, 욕심만 많아서는."

"엠마, 너 자꾸 언니한테 말 막 하지? 혼난다."

"그러면 잘하란 말이야. 준아, 네 엄마 왜 저러니? 가서 때찌때찌해 주자."

엄마를 발견하고 품 안에서 버둥거리는 준을 엠마는 혜주에게 척 안겼다. 아이를 받아 든 혜주의 숨은 금세 안정적으로 느려졌다.

"어우, 우리 쭌이. 잘 놀아쪄요? 엠마 이모가 잘해 줬쪄?"

그동안 엠마는 솔을 일으켜 세워 구겨진 드레스 자락을 꼼꼼히 펴 주고, 의자에 앉혔다. 전문가 못지않은 날카로운 눈으로 화장을 점검하고, 또 헝클어진 머리도 매만져 주었다.

"괜찮은데."

"괜찮긴 뭐가 괜찮아. 오늘 언니가 주인공인데 완벽해야지. 가만 있어 봐요."

문득 엠마를 처음 본 그날이 떠올랐다. 그때도 엠마는 솔의 매무새를 고쳐 주었었는데…….

그때나 지금이나 한결같이 아름다운 그녀는 송 대리의 아내로, 회사의 수석 디자이너이자, 이사로, 또 예쁜 딸의 엄마로 완벽하리

450

만치 행복한 삶을 살고 있었다.

엠마는 솔의 시선을 받고는 코에 찡끗 주름을 만들었다.

"그거 알아요? 내가 세상에서 가장 부러운 사람이 언니라는 거?"

"내가 부러워? 왜?"

설마……. 이것이 아직도 주혁이를? 그럼 송 대리님은?

"가끔 보면 언니는 주혁이가 언니를 얼마나 끔찍하게 사랑하는지 모르는 거 같아. 내가 보는 주혁이는요, 모든 것의 우선순위가 언니예요. 내가 사랑하는 사람이 나를 그렇게 사랑한다는 느낌은 어떤 걸까? 나는 잘 모르거든."

"무슨 소리야? 송 대리님이 엠마를 얼마나 사랑하는데."

"물론 알지. 중기 씨는 나를 사랑하지. 근데 내가 더 사랑하는 거 같거든. 뭐, 불만은 없지만, 가끔 언니를 보면 참 좋겠다……. 그런 생각을 한다니까. 나 바보 같지?"

"내가 보기엔 너도 얼마나 사랑받는지 모르는 거 같은데?"

"응?"

엠마는 난산이었다. 워낙 건강하고 젊었기에 누구도 예상치 못한 일이었다.

아이를 무사히 낳고도 의식을 찾지 못한 엠마를 보며 송 대리님은 그 어떤 때보다 의연했다.

의식 없는 엠마의 곁에서 끊임없이 괜찮다고 속삭여 주고, 놀란 가족들을 굳건하게 다독였었다.

그리고는 계단 구석에 가서 남몰래 오열을 했다. 믿지도 않는 신을 찾으며 애원을 했다.

그때 본 송 대리님의 얼굴을 솔은 잊지 못했다.

절망과 두려움에 완벽하게 망가진 눈동자. 사랑하지 않는다면 절대 나올 수 없던 표정.

의아하게 자신을 보는 엠마에게 솔은 찡긋 윙크했다.

"신혼여행 다녀와서 말해 줄게."

"싱겁긴…… 자, 됐다. 진짜 이쁘다, 우리 언니."

솔을 요리조리 뜯어보다가 만족스럽게 고개를 끄덕인 엠마는 혜주 옆으로 갔다. 솜씨 좋게 아이들을 챙기더니 혜주랑 도란도란 대화를 시작했다.

'참…… 미스터리하단 말이야.'

솔은 길게 눈을 늘어뜨리며 엠마와 혜주를 번갈아 보았다.

도대체 어쩌다가 저 둘은 저렇게 친해진 건지.

혜주를 만날 때 의도치 않게 엠마가 몇 번 합석을 한 후부터였다. 육아라는 강력한 공통분모 때문이었을까? 강한 성격의 그녀들은 의외로 금방 절친이 되었다.

언젠가 아이를 갖게 되면 나도 저들처럼 아이를 중심으로 살게 되는 걸까.

부럽기도 하고 두렵기도 한 미묘한 감정이었다.

"아, 이제 시작하려나 보다."

밖에서 울리는 음악 소리에 엠마가 아이들의 손을 잡고는 벌떡 일어섰다.

"축하해요, 언니. 이건 언니가 주인공인 축제야. 떨지 말고 신나게 즐겨. 알았지? 파이팅!"

엠마가 나간 후 주혁이 성큼 들어왔다. 아름다운 신부의 모습에 그는 잠시 걸음을 멈췄다. 솔이 못지않게 상기된 얼굴에 조금씩 미소가 번져 갔다.

"나, 예쁘지?"

솔이 해사하게 웃으며 눈을 빛냈다.

대답 대신 큰 걸음으로 솔의 앞에 선 주혁은 곧장 고개를 숙여 뺨에 입을 맞췄다. 귓가에 은근한 목소리가 파고들었다.

"미칠 만큼. 결혼식을 어떻게 견디지? 당장 안고 싶은데."

"어머, 야아…… 부끄럽게."

"어흐흠, 어흠!"

뒤편에 있던 혜주가 큰 소리로 자기의 존재를 알릴 때까지 두 사람은 서로에게서 눈을 떼지 못하고 웃고만 있었다.

기가 막힌 얼굴로 혜주는 쏘아붙였다.

"본격적인 건 신혼여행 가서 하시고, 일단 결혼을 하시죠?"

"아, 계셨어요?"

주혁은 말짱한 얼굴로 일어나 뻔뻔스럽게 혜주에게 인사했다.

쯧, 혀를 찬 혜주는 갑자기 호들갑스럽게 외쳤다.

"어머, 주혁 씨, 눈이 왜 그래요. 이상한데? 뭐가 들어갔나?"

"네?"

"잠깐 봐요."

혜주는 손으로 주혁의 눈에서 뭔가를 낚아채는 척하더니 후! 세게 바람을 부는 동작을 했다. 불퉁한 목소리가 심술궂게 흘렀다.

"콩깍지였네. 눈에 들어가서 뿌리를 내렸네."

"……."

"얘는 참!"

솔이 까르르 웃으며 혜주의 등을 두들겼다. 인상을 찌푸리며 혜주는 가방을 챙겨 들었다.

"주혁 씨가 솔이 좀 진정시키고, 잘 데리고 나오세요. 너도 괜히 방정 떨다가 드레스 밟아 넘어지지 말고 조심조심 나와."

453

"걱정 마셔. 프로페셔널하게 잘할 테니까."

"아, 나 이런 발랄한 신부는 보다보다 첨 보네. 안 떨려?"

"이렇게 좋은 날 왜 떨어? 하나도 안 떨리거든."

그렇게 말하는 솔의 입술 끝은 파르르 떨리고 있었다. 잔뜩 긴장한 주제에 강한 척은.

혜주는 솔의 손을 꼭 잡아 주었다.

"맞아. 떨 거 없어. 이렇게 멋진 결혼식에 멋진 신랑이 옆에 있는데 뭐가 무섭겠어."

"……."

"또 결혼식은 얼마나 멋져. 밤에 야외에서 하는 결혼식이라니. 아무튼, 난 이렇게 분위기 있는 결혼식은 처음이야. 진짜 부러워."

나가기 전 혜주는 주혁에게로 슬쩍 시선을 옮기더니 작게 속삭였다. 그녀의 눈가는 조금 붉어져 있었다.

"쟤 겁먹었어요. 알죠?"

"압니다, 걱정하지 마세요."

"……잘해 줘요, 더도 말고, 덜도 말고 딱 지금처럼만요."

그녀가 나가고 주혁은 솔의 앞에 무릎을 접어 앉았다. 혜주의 말처럼 솔은 밝게 웃고 있었지만 긴장한 눈동자가 하염없이 흔들리고 있었다.

"떨려?"

"조금."

솔은 그제야 미소를 지으며 심호흡을 크게 했다.

"사실 많이 떨려. 처음이라 그런가? 왜 이렇게 떨리지……."

"나도 떨려. 네가 너무 예뻐서."

"정말? 얼마큼?"

"드레스를 찢어 버리고 싶을 만큼."

"응?"

"다 쫓아 버리고 여기서 안으면 안 되겠지?"

"뭐!"

솔은 기겁했다. 농담인 걸 알지만 그렇다고 해도 주혁이 마음을 먹으면 못 할 것도 없는 성격임을 알기에 황급히 막아섰다.

"절대 안 돼. 내 평생 한 번밖에 없는 결혼식을 망칠 작정이야? 네가 아무리 신랑이라고 해도 가만두지 않을 거야."

"그럼 키스만. 진정되게."

솔은 웃으며 입술을 내밀었다. 가볍지만 충분히 사랑을 느낄 수 있는 키스 끝에 그들은 일어섰다.

아름답게 꾸며진 야외 결혼식장에 곡이 연주되고 있었다. 밖에선 신랑, 신부 입장이라는 사회자의 말이 들려왔다.

부부가 될 시간이다.

"가자."

주혁은 손을 내밀었다. 그제야 진짜로 실감이 나며 본격적으로 와들와들 떨렸다.

잔뜩 긴장한 솔을 눈치챈 주혁이 귓가에 속삭였다.

"드레스. 이따가 밤에 다시 입어 줘. 오직 나만을 위해서."

"왜? 그렇게 예뻐?"

"진짜 찢어 버릴 거야."

"……너 변태 같아."

솔은 웃음을 터트렸다.

그래, 그는 변태일지도 모르지만, 나만의 변태야. 내 변태야.

합법적으로 이 변태가 내 것이라는 걸 공식화하려면 떨려도 결혼식을 해야 하는 거야. 그러니, 힘내자.

얼굴을 붉히며 솔은 주혁의 팔짱을 끼었다.

신랑, 신부가 등장하자 커다란 박수가 터져 나왔다. 누군가는 꽃잎을 날렸고 다른 누군가는 환호성을 터트렸다.

격식 있는 결혼식이 아닌 즐거운 파티였다. 솔을 위한 주혁의 배려였다.

야외 정원에 가득 걸린 조명들은 별처럼 빛났고 하얀 꽃잎들은 벚꽃처럼 흩날렸다.

솔은 한 발 한 발 걸어 나가며 그 모든 것을 소중하게 눈에 담았다.

자신들을 축복하기 위해 모인 사람들.

그의 부모님, 친구와 동료들. 그리고 저 멀리서 울음을 참고 있는 새엄마, 솔보다 더 긴장해서 뻣뻣해져 있는 찬.

누구보다 밝게 환호성을 지르며 기뻐하는 엠마, 그 옆에 송 대리님. 대놓고 울고 있는 김 부장님. 얼굴이 벌게지도록 손뼉을 쳐 대는 혜주와 그녀의 남편. 고등학교 때 친구들, 대학교 친구들…….

이토록 나를 사랑해 주는 사람이 많은데. 이토록 내가 사랑하는 사람들도 많은데 뭐가 두렵고 무서웠는지.

솔의 긴장은 한순간에 사라졌다.

그리고 그 누구보다 사랑하는 나의 주혁이. 나의 남편.

솔은 환하게 웃었다. 누가 봐도 행복한 신부의 미소였다. 경쾌하게 변주된 결혼행진곡에 발걸음마저 가볍기만 했다.

엠마의 말은 항상 옳았다. 결혼식은 축제였다.

외전 2.
어느 멋진 날에

아담한 회의실에 단정한 여자의 음성이 울려 퍼졌다.

"네, 사장님 말씀이 무슨 뜻인지 충분히 이해합니다. 하지만 저희 쪽 입장은 바뀌지 않아요. 계약 해지하겠습니다."

조곤조곤 설명하는 목소리가 야무졌다.

"이미 합의된 일입니다. 같은 실수를 두 번이나 하셨고, 그에 대한 책임도 제대로 지지 않으셨잖아요. 사장님은 고작 거래처를 잃으신 거지만, 우리 회사는 이미지 타격도 만만치 않았어요."

얼마 전, 대형업체에 납품하기로 한 브로슈어와 제품들에 문제가 생겼었다.

솔이 꼼꼼히 확인하고 계약한 지류와는 다른 지류로 제작이 된 것이다. 겉보기엔 별 차이가 없어서 담당 직원이 오케이했는데, 다행히도 납품하기 직전 솔의 눈에 띄었다.

더 큰 문제는 이것이 첫 번째 실수가 아니라는 것이다. 육 개월 전에도 같은 실수가 있었다.

처음부터 솔의 회사 일을 도맡아 하다시피 한 인쇄소라 그때는 간단한 경고 후, 서로 반반씩 비용을 내는 것으로 마무리 지었다.

하지만 정기적인 실수라면 얘기는 달라진다.

바뀐 종이의 금액 차이가 얼마 나지 않는다고 해도, 대형업체의 가맹점에 정기적으로 뿌려지는 일이다 보니 제법 큰 손실을 봐야 했다.

이쯤이 되니 저의를 의심할 수밖에 없었고, 알아본 결과 행복 기획사 말고도 여러 곳에서 같은 일을 당했다고 했다.

당연히 계약을 해지했는데, 뒤늦게 인쇄소 사장이 펄펄 뛰는 중이었다.

솔과 인쇄소 사장의 전화 통화를 듣고 있는 직원들은 서로의 눈치를 보았다. 특히 담당 디자이너인 선아는 풀이 잔뜩 죽어 있었다.

완성품의 마무리까지 확인해야 하는 것이 디자이너의 업무다.

종이의 품질, 엠보싱, 그램양에 따라 결과물이 달라지는 지류 디자인은 특히 신경을 써서 확인했어야 했는데, 그러지 못했다.

사실 원 표본과 잘못 인쇄된 완성품을 앞에 두고도 선아는 그 차이점을 알아채기가 힘들었다. 어떻게 이런 미묘한 차이를 알아챌 수가 있는 거지.

박솔의 예리한 감각도 놀라웠지만, 지금은 감탄할 때는 아니다.

박솔 대표와 통화하고 있는 대형 인쇄소의 사장 성격이 더럽다는 것은 이 바닥에서 유명했고, 자신도 몇 번 당해 봤으니까.

예상대로 대화는 점점 심각해져 가고 있는 듯했다.

침착했던 솔의 목소리가 한 템포 올라갔다.

"네? 뭘 걸어요? 사장님 어머니를 걸고 일부러 그런 게 아니라고요? 아니, 사장님 어머니를 왜 겁니까. 어머니한테 허락받으셨어요? 제가 이겨서 사장님 엄마를 따게 되면 어쩔라고요.”

“아이고야…….”

김 사장이 얼마 남지 않은 머리를 쓸어 넘기며 끙끙 앓는 소리를
냈다.

“어쨌든 끝난 일입니다. 이렇게 계속 전화하시거나 찾아오셔도
달라지지 않아요. 그리고 욕하지 마세요. 저도 입이 없어서 욕 못 하
는 건 아니니까. 예의를 지키는 겁니다, 예의. 아시겠어요? 이만 끊
겠습니다.”

전화를 끊고 나서도 솔은 한동안 돌아서지 않았다. 그녀에게선
거친 숨소리만 으스스하게 흘러나왔다.

8명의 직원은 조용히 눈치만 보았다.

먼저 입을 연 것은 김 사장님이었다.

“이봐, 박 사장…… 괜찮아?”

솔은 그제서야 뒤를 돌아섰다. 생긋 웃는 얼굴이 어째 더 공포스
러웠다.

“아, 그럼요. 괜찮아요. 그리고 선아 씨.”

“네!”

아직 햇병아리 사회 초년생인 선아는 군기가 바짝 든 모습이었
다.

어쩐지 옛날 자신의 모습을 보는 것 같아서 솔은 슬며시 웃음이
나왔다.

“앞으로 이런 전화 오면 바로 나한테 말해요. 괜히 혼자 끙끙 앓
지 말고. 알았죠?”

“네? 네에…….”

그동안 어지간히 인쇄소에게 들볶였는지 풀이 죽은 선아에게 솔

은 따듯한 미소를 보냈다.

"괜찮아요. 실수가 없으면 발전도 없어요. 물론 같은 실수가 반복되면 안 되는 거고. 그것만 주의하면 돼요. 자, 그럼. 급한 일은 다 끝난 거고. 저 없는 동안 잘 부탁해요, 여러분."

솔은 솜씨 좋게 화제를 돌리며 직원들을 바라보았다.

오늘부터 장장 2주일간 솔은 휴가였다. 그동안 여름휴가 한번 쓰지 않고 일해 왔기에 그녀가 자리를 비우는 것은 거의 처음이라 모두가 걱정이 많았다.

무거워진 회의실 분위기를 띄우려 김 사장이 밝게 말했다.

"걱정하지 말고 다녀오라니까 그러네. 비행기 시간 맞추려면 서둘러야 하는 거 아냐? 얼른 가, 얼른."

"혹시 급한 일 생기면……."

"알아, 알았어. 절대 연락 안 하고 우리끼리 잘 처리할 테니까 박 대표는 그냥 푹 쉬고 오기만 하면 돼. 어디 간다고 했지? 캐나다? 시댁 가는 거라 푹 쉬는 건 아닌가?"

솔은 가방을 챙겨 들며 싱긋 웃었다.

"시댁은 마지막에 잠깐 들를 거고, 그 전에 유럽 여행할 거예요. 그 김에 동생도 보고요."

"아, 맞다. 동생이 요즘 잘나간다고 했지? 어쨌든 주혁 씨도 바쁠 텐데 어떻게 시간을 냈네. 재미있게 놀다 와."

"그럼 잘 부탁해요, 김 사장님. 여러분도 파이팅 하시구요. 선물 사 올게요."

기분이 좋게 손을 흔들며 솔은 나갔다.

참 많이 씩씩해졌단 말이야. 김 사장은 아련한 표정을 지었다.

결혼한 후 솔은 놀라울 정도로 달라졌다. 하루하루 자신감이 늘어나는 것이 눈에 보일 정도로 단단해졌다.

어찌나 야무지게 일을 잘 하는지 거래처에서도 칭찬이 자자하다.

예전의 겁 많고 눈물 많아, 사람 상대하는 것을 극도로 꺼려했던 그녀를 생각하면 김 사장은 아직도 그 변화를 온전히 믿을 수가 없었다.

"우리 박 대표님 남편분은 정말 좋으시겠어요."

생각에 잠긴 김 사장의 뒤편으로 영업 담당 직원의 목소리가 들렸다.

흘긋 뒤를 보니 아직 앳된 얼굴의 남직원이 솔이 나간 문을 여태 바라보고 있었다.

슬쩍 붉어진 얼굴이 어째 불안했다.

"무슨 소리야?"

"저렇게 멋지시고, 일도 잘하시고, 게다가 예쁘시기까지. 도대체 어떤 남자분이 저런 분을 차지하셨을까요. 결혼만 하지 않으셨으면 제가 확 대시하고 싶은데……."

"미쳤어? 이 회사 말아먹고 싶어! 어디 큰일 날 소리를. 넣어 둬, 그런 몹쓸 생각 넣어 둬!"

김 사장은 기겁하며 손을 저었다. 그의 과한 반응에 직원들은 일제히 깜짝 놀라 그를 보았다.

"쓸데없는 소리 하지 말고 나가서 일들 하자고. 박 대표가 없을 때 우리가 더 열심히 해서 뭔가 보여 줘야지. 자자. 일해, 일."

하긴, 결혼 후, 나날이 빛이 나는 솔이가 자신의 눈에도 예뻐 보이는데 다른 남자들이라고 그걸 못 느낄 리 없다.

그러니 김 사장은 더 불안하기만 했다.

'한주혁이가 어디 보통 놈이어야지.'

특히, 솔에 대한 집착과 그 질투심을 익히 잘 알고 있는 김 사장은 주위에서 솔에 관한 관심을 가진 남자들이 등장할 때마다 기겁할 수밖에 없었다.

하루가 멀다고 기사에 뜨는 한주혁의 회사는 요즘 말로 그야말로 핫했다. 그렇게 잘나가는 남편을 두고 솔이 이 일을 계속하는 건 오로지 솔의 의지라는 것을 알고 있었다.

물론 한주혁이 아직까지는 솔에게 미쳐서 한없이 다정해 보이지만, 그건 오직 박솔 한정의 다정함이라는 것 또한 한주혁을 아는 사람은 다 아는 사실이었다.

그러니 약간의 빌미도 주고 싶지 않은 김 사장이었다. 이러다 어느 날 기어이 한주혁 눈이 돌아 박솔을 회사에도 못 나오게 할까 봐 김 사장은 정말로 겁이 났다.

그나저나 오늘은 날씨가 정말 좋은 날이다. 며칠 내내 오던 비가 개고 하늘은 보기가 드물게 맑고 청명했다.

"여행하기 참 좋은 날이다. 좋겠다, 박솔은."

그나저나, 이번 여행에서 아이 소식도 같이 가져오면 참 좋을 텐데. 박솔과 한주혁의 아기가 태어나면 내가 진짜 잘해 줄 텐데.

둘 사이에서 태어날 아기를 상상만 해도 김 사장의 가슴은 괜히 몽글몽글해지고 광대가 승천했다.

비록 박솔에게 타박 받을까 대놓고 물어보진 못하지만, 할아버지의 심정으로 이제나저제나 소식만 기다리는 중이었다.

'둘 다 저렇게 이쁘게 똑똑하니 아기가 얼마나 예쁘겠냐고. 꼬물꼬물, 아장아장…… 어이구, 이뻐라.'

김 사장은 몸서리를 치며 흐뭇하게 웃었다.

＊

회사 건물로 들어선 솔은 1층 로비에 있는 카페로 향했다. 약속 시각은 1시였는데 어쩌다 보니 50분이나 일찍 도착했기 때문이었다.

창가 자리에 앉아 주문한 커피를 기다리며 솔은 로비로 시선을 옮겼다. 점심시간이 막 시작되어서인지 그런지 삼삼오오 지나가는 직원들로 분주했다.

"좋을 때다……."

그중 사회 초년생이 분명한 무리를 보며 솔은 미소를 지었다.

앳된 얼굴들, 상기된 표정, 무엇이 그리도 즐거운지 까르르 웃는 그들의 목에는 자랑스럽게 사원증이 걸려 있었다.

익숙한 디자인의 사원증은 예상대로 주혁의 회사 것이다. 얼마 전 대규모로 직원을 뽑았다더니 그들인 모양이지.

처음, 이 건물 두 층만 임대해서 쓰던 주혁의 회사는 지금은 건물 대부분을 쓰고 있었다.

런칭한 모바일 게임이 예상보다 더 큰 초대박을 치면서 회사의 규모는 가파르게 성장했고, 직원 수도 놀랄 만큼 많아졌기 때문에 이 건물뿐 아니라 다른 건물도 임대해 부서를 분산시켜야만 했다.

그래서 주혁은 얼마 전 기공식을 가진 R&D센터에 특별히 신경을 썼다. 3년 후 완공이 되면 한군데로 통합한다고 했다.

"……좋다."

솔은 커피 대신 주문한 모과차를 음미하며 눈을 감았다.

주혁의 성공은 아내로서 당연히 기쁜 일이지만, 그것보다 좋은 건 주혁이 차근차근 꿈을 이뤄 나가는 모습을 보는 거였다. 그가 얼마나 이 일을 좋아하는지, 열정을 바치는지 알고 있기에 더 그랬다.

규모는 다르지만, 솔이 운영하는 '행복 기획사'도 그동안 괄목할 만한 성장을 했다.

합리적인 가격대로 세련된 디자인을 뽑아 주며, 마무리까지 꼼꼼하다고 입소문을 탔다. 그 덕에 몰려드는 일감으로 어느새 직원도 8명으로 늘어났고.

얼마 전 마지막 대출금을 갚고 진정한 흑자를 기록하던 날, 김 사장님은 또 못나게도 울먹였다.

– 난 요즘처럼 행복한 적이 없었던 거 같아. 몸은 고되고 힘들어서 머리도 자꾸 빠지지만, 대머리가 된다 해도 이대로만 쭉 가면 여한이 없을 거 같다고.

얼마 남지 않는 머리카락과 맞바꾼 성공으로 김 사장님은 드디어 월세에서 반전세로 집을 옮겼다.

그때 김 사장님의 세상 다 가진 듯한 표정이라니.

그러니 성공이란 개인적 척도로 평가하는 게 맞다. 주혁의 성공 못지않게 솔은 자신의 성공도 자랑스러웠다.

'나도 성공하고, 주혁이도 성공하고. 이 얼마나 아름다운 부부인가 말이다.'

솔은 배시시 웃으며 전화기를 들었다. 도착! 이라고 톡을 보내자 곧 전화기가 진동했다.

액정에 뜬 '내 나쁜 호랑이'라는 이름을 확인하며 솔은 해사하게 미소를 지었다.

"응, 주혁아."

[빨리 왔네. 어디야?]

"나, 1층 카페."

[어쩌지? 회의가 삼십 분쯤 더 걸릴 거 같은데.]

전화기로 흐르는 남편의 목소리가 근사해 저절로 몸서리가 쳐진다.

오늘 아침, 뜨거운 몸짓을 나누며 끊임없이 사랑한다고 속삭이던 그 목소리.

어휴, 난 몰라. 또 생각났어.

괜히 얼굴이 붉어진 채로 솔은 더듬더듬 말했다.

"괘, 괜찮아. 내가 일찍 온 건데 뭐. 천천히 와."

[배 안 고파?]

"괜찮아. 근데 회의 중에 전화해도 돼?"

[잠깐 휴식 중.]

"아, 그래? 흠흠. 그럼……."

솔은 재빨리 주위를 둘러보았다. 아직 점심 식사 후 돌아온 직원들이 없어서인지 카페는 한산했다.

최대한 수화기에 입술을 붙이며 솔은 앙증맞게 속삭였다.

"야옹."

[…….]

"야옹, 야옹."

얼마 전, 같이 본 영화 여주인공을 주혁이 칭찬한 일이 있었다. 연기도 잘하고 고양이처럼 예쁘다나?

드물게 여배우에 대한 관심을 보이는 주혁을 보며 솔이 발끈했었다.

— 고양이처럼 예쁘다고? 나는? 나는 뭐 같아?

— 응?

— 나도 고양이상이라는 말은 꽤 듣는데. 나도 고양이처럼 예쁘지 않아?

— 글쎄……? 굳이 따지자면 고양이보다는 강아지상인데.

— 그니까, 나는 개 같다?

이글이글 타오르는 솔의 눈을 보며 주혁은 어정쩡한 대답을 내놨다. 개냥이?

다행히도 눈치 빠른 주혁이 폰을 꺼내 그 자리에서 솔의 이름을 '내 예쁜 고양이'로 바꿔서 보여 주었기에 솔의 화는 금세 풀리긴 했다.

— 그럼 자기는 '내 나쁜 호랑이'로 저장해야겠다. 똑같이 종족이어야 하니까, 같은 고양이 과로.

그 후로 솔은 가끔 '야옹' 소리를 냈고 그때마다 주혁은 '으르렁' 소리를 내야만 했다.

유치하지만 둘만의 사랑한다는 암호 같기도 한 그 의성어들을 솔은 꽤나 마음에 들어 했는데.

"야옹, 야옹, 야옹!"

왜 대답 안 해, 왜!

솔은 조금 소리를 높여 또 한 번 야옹거렸다. 잠시 뒤.

[……으르렁.]

"치…… 진즉 그러지."

원하는 대답을 듣고서야 솔은 만족스럽게 웃었다. 역시 사랑은 유치한 맛이다.

"기다릴게. 천천히 와!"

기분 좋게 전화를 내려놓고 보니 낯선 시선이 느껴졌다. 어느새 몇몇 채워진 근처 테이블 손님들이 솔을 보며 웃고 있었다.

하긴 멀쩡한 여자가 전화기에 대고 야옹, 야옹거렸으니.

뭐 어때? 사랑에 빠진 연인들 처음 보시나? 10대든, 30대든, 50대든, 60대든 사랑에 빠지면 대책 없이 유치하고 싶을 때가 있는 거라고.

솔은 어깨를 으쓱이며 도도한 미소를 보냈다.

❀

"역시 우리 사모님은……."

회의실에서 홍 팀장이 불퉁한 목소리로 말했다.

"결혼 전이나, 결혼 후나 성량 하나는 끝내주게 쩌렁쩌렁하십니다."

참고 있던 웃음이 여기저기서 터져 나왔다.

전화를 끊고 멀쩡한 얼굴로 좌중을 보던 주혁도 빙그레 웃자 한층 신이 난 홍 팀장이 농을 계속 던졌다.

"아무리 깨가 쏟아진다고 해도 그렇지, '야옹'과 '으르렁'은 뭡니까, 응? 동물농장도 아니고. 아니, 두 분은 연애 기간도 제법 길었고 결혼한 지 1년도 지났는데 어떻게 한결같이 유치하고 달달하답니까?"

"그러게 말입니다. 나는 우리 와이프가 야옹~ 야옹~ 애교 부리면 멱살부터 잡을 것 같은데."

동조하는 소리까지 들리는데도 주혁의 미소는 더욱 깊어졌다.

"왜요? 나는 귀엽기만 한데요."

"귀엽!"

홍 팀장이 정색했다.

"감히 아내에게 귀엽다는 표현을 쓰다니! 자고로 결혼한 지 1년 쯤 되면 아내는 그런 존재가 아니죠."

"그럼 무슨 존재여야 하는데요?"

"무서운 존재죠!"

맞아, 맞아. 아까보다 더 큰 목소리들이 너 나 할 것 없이 동조했다.

그러고 보니 회의에 참석한 인원이 어째 죄다 남자다.

두 번째 출산을 앞두고 잠시 쉬고 있는 엠마가 이 자리에 있었다면 정말 무서움이란 무엇인지 표정으로 보여 줬겠지만.

"솔직하게 말씀해 보세요. 사실은 사모님이 무서워서 장단 맞춰 주는 거죠? 아직까지 사모님이 좋아서 그런 건 아닐 테고."

"왜 아니겠습니까. 좋습니다. 미칠 만큼."

주혁은 천연덕스럽게 대꾸하더니 이내 진지하게 말투를 바꾸었다.

"그러니까 우리 와이프 빨리 못 만나서 나 미치는 꼴 보기 싫으면 빨리 마무리하죠. 아까 말했다시피 이번에 새롭게 공개되는 라인업 중에서 스토리가 약하다는 평을 듣는 게 있습니다. 이 부분은 어떻게 진행이 되고 있습니까? 제 휴가가 끝나고 바로 확인할 수 있도록 빠르게 움직이셔야 할 겁니다만……."

호랑이가 아니라, 여우네. 여우.

능숙하게 좌중을 휘어잡고 느슨해진 분위기를 단번에 진지하게 만드는 주혁을 보며 홍 팀장은 몰래 혀를 내두르며 생각했다.

저런 여우를 꽉 잡고 사는 박솔이야말로 진정한 포식자일지도 모르겠다고.

❋

솔은 핸드폰에 떠 있는 찬의 기사를 검색하고 있었다.

『해외에서 더 주목받는 신예 사진작가. IPA 세계사진 대회에서 3관왕을 수상하면서 카네기홀에서 열린 시상식에 초청 받다.』

『세계적으로 권위 있는 주요 평론가들에게 '주목해야만 할 이머징 아티스트'로 소개되고 있는 그는 놀랍게도 미술을 전공하지 않았다고 한다.』

『독특하면서도 회화적인 그의 작품을 국내에서도 개인전 형식으로 만나 볼 수 있게 되길 기원한다.』

찬의 흐릿한 뒷모습이 담긴 액정을 솔은 천천히 쓰다듬었다.

찬은 솔의 결혼식 때 잠깐 얼굴을 비춘 거 외에는 도무지 한국에 오지 않았다.

그가 새롭게 선택한 직업이 사진작가라는 것은 놀랍지는 않았다. 다만 비전공자 출신 사진작가에게 쉽게 문을 열어 주지 않는 국내 실정을 알기에 걱정은 했었다.

하지만 영리한 찬은 국내보다 해외에 눈을 돌렸다.

여러 대회에 출품하여 연달아 수상 소식을 보내온 동생이 자랑스러워 솔은 자꾸만 웃음이 나왔다.

'그래도 자주 얼굴 보여 주면 좋을 텐데…….'

그동안 억눌려 있던 것을 분출하듯 세계 여러 곳을 여행하며 작품 활동을 하는 동생을 이해 못 하는 건 아니었지만 불쑥불쑥 보고 싶은 마음까지는 어떻게 할 수가 없었다.

주혁이 이번 여행을 찬이 있는 유럽으로 정한 건 솔의 그런 마음을 누구보다 잘 알고 있기 때문이었다.

솔이 찬의 생각에 빠져 있을 때였다.

옆 테이블에 네다섯 명의 여자들이 앉는 것이 느껴졌다.

"오늘은 볼 수 있을까?"

기대에 찬 목소리에 흘깃 돌아보니, 아까 우르르 몰려 나가던 주혁 회사 직원들이다.

한눈에 봐도 확실히 사회 초년생이 분명한 모습.

어쩐지 잔뜩 들뜬 그들은 로비를 기웃거리고 있었다.

"요즘, 이 카페에 자주 오신다잖아. 혹시 모르지 뭐."

"점심시간 끝나기 전에 오시면 좋을 텐데. 이번 주부터 2주 동안 휴가라잖아. 오늘 못 보면 2주 후에나 볼 수 있다는 소린데."

무심하게 고개를 돌리던 솔의 귀가 쫑긋 움직인 건 그때였다.

"정말 우리 대표님, 너무 멋지지 않아?"

"내 말이! 잘생겼다는 소문은 들었지만, 실물이 어휴……. 난 볼 때마다 떨려. 아이돌을 실제로 봤어도 이렇게 떨리지 않는데 말야."

우리 대표님이라면 주혁?

"야, 아이돌하고 비교가 되니? 우리 대표님은 어른의 미가 있잖아 어른."

"맞아, 맞아. 그 슈트발! 농후한 매력! 그 카리스마! 게다가 능력은 얼마나 좋으시니?”

“근데 우리 대표님, 정말 결혼하신 건 맞아?”

그녀들은 어느새 소리를 죽여 가며 열중해 있었고 솔의 몸은 그녀들을 향해 반쯤 기울어져 있었다.

“그러게. 사모님이란 분, 공식적인 행사에 한 번도 참석한 적이 없잖아.”

그야, 나도 바빴고. 또 그런 자리에 나가서 사모님 소리 듣는 것도 어색했으니까.

“그런데 나 사모님에 대한 소문 들은 거 있어.”

안경을 쓴 여자 하나가 더욱 목소리를 낮추며 속삭였다. 덕분에 솔은 거의 눕히다시피 몸을 기울어야만 했다.

“글쎄, 어마어마한 미인이래.”

웅? 내가?

“어. 맞아. 나도 그 소문 들었어. 연예인으로 데뷔하려다가 우리 대표님하고 결혼하는 바람에 못 했다고.”

“아닌데. 내가 들은 소문은 사모님이 사실 재벌집 딸이라고 하던데? 정략결혼이래. 우리 회사가 단기간에 이렇게 성장한 것도 사모님 친정에서 알게 모르게 지원해서 그런 거라는…….”

“정말? 그러면 재벌집 딸인데 엄청난 미인인 건가? 하긴, 우리 대표님 같은 분이 보통 여자랑 결혼했을 리가 없겠지. 조금 슬프다.”

솔의 얼굴이 화끈거렸다.

공식적인 자리에 나타나지 않은 것만으로 이런 괴소문이 돌 줄이야. 이래서야 앞으로는 더더욱 나서지 못하겠는데?

반짝거리는 눈으로 자신에 대해 이야기를 하는 여자들을 보자니 괜히 뜨끔했다. 그녀들의 환상을 지켜 줘야 할 것 같은 의무감마저 들었다.

그때 솔이 그녀들 테이블로 거의 눕듯 몸을 기울인 것을 발견한 여주들 중 하나가 눈살을 찌푸렸다. 곧 수상쩍은 눈동자들이 동시에 솔에게로 쏟아졌다.

"아오…… 핸드폰이 떨어졌네. 여깄다."

핸드폰을 줍는 척하던 솔은 아예 몸을 일으켰다. 아무래도 주혁이 오기 전에 나가는 것이 좋을 것 같았다.

잔뜩 흥분한 여자의 목소리가 들려왔다.

"야야야야야. 저기, 저기, 저기 대표님이지?"

"응? 어디, 어디?"

웅성거리는 옆 테이블의 반응을 보기 전에도 솔은 이미 알 수 있었다. 로비 쪽부터 한순간 달라진 공기의 흐름을 민감하게 감지했으니까.

고개를 돌리자 그가 보였다.

"아……."

주혁은 큰 걸음으로 걸어오고 있었다.

단정한 이목구비가 낯설 만큼 차가운 그는 주위의 인사에 가볍게 고갯짓을 하면서도 빠르게 움직였다. 이내 솔과 눈이 마주치자 주혁은 부드럽게 미소 지었다.

"어머. 이, 이쪽으로 오시는 거 같은데?"

"아…… 우리 대표님 지금 웃으시는 거야? 어머, 어떡해. 저렇게 환하게 웃으시는 거 나 처음 보는 거 같아."

"근데 진짜 이쪽으로 오시는 거 같은데? 어쩌지?"

우왕좌왕하던 그녀들은 주혁이 다가오자 반사적으로 벌떡 일어나 인사를 했다. 가볍게 고개를 주억거리더니 주혁은 곧장 솔의 앞에 섰다.

"왜 전화 안 받아."

"어? 전화했어?"

어정쩡하게 서 있던 솔은 입을 벙긋댔다. 놀란 시선들이 주혁을 따라와 그 앞에 선 자신에게로 쏟아지고 있었다.

"깜짝 놀랐잖아. 많이 기다려서 삐진 줄 알고."

한주혁이 이렇게 다정한 목소리를 낼 수 있다는 것을 그들은 아마 몰랐을 테지.

괜한 민망함과 뿌듯함이 뒤섞였다.

"……아니 내가 뭐…… 하하. 언제 삐진 적이 있다고. 기다릴 만하니까 기다린 건데."

"다음부턴 오기 전에 미리 말해. 기다리지 말고."

커다란 손이 다가와 아무렇지 않게 솔의 머리를 헝클어트렸다.

어디선가 헉! 숨을 들이켜는 소리가 난 듯도 했지만 돌아볼 시간은 주어지지 않았다. 바로 다음 순간 주혁이 솔의 어깨를 잡고는 뺨에 가볍게 입을 맞췄다.

솔은 기겁했다.

"……사, 사람도 많은데."

당황한 솔이 더듬거리자 주혁의 짙게 내리깔린 눈빛이 더욱 깊어졌다.

솔은 몸을 비틀어 주혁의 팔 안에서 빠져나왔다. 얼굴이 더할 수 없이 빨개져 있었다.

"뭐 어때. 내 아내에게 내가 키스하는데."

천연덕스러운 그의 말에 솔은 기가 찼다. 외국에서 오래 지내서인지 주혁은 가끔 깜짝 놀랄 만큼 서슴없이 스킨십을 하고는 했다.

길을 걷다가, 영화관에서, 심지어 식사를 하고 난 다음에도 사람들 앞에서 당당히 입맞춤을 하거나 껴안았다.

그래도 회사에서, 직원들이 모인 이곳에서까지 당당하게 이런 행동을 할 줄 몰랐다.

믿기지 않는 건 그럴 때마다 늘 그랬듯이 숨이 쿡 막히며 미칠 듯이 두근거리기 시작했다는 거였다.

결혼한 지 1년이 지난 남편에게 대책 없이 빠져드는 자신이나, 옆 테이블의 사회초년생이나 똑같은 풋내기 같았다.

"⋯⋯이제 가자."

솔은 옆 테이블의 여자들을 보며 미안한 듯 웃었다. 눈이 마주치자 그녀들은 하나같이 움찔했다.

자신들의 대화가 들렸을 거리에 있는 여자가 대표의 부인일 거라고는 생각지 않았을 테니 당혹스러운 얼굴을 하는 것은 충분히 이해되었다.

솔은 성의껏 그녀들에게 미소를 보냈다.

'끝내주는 미인도 아니고, 재벌가 딸도 아니지만. 맞아요. 내가 이 남자와 결혼한 그 대단한 여자랍니다.'

환한 미소는 밝았고, 또한 사랑을 받는 특유의 자신감으로 충분히 아름답다는 것을 솔은 알지 못했다.

다만 깍지 낀 주혁의 손이 따뜻해서 바보처럼 웃음이 나오기만 했다.

"차는 어디에 있어?"

"지하에. 점심은 공항 가기 전에 먹을까, 공항 가서 먹을까?"

"오랜만에 공항에서 먹자. 맛있는 걸로."

두런두런 이야기를 나누며 젊은 부부는 로비를 가로질렀다.

그들이 엘리베이터 안으로 사라진 다음에야 로비에 모여 있던 직원들이 흩어졌다.

하지만 솔의 옆 테이블에 있던 직원들은 쉽게 움직이지 않고 서로간의 얼굴을 바라보았다. 잔뜩 설렌 얼굴들이었다.

"들었어? '뭐 어때, 내 아내에게 내가 키스하는데.' 꺄악! 너무 멋있잖아!"

"사모님은 또 어떻고. 진짜 너무 예쁘지 않아? 깜짝 놀랐다니까. 소문이 맞나 봐."

"그러게. 두 분 정말 잘 어울리더라. 정말 선남선녀가 따로 없던데. 그리고 우리 대표님 웃는 거 봤지? 좋아 죽으려고 그러잖아. 어떻게 인상 자체가 확 달라질 수가 있지?"

"사모님이 재벌 딸인지는 몰라도 분명히 정략결혼은 아닐 거야. 아니, 누가 정략결혼한 아내를 그런 눈으로 볼 수가 있겠어. 말도 안돼."

"우리도 나중에 저런 상대를 만날 수 있겠지? 그렇다고 말해 줘! 난 누가 뭐래도 꼭 날 저렇게 바라보는 그런 남자 만날 거야!"

나도, 나도!

갓 입사한 햇병아리 사회초년생들은 발을 동동 구르며 꺄르르 웃었다.

졸지에 그들의 로망이 된 줄도 모르고 솔과 주혁은 부지런히 공항으로 향하고 있었다.

솔과 주혁은 공항 화장실에서 미리 맞춘 커플티로 갈아입었다.

늦은 점심을 먹고 수속을 밟아 안으로 들어온 후에는 면세점 곳곳을 손을 잡고 돌아다녔다.

대단하지 않은 액세서리를 구매해서 서로에게 걸어 주며 즐거워했고, 라이브무대를 구경하며 손뼉을 치기도 했다.

하루가 저물어 가고 노을이 질 때쯤 대기 의자에 앉은 솔은 깜빡 잠이 들었다. 요즘은 아무 때나 졸음이 쏟아지고 있었다.

"일어나야지."

깃털 같은 입맞춤에 솔은 눈을 떴다. 그들이 타야 할 비행기 탑승 안내가 시작되고 있었다.

"조금만 있다가……."

우르르 몰려가는 사람들을 보며 솔은 가만히 주혁의 어깨에 고개를 묻었다.

어쩐지 나른하고 여유로운 이 오후가 너무 좋아서 왠지 아쉽기만 했다.

넓은 창 너머로 구름 한 점 없는 맑은 하늘이 보였다.

곧 있으면 그들이 탄 비행기가 솟아오를 파란 하늘이 너무도 예뻐서 솔은 미소를 지었다.

"있잖아, 주혁아."

"응?"

"우리도 가끔 싸울 때가 있겠지?"

조그맣게 속삭였는데 주혁의 어깨가 굳어졌다.

"왜 그런 말을 해?"

"그렇잖아. 같이 살다 보면 가끔은 서로에게 서운한 일이 생길 수도 있고, 또 가끔은 미울 때도 있을 거야."

"글쎄…… 어쩌면."

"약속 하나만 해 줄 수 있어?"

"뭐든지."

주혁은 가만히 솔의 머리를 쓰다듬었다.

"서로 다투고 싸우더라도 끝에는 꼭 사랑한다고 서로 말해 주기, 아무리 서운하고 삐졌어도, 꼭 같은 침대에서 같이 자기."

"당연하잖아."

주혁은 웃었다. 낮게 울리는 웃음소리가 좋아서 솔도 따라 웃었다.

"우린 부부니까 어떤 일이 있어도 둘이 같이 자야지."

어쩌면 셋이.

뒷말을 삼키며 솔은 가만히 배에 손을 얹었다.

오늘 밤, 주혁에게 전해 줄 선물.

그들이 만들어 낸 또 다른 기적을 어루만지는 손길이 살짝 떨렸다.

그는 정말 좋아하겠지. 어쩌면 오늘 주혁이가 우는 모습을 볼 수 있을지도 몰라.

그리고 그는, 내 사랑하는 남편은 정말 좋은 아빠가 될 거야.

솔은 꿈결처럼 속삭였다.

"있잖아. 그거 알아? 나는 정말 부자야."

"또 계약 성공했어?"

주혁은 미소를 지었지만, 솔은 그저 고개만 저었다.

"주주가 생겼거든."

"주주? 주식 샀어? 나 몰래 재테크 하는 거야?"

아니, 바보야. 우리의 아이가 생겼다고. 그리고 그 아이의 태명이 주주야. 주혁 주니어. 그러니까 주주.

왠지 부티도 나서 정말 마음에 드는 태명이다. 그리고 우리 주주는 아들이든, 딸이든 너를 꼭 닮은 예쁜 아이일 거야.

나는 이 아이를 목숨처럼 사랑할 거고. 아프지 않게, 구김살 없이, 끊임없이 사랑한다고 말해 주고 예쁘게 키울 거야. 너와 같이.

그리고 나에게 이런 기적을 안겨 준 너를 미치도록. 너만을 미치도록.

"사랑해."

불쑥 말하고는 솔은 또다시 미소를 지었다.

그런데 당연히 뒤따라야 할 대답이 들려오지 않는다.

솔은 고개를 살짝 들어 주혁의 눈을 바라보았다.

왜? 소리 없이 입 모양으로 묻자 주혁은 솔의 손을 자신의 심장 위에 올려놓았다.

탄탄한 가슴은 따뜻했고, 힘찬 심장 소리는 다른 때보다 빠르게 뛰고 있었다.

"설렌다."

"……."

"네 말처럼 우리가 가끔 싸우는 일이 있다 해도, 이거 하나는 기억해야 해. 내 심장은 너한테만 반응한다는 거."

주혁은 솔의 이마에 내려앉아 있는 머리카락을 쓸어 주며 그녀를 물끄러미 바라보았다.

한순간도 사랑스럽지 않은 적 없던 아내를.

어제보다, 오늘. 조금 전보다 지금 더 사랑하게 된 그녀를 바라보는 그의 마음은 언제나처럼 부풀고 있었다.

"내 심장은 오직 너 때문에 빠르게 뛰고, 너 때문에 바닥에 구르기도 하고, 너 때문에 멎기도 한다는 거. 그러니까 내 심장의 주인은 언제나 너야. 너를 만나기 전에도 너였고, 미래에도 너야. 너뿐이야."

그래서 가끔은 손끝에서 빠져나갈 것 같아 불안하지만, 그럼에도 놓지 못하는 자신의 사랑이 무섭기도 하지만.

한참만에야 그의 사랑스러운 아내는 예쁜 입술을 달싹였다.

"좀 오글거렸지만…… 그 심장, 참으로 솔직해서 마음에 드네."

서로를 바라보다 누가 먼저랄 것도 없이 주혁과 솔은 웃음을 터트렸다.

"가자."

깍지 낀 손에 힘이 들어갔다.

다정히 걷는 부부는 누가 보아도 사랑에 빠진 커플이었다. 어제도 그랬듯이, 오늘도 그들은 사랑하고 있으니까.

"정말 멋진 날이야."

솔은 행복하게 중얼거렸다.

- fin